U0721411

梁晓声文集·长篇小说 8

# 尾巴

青岛出版社

# 自序

在西方，荒诞主义文学现象自十九世纪起已成流派。理论上讲，荒诞主义是与存在主义多少有些关系的。加缪认为，“存在即荒诞”。当“人的诘问和世界的沉默形成了绝望的对照”，于是不但人变形了，在人眼里，世界也变形了。

对存在主义哲学和荒诞派文学，我一向是敬而远之的，认为过于消极。

但十几年前，面对浮躁现实，我确曾倍觉荒诞。结果一向秉持现实主义的自己，竟接连跑出了三部荒诞之作。三部中，尤属《尾巴》恣肆无忌。

那时，假话甚多，假事甚多，假面目甚多，荒唐的逻辑、荒唐的理论也多，自感难以再用现实主义反映，于是只有荒诞。《尾巴》是荒诞的，也是浮躁的。间接证明，我自己当时同样是浮躁的。

比较起来，我还是宁愿信奉“存在的即合理的”。

世事有时不合人头脑中的所谓“道理”，而仅合它的因果规律之“理”。

如此面对纷扰不宁的社会，当会少一些浮躁的。

但愿《尾巴》不令读者心生反感……

梁晓声

# 第一章

列位看家！不不，尊敬的可尊可敬的列位读者，我摊上事儿了！我的意思是——我遇到麻烦了！我出了问题了！很大的麻烦呀列位！很严峻的问题呀列位！十分的……怎么说呢，真是羞于说出口呀！十分的……十分的……那个！它使我非常的……非常的恼羞……但是又没法儿成怒。因为我根本不知道该向谁去怒。倘非要怒，那么也只有怒我自己了！而我当然是不愿怒我自己的。我已经很无辜很委屈了嘛！我乃是一个不幸的受害者呀！

如果一个人，人缘儿挺好的一个人，日子过得挺顺心的一个人，某一天无意之中发现，发现自己……可能正长出着尾巴，不不，不是他妈的可能不可能，竟是一个无可争辩的事实——因为它，我指的当然是尾巴，从我骶骨那儿长出着的尾巴，已经六寸多长了，那么他，也就是我，究竟该拿自己怎么办呢？又该拿我的尾巴怎么办呢？

列位，请设身处地替我想一想吧——如果你们是稍有同情之心的。难道你们竟一点儿也不同情于我吗？我的尾巴它还在继续长啊！每天每时每刻每分每秒，不停地在长着啊！不屈不挠而又“发育良好”地在长着！长速比豆芽儿慢点儿，比一个婴孩儿的成长却快得多！

列位你们说我可怎么办啊！

但是我又跟你们扯他妈的什么同情不同情的干吗呢！其实我内心里根本就不指望列位同情于我。甭说“一点儿”“一丁点儿”“一丁半点儿”都不指望！现而今，啊，珠宝和钻石早已经不算什么稀罕之物了，从商店的柜台里，到一切形式的广告中，到女人们的脖子上、手指上、腕上、耳垂儿上，以及“大款”们的皮带卡子和衣扣上，比比皆是比比皆是了。足镯的广告已经出现了。也就是说，不久珠宝和钻石将成为女人脚踝上的玩意儿了。而同情心却变得相当稀罕了！我怎么会傻兮兮地指望列位将相当稀罕的东西给予我呢！何况我怀疑列位自身并没有！

甚而至于，我想象得到，列位会因为我的倒天下之大霉，幸灾乐祸，无比快慰哪！咱们中国人的这一德性，我是深深领教过的。我认为列位是完全有权利因了我的不幸而快慰而幸灾乐祸的。我极其尊重列位这一权利。我只不过有一个小小的追求，卑下地请求列位在快慰和幸灾乐祸的同时，表现出少许的耐心和善心，听听一个可怜之人诚实无欺的倾诉吧！这起码能营造点子地道的虚假温馨不是？再者说了，从我的倾诉中，你们将肯定获得更大的快感更进一步的幸灾乐祸！既满足了我的倾诉愿望，你们自己也没什么实际的损失，不算吃亏。列位，何乐而不为？

请发慈悲！请多关照！

我这厢四面八方地向列位作揖了！

什么？又不是癌，装的什么可怜样儿？

列位啊列位啊！我的至亲至爱的同胞们呀！果而是癌，我倒兴许泰然处之了。尾巴能和癌相提并论吗？生癌的人可笑吗？滑稽吗？值得自己感到羞耻吗？不会的呀！我们的时代我们的社会，还没冷酷无情到此种地步哇！但一个四十多岁的男人，不幸之上又加不幸地居然还是作家，他的尾巴就无疑地会使他变得可笑变得滑稽了！就会使他自己感到非常之羞耻了！古今中外，长尾巴的作家，“史无前例”啊！尾巴是没法儿掖没法儿藏的呀！早几年，一个“毛孩儿”都被新闻界“炒”得沸沸扬扬，家喻户晓，人人知道。一个长尾巴的作家，还不被“老记”们“炒”焦了“炒”糊了呀！何况，我梁晓声，又一向自诩为是什么“平民作家”，情愿不情愿地被包装成什么中国的“巴尔扎克”，张口闭口“忧患”啊，“责任感”啊，“社会良知”啊，“我的国”啊！同行们早就冷眼瞧着我在假酸捏醋地向公众作秀了！早就对我那一套套大言不惭的表白运满一肚子气了！即使“老记”们肯开恩放我一马，同行们的口舌和笔，那也是绝不会允许我消消停停地长着尾巴的！怎么别的作家都没长出尾巴，偏偏你作家梁晓声长出了尾巴！给个说法吧您哪！解释解释吧您哪！我能给个什么说法？我又能怎么解释？

“返祖现象”？没什么可惊可怕的？

不，不，列位，我的尾巴可不是什么“返祖现象”。和“返祖现象”丝毫关系都没有！

动外科手术割了去？烦恼从此根除？

如果动外科手术能解决问题就好了！

不可以动手术割了去动手术割了去还会长出来反而会长得更快啊！

列位，还是听我细说端详吧！

# 第二章

那一日，上午我进行了两千多字的小说创作，中午正想躺下睡一小觉，忽听有人敲门。很轻。很文明的敲法儿。

我起身开了门，见是一男一女两位民警同志。男的和我年纪差不多，一张严肃又正直的脸。女的二十多岁，长得挺秀气。

我不认识他们。

男民警问："梁晓声家？"

我说："对对，正是寒舍。"

女民警问："您就是？"

我说："对对，正是敝人。"

男民警又问："可以进屋谈一会儿吗？"

我说："当然可以当然可以……"

心中不免疑惑，这么两位陌生的民警同志来访，可能意味着些什么呢？头脑中迅速地将自己近几个月乃至近几年的言行反省了一番，自忖没做违法犯科的事，忐忑稍定。

时值三月下旬，春寒料峭季节。暖气已停，室内冷阴阴的。但他们进了屋后，我却顿觉燥热起来。显然的，室温至少升高了六七摄氏度。

我恭请他们坐下，燥热得不行，赶紧地踅入小屋去，脱了毛衣，只着一件衬衫。

当我又出现于他们面前，那脸儿秀气的女警便瞟着我，意味深长地一笑。而那男警，则倒剪双手，俯身看我铺陈在桌上的文稿，一只手中的大黑壳夹子，轻拍着后背。

我态度极其温良地问："两位有何公干？"

那男警缓缓转身望我，目光甚是威严，而且含有蔑视的厌恶的成分。

他反宾为主地说："你先坐下。先坐下。"

于是我坐在一只矮凳上。只能坐在一只矮凳上。因为那女警已经坐在一只沙发上了，而那男警话一说完，就理所当然地占据了另一只沙发。我家当然不仅两只沙发，还有第三只沙发可坐。但如果我去坐那第三只沙发，便就坐在一男一女两位民警之间了。那会使我身上感到更燥热的。同时会感到不自在。

那男警目光咄咄地瞪着我，将夹子递给女警，语气相当郑重地说："开始吧。"

于是那女警翻开了夹子，从夹壳上取下笔，也将目光盯在我脸上。

我顿觉脸上呼地一热。不是被一个女人那么盯着的结果。再腼腆的一个男人，仅仅被一个女人那么盯着看，脸上也不至于热到我当时那种程度。完全两码子事儿。两种热法儿。再说我又没赤身裸体。现而今，女人被男人死死地盯牢了脸看，都不大至于觉得不好意思了。我一个男人只不过被一个年轻的女人盯着脸看，有什么可害羞的呢？不，我脸上所感到的热，跟好意思不好意思无关。跟害羞不害羞无关。那仿佛是被热吹风器直接对准脸上吹的一种热法儿。男警目光咄咄地瞪着我时，我脸上已感到那一种受不大了的热了。又被女警的目光盯在脸上，顿觉脸上加倍的热。热得脸皮立刻就要结起一层痂似的。

女警说："你可以坐远点儿。否则一会儿你的脸就会被灼伤。我们也尽量体恤你，不久望着你。"

于是我将矮凳挪得远远的。重新坐下,心中疑团百种。既不明白那女警的话,更不明白他们怎么会使我家温度升高,怎么会使我身上燥热脸上也火烤似的难耐?

男警这时掏出了一副墨镜戴上,问我:"脸上发烧是不是?"

我说:"是的是的。"

他戴上墨镜后,虽仍望着我,我脸上所感到的热度却分明地减轻了。

"职业?"

"作家。"

"作家?具体点儿。究竟属于哪一行业?"

我想他可真怪。怎么连作家是干什么的都不知道?明知故问?犯不着的嘛!于是我谦虚相告,作家的专职一般是写小说……

"小说?小说是什么?"

我一愣。

女警说:"你别愣。他问你,你就要回答。装愣不回答是不行的。"

男警也说:"对。装愣不回答是不行的。"他说着,似乎要从脸上取下眼镜。

我一时有些发慌,赶紧说:"别取下您的墨镜别取下您的墨镜!我立刻回答还不行嘛!小说啊,这个小说嘛,就是些个像我这样的,被称为作家的男女,编了些故事,写成书,喏,就是这样的东西……"我顺手从桌上拿起一本书给他们看。

我想,既然对方装傻,我也就索性陪着装傻呗。

"这个就叫书?"

"对对,这个就叫书。"

"都是你这样不务正业的男女编的?"

"对对,十之五六,是我这样的不务正业的些个男女编的。另外还有科技类、史地类、学术类的书,那就都不是作家编的了。我们作家只编小说。当然也有写戏剧的、写影视的……"

“那又是些什么东西？”

我又一愣。

女警停止了记录，盯着我说：“别愣。回答。”

我说那也都是些供人欣赏的，或者纯粹供人看了解闷儿的、好玩儿的东西。说作家和编剧，属于同行不同工也不同酬的两类人。按时下的说法，统称“码字儿”的。说“码字儿”的这一种说法，发明权在王朔那儿……

男警和女警对视了一眼，嘴角儿都浮现了一丝冷笑。终于使我开始预感到，他们是有点儿来者不善、善者不来啊！暗想八成小王朔也被如此这般地“审讯”过了。

“这么说，你和王朔是同行喽？”

我说：“是啊是啊。岂止是同行，还是挺友好的同行。我谦虚。谦虚的人就不那么讨厌。所以王朔不讨厌我。而我则尽管和一切不讨厌我的人保持友好关系。和为贵嘛！”

接着我就抱怨小说稿酬多么多么低而编剧稿酬多么多么高的不合理现象。趁机也绵里藏针地说了王朔那小子几句坏话。我已经感觉到他们对王朔印象不怎么样了。我暗想我得划清界限。正是“严打”的时候，谁知王朔那小子是不是因为什么鸡鸣狗盗的事儿被搂进去了呢？该划清界限就得划清界限啊！

于是我最后又用话往回找补，佯装认真的样子说，其实我和王朔的关系也谈不上友好不友好的。就我，啊，一位“有责任感”的、“有使命感”的、“有良知意识”的、常替平民尤其劳动者大众“代言”的作家，能和王朔是一路的作家吗？既非一路，所谓“友好”还不就是……

那男警突然竖起手掌，制止我表白下去。接着对女警说：“记载在案吧。他当属职业谎言制造和传播者。不可救药的说假话的人类之一！应归为甲级一类。”

说完对我大摇其头。表情中有三分的厌恶、三分的惋惜、三分的公事公办,还有一分的见怪不怪。

我一听急了。我说:"哎等等,等等,您不能这么给我也就是给作家下结论啊!不错,我的,也是我们作家的职业,是要求我们经常编一些虚假的故事,骗人们的感情投入,骗人们的眼泪。但是普遍的人们的心灵,往往很需要这一种欺骗的呀!这一种被骗的过程,更多的时候是一种享受的愉悦的心理过程嘛!骗的能力差就是想象的能力差就是构思平庸就是……"

那男警又一次竖起了手掌。

"我抗议!"

他便取下了眼镜。那一时刻我发现他那双黑眼珠竟变成红眼珠了。像兔子的眼睛一样。我顿觉脸上仿佛被两支烟头儿同时烫了一下,哎哟一声,身子朝后一仰,险些栽倒。

他冷笑着缓缓又将眼镜戴上了。

女警将脸转向他,低声说:"我们给王朔定的是甲级三类,而给他定甲级一类,会不会有失公道呢?"

而他以不容改变的口吻说:"就这么定!王朔还有改造成为一个不说假话的新地球人的希望!而我看他几乎不可救药!他这样的说假话的家伙,对我们所进行的伟大工程最具颠覆性!他的性质当然比王朔严重!甲级!一类!记载在案!"

这简直太岂有此理了!对我选择的将终生从事的职业,下定了具有公然的诽谤和诬蔑性质的错误言论之后,还不许我替自己也替作家这一种职业进行辩护,是可忍,孰不可忍?

我急赤白脸地说:"我不服!我一百个不服!今天我不和别人比,单只和小王朔比!怎么他就有希望被改造成一个不再说假话的新地球人?怎么我就那么的不可救药了!最起码,我也得归在有希望一类!要不你们也别对王朔怀有什么良好的希望!也得把他归在甲级一类!和我同归在不可救药的一类!否则我是绝不答应的!"

“放肆！”

那男警倏地举臂朝我一指。

我又是一阵发愣。由愣而有所省悟。

愣过后我开始冷笑。

女警告诫地说:“你别冷笑啊,冷笑对你可没什么好处。”

我旋即一板脸,也伸出了一只手,以针锋相对的口吻说:“两位,我不和你们理论了。现在,我要看你们的证件。请出示证件吧！”

“证件？”那男警将脸转向了女警,耸耸肩。

女警微笑了,笑得十分之甜,十分可爱。

她语调淡淡地说:“我们没有证件。”

我说:“没有？那我可有理由怀疑你们是冒牌的了！”

她说:“是的。你有理由怀疑。其实你早就怀疑了。你怎么现在才开始怀疑呢？”

瞧她那模样,似乎认为我弱智。

那男警说:“而且,你怀疑得对。我们不但是冒牌的,也不是人。”

“不是人？你？她？你们两位都不是？这话可是你们自己说的！”

男警庄严地点点头。

女警也庄严地点点头。

“那你们究竟算什么东西？鬼？妖精？”

女警郑重地说:“我们不是鬼,也不是妖精。我们强调我们不是人,是按照你们地球人的思维逻辑而言。我们来自另一个星球。”

“另一个星球？”

“对。”

“哪一个星球？”

“说了你也不知道。”

“怎么来的？乘不明飞行物来的？”

“我们来到地球,并不需要乘什么。想来,凭意念就来了。”

“哈,哈!……”

我霍地站起,跨出几步,将房门一掌推开,冲他们吼道:“不管你们究竟是不是人,不管你们究竟是打哪儿来的,也不管你们的企图是什么,都他妈的趁早完蛋去!否则我一拨电话,三分钟后真的民警会赶来,你们可就得吃不了兜着走了!”

我想象着我的眼睛也红了。因为我觉得它们在呼呼地往外喷火。

那女警缓缓将脸转向了男警。看得出,他们之间,在面临挑战的关口,她还是要看他的眼色行事的。

那男警缓缓地站了起来。并且,缓缓地,也是坚决地,摘下了他的墨镜。他眼中竟射出两道红外线似的光线!倏地我觉得胸前有两处像被烧红的铁钎子捅了两下,本能地朝后一跳。低头看时,见衬衫上已出现了两个洞,露出两点灼红的皮肤。

于是我联想到了美国电影《女超人》中的相同情节。又好气又好笑还很痛。妈的,跟老子来这套!无非是什么“特异功能”之类的小把戏。老子不信旁门左道,不信邪,也不惧邪!

我顺手从墙上摘下了宝剑。那是多年前从外地买回来的。原本是为了健身的,却一直挂在墙上没动过,不想今天终于派上了用场。正应了宝剑两面所刻的字——没有必要不拔,不镇邪狞不插!

我当然是打算用宝剑威慑他们,喝令他们立刻从我家滚。不料一抽,没抽出来。再抽,还没抽出来!什么他妈的龙泉宝剑!也没沾过水,居然锈住了!

那女警瞧着我不知所措的样子,掩口笑了。我立刻明白不是宝剑锈住了,是她施的法术。

那男警又戴上他的墨镜,随后轻轻地对我吹送过一缕冷气。我顿觉全身僵硬,竟被“定住”了。不,不是被“定住”了,而是被“冻”住了。脖子以下,浑身无一处幸免地结了层冰。变成了一条刚从冰柜里取出的鱼。又好比是一串儿糖浆晶莹的糖葫芦。幸而他“气”下留情,我的头还能转动自如,大脑没被冻住,思维能力仍保留着。

那男警则吸起烟来。吸我的烟。就见我摆在桌上那烟盒,自动立了起来。一支烟不可思议地从烟盒里弹射而出,飘在空中。奇妙地在空中表演了一番“舞蹈”。仿佛一架世界上最新式的战斗机小模型,忽而竖起“机头”,陡直上升,忽而一个三百六十度大回旋,俯冲下来。他以意念将那支烟玩弄够了,一张口,烟便平稳而又准确地冲他口中飘移过去,被他双唇轻轻叼住。他吐出的烟雾也是那么的不可思议,五颜六色,缤纷绚烂,美丽极了。并且那一缕缕美丽的烟雾在空中迅速弥漫开,组成了一幅幅图画。如同丹青大师们以大写意粉墨泼画成的印象派国画。

女警问:“看到了吗?”

我如梦如痴地点了下头。

这一切太邪门儿了!我这个从来不信邪不惧邪的人,那一天那一时刻,也不禁地对其邪信之惧之了。

女警说:“你可以开口讲话。我们还没取消你开口讲话的权利。现在我再问你,我们瞧着你的时候,你觉得身上很不自在是不是?”

我说:“是的,燥热。”

“知道为什么吗?”

“不知道。”

“因为你是一个爱说假话的人。不是地球上最典型的一个,但却是比较典型的一个。说假话,或者像你,以编造虚假的所谓‘故事’欺骗地球公众,二者有些区别,但本质上同属于你们地球人的一种病。我们将你们地球人这一种病,定义为‘真话拒绝症’。病灶起源于你们的脑。我们对你们这种病,已经关注了几千年了。如今你们发明了宇宙飞船,你们地球人已经开始登上别的星球了,那么我们就不能不产生这样的忧患——说不定哪一天你们会将这一种病带到别的星球上,传染于整个宇宙。所以,我们受命来到你们地球,更具体地说,是来到你们这一个国家这一座城市,进行直接调查了解。我们是另一个星球的两位科学家。两位研究低文明星球危害最严重的传染病病理科学家……”

“你们妄自尊大！”我愤慨地叫嚷，“我们地球至少已经有五十亿年的生命了！我们的国家至少已经有五千多年光辉灿烂的文明史了！……”

她轻轻摇头，温良地微笑着。一副高文明星球的人不和低文明星球的人一般见识的姿态。

这时满屋里已经垂悬着十几幅用烟雾交织成的半透明的“国画”了，而那男警正在一口一口“创作”着玩儿。叼在他嘴角的烟，仿佛永远也吸不短似的。他口中喷出的烟虽然已经充满空间，五颜六色缤纷绚烂地浓一团淡一团，但是却不呛人。非但不呛人，反而散发出种种芬芳。种种我的嗅觉从未领略过的芬芳。那芬芳沁我肺腑，使我香醉。我简直被迷幻了，内心里希望着他不停地将把戏玩儿下去……

我实在看不惯女警那种不和低文明星球的人一般见识的姿态，据理反问：“难道你们星球上就没有说假话的人吗?!”

“你说得对。”她眯起眼睛注视着我，表情变得异常之严肃了，“在我们那个星球上，的确没人说假话。首先因为我们没有国与国之分，所以也就没有外交。据我们统计，你们地球人百分之二十一点多的假话，是由于要达到国与国之间的外交目的。其次我们没有统治者，所以也就没有政治。据我们统计，你们地球人百分之三十左右的假话，是由于统治的需要。再次我们没有商贸。据我们统计，你们地球人在商贸过程中所说的假话，仅少于外交假话和政治假话。但目前呈上升趋势，也许不久的将来，商贸假话就会高于外交假话和政治假话。最后，我们没有高人一等的权势者，我们心中不会产生权势野心。这一种野心，使你们许许多多的地球人以善于说假话为荣，为能事，变得越来越厚颜无耻。而我们也没有知识者与非知识者之分，没有文化者与非文化者之分。不少的假话，是你们地球人中的知识者和文化者，巧妙地替统治者说的。我们翻开你们的历史一研究，假话比比皆是。我们的星球上，更没有从事你这种不正当职业的。在你们地球上，假话几乎是与你们每个人的生命共存的。据我们统计,你们每个人一生所说的假话,几乎占你们每个人一生全部语言的百分之三十以上。在特殊的年代,对某些特殊的人所作的统计,竟达到百分之八十以上!你们的儿童从五六岁起,就受你们成年人的不良影响和教唆开始说假话了!对于主宰一个星球的权威生命群体而言,这是相当可耻的!你们这一种差不多可以说是与生俱来的传染病的病毒,从你们进入你们所谓的文明时期以来,就一直在向宇宙空间挥发着,严重污染着宇宙空间,毒害着其他星球上的高智能高文明生命。所以,我们要对你们实行一次小小的警告,也可以说是一次小小的惩罚。当然,用你们地球人的话说,我们的目的在于'惩前毖后,治病救人'。这乃是我们的一项很有宇宙深远意义的工程。好比你们的'希望工程''智力工程''绿色环保工程'什么什么的……"

我只有一动不能动地、默默地听着的份儿,觉得她俨然是在向我宣读判决书似的。同时我心中对她充满了感激。感激她注视着我的时候,双眼是眯着的。如果她不是这样,如果她在异常严肃之时对我的脸咄咄而视,那么我的脸上可能早已被灼起泡来了!足见这外星来的年轻又漂亮的女郎,本性还是善良的。并不打算干净彻底地灭掉我这个地球上的不可救药的"职业谎言制造和传播者"。感激之余,我也不免地觉得委屈。我算什么呀,不过一个靠"码字儿"养家糊口的小子,要论职业什么什么者,再怎么轮也不该轮到我呀!"殊荣"该归别的许多更体面的人物啊!干吗"吃柿子专拣软的捏"呀!

"你觉得委屈?"

我说:"是的。我觉得委屈。"

她说:"其实你不必觉得委屈。用你们地球人的话讲,我们是很懂政策的。我们将你归在甲级一类,是非常符合你的病况的。比你病况还严重的当然大有人在!看……"她翻开夹子,用细长的,五月的葱白一样迷人的手指点着又说,"他们,他们,还有他们!不是都归在特级、超级、超特级了吗!……"

我看到的是一行行此前令我肃然起敬的姓名,我不禁地替他们感到了深深的悲哀,同时我自己的委屈也就少多了,心里也平衡多了。

“你是我们所直接统计的第九千九百九十七个地球‘真话拒绝症’患者。今后七天,也就是你们地球人所说的一周内,如果你们这座城市的一类假话和谎言累积率超过一千万句,我指的是一周之内的累积率,那么我们对你们的惩罚,将会首先从你们的身体上体现出来。我们累了,说你们的话,扮作你们的人形,对我们是不愉快的……”

于是女警将脸转向了男警。

于是男警终止了他的把戏。

于是那一支叼在他嘴角的烟,自动飘开,又回归到我的烟盒里,像根本没被吸过一样。

于是他们开始用他们的语言对话。那当然是我从未听到过的一种语言,发音美妙如一段段乐曲。

忽然他们的身体开始萎缩。转眼间只剩下两套男女警服在沙发上,并且不可思议地自动叠好。还有他们穿过的鞋袜内衣内裤之类,统统自动叠好,自动摆放在两套警服上……

施加于我的“定身法”被解除了。

我身上的冰化了。但是衣服却丝毫也没湿,也没有一滴水珠掉在地上。满空间悬垂着的那些由五颜六色缤纷绚丽的烟雾组成的“国画”,也顷刻间消失净尽。

我怀疑自己刚才做了一场白日梦。但沙发上的东西证明不是梦。还有弥漫在室内的芬芳,以及……我衬衫上的两个洞,我胸上两处被灼伤的焦点……它们开始疼起来……

我做的第一件事是找药。找来找去大失所望。因为我家里从没储备过治灼伤的什么药。而我已感到疼痛加剧。

这时妻子回来了……

# 第三章

妻“友邦惊诧”，皱眉问我究竟在找什么？像所有的妻子们一样，她最忍受不了的，便是一进家门眼前乱七八糟的情形了。

那一天是星期五。她下班早。我没料到她三点多就会回来。

我说：“我在找笔啊！找一支使惯了的笔。”

妻放下挎包，一副哀己之不幸、怒夫之不争的模样，反感又无奈地瞪着我。

她以诲人不倦的“三娘教子”式的口吻说：“我亲爱的夫哇，你呀你呀，作家梁晓声呀，你为什么非要撒谎非要说假话呢？找什么就是找什么嘛。干吗找东非要说找西呢？这种事儿也值得你对自己的老婆撒谎说假话吗？你经常用的笔，会在所有这些抽屉里吗？会在冰箱里吗？会在装药的盒子里吗？”

我说：“除了找笔，我还找衬衣。”

读者诸君，难道你们不和我一样地认为，假话某些时候某种情况之下那是非说不可非一说到底的吗？比如当时我所处的情况下，我说真话我的妻子她能信吗？我就是诅天咒地要使她相信，她也根本不可能相信的呀！

妻问:“找到衬衣了吗?”

我说:“没有。”

妻子问:“究竟要找到一件什么样的衬衣? 看,你的衬衣,不是都已经被你翻在明面儿上了吗? 难道你要找一件你根本不曾有过的衬衣?”

我则什么也不再说,默默规整着。

妻吸了吸鼻子,说:“屋里怎么一股香水味儿啊?”

“哪儿有什么香水味儿?”我也煞有介事地吸了吸鼻子,“我怎么闻不到? 你的鼻子有问题!”

妻又吸了吸鼻子,说:“我的鼻子才没问题哪! 你自己的鼻子有问题吧? 家里来过什么人了吧?”

我说:“没有。”

“那是什么?”她在指沙发上的两套警服。

我说:“那不是两套警服吗?”

妻问:“哪儿来的。”

我说:“我的一部电视剧本不是要拍摄了吗? 导演初步物色到了两位演员,带来和我谈谈,想当面听听我对剧中人物的分析。”

妻说:“我记得你的剧本里并没有穿警服的人物呀!”

我说:“是啊是啊,初稿的确是没有的。但现在定稿中有了,而且是主角……”

妻说:“还在咱家试过装?”

我说:“两位演员那么的虔诚,导演也那么的虔诚,当然希望我对着装后的角色多提宝贵意见啦!”

妻说:“那你一开始为什么撒谎为什么说假话呢? 来人就来人了嘛! 这也值不得撒谎值不得说假话呀! 你如今怎么变得这样了啊? 就算你非常喜欢撒谎非常喜欢说假话,也有个值得不值得的问题呀! 你干吗根本不值得撒谎不值得说假话的事儿,也非撒谎不可非说假话不可呢?”

列位，列位，亲爱的亲亲爱爱的读者诸君啊，你们客观地、公正地、丝毫也别偏向地给评评，是我喜欢撒谎喜欢说假话吗？是我非要撒谎非要说假话吗？我妻子她一问再问三问，我不一而再、再而三地撒谎说假话，我又能怎么办？谎言假话好比项链儿，那都是成串儿成串儿的呀！说了第一句，那就必得有七八句十来句“补助”着呀！好比你捏起了项链上的一颗珠子，那就意味着你等于在拎起整串儿项链儿。这叫规律。凡规律都不以人的意志为转移嘛！规律已经限定了我已经撒谎必须一而再、再而三地撒谎说假话呀！我妻子她对我的指责，那不纯粹是“站着说话不嫌腰疼”吗？

那一天，我忽然非常非常地同情起某些当官的人们来。他们撒谎他们说假话，他们对上边说一套，对下边说另一套，开会时说一套，在家里说另一套，当着群众的面儿说一套，背着群众说另一套，跟自己的“革命同志”说一套，跟自己的老婆孩子说另一套。肯定的，也都是规律性使然的结果啊！更有某些当官的人，一而再、再而三地对上边撒谎说假话，一而再、再而三地对广大群众撒谎说假话，却官运亨通，职位越升越高，权力越来越大，肯定是有更深层次的、不在官场上的人没法儿掌握的规律在左右着他们呀！同情产生理解。我几乎脱口喊出“理解万岁”来了……

妻又说：“难道你就不想对你一向地撒谎一向地说假话的行为做出点儿解释吗？哪怕是胡乱地解释解释也好啊！”

我烦了。我说：“老婆你还有完没完啊？”

妻说：“怎么我没烦你倒烦了？”走向沙发，拎起那双女外星来客穿过的高跟鞋问，“你在你的剧本里还加了个女一号？”

我说：“不错，正是的！”

妻说：“她也在咱家里试过装？”

我说：“对，对！试过！”

“试装还试这玩意儿？”她放下高跟鞋，将胸罩挑了起来。

那一时刻我心中暗暗恨透了两个外星男女，尤其恨那个女的！我心说在你们那个鸟星球上其实你们未必分男女，就算你们也有男人女人之分，你们的女人也未必像我们地球上的女人一样长乳房！你他妈的不过就是为了“工作方便”，在我面前假扮一名地球上的女警嘛！那你又何必在警服里边穿得如此之全呢？这不给我老婆留下产生无端猜疑的证据了吗？这不等于离间我们的夫妻感情吗？

我瞧着勾在妻子指上的胸罩一时语塞。看去那是特大号的乳罩。红色的，勾花儿的。对于乳房来言，能露出的地方多，能罩住的地方少。确切来讲那就像两个小网。

“除了这玩意儿，还试丝织裤头儿？”

我吭吭哧哧，彻底陷入窘境，更加不知如何回答。

“当着你和导演的面儿试？还是导演避开，专试给你一个人看？”

“……”

“亲爱的，你创作的究竟是电视剧本儿，还是女子贴身衣物的广告？”

“……”

“你倒是回答呀！”

我嘿嘿讪笑了。我说：“老婆，你这已经不是‘三娘教子’了，而是‘春草闯堂’了！”

妻说：“你甭跟我油嘴滑舌的！怎么把毛衣脱了？屋里温度也不算太高呀！不至于热到你那份儿上吧？恐怕连衬衣裤子也是我回家之前刚刚穿上的吧？怎么还没洗过的衬衣上有两个洞？”

于是妻走到我跟前，仔细研究我衬衣上的洞。

“烟头烫的？”

“不是不是。真的不是！”

“啧啧，分明是烟头儿烫的嘛！还不好意思承认呢！肉皮儿都烫焦了，你的女一号烫的？”

“她不是我的‘女一号’！”

“不是你刚才自己说的吗？”

“我没说！”

“嘴真硬！好，就算不是你的‘女一号’，那么她是谁？究竟是谁？和你什么关系？”

“她……她他妈的根本不是人！跟我毫无关系！”

“跟你毫无关系？她在你面前试装，从乳罩丝织裤头儿试起，还拿烟头儿烫你，你倒在我面前说她跟你毫无关系！啧啧，亲爱的夫呀！你如今撒谎说假话，怎么水平不是提高，反而越来越低了呢？怎么连点儿起码的逻辑性都不讲了呢？我告诉你，全民族撒谎说假话的水平都在大大地提高着呀！我的夫呀你落伍了呀你！你先别急，我替你说出你想说出的话，那叫‘试戏’对不对？你那剧中还有不少床上戏吧？瞧你现在多能呀多出息了呀！新思路了！大手笔了！赶浪潮了！会写床上戏了！可你就不觉得可耻吗？你知道你在自己家里来的这一套叫什么吗？叫堕落！叫糜烂！文人的堕落和糜烂！还跟你的‘女一号’在床上假戏真做了吧？”

“胡说！我揍你！”

“恼羞成怒？被女人拿烟头儿烫你觉得很刺激很快感是不是？那还叫病态！还叫受虐狂！连这么高级的毛病都新添上了！我忠告你，现在‘扫黄’‘扫娼’正在风口浪尖儿上，你别哪天招惹来真警察，把咱们这家当成一个‘黄色窝点儿’给端了！那么一来，丑闻的苦头儿，可就够你下半辈子足吃足喝，享用不尽了！……”

妻一说完，拎起挎包，转身就走。

我说：“亲爱的你哪儿去呀？”

妻说：“亲爱的别跟我装乖作嗲。除了这个家，我不是再没地方住了。我得离开几天。眼不见心不烦。留给你两种选择，要么好好儿反省，痛改前非，浪子回头；要么在不可救药的边缘上继续往下滑，滑到人渣们一块儿堆儿去，堕落到连狗都不愿亲近你的程度！……”

妻瞪了我片刻，毅然决然地扬长而去……

那一夜我双目难合。读者诸君,列位列位,你们说我倒是有什么可反思的啊?跳进黄河洗不清的这一件事儿,是不是太“他妈的”了?我冤不冤啊我!……

第二天一早,我去到了我们市作协主席老苗家里。

老苗新买了部“586”电脑,正投入全副心思打什么。

我落座后,开门见山地说:“老苗哇,有件事,责任重大,我必须向你汇报。”

老苗说:“嚯,有那么严重?”

我说:“当然很严重。不是严重,而是严峻!简直严峻得不得了!希望我汇报的时候,你一次也别打断我。”

老苗说:“咱们‘作协’能和什么严峻得不得了的事发生关系?好吧,那你就开始吧,简单扼要点儿,我洗耳恭听。”

于是我就将昨天上演在我家里的现代荒诞戏,原原本本地、有情节有细节地讲给他听。

老苗他表现出了极可敬极可爱的耐心,真的一次也没打断我。

等我终于讲完了,吸烟时,他站起来,一边挠着秃顶,一边在他的书房里踱来踱去,做思考状。

我也表现出相应的耐心,期待地望着他。

不料他站住在我面前,以下权威性结论的口吻说:“不错。挺好。”

我眨巴眨巴眼睛,如坠五里雾中。

他又问:“打算多少字收住?”

我恍然大悟。我说:“老苗你想哪儿去了呀?我不是要跟你谈什么构思!我讲的,不,我汇报的是真事儿!是昨天真真实实地发生在我家里的真事儿!”

“真事儿!”他弯下腰,将他的脸凑近我的脸,目不转睛地,研究地盯着我的脸看了我半天,慢条斯理地问,“你希望我相信你讲的是真事儿?”

我说:“老苗你必须相信是真事儿!你丝毫也不能怀疑的!”

他平静地说:“我为什么丝毫也不能怀疑?我为什么必须相信是真事儿?”并将一只手按在我额上,自言自语地又说,“不过你也确实没发高烧哇!”

我说:“老苗,我当然没发高烧!我可不是来你家里跟你胡言乱语!这事儿非同小可,你不能当成儿戏!我尊重你,信赖你,你是我的直接主管上级领导,所以我才首先向你汇报!而你,有不容推脱的职责向市委汇报!”

老苗说:“向市委汇报?你把我当傻瓜耍呀?你也想将市委的领导们当傻瓜耍呀?你是不是神经病了呀?”

我说:“老苗,你看我像神经病了吗?”

老苗说:“如果你不是神经病了,那么就一定是心理有毛病了!你这人太自私了吧?你一旦进入创作状态,唯恐受到滋扰,门上要贴‘恕不接待’的条子,电话要关掉,连作协的例会都不参加!你一旦创作画上了一个句号,就该这家串那家串的了,不管人家是不是在创作过程中,屁股沉得狠,一坐下就跟人家侃起来没完!也不管人家欢迎不欢迎你,烦不烦!捎带着还侃你的下一篇构思!在滋扰别人的过程中,你另一篇作品的腹稿也成熟了。你一向如此,太不道德了吧?我坦率告诉你,咱们许多作家朋友,早就对你这一点有看法了!你既然说你尊重我,视我为你的领导,那么我今天就以你领导的身份和资格奉劝你,你他妈的心理状态不能这么阴暗!做人要给自己多少留点儿人缘!”

我火了。我说:“老苗你他妈的跟我胡扯些什么呀?这都是哪儿跟哪儿呀!”

老苗说:“你别火!”他低头看了一眼手表,“你整整浪费了我四十五分钟!鲁迅先生说过的,浪费别人的时间等于图财害命!我有权要求你还我命还我财!”

我就又眨巴起眼睛来。

他得意洋洋地说:“现在你得听我讲讲我的构思了!我知道你一向

瞧不大起我，认为我是江郎才尽了，创作上没出息了，彻底完蛋了，所以才当作协主席！你甭解释！解释也没用！但是我要告诉你，我老苗是三年不鸣，一鸣惊人，一鸣冲天！我现在正创作的这篇小说，半年后发表出来，那一定震动文坛！一定竖起一座当代文学的高峰，你们这一辈子就都悬笔吧！全别写了！写也不过是高峰之下的土坷垃！你刚才那篇的构思，不过是荒诞加科幻，玩闹儿的品位！我这篇，要坚持冷静的现实主义！伟大的传世之作，那还得是现实主义的！……”

我大吼：“老苗，你他妈的给我住口！”

我吼罢就打开了我带去的布兜……

老苗说：“你想往外掏什么？”

我说：“还能往外掏什么？掏他们穿过的衣物！”

老苗说：“他们？他们是谁？”

我说：“还能是谁？是我对你讲的那两个外星来客呗！”

由于那些小件儿在上，我一掏，首先掏出的是乳罩和丝织裤头儿，带出一只高跟鞋，掉在地上……

老苗双眼不禁大睁。

他舌头一时打滚儿地说：“那那那，真有那么个女人昨天去到你家里？”

我说：“你怎么还不信啊？这都是物证嘛！”

他说：“她她她出现在你面前时，身上就穿这点儿？而脚上是高跟儿鞋？”

我说：“当然不是你想象的样子！老苗你的想象力怎么也开始朝赤裸裸的方面丰富啊？”

我一边说一边又往外掏警服……

老苗说：“好兄弟别往外掏了别往外掏了！我相信了我相信了！不就是有两位外星客，到你家里将你戏弄了一通吗？这类事儿多了！《飞碟》杂志上隔几期来一篇！我完完全全地相信了还不成吗？还往外掏，别掏了！……”

老苗也有点儿火了。推开我，将我刚掏出来的东西往包里塞……

我说：“苗主席，领导，你既然相信了，那么事不宜迟，我要求你立刻去向市委领导们汇报！”

“我没工夫！”老苗吼了起来，“你没见我正在创作吗？我平时为你们这些作家老爷、作家少爷、作家女士和作家小姐们服务，好不容易挤出点儿时间，自己批了自己一个多月创作假，你又来无理取闹胡搅蛮缠！你走你走！快走！市里的领导们这几天正开常委会，找谁都不在！要汇报你自己汇报去吧！拯救咱们全市人的功绩也都归你，我不沾你光！……”

他一边说，一边将我的包儿塞入我怀里，并将我推出门，砰地关上了门。

我正站在他家门外发愣，门又开了，只见他的一只手伸出来，将掉在他家地上那只秀瘦的高跟鞋扔了出来……

“梁大作家，你听着！堕落你尽可以去堕落，腐化你尽可以去腐化，男女关系你也尽可以去乱搞！民不举，法不究，我这个作协主席更不爱管！但是你若在男女关系方面搞出了麻烦，诌神编鬼来蒙蔽我，企图让我信了并且包庇你，那你是瞎子点灯白费蜡，彻底打错了算盘！”

一大通混账话后，门再次砰地关上。

我不禁朝他的家门狠踹一脚，大骂：“老苗你王八蛋！你将成为千古罪人！……”

市委主管文教的曲副书记的秘书小邵接待了我。我以前见过他几面，彼此较为熟悉。他对我挺客气的。

像老苗一样，他表现出了又可敬又可爱的耐心，面对面注视着我，一句话也没插问。他静静地听我有来龙有去脉地汇报完。

“还有别的情况吗？”他笑了笑，笑得很矜持。在听我汇报到三分之一时,他已然放下笔,合上小本,不作记录了。

我也笑了笑,有点儿不好意思。觉得自己如同奸商,凭着花言巧语,一心骗别人买下什么假冒伪劣产品似的。

我说:“没别的什么情况了。该汇报的都汇报了。”又有几分不放心地问,“小邵你为什么只记录了三分之一就不记录了啊?”

小邵说:“你放心吧!该我记住的,我用脑子全记住了。”

我说:“否则我不来汇报的。我知道市委的领导们这几天忙。但我一想到他们扬言要惩罚咱们地球人的话,就感到非常忧虑非常不安啊!咱们也没法儿想象他们的惩罚方式啊!如果是小小不然的惩罚,咱们承受就是了嘛!可如果他们惩罚方式很严酷呢?比如像大地震、像瘟疫、像火山爆发……”

小邵说:“咱们市附近没山,更没火山。”

他终于开始打断我的话了。

我说:“是啊是啊,是没火山。可有条江对不对?万一来个洪水涛天,淹没全市,那也够惨的啊!水火无情嘛!《圣经》上记载的那一次大水灾,全人类仅剩下了诺亚一家啊!……”

小邵连连点头说:“是啊是啊。那的确也够惨的!”他的样子极其严肃。但我看出他是在装严肃。看出他其实想哈哈大笑,只不过强忍着不便笑罢了。

他又说:“梁老师啊,我了解您是很那个,那个那个有责任感的作家。这很好嘛!曲副书记常当着我的面儿表扬您这份儿作家的可贵的责任感嘛!不过您也别走火入魔,太来劲儿……”

“你说什么?最后一句我没听清,小邵你再重复一遍……”

我他妈的当然听清了!“太来劲儿”?什么他妈的话啊?!

小邵笑了笑掩饰地起身往我杯里续水。

他问:“这茶怎么样?”

我心里生气没吭声。

他就又说:“梁老师,我刚才用词不当,您千万别往心里去。我的意思是,您也别太杞人忧天。只要有市委的正确领导,有广大人民群众的积极配合,什么妖妖怪怪,邪邪魔魔的,包括您所说的什么外星男女来客,都是足以被战胜的!梁老师,在任何时候,任何情况之下,希望您都要一如既往地相信人民相信党……”

我饮了一口茶,顿觉嗓子润湿了点儿,不因口干舌燥而那么难受了。我说:“小邵,邵秘书,你的话很对。很正确。但是,咱们最好姿态高些,尽量不把事情搞到武装冲突的地步。据我分析,他们也没什么恶意。其实是本着治病救人的态度而来的。那么我们就不应该讳疾忌医是不?何况,我们的社会局势也不那么稳定,动荡不安,民心浮躁,工人失业,干部腐败,中年疲软,青年纨绔,老年对国家前途悲观沮丧……这些问题,一旦武装冲突起来,对我们保持和推进‘改革开放’的伟大成果非常不利是不是?”

小邵说:“那是那是!梁老师,看来您已经很懂一点儿政治了。曲副书记要求我们当秘书的,也要懂一点儿政治呢!说将要在你们作家中和明星中,还要大树特树几个懂政治的样板呢!您和曲副书记主动表示表示愿望,我有机会再从旁替您敲敲边鼓,说不定就有希望被树成样板呢!”他话锋一转,突然问我,“梁老师您看过美国巨片《真实的谎言》吗?”

我说:“我知道上演得很火。一直想看,可一直没能抽出时间去看。”

小邵就从屋子里翻出一张票给我。说是下午的票,时间很从容——可他下午要列席常委会,负责记录,去不成了。建议我一定去看看,娱乐娱乐,消遣消遣,尽量松弛一下以往绷得太紧的创作神经。

他一直送我到市府大楼外的台阶上。和我握手道别时,拍着我的肩关切之至又虔诚之至地再三叮咛:“悠着点儿,千万悠着点儿!身体是本钱啊!身体一旦垮了,那就太得不偿失了!”

……

《真实的谎言》非常之好看。场面异想天开,令我大饱眼福。美国佬儿真他妈的趁钱!竟拿得出近一个亿的美元玩一部电影!那能不令满场观众目瞪口呆吗?

亮灯时,我见不少人都神不守舍,一脸傻兮兮的模样儿。分明的,观看得太投入,都还没来得及从《真实的谎言》中"自我解放"之。

影院前厅有一面迎门镜。我情不自禁地在镜前驻足,见镜中的自己也神不守舍,一脸傻兮兮的模样儿。暗想这就是所谓"银幕冲击力"的伟大性所致吧?

离开影院,一路走,一路想——其实又有什么呢?不就是满足了"眼睛的奇观"吗?八十多元的一张票,不就等于一千余人在同一个空间里,在黑暗中共同玩了一场"电子游艺机"吗?那银幕上的施瓦辛格,不就像一个卡通英雄吗?这世界究竟是怎么了呢?近亿美元的娱乐投资哇!人类就不打算留点儿"奇观"给下个世纪的眼睛看了吗?如果有一天人类的眼睛不管看什么都不再惊讶了,美国佬儿他妈的负得起这种严重的责任吗?并且进一步想,倘我能活到那一天,一定号召全世界的人,向美国佬儿索赔!打一场二十一世纪轰动全球的国际官司,强烈要求美国佬儿赔偿全世界人眼睛的"功能欲望"之损失!看美国佬儿究竟赔得起还是赔不起!

于是又联想到我摊上的事儿,何尝不也是"真实的谎言"呢?

天塌下来众人顶。反正我能做到的,已经很有责任感地做了。但愿两名外星男女别再来找我的麻烦。

第二天、第三天我接连去钓了两天鱼,收获颇丰。活的养在浴缸里。死的收拾了出来,冻在冰箱里。一分心,将我摊上的事儿忘到脑后去了。

第四天妻从娘家回来了,对我特别亲热,仿佛我们之间根本没发生过什么误会,没怄过气似的。她说我瘦了。说准是因为用脑过度,睡眠不足。

刚吃过晚饭,妻便催我洗漱。刚洗漱完,妻便给了我几片药,非看着我咽下去不可。我问是什么药,她说是某种复方维生素,调节植物神经的。说你不是植物神经紊乱吗?从今天起,就坚持服这一种药吧!……

我醒来后,发现自己已不在家里,而在某医院的单人病房。

正纳闷儿,一位年轻的护士小姐走了进来。

我问:"几点了?"

她说:"快十一点半了,一会儿就要开饭了。"

我问:"我怎么会在这儿啊?"

她说:"你病了。"

我问:"什么病?"

她指指她自己的太阳穴。

我暗惊,问:"是神经病?"

她说:"别紧张,没那么严重。只要你安心休养,积极配合治疗,会渐渐恢复正常的。"

我问:"谁把我弄这儿来的?"

她说:"你妻子。还有你们作协的负责同志陪着。"

我问:"是不是一个又高又胖、'胡汉三'式的男人?"

她说:"没错儿,特像电影《闪闪的红星》中的还乡团头子'胡汉三'。"

我想那就是老苗无疑了。

她命我褪裤子,要给我打针。

我问:"要给我打什么针啊?"

她狡黠地冲我一笑,说:"你何必知道那么多呢?这里条件多好哇!你要知道你住的可是高干病房啊!既来之,则安之嘛!市里的领导对你可关心了。其实你本没资格住高干病房,是市里的领导特批的……"

中午我吃得很饱,也很香。

我暗想那护士说得不错——这儿条件确实好啊!内有浴室,有电视;外有庭院,有河有桥。环境清幽,最适合我这种喜静的人休养不过了。而且,那护士也挺漂亮,笑起来怪迷人的,说起话来语音甜甜软软的——就不知市里的领导是否也批示了，要求她只护理我这一个特殊的病人。特殊情况理应特殊对待嘛！

下午来了一位老医生。装出随便聊聊的样子问了我一些问题——你最近常看什么书啊？在创作阶段每天写多少啊？你说的那两个男女外星人又滋扰过你吗？你梦见过他们吗？对那女外星人产生过“弗洛伊德”之念吗？你常失眠吗？认为自己性功能还旺盛吗？爱幻想吗？经常希望自己成为引起公众关注的人物吗？……

我非白痴。至今已写出几百万字，而且多次获奖的一位作家怎么可能是白痴呢？要变成白痴也会有些预兆，有一段渐变的过程啊！

于是我反问：“医生，这儿是精神病院吧？”老医生的目光，从镜片儿后研究地注视着我。我以为他一定会讲假话，一定会对我撒谎。

不料他坦率地回答：“对。这里是精神病院。”

“精神病院也有高干病房？”

“对。也有高干病房。”

“得精神病的高干多吗？”

“不少。高干也是人嘛！商品时代，人人的观念都受到彻底的冲击。他们更不例外。不过比起来，他们多是‘文疯’。不砸不闹，不嚎不叫。”

看来老医生是位专治高干精神病患者的专家。不是专家，谈论起来，绝不可能那么头头是道。他说他们中，大致可分为以下几类——第一类属于“忧郁症”。“忧郁症”中，又分为忧己的和忧国的两种。忧己型的，无非因为所希望离休前晋升到的职位和级别成了泡影，离休后的待遇将大打折扣。或者儿女乃至孙儿孙女们的工作、生活、个人愿望还没安排好。起码是还没安排到位。结果由忧而郁，由郁而症，最终被送到了这里。忧国型的，无非因为面对的腐败现象太严重了，社会问题太多了，辩证法没学好，分不开主流和支流，搞不明白九个指头和一个指头的关系，结果一叶障目，不见泰山，看不到“改革开放”的大好形势，对国家和民族的前途，产生了有心救楚、无力回天的悲观，结果也便由忧而郁，由郁而症，也便被送到了这里。第二类属于“老年痴呆症”。一生操权握柄惯了，颐指气使惯了，说一不二惯了，独断专行惯了，作威作福惯了，一旦离开了“权力场”，或者实际上并没离开“权力场”，仅仅离开了“权力场”中心，仅仅自以为大权旁落了，或权力不如以往那么大了，管的部门少了，管的人少，管的事儿少了，于是整天气不打一处来。于是气血攻心，于是导致脑血栓，心血管儿梗阻。于是住院。住一次院，智力明显下降一次。住几次院后，就变成“老年痴呆症”患者了。第三类属于“判断失迷症”。既为公仆，身在宦海，悠悠万事，当然以左右逢源为本，以官运亨通为大。察言观色，见风使舵，唯上峰马首是瞻，大抵是必须擅长的一手。而且，还必须瞻前顾后，善于留一手。举措过大，决定冒进，是谓之左。慢半拍，落后于形势，是谓之右。一看二等，企图看个心中有数，等个条件成熟，又极可能贻误机遇，被指责曰没有作为，没有建树，没有开拓精神。一言以蔽之便是没有政绩。没有政绩，政治前途，岂不就岌岌可危了吗？哪一个公仆上边没有公仆管着领导着呀？公仆见公仆，现而今，有些话就很不好说。有些问题就很不好回答。有些现象就很不好汇报。你这公仆，知道那领导着自己的公仆，哪一天哪一时刻究竟喜欢听什么样的话啊？比如物价上涨，工人失业，你若持乐观态度，说没什么，说老百姓能承受，说甚至还能承受得更多些更重些。对方也许就会批评你政治上幼稚，受党栽培多年，怎么一点儿都没成熟起来？怎么一点儿应有的忧患意识都没有？怎么党很忧患很犯愁之事，你反而在这儿瞎乐观？说轻松话儿？大概早已做好了有朝一日脱离体制，与党分道扬镳的准备了吧？你乐观得多么讨厌啊！你若说问题严重，不及早妥善解决，干扰共和国大局的安定。对方也许会反问，那么你有什么高招吗？你肯定是没有的呀！你会有什么高招呢？你只得照实说。说没有。那么好。对方也许还会批评你政治上幼稚，受党栽培多年，怎么一点儿都没成熟起来？怎么一点儿应有的执政信心都没有？怎么党高瞻远瞩，运筹帷幄，从容不迫，部署若定之事，你反而在这儿瞎悲观，危言耸听？有你认为的这么严重吗？在对形势的估计上，在对全局的看法上，你怎么恰恰与上级相反，背道而驰呢？同志，你要自己问自己一个为什么了！由于判断失迷，官儿是不如从前那么好当了。小官在大官面前，是越来越觉得话不那么好说了。连说官话，也需要比以往更丰富的经验更高的技巧了。某些半大不大的公仆，太缺少这方面的经验和技巧，整日价感到心理压力巨大，久而久之，也会被送到这里来……

老医生还说，腐败不仅是政治现象，其实也是一种精神病。可曰之谓“信仰崩溃症”。

他问我：“梁作家，你说‘拜金主义’，究竟是自下而上形成的，还是自上而下形成的呀？”

我吭哧了一阵，没回答。索性装傻充愣。怕怎么回答都不对。都会被他批评为“政治上幼稚”，进而认定我的“精神病”很重，一年两年内不许我出院。尽管这儿条件好，尽管我享受的是高干待遇，但还是不打算较长时期地住下去。

他又问：“梁作家，你说哪些人对‘改革开放’的前途，对这个国家的前途最没有信心了？”

我嘿嘿一笑，反问：“医生您说呢？”

同时暗想，老家伙怎么对我提这么操蛋的问题？别还是安全部的吧？我得对他存几分戒心才好。这年头，防人之心不可无啊！

他说：“你不敢说，我敢说。‘拜金主义’是自上而下形成的嘛！先是些个公仆们见钱眼开了嘛！先是他们，除了信钱，再就什么都不信了嘛！他们瓜分国家的那一种强烈欲望，证明他们自己首先对国家的前途一点儿信心都没有了嘛！唯恐动作晚了，小了，就瓜分不到了，就吃了大亏了嘛！而住进这儿的，恰恰是些想瓜分没瓜分到，心理上觉得吃了大亏的人。已经瓜分到了的，正在外边逍哉遥哉，过着贵族生活哪。当然，还有一些被送到了另外的地方。那另外的地方，就没有这儿的条件好了。那只能怨他们自己方式笨，或者方式尽管也很巧妙，但是没背景，没靠山，功亏一……”

我哪儿有心思听他跟我侃这些！

我打断他，说：“医生啊，您看我，究竟是属于哪一类患者呢？”

老医生又眯眼注视起我来。

我说：“作为病人，我有权了解自己的病况是不是？”

他沉吟片刻，以更加坦白的口吻说：“首先，以我的经验，你当然可以排除于‘武疯’之例。凭我的经验，觉得你也不是‘文疯’。你根本就不该住进来。”

我说：“那您批准我出院行不？我不是高干，而能有幸住进高干病房，以特殊的方式休闲休闲，又何乐而不为呢？但如果是精神病院，那就两码事儿了！我非常不习惯在精神病院里享受高干待遇……”

他说：“我非常理解。正常人被当成精神病患者，渐渐也会变成精神病患者的。这里有个心理环境影响，心理暗示和心理导向的问题。不过我没权力批准你出院。你出院得‘作协’领导同意。作协领导其实也做不了主，得请示市委领导……”

我问：“为什么？为什么我会受到如此厚爱？”

他说：“梁作家啊，你不要再提什么外星人了！关于外星人，我自己一向持不可不信，不可全信的态度。仅凭这一点，是不能构成你精神不正常的医学根据的。若想早日出院，那首先就要看你在‘作协’领导面前表现得精神正常不正常了！”

我说：“请您给我们作协领导打电话，我要求立刻见到他，越快越好……”

晚上，小悦陪我散步。小悦就是那位又年轻又漂亮的女护士。只要她一出现在我身旁，我的心神就安定多了，就又“乐不思蜀”了，不想外边的世界也不想家了。

我问她：“小悦，你喜欢文学吗？”

我想她若碰巧是一个文学女青年，哪怕仅仅是文学女读者，那多好哇！也许她会对我心生崇拜希望认我为师的。收下这么一个又年轻又漂亮的文学女弟子，将是我的多大的幸事啊！唉唉，这年头，文学青年越来越少了。文学女青年更加少了。漂亮的文学女青年，简直就是凤毛麟角了。没了漂亮的文学女青年们的敬仰和崇拜，当作家又成了多么没意思的事儿啊！灵感从哪儿来啊？出不了“精品”，出不了史诗，那能只埋怨作家吗？

月光下，小悦的脸儿显得那么白皙。她令人，更准确地说是令我心猿意马地一笑。刚欲回答，树丛后冷不丁闪出一个矮矮胖胖的人影，伸展双臂拦住我们的去路，大声问：“嗨，你他妈的幸福吗？”

我猛吃一惊，脚下如同生了根似的，顿时愣愣地呆站在那儿，仿佛遇到了劫路的大盗。

小悦悄说：“别怕。这是你的一位病友。”

那矮矮胖胖的汉子又大声喝问：“你他妈的幸福吗？”

对这句不着边际也太突然的话，我一时不知该做怎样的回答是好。

小悦则又胸有成竹地说：“怕个什么劲呀，你的好运气来了。快说你幸福……”

“你他妈的幸福吗？”

月光下，那汉子的面孔，好像人面狮身的“斯芬克斯”的脸。粗鲁的不耐烦的表情中，呈出某种怪诞的焦躁不安的希冀。

“我……幸……幸福……”

小悦暗中在我胳膊上拧了一下：“别吞吞吐吐的，大声回答！”

于是我吼道：“老子他妈的幸福！”

“说幸福极了！说幸福得不知把自己怎么办才好！”

我从未感到自己幸福极了，更没有过幸福得不知把自己怎么办才好的时候。

但我宁愿照小悦的话说。我相信她不会坑我。何况她已有言在先，说我的好运气来了。

于是我又吼:“老子他妈的幸福极了！幸福得不知把自己怎么办才好了！”

那汉子朝我伸出了一只手:“脱下！脱下你的背心给我！老子买了！”

我丈二和尚摸不着头脑,低问小悦:“他干吗要买我的背心呀？”

小悦对我说:“回去再详细讲给你听。”

又对那汉子说:“三号,别胡闹。他的背心,当然是要卖给你的！我们就是为了替你买下他的背心,才把他弄到这儿来的嘛！不过你可千万别吓着他。你若吓着了他,将来你穿上了人家的背心,会大大影响你幸福的程度啊！……”

小悦好说歹说,总算将汉子劝走了。

那汉子一边走一边喊:“他的背心老子买走了！不管出价多少老子都买定了！你们要是反悔了可不行！……”

# 第四章

小悦陪我回到我的病房，插上门，推我坐在沙发上，然后一蹦扑上了床。也顾不上脱鞋，盘腿儿坐在我病床上。看得出，她情绪好极了。

她说：“那汉子姓孙名得贵，是位名副其实的大款。个人资财少说也有两千多万。原是倒卖假烟假酒的。不知怎么一来，奇迹般地便暴发了。暴发倒是暴发了。但不久便得了一种精神方面的病。按老医生王教授的分类法，叫‘幸福怀疑症’。也就是说，他总感到自己其实并不幸福。”

我说：“这不是活得太烧包了吗！如果个人资产两千多万的大款还总感到自己不幸福，那么寻常百姓还能活吗？”

小悦说：“话不能这么讲，病嘛。”

我说：“他的病最好是去找心理医生治疗。”

小悦说：“他找过的，所有的心理医生，一概地只会劝他，一定要相信自己是一个幸福之人。可他就是不相信。相信了还叫‘幸福怀疑症’吗？他老婆万般无奈，慕王教授之名，拐着弯儿托了好几重人情，才将他送入到这里……”

我问：“那王教授，对他的病有办法吗？”

小悦说:“当然有了！若没有办法,教授还算是教授吗?”

我听得来劲儿,追问:“那王教授究竟是以什么方式什么药物对他进行治疗的?”

她说:“其实也没什么神秘的。处方不过就是一件背心。”

处方是……一件背心?

“对！一件幸福之人贴身穿了八个月以上并且没洗过的背心。”

小悦接着说:“王教授所遵循的医学理论是这样的——首先,该理论肯定幸福是一种物质。”

我说:“那还用怀疑?物质生活太穷酸了,人能幸福得起来吗?”

小悦连连大摇其头,说:“亲爱的作家先生,你将我的话理解错了！王教授的理论,也就是王氏‘XF’理论所肯定的,幸福乃是一种物质这一重大的发现,指的非是一个人的物质生活所处的水准。而是指幸福本身是一种物质元素。就像铁、锌、钙、碘是人体内必不可少的物质元素一样。否则就难以解释得清楚,为什么有的大富豪终生郁郁寡欢,而某些穷光蛋竟有心思穷欢乐,欢欢乐乐地过了一生。不是别的什么原因在作祟,而是人体内的‘XF’物质元素的多少在起作用。就好比血型对人的性格起作用一样。某些人具备了一切本应感到幸福的条件,可就是觉得自己不幸福,乃是因为体内先天缺少‘XF’元素。与先天缺钙之人骨质必然松软道理是一样的。而另外一些人毫无应感到幸福的条件,却成天欢欢乐乐幸幸福福的,不是因为他们傻,缺心眼儿。而是他们体内的‘XF’元素充足。不值得欢乐也必然欢乐,不值得感到幸福也必然非感到幸福不可,王氏理论认为,人体内的‘XF’元素的微粒儿,是会从汗毛孔排泄出来的。一个幸福之人每天从汗毛孔排泄出来的‘XF’元素的微粒儿,必然比一般人多得多。必然会大量附着在其背心上。而一个‘幸福怀疑症’患者,穿上了那样的背心,就会通过自己的汗毛孔,将大量附着于背心上的‘XF’元素吸收到自己的体内。日复一日地吸收,待到自己体中的‘XF’元素渐渐多起来了,充足了,‘幸福怀疑症’患者的病,也就不治自愈了……”

我半信半疑地说：“为什么非得是穿了八个月以上的背心呢？谁的背心穿了八个月以上一水不洗呀？”

小悦说：“一年不是分四个季度吗？三个月一个季度对不对？八个月那就是两个季度以上了对不对？考虑到人秋冬出汗少，春夏出汗多，所以必须穿够八个月以上，‘XF’元素之附着量，才能达到王氏医学理论要求之标准……”

我说：“一个幸福之人，怎么可能一件背心穿了八个月一水不洗呢？这样的幸福之人太难寻找了吧？何况如今已经不是发布票的年代了，不是新三年旧三年缝缝补补又三年的年代了……”

小悦叹了口气，说：“是啊是啊，是太难找了哇！好不容易寻找到一个，孙得贵也把背心买下了。可刚穿了几天，嫌有味儿，自己洗了一水，结果将‘XF’元素微粒全洗掉了。王教授因而曾对我大发雷霆，责怪我没对孙得贵叮嘱那背心是万万洗不得的……”

我一边听一边暗想，科学之发展真他妈的迅速真他妈的不可思议，说不定哪一天信仰啦、理想啦、精神文明啦，也将被证实其实不过是某些种物质元素吧？将其微粒儿提炼出来，大批生产，供人们大量服用，那么一来，所有的人们，从是孩子的年龄起，不是就都极有信仰，极有理想，精神极文明了吗？所谓政治思想工作，不是就变得极其简单了吗？一切政治思想机构，不是就都可以取消，只在医院里增设“信仰缺乏科”“理想缺乏科”“精神文明元素缺乏科”，由医生们酌量开药片儿就行了吗？

小悦见我发愣，问我在想什么。

我扑哧一笑，说没想什么，紧接着问：“那大款孙得贵究竟花多少钱买下了那幸福之人的附着满‘XF’元素微粒儿的背心？”

小悦无言地朝我伸出了三根手指。

我的兴趣顿落千丈。众所周知，现而今，咱们中国人，人人都有“经济头脑”了。几乎只对一种事发生兴趣了，那就是与金钱有关的事。数额越大,兴趣越高。无论暴发的神话,还是受贿的丑闻,贪污的案例,百万千万的,人们的兴趣早已索然了。往往连充当“二传手”讲给不知者听的那点儿冲动都勃起不了啦。

我以在地摊儿上问价那种口吻问:“三千?”

她的三根手指,不禁使我对“XF”背心的价值大为轻蔑起来。

分明的,小悦从我的表情看出了我内心的轻蔑。她矜持地微笑着,并不收回她的手指,并不觉得尴尬,摇摇头,反而将三根手指更朝我伸近。

“三万?”

小悦仍摇头。

“三……三……三十……万!”

由于兴趣从顿落千丈又陡升万丈,于是造成我的中枢神经区的几秒钟紊乱,接着造成全身血液滞流,大脑缺氧,竟使我口吃了。

“对。三十万。还只不过是按照双方的买卖协约,预付的现金部分。待到买方彻底康复,出院后,还将补给卖方一张一百万的支票……”

小悦她不再微笑了。那一时刻她严肃极了。仿佛插上房门,是为和我密谋怎样劫一把现代“生辰纲”。

我猝然往起一站,立即就脱上衣。脱了上衣便脱背心。将脱下的背心朝小悦一抛,义无反顾地说——拿去!我卖了!比三十万便宜一半儿我也卖了!

那一时刻我真想扑上床,紧紧搂抱住她,疯狂地亲她一阵!就算真的便宜一半儿吧,那也是十五万啊!我迄今创作几百万字了,还从没一次得到过十五万元的稿费哪!十五万啊!想不到在这所精神病院里,我竟遇到了我命运中的财神娘娘!而我那几百万字,十之八九是从每千字七元、九元、十元、十五元、二十元计起的!还要上税!早知道我的背心比我的小说值钱得多,我前十年又何必那么孜孜不倦那么勤奋地写小说呢!

小悦说:"梁老师,别急别急,您先穿上衣服,否则别人敲开门,会把咱俩都想歪了的!"

待我穿上衣服,她又说:"梁老师您坐下,坐下。镇静点儿,镇静点儿。先别太激动……"

于是我重新坐下,倒了一杯凉开水,扬起脖子咕咚咕咚一饮而尽。

小悦一板一眼地说:"梁老师,第一,您的这件背心,当然也要卖三十万!开价只能高于三十万,绝不能低于三十万!少一分钱都不行!便宜没好货这句话,对中国人买东西时的心理还是有影响的。所以,你刚才便宜一半儿那种话,再也不能对第三个人说。这件事,我当你的经纪人了!你必须信赖我,必须对我言听计从。而且,你必须明白,没有我这个经纪人,你这件背心是卖不成的。只配被当抹布。被当擦最不干净的东西的抹布!"

她一严肃,也就不再对我"您""您"相称了。使我疑心她此前对我的敬意,可能是并不由衷的。

我连连点头,说:"是是。亲爱的小悦啊,我保证百分之一百地信赖你,保证对你言听计从。我当然也明白,没有你这个经纪人全面操作,我的背心怎么能卖成呢!"

她说:"第二,你的背心要卖成,那并非一件简单之事。首先得经我们院长,也就是王教授这位专家,对你的背心进行严格的、规范的、具有科学性的检测。得他以专家的身份,开具一份证明。证明你确系一个幸福的人。证明你的背心确系穿了八个月没洗过一水的背心。最重要的,得证明你背心上的'XF'元素微粒附着量,要求达标……"

我吞吞吐吐地说:"小悦,我亲爱的无比信赖的经纪人啊,万一王教授他……他不认为我是一个幸福的人呢?"

小悦说:"是啊是啊,王教授是个最讲'认真'二字的人。他若不认为你是一个幸福的人,那咱俩的策划,成功的大前提也就没有了。还不是竹篮打水一场空?……"

她这一说,我犯愁了。虽然我仅和王教授交谈过一次,但他给我的第一印象挺深,使我感到他是一个非常讲原则的人。我估计,他不会认为我是一个幸福的人。

我试探地问:"小悦,咱们能不能思想解放一点儿,操作方式上变通变通?比如,咱们能不能……"

"能不能对他进行贿赂?"

我说:"对对,我正是这个意思。不过你把话说得太明白了。有些话,一往明白了说,就难听了。咱们最好还是别用'贿赂'这个词儿。这个词儿多他妈的让人腻歪啊?咱们就说能不能用一种普遍行之有效的方式,使他情愿地高高兴兴地承认我是一个幸福的人呢?"

小悦说:"你别解释了。反正都一回事儿。我实话告诉你吧,我们院长他才不吃这一套呢。他是位少有的正人君子!"

我一听就沮丧了,默默地吸起烟来。

小悦问:"你没招儿了?"

我说:"是的。"

又问:"你犯愁了?"

我说:"是的。三十万仿佛就在眼前飘着,仿佛一伸手就可以一捆儿捆儿抓得到,倘过不了王教授一关,便如黄粱美梦,怎的仅仅一个愁字能了得?"

小悦吃吃地笑了。她说:"作家先生,别愁别愁,招儿我已经想好了。咱们别贿赂他。他不吃这一套,你偏跟他来这一套,不是硬往枪口上撞吗?我看这么办,你写下一份字据,表示完全出于自愿地,将卖你的'XF'背心所得的款项的一部分,捐献给他,以支持他继续从事他的'XF'科学研究。要写清楚,是捐给他个人,而不是捐给院方。捐给院方,他不是自己就没法儿用了吗?"

我双掌一拍,眉开眼笑,说:"对对,这么办好。一往支持科研方面提,咱们给也给得体面,人家收也收得理直气壮了。"

小悦说:“事不宜迟。那你现在就先将这一份字据写了吧!”

于是她下了床,从我病房的桌子抽屉里找出纸和笔,扯我坐到桌前去,站在我背后,对我口述起来。

写到具体钱数那一行,我扭回头,问她:“我捐赠多少为好?”

她说:“也别太多。太多对我就有失公平了。就写捐赠十五万吧!”

我一听急了,将笔往桌上一掼,说:“这可不行!十五万啊!一半儿啊!这个数目已经明摆着对我有失公平了!”

小悦说:“你摔笔干什么啊?白纸黑字,你写的可是‘自愿捐赠’。这还只不过是写写,还没到一捆捆真给人家钱的时候哪,你怎么就犯起急来了?那这事儿还能成吗?这事儿成不了,你不是十五万也白得不到吗?舍不得兔子套不住狼。写吧写吧!”

尽管我一百二十个并不情愿,但她的话毕竟也有道理。我只得接着写。心里别扭,字也就不如前几行那么工整了。

写好,小悦拿起认真看。并亲自动笔勾改了几处,而使之看起来更是我心甘情愿的。捐赠对象是王教授本人而非精神病院这一点,也改得更明确无误了。尽管我是作家,她是护士,但我不得不暗暗承认,仅就这一份字据而言,她的措辞水平比我高多了。

她让我抄一遍。

我心里窝火,懒得抄。让她替我抄。

她说:“那可不行。这份字据,还要经过公证呢!不是你的亲笔,不产生法律意义啊!”

我也就只得重抄了一遍。

小悦将字据郑重收起,又往床上一蹦,又像原先那样盘腿坐着了。

她说:“梁作家你放心。现在办成这一件事,我已经有一半儿以上的把握了。第一件‘XF’背心的卖主,不久前死了。被一辆十轮大卡压死了。而‘大款’孙得贵的病还没好,还出不了院,当然就急需第二件‘XF’背心了。全国真正幸福的人少得很。我配合王教授的抽样调查结果表明,全国也不过十几个。其中三分之一还是老年人,‘XF’元素微粒的排泄功能已经大大退化了。他们的背心已经没什么真正的临床医疗价值,不太值钱了。另外三分之二也就是六七个幸福的人呢,天南地北有之,深山老林有之,那是踏破铁鞋也很难寻找到的。现在难题解决了,你的背心正好可以用来继续治疗三号患者的‘幸福怀疑症’。不也等于助了王教授一臂之力吗?而这件事儿之所以几乎是一件水到渠成顺理成章的事儿,主要中之主要点,必须是让患者首先迷信上你的背心。在今天以前,三号患者拦住路过的每一名病友,向他们问过同样一句话——‘你幸福吗?’得到的都是令他大失所望的回答。不知为什么,人一进了精神病院,反而就开始学着说真话了。但真话也治不了三号的病啊!”

我满怀感激地说:“亲爱的小悦亲爱的经纪人呀,还不是全亏了你吗?如果没有你在我身旁悄悄告诉我该怎么回答,不该怎么回答,如果我的回答也令三号大失所望,机会不就白白错过去了吗?钱到手后,我一定重重谢你。小悦我要请你到最好的饭店吃一顿饭!不不,光吃一顿饭哪里能表达尽我对你的谢意哇!我还要给你买首饰。买24K金的项链儿戒指什么的,镶钻石那一种的……”

小悦听了我的话,脸上却并未呈现出相应的愉快。她朝我捻动两根手指要烟。

我诚惶诚恐地敬给她一支烟,并护着打火机火苗,凑过去讨好她。我暗想,为了十五万顺利到手,我怎么巴结她都不算掉价儿的。识时务者为俊杰嘛!

小悦深嘬桃腮吸了一大口烟,缓缓朝我吹送过一条烟蛇后,轻松生动的语调一变,又以一种在谈判桌上谈判式的,一板一眼的口吻说:“第一,我不稀罕你请我到最好的饭店去吃一顿饭。第二,我也不稀罕你给我买24K金的项链儿戒指什么的。你给你老婆买吧!免得她知道了对我兴师问罪。我何苦往自己身上招惹那是是非非猜猜疑疑啊?我只要我理所当然应得的那一份儿!……”

我一怔,眨巴眨巴眼睛,口吃地问:“小悦,你你你,你要你那一份儿什么呀?”

她柳眉一耸,杏眼圆睁,目光咄咄,语气咄咄地瞪着我说:“废话！我还能要什么？钱呗！”

我说:“小悦,怎么又闹出了你那一份儿呢?”

她说:“你是真糊涂呀,还是装糊涂呀？有白当经纪人的吗？吃饱了撑的啊?”

我一拍脑门儿,连说:“真是的真是的,我怎么把这茬儿给忘了呢！亲爱的小悦我亲爱的经纪人,你可千万别误解我。我是一高兴,忘了！绝对的不是装糊涂。这我懂。按常规,一般经纪人都提成百分之五到百分之十。我给你最高比例！给你百分之十！……”

不料她一撇嘴,说:“你玩蛋去！百分之十我可不干！你一件背心卖那么一大笔钱,按常规你好意思说得出口吗？这根本就不是按常规办的事儿!”

我又是一阵发怔。眯起眼睛凝视了她半天,更加口吃地问:“那那那,那你究竟想要多少呢?”

她说:“一半儿！少一分也不行!”

她的模样她的话,坚定得没比。我拍案而起,指斥道:“小悦,你休要狮子张大口！再分你一半儿,我自己还剩多少了？仅剩四分之一了！这是敲竹杠！是讹诈!”

她冷笑了。她将背心抛还给我,说:“那好吧,买卖不成仁义在。穿上背心吧。穿上吧穿上吧,屋里开着空调哪,少穿件背心别感冒了！咱们到此为止,就算没这么码事儿!”

她一个鲤鱼打挺儿跃下床,朝外便走。走到门口站住,回转身,一手举在胸那儿,微摆几摆,嫣然一笑,甜甜地说出两个字是“拜拜”。

我顿时慌了,急说:“小悦,亲爱的别走别走,什么事儿都好商量嘛!”

“好说,你好商量我可不好商量。我还是刚才那句话——一半儿。

少一分都不行。"

由三十万而十五万而七万五……

好比一把叉子插了一大块肥羊肉,叉子把儿握在她手里,肉在我口边儿晃过来晃过去,诱得我馋涎不尽,张开了大口,却他妈的只许我咬一口!

那一时刻我恨得咬牙切齿,直想强奸了她!

但七万五也是钱啊!

谁若贪污了七万五或受贿七万五,一旦立案有据,不是会被判好几年刑吗?再说我一个"码字儿"的,想贪污又哪儿有机会贪污到七万五呢?想受贿谁又贿我呢?

罢罢罢!牛不喝水强按头,暂且先忍下一口窝囊气,七万五到手以后,再和这漂亮的小妖精计较得失!

于是我强压一腔怒火,满脸堆下卑躬屈膝的笑容,假惺惺和柔声细语地说:"小悦呀,梁老师跟你开玩笑呢,你怎么当真啊?回来回来,坐下坐下。就照你说的,事成之后,咱俩二一添作五,啊?"

小悦也就笑了。她走回到我跟前,捧住我脸,啪地亲了我一下,说:"梁老师,其实我没当真。我知道你是个明白人,不至于和我小悦龙争虎夺的。我也不是狮子张大口……"

她用小指挑起我的背心,又说:"您瞧您这件背心,哪儿像贴身穿了八个月没下过水的背心呢?不像怎么办?咱们非得让它像不可吧?怎么才能让它像呢?那就得做旧。那是技术,起码是手艺。我不行,想必您也不行。得我花钱去找人做旧。一件背心三十万,院里上上下下的能不嫉妒吗?得给别人一口汤喝吧?打点遍了,也得一两万吧?这些,都从我那一份儿里出。比比,您到手的不比我多吗?而且您什么都不必操心,我一切都会替您办得妥妥帖帖的。您就坐等着拿钱,多美的事啊!"

我说:"是啊是啊,全权拜托了。请多关照!请多费心!"

她又捧住我的脸亲了我一下,说:"梁老师您就放心吧!万无一失的。一切包在我小悦身上了！只有一点，您得尽量配合我。那就是，从现在起，您得从内心里树立起一种幸福之人的幸福的自我意识！而且，得让别人也知道您是多么多么的幸福才行……”

那天夜里，三号患者的叫喊声响彻精神病院。

“医生！护士！给我背心！老子交了住院费，交了医疗费，老子就有权再得到一件‘XF’背心！得不到就不行！老子就要告你们！告你们缺乏人道主义！……”

他忽而在走廊里蹿来蹿去地叫喊，忽而在院子里叫喊，忽而在他病房的阳台上叫喊……

我牢记着小悦对我的要求，不时站在我病房的阳台上，几番番与三号患者相呼应地叫喊——

“哎呀呀，我幸福死了！医生，护士，快来呀！快来把我从幸福之中解脱了吧！我内心里幸福得受不了了呀！我体内的‘XF’元素多得快要把我幸福死了呀！……”

午夜里听来，连我自己都感到，我的叫喊之声是那么的令人毛骨悚然，是那么的恐怖。比三号患者的叫喊声更令人毛骨悚然，更恐怖。似乎，唯有我的叫喊之声，才能镇下去他的叫喊之声。这是显而易见的一个事实。因为只要我一开始叫喊，三号患者就不敢喊了，悄无声息了。待我叫喊过许久，他才重又叫喊。他的叫喊中，有种凄苦的、苍凉的意味。而我的叫喊中，传达出的仿佛是一种被烈火焚身之人的痛苦万状的哀号。

那一天是星期五。王教授早早地就下班回家去了。精神病院里，只有小悦和几名年轻护士值班。她们被我和三号患者此起彼伏的叫喊之声吓得全体缩在值班室不敢露面儿。这使我暗觉开心。因为平常我是根本没机会使几个姑娘害怕的。想象着她们一个个惶惶如惊弓之鸟，挤作一团瑟瑟发抖的模样儿，我开心得直想哈哈大笑。但一想到小悦其实是我的同党，其实明白我为什么叫喊，其实一点儿也不害怕，又并不那么开心了。我最希望以我的鬼哭狼嚎般的叫喊之声惊吓的恰恰是她！我恨不得一举将她惊吓成精神病。只要能达到这一目的，哪怕我真的疯了我也不在乎。我觉得若能将她惊吓成精神病，比我强奸了她还使我感到解恨！七万五啊！这世界上哪儿有过对半儿分的经纪人啊！

各病室的病友，也皆被我和“三号”的叫喊声所悸扰。脚步声一阵阵从走廊里跑过来跑过去。男男女女，一伙伙地聚在楼梯口，厕所里，或院子里。好在正如王教授所言，他们都是“文疯”，并不跟着我和“3号”的叫喊声叫喊，只不过受到惊扰，惶惶不安罢了。我觉得我仿佛是什么兽中之王。而“三号”是一头威慑力仅次于兽中之王的兽。我一吼他就不知猫在了哪儿，悄无声息。他一吼这儿那儿便一阵骚乱。大概在他人听来有点儿狐假虎威的意味。我这人一向很照顾对方的情绪，尽量也留给他证明他自己存在的机会。何况我自己也需要歇歇嗓子……

老子精神病院第一，也是难免会生出一缕寂寞之感和孤独之感的。一寂寞了一孤独了，便感到高干病房的空间未免太小了，太令我窒息了，像笼子似的了。于是我这头最后一个入院的“兽中之王”，间或也离开病房，形只影单地在走廊里踱来踱去。我穿着软底儿拖鞋踱出的沙沙的脚步声，仿佛使整个精神病院一片死寂。我因嗓子快哑了，已经懒得叫喊出话语了。话语的意义，只不过是为了昭示整个精神病院，我是一个体内“XF”元素过量的人罢了。目的达到了，何必还累嗓子呢？七万五千元固然非得到手不可，但嗓子也是自己的呀！所以我就不吼了。以前我从未像那一天夜里那么肆无忌惮地吼过。深觉一吼再吼，血脉畅通，郁气消散，浑身舒坦。而且，我也万万没有想到，自己居然能吼出那么高的水平！比野兽更像野兽。

我在走廊碰见了“三号”一次。

我从病房出来，他也偏巧从病房出来。虎视眈眈地向我走来。我想我不能示弱啊！在叫喊声方面，我已战胜了他，碰见了，难道反而退避三舍不成？不能！绝对不能！魔高一尺，道高一丈，现在精神病院究竟谁怕谁?！于是我也瞪大双眼,裂开嘴唇,龇出我满口参差不齐的牙齿,一步步向他走去……

我们接近到彼此相距两步远处,同时站定。

他喉咙里发出一种怪声,一种威胁我的,张牙舞爪猛扑过来之前的怪声。

我喉咙里也发出一种怪声。一种具有更大威胁性的,似乎欲将对方转眼间撕成碎片儿,而且一定能够撕成碎片儿的怪声。

“三号”畏怯了。他忽然一副可怜相,朝我伸出一只手,哀声哀气儿地说:“求求你了,就把你的背心卖给我吧！……”

我想上赶着不是买卖。现在可是你上赶着,非是我上赶着！背心我当然是要卖给你的！而且非卖给你不可！不是为了把背心卖给你,深更半夜的,在我并不情愿住进来的精神病院里,我陪你“三号”嚎叫个什么劲儿？但我得让你明白,你他妈的花三十万买我一件背心,不是一件容易的事儿！是你的造化……

于是我将十指曲成爪状,朝他双眼伸了过去,同时发出一声厉叫！那已经不是兽所能发出的声音,纯粹是鬼才能发出的声音了。而且是那种最狰狞可怖的鬼才能发出的声音——如果世上真有鬼的话……

我刚一叫过,自己先就刷地出了一身冷汗。头发和全身的汗毛,几乎一根根全竖了起来。只觉得头皮一阵发乍,双膝一阵发软。自己将自己吓成了那样儿。

我暗想,梁晓声啊梁晓声,你怎么会叫出这么可怕的声音？你他妈的到底是人还是鬼呀？如果你还是个人不是个鬼,那么你今后再也不必忧患自己文思枯竭,江郎才尽了！你发现自己从事第二职业的特长了嘛!《夜半歌声》不是已经又重拍了吗？将来中国银幕上鬼戏会接二连三多起来的。你可以改行去配音嘛！专配鬼戏中的鬼叫,说不定成为一代宗师,开山鼻祖,天字第一号的“大腕儿”！听说配音的“棚虫儿”们,每天也不少挣呢！……

我正在自惊自愕的状态之中想入非非，看“3号”时，但见他两只眼球朝后一翻，身子正往后倾倒。

我急扶住他，暗想为了七万五胡闹一番是无妨的，若闹出人命可就糟了。那“三号”的胖，是真胖，是实实在在的胖。别看个头儿不高，体重却至少在一百四十斤左右。我一向乏力，竟有些扶不住他。只得将双臂从他腋下探至他胸前，扣紧双手，倒退着向他房间走……

我将他拖入他的病房，费了好大的劲儿，总算将他拖上了病床，附耳听听他胸口，心还在跳。我自己一颗悬着的心，才算不再忐忑。

走出他病房，见门外已围了十几名病友。瞧他们一个个的神色，似乎以为我在“三号”的病房里，已将他不吐骨头地吃进了肚子里。

我又瞪眼，又龇牙，又是一声骇人的长啸，他们顿作鸟兽散……

折腾了一夜，第二天我醒得很迟。睁开眼时，王教授和小悦，已不知何时来在我的病房，并肩站在我病床前。

王教授翻开我两只眼睛的眼皮看了看，又命我伸出舌头。

我说：“教授，我昨天夜里没吃人。”

王教授说：“我知道你没吃人。”

小悦冲我使着眼色说：“叫你伸出舌头就伸出舌头。快伸！”

于是我便伸舌头。王教授一手拿一把小镊子，夹住我舌尖儿，将我舌头抻长，一手拿放大镜，俯身仔细观察许久。

他还我舌头自由之后，对小悦说：“舌上的‘杨梅子’特别发达。一个幸福之人舌上的‘杨梅子’所分泌的‘XF’元素，那是绝对超过从汗毛孔排泄的‘XF’元素量的。少则超过十几倍，几十倍。多则可能超过百倍，几百倍。一个幸福之人和一个‘幸福怀疑症’患者每天接吻五分钟，再配合以‘XF’背心的作用，对后者才更能达到理想之疗效。”

我听了不禁大叫：“我不和‘三号’接吻，我不和‘三号’接吻，我死也不和‘三号’接吻！”

小悦也赶紧替我声明。她说：“教授，‘七号’是不可以和‘三号’接吻！

因为‘七号’是‘老肝’。将肝炎传染给‘三号’,我们院得负医疗责任啊!那时‘三号’的医疗实验,岂不就前功尽弃了吗?”

我向小悦投去感激的一瞥。看来在关键时刻,她作为我的经纪人还是很维护我的。一想到“三号”那张傲慢而又愚蠢的嘴脸,一想到为了治好他的“幸福怀疑症”,王教授的头脑中竟会产生让我和“三号”接吻的念头,我就一阵阵恶心。我努力克制着,才没一跃而起朝王教授肚子狠踹一脚……

听了小悦的话王教授自是很沮丧。他嘟嘟哝哝地说:“真是‘三号’的遗憾,真是‘三号’的遗憾……”

我觉得,他其实也是在为他自己的医学实验感到遗憾……

我被他们带到了一间被窗帘遮得严严密密的房间。房间里有一台看去相当贵重的仪器。小悦悄悄告诉我:“那是从美国进口的测谎器。尽管真正的‘XF’背心凤毛麟角很难求,但主动前来自售背心的人却不少。并且可以预见,将会越来越多。所以不进口一台测谎器是不行的。测谎器嘛,当然是美国的最先进啦。那一台测谎器,是美国联邦调查局淘汰下来的二手货。尽管是二手货,但毕竟是在美国联邦调查局服务过的啊!”

我望着测谎器有点儿犯怵了。我说:“要是我过不了这一关可如何是好呢?”

小悦一笑,说:“你别怕。只管一口咬定你是一个幸福得不知拿自己怎么办才好的人就是。我昨天趁着混乱,已悄悄潜入过这个房间,早对测谎器做了手脚……”

我心中又是一阵感激,甚至不无惭愧。设身处地,替人家小悦想想,人家这位经纪人做得是多么的称职啊!连特工的活儿都兼顾着干了。我分给人家七万五不冤啊!人家得我七万五的的确确是按劳所得啊!是付出了“诚实的劳动”的呀!

我由感激而多情地说:“亲爱的小悦你真好!你好就好在平时一点

儿都看不出你好来，到了关键时刻方显同谋本色！”

她一撇嘴，佯嗔地说：“咱俩是同谋呀？”

我急改口，说：“别生气别生气。我用词不当。咱俩怎么会是同谋呢？应该是同党对不对？”

她说：“是同党就用词恰当了？应该叫同志！志同道合的同志！咱俩的同志关系，从现在起，那就更应该是牢不可破的！是以实现一个共同的目的为基础的……”

正说着，王教授走了进来。他刚才上厕所去了。听到小悦最后一句话，看看她，看看我，狐疑地问：“你们在说什么共同的目的？”

小悦就庄重地回答：“教授，‘七号’有点儿不愿卖他的背心。我在说服他，为了将‘三号’的病早日治好，为了实现这一个共同的目的，他不应该连一件背心都舍不得……”

王教授说：“先进帮落后，有觉悟的人从思想上帮助没觉悟或觉悟低的人，这很好。这种风气大发扬，二十一世纪，就必将是中国的世纪了……”

又问我：“怎么样？你已经被她说服了吗？”

瞧他那意思，如果我态度暧昧，他将接替着不厌其烦地，循循善诱地对我进行说法……

我说：“教授哇，小悦同志简直天生是一位思想工作者！她已经将我说服了。不劳您再说服了。只不过……”

王教授接过话问：“只不过什么啊？”

我说：“只不过有些替自己担心。‘XF’元素附着在我自己的背心上，背心又穿在我自己身上，体内体外，吐故纳新，‘XF’元素的良性循环，横竖都是在为我自己进行着。背心以区区三十万的低价卖给别人，破坏了那一种良性循环可怎么办呢？再说我堂堂一位作家，并不缺钱花啊！……”

王教授笑了。他说：“不是钱不钱的问题，是对自己的一个同胞，肯不肯发扬人道主义的问题。一个真正幸福的人，那是完全应该向一个‘幸福怀疑症’患者献份儿爱心的嘛！三十万元，对‘三号’来说，是一种象征性的表示。好比别人为他献 100cc 血，他给予别人点儿营养费。一个幸福的人，体内‘XF’元素太多了也不利。你自己昨天夜里，不是就叫喊自己幸福得不知该把自己怎么办才好吗？奉献给别人一点儿，如同放一次血，也是一种必要的疗法嘛！绝不至于影响到良性循环的……”

于是，他开始对我进行测谎实验。首先无非是按照惯例，问姓名、性别、年龄、职业、婚否等等，和审讯差不太多。但接下来的问话，则的确是对一个人诚实与否的严峻考验了。尽管监看仪器的小悦已经对它做了手脚，但我还是不敢撒谎。“你对漂亮的女士们常想入非非吗？”“你产生过抢银行的念头吗？”“一方面是很贵族，但又为富不仁、荒淫无耻的生活；一方面是很清贫，但又不乏欢乐，也颇受人尊敬的生活，你其实更喜欢哪一种生活？”“一个是心灵美，但其貌不扬的女人；一个是蛇蝎心肠，但美如天仙，而且富可敌国的女人，如果她们都向你求爱，你愿接受哪一个，拒绝哪一个？”“你会为信仰、正义、真理而牺牲生命吗？”“如果死你一个人，可使一些妇女和儿童免遭悲惨的灾难，你肯于去死吗？”“如果在战争年代，你被敌人俘虏了，敌人逼你供出你亲密的战友，你能做到宁死不屈吗？”“在几百万的利诱之下，你愿作伪证吗？”……诸如此类，等等，等等。

那是我平生最为诚实的一天。

原来说真话并不是一件难事。无非心里怎么想的，嘴上便怎么说罢了。我竟有点儿搞不明白我自己了，以前为什么就那么爱说假话那么不爱说真话呢？也有点儿更加困惑于这样一个事实了——为什么许许多多的人都那么爱说假话都那么不爱说真话呢？难道我们已经进入了这样的一个时代——每一个人每一次诚实的表现，至少需要七万五左右的奖赏吗？或者只有在面对测谎器的情况下才行？

我每说一句真话，小悦就举手作一次“OK”的手势。看起来她是在对教授作那种手势的。但我心里相当清楚,她分明是在以手势对我进行鼓励。为了共同的目的,我们两个人的意志必须高度统一,必须拧成一股绳啊!幸亏有她一次次对我进行鼓励,否则我也许不会一味地诚实到底。说真话虽然并不难,却非常之令人害羞。

测谎终于结束。我和小悦都将期待而又忐忑不安的目光投向王教授。

教授不理睬我们,久久地翻阅着他亲笔所作的记录。

他的久久的沉默,使我和小悦内心里的忐忑不安每秒钟都增加着。

小悦终于忍不住,语调怯怯地问:"教授,关机吧?"

教授缓缓合上记录,看看我,看看小悦,点了一下头。

于是小悦将测谎器关了,罩上了布。

教授则开始踱来踱去。

我也忍不住地问:"教授,该给我个说法了吧?"

教授在我面前站定,凝视着我说:"是啊,该给你个说法了。第一,我以郑重的,科学的态度作如下结论,你的确是一个诚实的人。"

小悦立刻向我投来惊喜的一瞥。

教授接着说:"第二,一个诚实的人声称他是一个幸福的人,那么他的幸福,乃是完全可靠的了。也就是说,你的背心,可以被认定为'XF'背心。"

我也大功告成地笑了。

"第三,本教授不需要你的十五万元的捐助。不不,这么说不对,需要还是非常之需要的,只不过本教授现在庄严声明,坚决拒绝你的十五万元的捐助……"

我从他脸上看出了一种毫不动摇的,毫无商量余地的表情。正因为我看出来了,才假惺惺地说:"教授,您这就不够意思了!我支持您的伟大科学实验的诚意,那是天地可知,日月可鉴的啊!"

小悦也从旁嗲声嗲气儿地说:"教授,您这又是何苦的呢?您就是再清高,也没必要表现在这儿啊!”

小悦当然比我更了解她的导师的性格。更加清楚,他一旦决定了的事,那是很难再改变的。她那种像女儿企图动摇固执的老爸的劝说,也当然比我更假惺惺。

教授发起脾气来,对她吼:“住口!”

他又对我说:“你这个诚实而又幸福的人,使我感到可怕!感到恶心!你当我什么人的捐助都接受哇?你把我估计错了!大错特错了!哼!”

老家伙将记录夹朝桌上啪地一摔,猛转身大步走了出去……

门重重地关上之后,我和小悦大眼瞪小眼,一时都发呆。

我不知所措地说:“他生气了……”

小悦恼火地说:“废话!我还看不出来他生气了吗?”

我说:“可他为什么生气啊?”

小悦更加恼火地说:“你问我,我问谁啊?”

她拿起教授摔在桌上的记录夹翻看。一翻一看,顿时转怒为喜,眉开眼笑。

“签了签了!哎你看你看,老家伙已经签了……”

她将记录夹递给我后,绕着测谎器手舞足蹈。

我急切地看时,见教授在最上写的是——经过美国进口的、曾为美国联邦调查局服役过之测谎器测定,兹作以下结论——确认本院“7号”病人为一个可靠的幸福者。对其背心的双方自愿的买卖,本人所作结论,愿负科学的及法律的双重责任。

老家伙还挺“要飘儿”,姓名签得龙飞蛇舞,几乎占了小半页纸。

小悦拎起裙子一角儿,吉卜赛女郎似的旋转到我跟前,从椅子上扯起我,两眼贼亮激动不已地说:“亲爱的同志哥,我们成功了!我们胜利了!”

“同志”二字,竟使我扑扑落下两行欢喜之泪。在那一时刻,我充分体会到了“同志”这一种称呼,具有令人无比信赖对方的亲和力,凝聚力。我紧紧地拥抱住她,也同样激动不已地说:“成功了!胜利了!亲爱的同志妹啊,咱俩十五万可算他妈的到手了!”

小悦说:“何止十五万啊!亲爱的同志哥,现在可以板上敲钉地肯定,咱俩是三十万到手了啊!你没听明白那老家伙的话呀?他拒绝你的捐助呢!爱他妈拒绝不拒绝!钱又不是咬手的东西,谁还怕自己得到的太多了呀?那十五万咱俩再平分,如何?”

我说:“亲爱的经纪人,亲爱的同志妹,你说怎么办,咱们就怎么办……”

她说:“一言为定?”

我说:“一言为定!”

于是她捧住我脸,唇压我唇,口对我口,一阵忘乎所以的深吻,仿佛要将我的五脏六腑,都吸入她的肚腹中去。直吻得我周身热血沸腾,不禁地心猿意马,情欲燃烧起来。

我说:“亲爱的经纪人,亲爱的同志妹,为了我们的成功,为了我们的胜利,我们应该彼此庆贺一番是不是?否则太对不起这成功也太对不起这胜利了是不是?”

小悦同意地说:“应该倒是应该,好倒是好,但这里毕竟是精神病院,你毕竟是一名患者,没有出院证明,离不开的呀!而在精神病院里,又是严禁饮酒作乐的。尤其严禁医务工作者与患者之间饮酒作乐,想庆贺番也庆贺不了哇!你暂且按捺一下那种极欲庆贺一番的冲动,等出了院以后再找机会弥补……”

我说:“不行!我已经按捺不了啦!”

她问:“那同志哥你有什么好主意呢?”

我说:“庆贺的方式多种多样嘛!作乐不一定非需饮酒嘛!饮酒一定足以作乐吗?”

她还是不明白地朝我忽闪着眼波。

我只得开门见山，直截了当地说："亲爱的同志妹，今天夜里我欢迎你到我的病房里来。咱们同登巫山，共赴琼台，男欢女爱，那不也是一种庆贺的方式吗？"

她脸倏地红了，将头往我怀里一扎，娇羞地说："你真坏！"

我没想到这小狐狸精居然还会脸红！敲我竹杠的时候，她可是一点都不脸红的。

我一笑，说："我坏？我慷慨地分给你十五万，你还昧着良心说我坏？"

她就用一只小手儿捂住我嘴，不许我再说下去。

于是我明白，她已经接受了我的"邀请"……

是夜子时候，万籁俱寂。

小悦她悄悄地"光临"了。

我自然没插门，在耐心地期待着她。她进入病房，替我插上了门。她一转身，我已在她身后了。我拦腰将她抱起，几步就跨到了床边。她显然刚冲过澡不久，头发还是湿的。浑身散发着一种异香，也不知喷洒的什么品牌儿的香水儿。那一种异香顿时刺激得我性欲勃发……

诸君，众所周知，梁某人非是好色的登徒子。但是，这一个拜金的大时代一再谆谆教导我们，在金钱面前，你吃了亏，不证明别的，只证明你的愚蠢！那小狐狸精她敲了我十五万啊！她是一个不折不扣的暴利获取者呀！我国已经颁布了《反暴利法》。对暴利获得者必须予以惩罚，你们说对不对？何况她已经"送货上门"了，我对她还斯文个什么劲儿呢？还客气个什么劲儿呢？还惜香怜玉个什么劲儿呢？为了我那失去的十五万，我也应最大限度地从她身上找回公平对不对？

我将她往床上一扔，一个饿虎扑食，便将她压在我身下了。我觉得她那迷人的身体就是我那被她敲去了的十五万。或者反过来说，我那"流失"了的十五万，变作了她那迷人的身体。谁的钱被敲去了谁不愤慨？谁的钱流失了谁不心疼？又不是一笔小数，而是整整十五万啊！

细节不必描述，总之在诸种复杂的心理——当然也包括性心理的驱使下，我将那小妖精摆布过来摆布过去，一会儿这么折腾一会儿那么折腾……

我获得了极大的满足。但是他妈的那小妖精也获得了极大的满足，甚至获得了比我大得多的满足！这真使我来气！如果你企图报复某人，你的报复方式反而使某人获得了极大的满足，你说你来气不来气？

当她娇声浪语向我表达她的满足时，我不禁地怒从心起……

于是我骑在她身上，啪啪，左右开弓，扇她耳光。直扇得她两颊鲜红，红得发亮。

她却扭动身子，快活得不停地呻吟，以梦呓般的语调说多么好的感觉……

而那时刻我已经全没了半点儿好感觉。我暗想这哪儿是她献身于我分明的等于我献身于她了吗？我这是何苦呢？我这不是吃亏了吗？不是除了金钱方面的“流失”又“流失”了别一种东西吗？

于是我大为索然地从她身上翻下去。结果不是落在床上，而是扑通一声掉在了地上，扭了腰……

小悦也一翻身伏在床上，支起两肘，双手捧着脸儿，目光俯视向我，兴犹未尽地说：“哥儿，看样儿你不大行哎……”

那一时刻我手里没刀。有刀我肯定会一跃而起，在她身上划几刀。

……

# 第五章

翌日我在院子里碰到了两个怪人。上午碰到一个，下午碰到一个。上午碰到的是位正宗的局长，五十多岁，因病提前离休了。下午碰到的六十多岁，是位享受正局级待遇的学者。按说精神病院嘛，除了医务工作后勤行政一干人等，我再碰到的人，当然都会有点儿怪怪的。都是我的病友嘛！但他们的怪法儿与其他病友不同。我碰到过的其他病友，至多向我客气地点点头，矜持地笑笑，也就绕开去，各走各的了。他们不。他们一碰到我，就一味地纠缠住我，喋喋不休滔滔不绝地说起来没个完。

正宗的局级干部说："严重啊，我们的共和国的前途正面临着严重的考验哇！工人失业，'公仆'腐败，人民币一贬再贬，社会治安日渐恶化，这样下去如何得了哇？我每天夜里都忧患得睡不着觉。每天夜里都能听到一种声音……"

我问："听到的是一种什么声音？"

他说："算了，不讲也罢。讲了你也不见得理解，也许还会嘲笑我。"

我说："亲爱的病友，别把我看得太没人味儿了嘛！我也有幻听的毛病。但后来学了一种气功，坚持做了几个月功，幻听就消失了。你如果信气功，如果愿意，我很荣幸也很高兴教会你那一种功。"

他说:"我还是相信气功可以健身的。我每天夜里所听到的那一种声音,绝非幻听,而是一种实实在在的声音。"

我好奇地追问:"那究竟是一种什么声音?"

他左顾右盼了一阵,压低语调,神神秘秘地说:"地火在运行的声音。"

我不禁反问:"地火在运行的声音?"

他点点头,说:"对,正是地火在运行的声音。呼呼,呼呼,地火在剧烈地燃烧着,在疾速地运行着。还伴随着另一种声音……"

我问:"那另一种声音,又是什么声音呢?"

他说:"是脚步声。是一种咚咚的,沉重的鼓点般的脚步声,越来越近,越来越近,越来越近……仿佛一个巨人正一步步逼近着中国目前所处的这一时代,要将这一时代撕成万千碎片儿。那时就会山崩,就会海啸,就会发生大地裂、大地陷、大地震,熊熊地火就会带着炽烈的岩浆喷射而出。这多可怕啊……"

我说:"是够可怕的。"我以为他是地震局局长,问,"既然已经作出了这么自信的预测,为什么不赶紧向国家地震局汇报呢?"

他愣了愣,失望地说:"我看错了。本以为你是一个稍有政治头脑的,看来你也是一个毫无政治头脑的人。看来你也丝毫不理解我为民而忧而虑而整夜整夜睡不着觉的苦衷,你根本没听懂我的话,根本没明白我所言的'地火'和那一种咚咚的脚步声,究竟指的是什么……"

他脸上呈现出一副无比悲哀的样子。那是一种高瞻远瞩之人,寻找不到一个谈话对手,"高处不胜寒"的空前孤独的悲哀。

他自言自语地又说:"唉唉,偌大的中国,偌大的中国呀!竟寻找不到第二个和我具有同样忧患意识的中国人!麻木呀,空前的麻木呀!……"

于是他眼中涌出两滴孤独的忧患者的眼泪,口中念念有词,先背出两段毛主席的语录——"资产阶级就在共产党内""我死后,某些人还要继续打着我的旗号。他们抛开了我的旗号将无法统治中国,人民也不会答应",接着又背出四句毛主席的诗词——"掌上千秋史,胸中百万兵,眼底六州风雨,笔下有雷声”。

我自是经历过“文革”的人,觉着那后一段毛主席的语录,和那四句毛主席的诗词,听来耳熟能详。忽忆起是“文革”后期在民间流传过的,后来并未被收入毛主席的选集和诗词集,显然属“无名氏”的冒牌儿货,当年以讹传讹……

我正欲向他指出这一点,不料他一把擒牢我手腕,悄而急促不安地说:“你听你听……”

我说:“你握疼我的腕子了,你倒是叫我听什么呀?”

他说:“我让你听那‘地火在运行’的声音!让你听那咚咚的脚步声!多么清晰啊,多么近啊,来到了来到了,就要发生了就要发生了!”

他脸上的肌肉开始抽搐,他的语调在发抖,他的身子也在发抖……

尽管我什么声音也没听见,我还是被他搞得后脊梁一阵阵发冷,一阵阵毛骨悚然……

我挣脱了手腕,转身拔腿便走。

他在我身后高叫着:“我是猎人海力布!中国人,中国人,大难即将临头,你们为什么都不相信我的话?毛主席啊,毛主席啊,您老人家如果在天有灵,千万别让我白白地变成石头!”

他自己的声音,比他所形容的、只有他自己听得到、我根本无法听到、相信别的任何人也根本无法听到、莫须有的“地火在运行的声音”和咚咚的脚步声,更对人的心理具有影响力和冲击力……

我不禁地由大步疾走而快跑逃窜。一口气儿逃窜入楼内,逃窜入病房,双手紧捂耳朵,扑到床上……

当夜他跳楼摔死了。

他的死使一种悲痛的气氛笼罩全精神病院。不少人为他的死流下了哀伤的眼泪,有人甚至恸哭失声。连王教授和小悦,也因为他的死一副戚容。我没想到在我的病友中,居然还有人缘儿这么好的一位。

我将上午如何碰到过他,他说了些怎样怎样的话,以及我如何逃避开他的情形对小悦细说了一遍。

小悦告诉我："他不是什么地震局局长，而是本市的反贪局局长。为了遏制腐败，市人大通过决议，去年成立了一个反贪局。为了选出一个一身清廉，绝无腐败污点的干部担任反贪局局长，组成了一个一百余人的班子，对全市处以上干部逐个儿审查了半年之余，最后才确定由他担任反贪局局长。他可能是本市唯一的一位绝无腐败污点的干部。起码是唯一一个经得起那一次严格审查的。"

我迷惑地问："本市还成立过什么反贪局吗？我怎么闻所未闻？"

小悦说："那只能证明你太不关心时事了。当时大小报纸、电台电视台，一切的新闻媒介，都是作为头等要闻来进行报道和宣传的。当时全市人民曾一度无比欢欣鼓舞，因为终于通过严格审查，从'公仆'中发现了一个绝无腐败污点和疑点的干部啊！当时全市人民仿佛从无望之中看到了一线政廉治律的新曙光……"

我又问："那他怎么住进了精神病院呢？"

小悦以一种政治上非常成熟的口吻说："这还用问吗？不是秃子头上的虱子，明摆着的事儿吗？他被任命为反贪局长不久，有远见卓识的王教授，就为他在医院里保留下一个病房了。而且为他预先拟命了病名，叫做'政治洁癖与危机意识综合型'精神分裂症。王教授认为，如果腐败的官员成为大多数，不腐败的官员成为极少数，那么后者们最明智的，也是最识趣最安全的选择，不是当什么反贪局长，而是提前离休，住进他当院长的这所精神病院里颐养天年，或者干脆一块儿腐败算了……"

我听后良久无语。既为教授的远见卓识与独到的政治思想所折服，也为本市反贪局长悲怆的下场而心中暗泣。

小悦又说："自从那位反贪局长被送进了这所精神病院，他的官位已经空缺了半年多。不是想当官儿的人少了。如今权钱可以交换，权色可以交换，权钱色可以交叉交换，想当官儿的人又一年比一年多起来了。但是许多一心想当官的人对反贪局长这一官位，皆敬而远之，望而生畏，避之唯恐不及。若一心想当官的某人极力举荐同样一心想当官的某人任反贪局长,那么完全可以肯定,前者一定是后者官场上的宿敌,举荐的目的乃是企图以最为体面的最为光明磊落的方式剪除异己。一个时期内热情洋溢的举荐信真是多极了,雪片儿似的积压在市委、市‘人大’、市‘政协’。这还叫本市的公民们如何相信本市的官员们之间能搞好团结呢?”

我一向的确是一个只顾终日埋头“爬格子”挣稿费,不关心本市官场时事的“码字儿”先生,对小悦所讲的,概无所知。我十分惊讶于她一个精神病院里的护士,怎么会对本市官场上的事了解得那么详细,并且含蓄地向她表示了我的惊讶。

她不以为然地笑笑,说:“你忘了这所精神病院里住的都是些什么人了?可惜我不是作家。如果是,早凭在这里获得的许许多多林林总总翔实可靠的生活素材,写出一本当代的角度新颖的《官场现形记》了……”

我一想可不是嘛!连我这个才住进来的人,本不愿探听不愿了解不愿知道的人,无形中都已经了解了许多知道了许多,何况是她了。

我说:“小悦你别写,你千万可别产生写的念头。书,那也不是谁想写就能写出一本儿,谁写出来了都一准能出版的。莫如让我这个职业作家来写。你写,肯定糟蹋了素材。我写,将肯定能成为畅销书。你做我的版权代理人和销售经纪人,我们二次精诚合作,岂不更好?”

她认真地问:“如果我源源不断地向你提供我所掌握的大量素材,你给我几成版税?”

我一咬牙,不惜血本儿大牺牲,问:“将来给你我的稿酬的五分之一,干不干?”

她倒爽快,在这件事儿上不和我斤斤计较。于是我们一拍即合,定下了口头协议。

全院只有两个人对“四号”之死表现得与众不同。那就是“三号”和“九号”。“三号”是越闹越凶了,仿佛一刻不穿上“XF”背心,更确切地说,一刻不穿上他自己所迷信的我的背心,就一刻不得安宁。但我的背心被小悦拿去做旧了,两天后才能完活儿。还得经过王教授验收,还得经过公证,我和他一手钱一手货双方当面过了手,背心才算正式属于他,他才能合理合法地穿在他自己身上。“三号”一刻也不得安宁,搅得王教授心烦意乱,几次催我赶紧让他验收。我只得撒谎,推说这么重大的事,我不可以独断专行,怎么也应该征得我妻子的同意。说这么重大的事,也绝不是我和妻子在电话里三言两语就能达成一致的。说我已经给妻子送出了信,最多两天,妻子的态度就反馈回来了。“三号”闹得凶,王教授拿他没法儿治。万般无奈的情况下,只好暂时将他“禁闭”起来,并且每天亲自给他打两针镇静剂,实际上他不知道“四号”的死。就算知道了,也不会动一点儿感情的。他心里只有他自己。药劲儿一过,就又号叫着要我的背心。还号叫着以一些很可怕的话对我进行威胁。扬言我若不肯卖给他背心,他就找机会杀了我。光杀了还不算,还要将我碎尸万段。小悦说他既然产生了如此恶毒的念头,目的达不到,绝对是什么残忍的事儿都干得出来的。小悦又说“四号”曾亲自参与调查的几桩受贿案,大抵都跟“三号”的行贿有关。有的案件虽然证据确凿,事实清楚,但又因为“三号”已经是精神病院的一名患者,无法提审他,只能不了了之。反贪局长和他所要法办的罪犯都被送进了同一精神病院,前者思想上走投无路,跳楼身亡;后者逍遥法外,且为了一份儿幸福的感觉,刻不容缓地要以三十万买下我的背心,个中时代玄机,世态奥妙,令人不知作何感想。

“九号”就是我下午碰到的,享受正局级待遇的那位学者。他与“四号”有点儿势不两立。他们在精神病院外边就认识,就已经有点儿势不两立了,都先后住进了精神病院。空间局限了,低头不见抬头见的,关系非但丝毫没有改善,反而更加“仇人相见,分外眼红”似的了。当然也不是一见了就互啐互骂,你给我一老拳,我给你一狠脚。都是有身份之人,各自的教养都在那儿摆着,怎么也不至于像江湖上的两个仇人见了似的立刻要决斗出个你死我活。他们的仇是由于对时代所持的不同观点、不同看法才结下的。一见了就是一场大辩论。一辩就辩到双方都口干舌燥、声嘶音哑、嘴角挂白沫的程度。而且辩到了那种程度了还是都不甘拜下风的。双方又都有各自的一批忠实的支持者、追随者。只不过“四号”的支持者追随者多些,“九号”的少些。每每的,医生护士们不进行制止、呵斥、驱散,辩论不会告终……

“九号”是这样一位学者——他自己并没有什么独立的思想可言,也未见得有什么真才实学。但是他被某些喜欢他的人认为对当代有杰出的贡献。如果不是因为超龄了,据说本市的每一届“十大杰出青年”,他都会榜上有名的。

他对当代的杰出贡献在于,他总结出了一套逻辑,或者说是一种思想方法。只要用他的逻辑一推论,用他的思想方法一解说,那么我们的生活就比蜜甜了,我们的社会就充满阳光了,我们所处的这一个时代就是最最美好的一个时代了。什么通货膨胀问题、失业问题、分配不公问题、贫富悬殊问题、官僚腐败问题,就统统不是问题了。非但不是问题,甚至还足以证明时代的飞跃。

我碰到他时,他正在院子里闲转。大概是希望碰到“四号”,再进行一场唇枪舌剑的辩论。

他拦住我,冷不丁地劈头便问:“这位病友,你对失业问题怎么看的?”

我一愣,万没料到,在精神病院这种超现实的地方,有人会向我提出一个院墙以外的现实之中十分敏感的问题。

我犹豫片刻,审视了他一番,确信他并无恶意,只不过是想找到个交谈的对象,共同探讨一个严肃的话题。于是放下心来,应付地回答:“失业嘛,总归是令人担忧的事。一个国家失业人口递增,解决再就业的能力有限,国家的安定就大受影响了……”

“否!”他用一个掷地有声的“否”字打断了我。立刻进入一种亢奋状态,不停地做着各种手势侃侃而谈起来……

他说:"失业有什么不好?好得很嘛!我们国家终于也有五六千万失业工人了,这是一个多么了不起的进步啊!失业说明了什么?最有力地说明了改革在继续在深入在发展嘛!哪些地方有失业现象了,哪些地方的改革就大有成绩了,就大有希望了!哪些地方的失业人口多,就说明哪些地方改革的步子快,快得势不可挡!以一部分人的失业,换取改革的大好局面,以区区五六千万人的失业,换取十三亿之众的幸福明天,这乃是以小小的代价,换取大大的胜利嘛!谁失业谁光荣嘛!就好比战争年代,谁牺牲了谁光荣!一样的嘛!发牢骚,不满情绪,怨天尤人,都是觉悟太低的表现嘛!要正确对待嘛!要甘作代价嘛!改革时期,更要提倡和发扬自我牺牲的精神嘛!……"

我肃然恭听。努力想听明白他的话,努力想按照他那套逻辑进行思考,并且暗暗说服自己接受这位享受正局级待遇的学者的观点。但听到最后,还是没太听明白他的话,还是不太能接受他的观点。我渐渐明白了的只有一点,那就是——肯定的,这位享受正局级待遇的学者的一切亲人中,绝对没有一个已经做了改革之小小的代价的。

他问我:"这位病友,你的思想已经转过弯子来了吗?"

我不愿说已经弯过弯子了,和他的观点完全一致了。也不愿当面扫他的兴,予以反驳。更不愿对他说出我内心里想到的一句话。那句话是——放你妈的狗屁!

我只有嘿嘿讪笑而已。

他又问我对腐败怎么看。

我说:"腐败是严重的社会弊端啊!是老百姓深恶痛绝的嘛!"

他说:"你的话只对了一半儿。只对了一小半儿。你对于腐败的认识,还仅仅停留在普通老百姓的思想水平上。"

我装出一副虔诚的样子,请教他有何高论。

他说:"腐败还证明了极好的一面嘛!和毛泽东那个时代比比,你就不难比出好来了！当年的刘青山、张子善，不就贪污了两千多万吗？不就相当于如今的两万多吗？结果就给枪毙了！多委屈啊！如今呢，一贪污就是几百万，几千万，这说明了什么呢？”

我问：“依您看说明了什么呢？”

“说明国家富了嘛！完全经得起这么贪污了嘛！”他振振有词，“过去行贿怎么个行法？一瓶‘茅台’，两条‘红塔山’。啧啧，什么水平呀？一块‘上海’牌手表，那受贿之人就有点儿不敢收了！如今呢，几十万，几百万，现钞！进口小汽车，别墅！从一个侧面儿说明一部分人那是真的富起来了嘛！行贿的水平也上档次了嘛！要么不贿，贿就有实力动真格的了嘛！过去的年代，你想动真格的动得起吗？再比如公款吃喝，每年吃掉几千个亿，也说明国家富了嘛，经得起这么吃了嘛！转换一下思路，从这些不太好的现象，能得出一个什么结论呢？能得出一个国富民强的结论嘛！能得出一个大受鼓舞的结论嘛！能得出一个改革信心倍增的结论嘛！能得出一个形势大好的结论嘛！能得出一个有一百条理由有一百条根据无比乐观的结论嘛！现在，许多从事社科专业的知识分子、文化人，找不到自己的坐标了，迷惘自己存在的意义了，这不好。很不好。这完全怪自己嘛！自己存在的重要意义，要靠自己显示嘛！比如敝人，就一点儿也不迷惘。因为敝人非常受重视嘛！一点儿也不感到失落嘛！有些话，有些大道理、硬道理，各级政府官员不好说，不便说。也说不好，说不透，说不到点子上，我这位学者就替他们说嘛！这是一种非常特殊的时代角色嘛！学者不扮演这样的角色指望谁去扮演？就是说了挨骂，那也是在替各级官员挨骂。你不惜替人家挨骂，人家才看重你，才给你各种各样的待遇嘛！否则岂不是无功受禄吗？而不可取代的作用乃是，凭了我这样的学者的嘴，凭了我这样的学者的笔，能从一切阴暗面一切腐败现象一切不正之风中，提炼出使人鼓舞使人振奋使人听起来很有道理的逻辑！现在这个时代，是一个不断产生新逻辑的时代！对我来说，是一个英雄大有用武之地的时代！我非常非常热爱这个时代！伟大的现时代万岁！万岁！万万岁！……"

他振臂三呼。两边嘴角,螃蟹似的积聚了两小团儿白沫儿。

我觉得,他是我所见过的,最厚颜无耻又最把自己想象成一个人物的家伙。

他接着说:"共同话语！现在需要寻找到国家和人民之间的共同话语！日本这个国家和它的人民之间的共同话语,那就是'岛国危机意识'！一谈到这一点,日本的穷人和富人的意志就统一起来了！日本全体人民和日本这个国家的意志就统一起来了！美国全体人民和美国这个国家的意识就统一起来了！我们呢？我们呢？国家和人民的共同话语是什么？是什么？究竟是什么？……"

他连珠炮也似的向我发问。由于说得太快也问得太快,涨红了脸。而嘴角两边的两小团儿白沫,有一团儿已经积聚到小指甲那么大了,颤颤欲滴。那时他脸面上呈现出一种相当自负的矜傲,仿佛关乎整个中国命运和前途的伟大的思想,全装在他的脑袋里。仅仅装在他一个人的脑袋里。

我从来也没思考过,在现而今,我们的国家和我们的人民之间,究竟该说点什么有意思的话题？究竟什么样的话题,还能够成为共同的话题。我一向不认为我有进行这一种思考的义务。经他逼问,我临时动起脑筋来。禁放烟花爆竹的话题,已经说过好几年了,而且早已立了法。禁止养狗的话题,也已经说过了,也已经颁布了条例。在公共场合禁烟的话题嘛,似乎怎么说也不太能够成为一个跨世纪的话题。而下一届"奥运",别的国家已在激烈地争办着了,我们中国经历了争办上一届的情绪挫败,明确表示放弃这一届的争办权了。下下一届,离得还远呢。强扯硬拽到现而今来作为"共同话语",未免太超前了。是啊是啊,国家和人民之间,在现而今,可究竟说点儿什么好呢？

我试探地问:"要不还说精神文明怎么样？这难道不是一个可以跨世纪的话题吗？难道不是一个值得天天讲月月讲年年讲的话题吗？"

“精神文明？”他打鼻孔里嗤出一声，以否定的口吻说，“也就是‘五讲四美三热爱’了？这是工青妇联去抓的事儿！这个话语太轻飘了！太中学生味儿了！要提出崭新的口号！要寻找到崭新的话语！是那种一经提出，就能使全民族的意志凝聚得像钢铁一般坚强的口号！是那种一经宣讲，就能使国家和人民之间的关系亲密得如同父子如同母女如同夫妻的共同话语！……”

一团儿白沫，终于从他一边嘴角滴落，滴在他蛋青色的短袖衫的前襟上，像是一滴鸟屎。

他的嗓音已经开始嘶哑。他尽量抖擞起精神，高举起手臂，情绪亢奋而又无比激昂地朗诵起毛主席的诗词来：“多少事，从来急；天地转，光阴迫。一万年太久，只争朝夕！只争朝夕！只争朝夕！……”

唾沫星子从他口中一阵阵喷在我脸上。

我后退一步，要求自己以一种不至于伤害了他自尊心的、虚心求教的口吻问：“那，我亲爱的学者病友，您是否已经寻找到了呢？”

“什么？”他从那种迷幻般的状态中猛地向我一扭头。

我说：“就是那种崭新的口号，那种一经宣讲，就能使国家和人民之间的关系亲密得如同父子如同母女如同夫妻般的共同话语啊……”

“正在找呢！”他举起在空中的手臂倏然垂落。不知为什么，他的语气听来有几分恼火了。

他又用一根手指点点自己的脑门儿，虚张声势地说：“它们都在这里边儿哪！只不过还没提炼出来！思考成熟了，一经产生，中国就又一大飞跃！”

我从他的话中明显地听出了潜台词。那潜台词是——像我这样的头脑全中国并没有几个！毕竟还有是中国的一大幸运。一个都没有中国那就完了……

我低声问：“那……那您怎么，也被送进这儿来了？”

我本不想问这么不该问的问题。但人是好奇心很强的动物啊！

他叹了口气，说："还不是因为'奏折'上得太勤了点儿嘛！"

原来他还有这毛病！

他变得有几分沮丧了。嗫嗫嚅嚅地向我解释，说："把我送进这儿来，那纯粹是天大的误会。一位享受正局级待遇的学者，在古时候，起码也该算是一位可以和县太爷平起平坐的七品以上的朝廷幕僚吧？既为幕僚，当然就有义务多多地发表政见了！下不钳口，上不塞耳，则可有闻矣！否则，虽享受着正局级待遇，内心实愧而不安啊！"

他说得还蛮像那么回事儿似的。

然而我却对他一点儿也同情不起来。

他问："你几时可以出院？"

我说："我自己也说不准。因为几时出院，我自己是作不了决定的，得由领导们来作决定。不过有很快就允许出院的可能性……"

他就扯着我的袖子，将我扯到树丛后，低问："亲爱的病友啊，请求你，替我带出去一封信发了吧！"

我说："这没有什么啊！不就是带出去一封信发了吗？区区小事，何言'请求'二字啊？"

他说："不是一封一般的信。我早就想向国家有关方面及有关领导人提出一项重大建议，调整警卫人员及保安人员的阶级成分。应该组成主要由新贵族子弟充当的当代'御林军'。稍加分析便可得出结论，他们的忠心不二，也许是比工农子弟或城市平民子弟更可靠的。起码目前大概是这样。比如一位省级或部级领导的警卫和公务员，如果是从百万大款的子弟中选拔出来的，将肯定比从偏远落后的穷山区的农家子弟中选拔出来的要可靠得多。你还记得吗？三十多年前，每至'元旦'，两报一刊总要联合发表'元旦社论'。社论在分析到国际形势时，照例会用一句话概括，叫做'大动荡，大分化，大改组'。说现而今，中国的国内形势，也是完全可以用这一句话概括的。而且概括得无比准确。体制在大动荡，人心在大分化，利益关系也在大分化。相对的，新的阶级出现了，新的阶级关系出现了,原体制下形成的每一个阶层都在进行大改组。我所提出的建议,乃是非常适应这种‘大动荡、大分化、大改组’的时代特征的……”

闹了半天他又要上“奏折”。我忽然明白,像他这种人,为什么也会被送进精神病院里来了。如果我有特权,我一定下一道密旨,这样的人,有一个送进精神病院一个。有一百个送进一百个!有一千个送进一千个!实在太多了,精神病院安顿不了,不妨学学秦始皇,集体诓到哪一座大山里,统统“坑”了……

我谎说我憋了一泡尿,得赶快回病房上厕所。说完便走,不给他纠缠的机会。他却一直追随我至我的病房门口。我进了病房,插上房门,打定主意两个小时内不再出去。

几分钟后,他敲我的房门,大声问:“哎,亲爱的病友你上完了厕所没有?”

我盘腿床上打坐,屏息敛气,一声不应。

又过了几分钟,但听他在我病房门外吟诗。所吟乃白居易之《醉赠刘二十八使君》——“举眼风光长寂寞,满朝官职独蹉跎。亦知合被才名折,五十三年折太多。”

我虽眼惰,但早些年勤学用功的时候,诗词之类还是读过些的。白居易那一首诗,甚至背过。在我记忆中,最后一句,应为“二十三年折太多”。“九号”将其改为“五十三年折太多”,我猜想必是因他自己现年五十三岁吧?个中失落的意味和心灰意冷而又不甘罢休的情绪,经由“九号”那嘶涩劈哑的声音缓缓慢慢凄凄凉凉地吟来,还真挺感人的。

我受其影响,诗骚大发作,轻轻走到门口,隔着门回了他两句诗——“幽情苦绪何人顾,流萤惹草复沾衣。”是《聊斋》里一个雌魂女鬼顾影自怜的鬼诗。

门外又静了片刻,之后但听“九号”长叹一声,语调感时伤怀地说:“亲爱的病友,不理解也便罢了,何必嘲讽于我呢?……”

又道:“屈原,屈原,今日始知,你乃两千年前之我,我乃两千年后之你啊! 天偌大,地偌广,难道只你我二人才是知音吗? ……”

“四号”跳楼摔死,“九号”甚是幸灾乐祸,就差没当众拍手称快了。当时围观的人很多。“四号”的头碎了,脑浆涂地。一条腿断了,脚后跟朝上了。惨状令人触目惊心,不忍正视。

“九号”却不怕受刺激,走到很近处,俯下身细看。看够了,直起腰,嘿嘿冷笑道:“好,好。死得何其好哇! 这个人的死,说明了什么呢? 恰恰也从反面说明了,那些眼睛长了钩子似的,专看我们大好形势阴暗面儿,而且装出一副忧国忧民样子的人,思想根据是非常脆薄的,是经不起辩论的。他们除了一死,没有别的选择……”

于是惹恼了几位平时格外尊敬“四号”的病友,捋胳膊挽袖子要揍他……

小悦说全精神病院的人,无论是病人,还是医生护士们,甚至包括烧锅炉的工友,食堂的大师傅,栽花剪树的老园丁,背地里都叫他“臭老九”。连王教授也这么叫。

我说:“‘臭老九’这种叫法,是‘文革’中由‘四人帮’发明的,对中国知识分子的蔑称和辱称。现在还这么叫,那是很不对的。”

小悦一瞪眼,愤愤地说:“有什么不对的? 对得很! 对极了! 我听父亲讲,‘四人帮’横行霸道的年代,知识分子其实只在‘四人帮’及其爪牙们眼里是臭的,在最广大的人民群众和最广大的青年内心深处,那还是暗暗受着尊敬的。我父亲当年不过是一位教会计学的普通讲师,不过出版过两个讲解基础会计学的小册子,也被当成了权威发配到农村去劳动改造。从小队到大队到公社的会计们,都偷偷拜他为师。他生病了他们还偷偷送给他鸡蛋吃。还上山为他采草药。他白天挨斗了,晚上他们就偷偷去看望他,劝慰他忍着点儿,想开点儿。”小悦讲了过去就讲现今,就话锋一转,破口大骂“九号”,“像‘九号’这样的知识分子,太臭了! 简直臭不可闻! 明明是黑的,他怎么偏偏要替当局说成是白的呢? 明明老百姓叫苦连天的事儿,他怎么偏偏要替当局说好得很,不值得大惊小怪呢?明明是腐败透顶的事,他怎么偏偏要替当局说那是改革的润滑油呢?连当局也不好意思这么说的呀!这不是拍马成癖,忒不要脸了吗?我实在想不通,一名知识分子,熬到正局级待遇,那也就算是熬到头了嘛!再怎么善拍,还能往上爬吗?全中国享受部级待遇的知识分子总共才有几个呀!在这么一座中等城市,又不是在北京,拍得再勤再起劲儿,也是钻不到那几个里边去的呀!索性不拍了,正正派派地做一个受人尊敬的、实事求是的知识分子,你已经捞到手的一切既得利益也不可能再失去了呀!……"

我不免替"九号"辩解了两句,说:"中国知识分子嘛,传统上就这德性。可敬的也罢,可憎的也罢,十之七八,骨子里从来都是巴望贴近朝廷,感受皇恩浩荡,被封个一官半职的。用现而今的说法,叫做贴近体制。谁不希望自己成为在体制内备受恩宠的知识分子呢?房子、车子、待遇、地位,说到底,只有目前的体制才更能满足中国知识分子的物质需求和虚荣心啊!毛主席早就说过的,中国知识分子是撮毛儿嘛!不过是撮毛儿,就得附在一张皮上。附在人民大众这张皮上,半点儿实惠也没有。人民大众能给他们房子、车子、待遇、地位吗?所以呢,为一己的利益考虑,也只能牢牢地附在现体制这张皮上。那么,有时候说说假话,说说空话,说说屁话,说说某些当权者听了眉开眼笑,老百姓听了气不打一处来的话,是情有可原的嘛!'九号'其实挺可怜的。很乐于拍,自以为很善于拍,结果还不是被当成精神病,也送到这儿来了吗?"

小悦说:"活该!他一旦拍对了,拍出彩儿了就沾沾自喜,得意忘形。而他得意忘形之后,往往便会拍错。又屡次三番地拍在马蹄子上,或者不小心戳了马眼睛,不但没给当局帮上忙,反而弄巧成拙,使某些当权者因了他而大挨其骂,大失民心。'九号'其实和'四号'一样,最初被送进来时,经王教授诊断,并没有什么精神方面的病。只不过住久了,住出精神不正常的症状来了。王教授顶瞧不起的病人,那就是'九号'了……"

小悦正说着,王教授找她来了。我看出王教授找她,并没什么非吩咐她去做的事儿不可。不过内心憋闷得慌,想随便对某个人说说。

王教授说:“我很后悔当初将‘四号’安排在四号病房。‘四’和‘死’,不是谐音吗?我觉得对‘四号’的死,我自己也负有一种迷信的责任似的……”

小悦说:“人死不能复生,内疚也没用了。迷信的说法儿,不可全信,不可不信。四号病房已经腾出来了,莫如将‘九号’调到四号病房去住。迷信的说法究竟有没有几分道理,让‘九号’住进去来证实一下嘛……”

我从旁听了,暗想这漂亮的姑娘可真够坏的。如果我不能早日离开这不祥之地,她是最得罪不起的一个呀!

王教授连说:“对对,对对,就将‘九号’调到四号病房住!今天就调!”

小悦又说:“院长呀,这个‘九号’太不好了。他常在背后说您坏话。说您独断专行,为了一鸣惊人,沽名钓誉,从事伪医学研究什么什么的。因为我知道您一向不喜欢打小报告的人,怕您对我有看法,所以也就一直不告诉您。可总不告诉您也不行啊,他实际上在损害您的形象,贬低您在病人中的至高无上的威望嘛!……”

王教授听了很是生气,连说:“岂有此理!岂有此理!可恶之极!可恶之极!这精神病院乃是我一手创建的,等于是我孵了多年才下出的一个蛋!我不独断谁独断?我不专行谁专行?除了我,谁又有资格有那独断专行的头脑?世界上有一本《名人录》,那上边就少不了我的名字!我就差没得诺贝尔奖金了,还需要再沽的什么名?钓的什么誉?我的‘XF’元素微粒学说一经向全世界公布,就可能是下一届诺贝尔奖得主!他是嫉妒我嘛!……”

于是教授指示小悦,替他起草一份医学遗嘱。说他比“九号”大十几岁,万一活不过“九号”,先于“九号”走了,那么他的遗嘱,也要永远地将“九号”镇住在精神病院。指示小悦在遗嘱中写进这样的话——“兹以精神病权威专家的身份,以神圣医学之名义,忠告继承本院院长职务之同仁,即使在本院长死后,‘九号’患者也不得出院。因其所患,乃精神病学中从无记载之个例。一旦出院,对他人对社会之危害,尤其对当权者之滋扰,是难以预料的。后果也将是十分严重的!……”

教授开始口授时,小悦便迅速从兜里掏出一个小本儿记录起来。教授说完,她也记完。她复述了一遍,教授满意地点点头,说只字不差,用指示的口吻叮嘱:“小悦你立刻送到打印室去打印,打印出来立刻去找我签字!我签了字还要盖上本院公章,然后送到保密室存档!”

教授说完就走。走到门口,转身瞪着我又说:“还有你那件事儿!不能再拖了!你要设身处地为‘三号’想想。你的背心对他来说,那就好比是救命的良药!”

我说:“一定一定,最迟后天就让‘三号’穿上我的背心!”

教授一出门,小悦就忍不住扑哧笑将起来。

我看得出,替教授完成遗嘱,是使小悦快活无比之事。

我说:“小悦呀,你也太歹毒了吧?你这不就等于让‘九号’老在精神病院里了吗?”

小悦说:“岂止是让他老在精神病院里!”一抖手中那页纸,恶狠狠地说,“要让他死在精神病院里!别看他在你们面前一副斯文的知识分子派头,那是假面具!其实是个色鬼,调戏过我好几次!身为一个精神病人居然敢调戏护士小姐,真他娘的反了!不‘宏观治理’他一下行吗?……”

在“九号”的抗议声中,他被两个强壮的男护士一左一右架着,调到“四号”病室去了……

我终于又见到了我的背心。我真钦佩中国民间的能工巧匠,他们利用最简单的工具,做假和做旧的本领,却堪称是世界一流的。我的背心变薄了。似乎可以当纱布用了。似乎每一经每一纬,都均匀地散发着汗味儿,都均匀地附着那“XF”元素的微粒儿。尽管我的肉眼是看不到那些价值昂贵的可爱的小微粒儿的。但我也有些相信它们是的确存在着的了。我的背心原本是白色的,做旧后变成浅黄色的了。前后贴胸贴背处,以及两个短袖贴着腋下那儿,有浅黄色相对的重点儿。这当然是很符合常识的。在灯下,背心熠熠闪光,证明凝结了一层汗碱。抖开来对着灯光细看,可见一片片细小的织物的纤毫,油腻腻地显示着皮脂。总之它确实像一件贴身穿了八九个月,一次也没下过水的背心。脏兮兮的,皱巴巴的,让人感到恶心,但还不至于使人一接在手里就呕吐起来。各种味儿混合着,绝对是不好闻。那能好闻吗?挺冲鼻子的,但是只要屏住呼吸,还是可以忍受着将它穿在身上的。主要是做旧的分寸好。掌握在让人感到恶心但又不至于立刻呕吐起来之间,掌握在各种难闻的气味挺冲鼻子但又完全可以忍受的程度之间,这分寸非是能工巧匠,实难掌握啊!

医院为我和“三号”举行了一个小小的公证仪式。请来公证局的一位科长。“三号”属于重病患者,不可以作为法律当事人。所以院方通知了“三号”的夫人,请她来替“三号”作当事人。“三号”的夫人是一位服装模特,比“三号”高出一头半。“三号”和夫人站在一块儿,刚到夫人肩那儿,“三号”的夫人不消说是位美人儿。岁数和小悦不相上下。气质可比小悦高贵多了。有几千万“垫底儿”,人的精神面貌不高贵也高贵了,不优越也优越了。她对小悦带搭不理的。一副上等女人不屑于多看下等女人一眼多和下等女人说一句话的样子。我属于轻病患者。所以公证局的科长认为,我有作为法律当事人一半儿的资格。尽管如此,我还是指定了小悦充当我的全权代理人。这么一来,公证的法律程序,不就完全生效了吗!

公证过以后,双方代理人都在公证书上签了字。小悦随即将背心双手捧送给王教授,请教授当着双方的面验视。教授刚接在手里,还没来得及细看,已被“三号”一把夺了去。“三号”当着我们一干人等的面儿,脱了名牌衬衫,转眼已将背心穿在身上。

王教授急问:"怎么样?怎么样?"

"三号"闭上了眼睛,身子开始轻轻摇晃。

我和小悦故作镇定地互看一眼,内心里不由得都十分紧张。

"三号"的夫人急了,从旁说:"怎么样啊?教授问你哪,你倒是睁开眼睛回答句话啊!"

"三号"仍不睁开双眼,身子晃动的幅度却大了,喃喃地说:"感觉好极了,好极了!我现在幸福得如同腾云驾雾一般!"

于是教授微笑了。

于是我和小悦都暗舒了一口气。

公证局的科长说:"你们看,你们看,他幸福得脸都开始红了!"

果然,"三号"的脸开始红了。他继续闭着眼睛喃喃着:"好幸福哇,好幸福哇,哎呀我要飞跃!借问酒家何处有,牧童遥指杏花村杏花村,杏花村!柳暗花明又一村!芙蓉国里尽朝晖!……"

于是王教授带头鼓掌。

公证局的科长紧跟着拍手。他希望此次公证圆满结束,因为小悦答应了事成后给他数目可观的一笔"辛苦费"……

于是我和小悦也情不自禁地鼓掌。

"三号"的夫人却并没显出太高兴的样子。她将一只黑色的号码箱朝小悦一递,冷冷地说:"三十万,都在里边了!"

将自己的钱给别人,即使对于钱多得不知该怎么花的男女,也是一件不高兴的事儿。连王教授和公证局的科长都看出来了,"三号"的夫人很舍不得那三十万。

小悦刚将号码箱接在手,"三号"的夫人便俯下身,更准确地说是弯下窈窕的腰,在"三号"脸上象征性地亲了一下,以哄小孩儿般的语调说:"亲爱的,既然这儿能使你感到如此幸福,就长住一个时期吧!争取彻底把病治好,别一回到家里又复发了,啊?"

"三号"闭着双眼,摇晃着身子嘟哝:"我不回家,我不回家!喝令三山五岳开道,我来了!……"

他那美丽而又高贵的夫人,哼了一声,看也不看我等几人,昂着头,挺着胸,以模特在舞台上表演那种优美迷人的步态一扭一扭地走了。她的高跟鞋跟儿敲在水泥地上,清脆悦耳。其声在走廊里渐远之后,仍余音回荡。

除了"三号"陶醉在幸福之中不能自拔,我等四人之目光,不约而同地都集中在小悦手中的号码箱上了。

小悦说:"一分钱也没我的。我只不过是公证代理人嘛!"

公证局的科长问:"王教授,院长,贵院以后还需不需要这种……这种氟利昂背心了?但凡哪一天又需要了,请千万千万留给我一次机会。我这个人虽然不太幸福,兴许我的亲戚之中有一个是真正的幸福之人。我家亲戚多,七大姑八大姨的,一百多口子呢。不信没一个真正幸福之人!……"

王教授不动声色,不置可否地纠正他:"这不是什么氟利昂背心。这叫'XF'背心!"

他无言地从小悦手里讨去号码箱,拎着掂了掂分量,又无言地还给小悦。然后,将那只手拍在我肩上,注视着我的脸说:"我治好一个病人的同时,也扶贫了一位作家,一举两得,是不是?"

我连连点头说:"是是,那是的。教授,我这人脱贫不忘本!我将永远感激您,教授!……"

教授笑笑,若有所思地依次看了我等几人一遍。他看着公证局的科长时又说:"记住了,不是氟利昂背心!是'XF'背心!"他看着"三号"的时间最长,笑得也最欣慰……

教授走后,我从小悦手中一把夺过号码箱,转身冲出门,紧紧抱着便往我的病房跑。所见每人,无不变色趺闪,大概都误以为那号码箱里有炸药,而我要学英雄……

我一回到我的病房,顾不上插门就鼓捣起那号码箱来。不知开箱的号码,鼓捣不开。心急之下,干脆用水果刀剖开了箱面儿……

码得整整齐齐的一箱子钱。一捆一捆的。十捆儿一层。一共三层。我生平第一次面对三十万元钱。我忽然觉得,钱真他妈的美丽呀!越多越美丽!越多越美丽得壮观!我没面对过更多的钱,觉得三十万整整齐齐地码在一起,欣赏起来已经相当壮观了!世界上只有钱这种东西,才是唯一能单独就构成风景的东西!我抓起一捆钱,紧紧压在我心口,让它听我的心跳,听我为它而怦怦激动的心跳。一时间,我竟分不大清,那急促的怦怦之声,到底是我的心在跳,还是那一捆钱本身也有一颗心在跳……

我觉得更像是那一捆钱本身也有一颗心在跳,而我自己的心,已经不跳了似的……

一把刀突然指向了我。刀尖几乎扎到我鼻子尖上——小悦不知何时赶来了,手中握着我用来剖皮箱盖那把水果刀。

“你想独吞吗?!”她几乎是咬牙切齿地说,语调中充满一股森冷的杀气……

# 第六章

老苗来了。我妻子也来了。

老苗语焉不详地问我:“感觉如何?”

我说:“感觉好极了!”

不待他再问什么,我双手握住他一只手,装出一副羞愧无比的样子说:“老苗哇,苗主席呀,咱们相处了那么久,我这个人你还不知道吗?有时常喜欢无中生有,危言耸听,恶作剧!什么外星人啦,什么‘真话拒绝症’啦,什么来自另一个星球惩罚啦,那都是我闲极无聊瞎编的呀!经过在医院里这一个多星期的反省,在医生和护士们的帮助下,我已经认识到开这样的玩笑是很庸俗的了……”

老苗就和我妻子对视了一眼。

我妻子以类乎派出所女片儿警审不良少年的语气问:“那,两套警服你哪儿搞来的?”

我说:“是我从某个摄制组借来的,其目的是为了将假的说成真的一样……”

妻又问:“女人贴身的东西呢?”

我说:“是我早晨散步时,从摊儿上买的。”

妻说:“那可不像是从摊儿上买的。像‘精品屋’才能买到的东西!你怎么还在撒谎啊?你怎么为了骗人,就舍得买那么高级的东西呢?你是不是‘截留’家庭收入,有了‘小金库’了呀?……”

我诅天咒地发誓:“‘小金库’是绝对没有的!买了也不算白买嘛,老婆你穿嘛!”

妻转脸对老苗说:“老苗你听你听,他这叫人话吗?你别信他,我看他就是有点儿疯!要让他出院,就直接带你们‘作协’去好了!我可不和一个精神病患者共同生活!老苗你能保证我的人身安全呀?”

我说:“老婆啊,你这就不好了,要允许自己的丈夫犯错误,更要允许自己的丈夫改正错误嘛!你如果借故就把我推给精神病院,岂非有陷害亲夫之嫌嘛!”

老苗从我双手中挣出他的手,烦恼不堪地说:“得啦得啦,你们两口子都安静点儿吧!”

妻恨恨地瞪着我,目光中不无幸灾乐祸的成分。看得出我被当成了精神病,她内心里是相当快慰的。她早就希望我能自出点儿丑,自挫点儿大丈夫气了。

老苗也瞪着我,冷冷地问:“你说你的玩笑开得过分不?”

我连说:“过分过分,实在是太过分了!”

“可气不可气?”

我连说:“可气可气,实在是太可气了!”

“最可气的是你居然还要去滋扰市里的领导们!害得我受到严厉批评!批评我对作家缺少起码的关心!已经疯了还看不出来!你说,你究竟是疯,还是胡闹?”

我连说:“我没疯!一切都起因于我喜欢胡闹的儿童心理。我一定痛改前非,一定吸取这一次胡闹的深刻教训!”

老苗一拍桌子:“你要向市里领导写份书面检查!也要在检查中替我讨回点儿公道!”

我低眉顺眼地说:“我写我写我一定写检查!老苗你放心,我一定在检查中替你讨回点儿公道!你受到严厉的批评那完全是由于我的庸俗无聊造成的嘛!完全是无辜的嘛!”

我装出羞惭极了内疚极了甚至非常之难过的样子。

而妻子这时笑盈盈地对我说:“亲爱的夫哇,恭喜你呀!你得精神病的消息今天已经见报了!这下子好几天里你又可以成为本市的‘热点人物’了。我来时,在公共汽车上都听到了人们在议论这件事儿……”

我问:“消息发得这么快?你捅到报上去的吧?”

妻笑得更开心了:“除了你老婆还有谁对你这么好哇?你不是总怕被公众遗忘了吗?”

“他们怎么议论的?”

“他们说你肯定是跟外国的某些作家学的,装疯卖傻,制造新闻,借以出名!说你爱疯不疯,才没人稀罕关注你哪!”

我当时的感觉是仿佛被人往嘴里塞了一条大毛虫。我极力想吐出它,可它极力朝我嗓子眼儿里爬。它浑身那蜇人的有毒的毛,仿佛一团细棕麻,已经封住了我喉咙……

噢,我神圣不可侵犯的名声呀!

噢,我在读者公众们心目中的严肃作家的形象呀!

我脱口骂了一句:“真他妈的!”

妻笑眯了双眼问:“亲爱的,你是骂你老婆呀,还是骂读者公众们呀?”

我苦着脸说:“都不是。”

老苗不高兴了,气呼呼地问:“那你是骂我喽?”

我赶紧声明:“老苗,我哪儿能骂你呢?你百忙之中来探视我,我若骂你,不是太不识好歹了吗?”

老苗说:“反正你是在骂一个人。”

其实我是在骂那两个外星来的狗男女。我恨死他们了。他们搞他们的科学,我搞我的文学,两个星球上活着的人,井水不犯河水,前生无冤今世无仇,干吗非跟我过不去啊!

我说:“那当然!”却不敢照直说是骂那两个外星来的狗男女。

老苗竟认真起来。他说:“你也不是骂你老婆,也不是骂读者,还不是骂我——那么一定是骂市里的领导了?”

我急说:“老苗老苗,你可千万别这么认为!我是骂我自己,骂我自己还不行吗?”

老苗公事公办地说:“我只是陪你妻子来探视探视你。谁叫我是‘作协’主席呢?我不向市领导请示,不征得市领导的同意,是不可以擅自做主带你出院的……”

妻和老苗走后,我前前后后一想,疑心顿起,猜测他们大概都不是人。我的意思是——我怀疑妻是那个外星来的女客变的,而老苗是那个外星来的男客变的,暗自庆幸,多亏没当面儿承认是骂他们,恨他们……

第二天,我用床单将那只号码箱包上,企图拎着往外溜。刚出病房,便碰上了小悦。她站住,双臂往胸前一抱,似笑非笑地瞧着我。瞧得我心里一阵发毛,一声未吭退回了病房。

小悦跟入,双臂仍抱在胸前,仍一副似笑非笑的模样儿。

我说:“小悦你想干什么?”

她说:“这是我应该问你的话,你怎么反问我?想偷偷离开精神病院是不是?穿着病员服、拖鞋,用病房的床单儿包着只皮箱,皮箱里装着十五万,你能出得了精神病院的大门吗?”

我说:“我翻墙。”

她说:“瞧把你能的!两米多高的墙,你翻得过去吗?莫如把皮箱给我,由我来替你保存着那十五万,再安下心来住几日,等我嫂子和你们‘作协’领导来接你出院……”

我紧紧搂抱皮箱,急说:“不用你保存不用你保存!”

她说:“你已经分给我一半儿了,我还能对你的一半儿动坏心思吗?

信不过我拉倒！”

说完赌气走了。

我便又怀疑小悦也不是人，也是那女外星人变的。要不，她怎么也像那女外星人一样，习惯于将双臂抱在胸前呢？

我不敢再往外溜了。怕受到王教授的惩罚，被送到重病号病房去……

一个星期后妻和老苗又来了。是小邵陪着来的。小邵说：“我们是代表市委曲副书记来探望你的。”

我说：“多谢领导对我的厚爱。”

小邵说：“你胖了。”

老苗附和地说：“他是胖了。”

妻也说：“他胖了。”

小邵还说：“你白了。”

老苗说：“白多了。”

妻说：“可不是嘛，这一胖一白，显着年轻了。看来还是这儿的伙食好，生活有规律，适宜他。那就干脆让他住几个月吧！”

我说：“老婆啊，你又不是领导，有你什么事啊？你一边儿待着去行不行？”

我将一份检查双手呈给老苗。十几页纸，四千多字。是我平生第一次写的检查。在检查中我将自己骂了个狗血喷头。也是第一次在老苗面前显出对领导极恭极敬的样子。而且他妈的有我妻子在场！

她替我脸红了，将脸尴尬地扭向一旁。

老苗用手指抹唾沫捻纸页。抹一下捻一页，翻看了一会儿，老奸巨猾地不表态，递给了小邵。小邵翻看了一会儿，朝老苗使了个眼色，他们同时起身，前后脚出去了。

妻说：“儿子怪想你的。”

我说：“那你还挑唆他们干脆让我住几个月精神病院？”

妻说："可我觉得家里少了个人，心里怪清静的。"

老苗和小邵进来了。

小邵微笑着说："怎么写起检查来了？犯不着的嘛！大可不必嘛！一位作家，想象力一亢奋，无边无际，走火入魔是常有的事儿嘛！也是最应该原谅的事儿嘛！英国作家史蒂文森的《化身博士》，就是由一场梦产生的嘛！巴尔扎克写《欧也妮·葛朗台》，也曾一度分不清现实和想象，对到他家的客人高叫'你，你，是你逼死了这可怜的少女'呀！作家是想象的动物嘛！不过你既然已经写了，我就替你捎给曲书记。你知道的，曲书记很爱才，喜欢文学，尊敬作家，对你的印象一直不错。他以为你病了，就狠狠批评了老苗一通。现在证明你没病，他肯定会喜出望外的！……"

我近乎厚颜无耻地硬挤出两滴眼泪，佯抽佯泣地说："我是没病没病，一切都是一场恶作剧！我无聊，我庸俗！是精神空虚的表现！"

小邵看了老苗一眼，征求地说："那么，就让他今天出院吧？"

老苗说："你是代表曲书记来的，你说了算。怎么着我都没意见！"

小邵又望向我妻子，很民主地问："嫂子你是什么态度呢？"

妻说："一切全由两位领导做主吧！我当家属的，完全听领导安排。"

于是我一跃而起，脱了病员服……

妻瞠目发问："哎，你背心呢？"

我光着上身说："背心吗？收去洗了。算了，一件背心，不要了！"

妻说："我也没想到你今天就能出院，没带你的衣服。你穿什么来的，就穿什么回去吧。到家洗了澡再换。"

我说："行！行！"

于是妻替我收拾东西。

她指着那只号码箱问："这是谁的？"

我说："当然是咱们的了！"

妻说："这根本不是咱们的。送你住院那天，没带来箱子。"转脸问老苗,"老苗,那天你陪我送他来的,我是没带箱子吧?"

老苗想了想,肯定地说没带。

妻问我:"这好端端的皮箱,怎么割破了呢?谁干的?你干的?里边装的什么?"

她说着就要打开皮箱。

我急用双手按住,不许她打开。说里边没装别的什么,只不过是几本儿闲书。

妻哪里肯信,非要打开看不可。分明的,她的疑心和好奇心,反而被我刺激起来了。

老苗和小邵一左一右,将我的两手往后拧,都说不管是不是你们的皮箱,反正在你病房里,你妻子打开瞧瞧里边究竟装的什么也无妨么!

我不是白痴。我看出来了——他俩的疑心和好奇心,是比我老婆的有过之而无不及的。

皮箱掉在地上,箱盖儿摔开门。我曾用刀撬了半天没撬开,想不到竟摔开了。什么鬼皮箱啊!

钱——一捆捆的钱,从皮箱里散落了出来。

我一时低头望着愣住。

我妻子、老苗和小邵也一时低头望着愣住。

我妻子莫名其妙地说:"这是些什么呀?"

我机械地回答了一个字:"钱"。

老苗和小邵几乎同时说:"钱?"他们忍俊不禁,哈哈大笑起来。

我妻子说:"就算是钱吧!可你哪儿来的这么多钱呢?"

我气急败坏地说:"明明是钱嘛!什么叫就算是啊?难道你们看不出这都是百元一捆儿崭新崭新的钱呀?我卖了一个肾,要不能有这么多钱吗?"

"卖了一个肾?你站好,举起双臂!……"

于是老苗解开我的皮带,于是我的裤子落在地上,于是他撩起我衣襟,查看我身上有无刀口。结果可想而知。

老苗说:“哈,哈,你又撒谎!你卖了一个肾,怎么身上没刀口?”

我只得进一步撒谎,说是预售了一个肾,这笔钱是医院预付的定金……

老苗看了小邵一眼,二人又忍不住哈哈大笑。

我妻子从地上抓起一捆钱,冲老苗拍几下,冲小邵拍几下,又羞又恼,眼泪汪汪地说:“你们看,你们看清楚!明明是一捆捆白纸,他偏说全都是钱!他还偏说是预售了自己一个肾的定金!我认为他就是精神失常了,可你们当领导的,为什么同意他今天出院啊?你们不能对他对我这么不负责任啊!”

我揉揉眼睛,盯住妻子手里那捆儿钱不错眼珠地死看——那明明的,千真万确地是一捆儿崭新的百元大钞!怎么在我妻眼里,在老苗和小邵眼里,是一捆儿白纸呢?

我提起裤子,默默扎好皮带。蹲下,从地上捡起一捆儿钱,也像我妻子一样拍着问她:“你眼睛有毛病啊?这不是一捆儿钱呀?”

妻瞪着我反问:“你眼睛有毛病啊?哪是一捆儿钱呀?”

老苗和小邵也瞪着我。尽管他俩嘴上什么都没说,但我从他们脸上的表情看得出来,他们心里也在说和我妻子同样的话。

小邵挠挠头,对老苗说:“看来,问题有点儿不好办了呢!要不,我先向曲副书记请示一下,再决定带不带他出院?”

老苗说:“小邵你别。咱们不能什么意外的情况都往领导那儿推嘛!也许这家伙又在拿我们开心,还是让我先来郑重地问问他。”

于是他掏出烟,叼上了一支。还抛给我一支,还擎着打火机管我点烟……

我将钱一捆儿一捆儿全收入皮箱。包括我妻子手中那一捆儿也被我夺下收入皮箱。之后坐在地上,搂抱着皮箱,望着老苗吞云吐雾。我暗暗打定主意,头可断,血可流,皮箱里的十五万是绝不可失的!

老苗冷冷地问:“邵秘书刚才的话,你听清楚了?”

我点点头。

他又问:“皮箱里一捆儿一捆儿的,究竟是钱,还是白纸?”

我一时犹豫,不敢坚持说是钱,但也不肯说是一捆捆白纸。如果连我自己都承认那不过是一捆捆白纸,那它们不就更不是钱了吗?我不就更没法儿花它们了吗?

小邵见我犹豫,接着老苗的话旁敲侧击地说:“梁老师,当着嫂子,我想,我得比较郑重地对您说明一下。我和老苗来的目的,本是要接您出院的。但您若非坚持说那皮箱里都是钱,不是白纸,那可就太使我俩为难啦!”

老苗又说:“是啊是啊,那你就还得在这精神病院里住下去。”

我低声问:“住到何时?”

老苗说:“起码得住到你不再将一捆捆白纸当成一捆捆钱那一天吧?”

我妻子说:“对。我同意。他起码得住到那一天,否则算个精神起码正常的人吗?”

我一一扫视他们。暗自权衡利弊,决定以改口为上策。

我笑了。先是无声微笑,接着连自己也没法儿控制地哈哈大笑,笑得抱着皮箱在地上打滚儿。笑得透不过气儿来。笑得他们面面相觑,瞧着我目瞪口呆,都有点儿忐忑不安。

我妻子尤其不安。她甚至问老苗要不要去找医生或护士。

我一听立刻止笑,说:“亲爱的找什么医生找什么护士呀?你们都当的什么真呀?我不过又逗你们玩儿呢!我打开皮箱,指着一捆捆百元大钞,煞有介事地说这哪儿是钱呢?老苗,当钱白送给你,你要吗?你肯定不要吧?小邵,当钱白送给你,你要吗?你肯定也不要嘛!这些纸边儿,是一位在印刷厂工作的朋友来探视我时带给我的。我要是为了作记录卡片儿。也只能做记录卡片儿用嘛是不是?你们怎么毫无幽默感呢?”

于是老苗也笑了。

于是小邵也笑了。

老苗说:“那么我来一捆儿。我也当记录卡片儿用!”

他不客气地拿了一捆儿就塞入他皮包里。

小邵说:“我也来一捆儿。当记录卡片用是挺好的!”也不客气地拿了一捆儿塞入皮包里。

列位!两捆儿崭新的百元大钞哇!每捆儿一万,两捆儿就是两万啊!就这么被别人当成两捆儿白纸拿去了!十五万变成十三万了!我比小悦还他妈的少两万了!我心疼得肝儿颤。心疼得想号啕大哭!心疼得想和老苗和小邵拼命!

可我能不许他们把我的钱塞入他们各自的皮包吗?在他们看来那不过是两捆儿白纸,我又有什么法子呢?又能怎样奈何他们呢?

我还得装出满不在乎的样子,说:“拿吧拿吧,一人再拿一捆儿也行!”

老苗说:“既然你这么大方,那我就再拿一捆儿!”

他他他,他妈的老苗这个王八蛋,居然又抓了一捆儿塞入他皮包!

小邵说:“这纸的确挺好。一捆儿对我这个做秘书的人来说似乎太少了点儿。老苗,其实我每天记录所用的纸比你多……”

贪婪的小邵也又抓去了一捆儿!

列位列位!眼睁睁地,眼睁睁地我又少了两万元呀!说这么几句话儿的工夫我已经损失了四万元了!四万啊列位!这不等于是明抢吗!十五万转瞬间成十一万!

我真恨不得将他俩都掐死,使我那四万元钱再物归原主!

我妻子却来气了,说:“我非把你这些纸捆儿从窗口扔出去不可……”

她真就来夺皮箱。我哪里肯让她夺了去!

我带着哭腔说:“妻呀妻呀,我亲爱的老婆呀!我一辈子也没真正喜欢过什么东西,一见了这几捆儿纸,就全心全意地喜欢上了!你若非不许我带回家去,那我不活了!你干脆让我抱着皮箱跳楼摔死吧!”

我冲动之下,抱着皮箱往窗口扑过去。

老苗小邵急忙挡住我。

老苗说:“弟妹,作家嘛,喜欢上纸那是很正常的。总比他喜欢上别的女人好是不是?看我面子上,就允许他带回家去吧!反正又不是炸弹不是毒品什么的。就当他是小孩子喜欢上了某一种玩具呗……”

小邵说:“是啊是啊嫂子。我们虽然不再认为他疯了,但他的精神毕竟的,总归的……我的意思是,还是不要太刺激他……”

那一天我以损失了四万元的代价,终于获得了自由。

当我离开那间高干病房时,感到骶骨部位倏地一阵剧疼……

列位,列位!——我们人类长尾巴的过程,好比壁虎和蜥蜴类大小爬虫一出世竟没尾巴一样,是非常不祥的预兆!

我们都知道的,壁虎和蜥蜴类大小爬虫的尾巴,对它们是何等重要!如果没尾巴,它们在遇到天敌之时,又怎么能靠施展“断尾求生”的高超伎俩化险为夷、转危为安呢?尾巴简直就是它们的救命法宝啊!一出世竟没尾巴的小壁虎和小蜥蜴,肯定将惶惶不可终日,缩在墙缝里轻易不敢出来吧?肯定沮丧得经常哭泣吧——倘它们也人似的会哭的话。

可尾巴对我们人又有什么用处什么意义呢?难道不是完全没用完全没意义的东西吗?我们的一万五千年前的祖先就不曾长过尾巴的呀!科学家不是早就在怀疑,其实人类并非是由长尾巴的猴子变种过来的吗?所谓“返祖现象”这一解释,不是太牵强附会、太不能自圆其说了吗?

一个开始发现自己长尾巴的人的不安和恐惧,是比壁虎和蜥蜴一出世竟没长尾巴的不安和恐惧巨大百倍的。因为我们必然地要想——哦,上帝呀!我怎么了?我为什么和别人不一样?它们却是不会这么去想的……

起初我以为自己骶骨那儿不过长出了骨刺,没太在意。四十六七的人了,这儿那儿长骨刺不足为怪。无非不能久坐。久坐挫痛。但我那些日子并不写什么,何必久坐? 至于读书,我一向是习惯于仰躺着读的。

后来我就在意起来了。不能不在意了,因为骶骨那儿的硬邦邦的包,顶端开始变尖了。连仰躺着读书都不可能了——那儿一着床就疼。

我首先想到的是癌。当然,四十六七岁的人,生癌也是不足为怪的。可若生在自己身上,毕竟不像生在别人身上那么想得开、那么不在乎、那么无所谓。

我没敢告诉妻子。尽管她一向对我这个只善于爬格子、再没什么其他本事可言的丈夫,持一种有也可无也可的态度。但我猜想,一旦真的没了我,没我的日子绝不会比有我的时候强到哪儿去。她也是个四十多岁的女人了,重找个丈夫肯定不是太容易的事儿。现而今,中国的四十多岁男人,倘若失偶,我以为别的男人们是大可不必陪着掉眼泪的。就算夫妻感情原本不错,那失偶的男人的悲伤,很快也会过去的。悲伤一过,他们的眼睛便会比以往更加没了管束,专往二十多岁的满大街都是的夏季裸胳膊裸腿冬季服装一个比一个新潮的姑娘们身上瞟。这一事实对四十多岁的寡妇或离婚女性明摆着是相当不利的。既不利又不公平。而且将越来越不利越来越不公平! 我可不愿我的妻子因了我而憎恨世风日下!

于是我背着妻子去医院检查。在外科候诊处,我见到了我顶不想见到的人——老苗。

不想见到也得主动打招呼啊!

我说:"老苗,也来看病呀?"

他说:"不是我来看病,是陪你嫂子来看病。"

"她人呢?"

"已经进门诊室了。"

"哪儿的问题?"

"可能是生了骨刺吧。骶骨那儿。当然,也不排除是什么癌。"

他忧郁地叹气。

我也叹气。一方面表示对别人的同情，另一方面为自己。

我安慰他："想开点儿。万分之几的比例，哪儿那么巧就摊在嫂子身上呢？"

他又叹气。喃喃地嘟哝着："是啊，哪儿那么巧就摊在她身上呢？"

听他口吻，倒好像他的忧郁、他的叹气，完全是由于自己的老婆摊不上什么癌似的。

一位秀眉秀眼，脸庞白里透红，红里透粉的护士从走廊尽头姗姗走来。老苗一发现她，目光立刻被吸引住。

我无话找话地说："嫂子情绪还稳定吧？"

老苗只顾望那女护士，没听我的话。他忽然起身说："对不起，我认识那女孩儿，得向她咨询几句！小高！小高！小高你越发漂亮了嘛！大姑娘样儿了嘛，完全长开了呀……"

他已迫不及待地迎将上去，和那年轻漂亮的护士小姐热情洋溢地周旋开了。模样欢天喜地如同无忧少年，完全没有在"作协"机关那种可敬长者的矜持劲儿了。

唉唉，六十多岁的人了，还痴心妄想揪住什么"青春的尾巴"呀！岂非瞎子点灯白费蜡吗？又不是"大款"，不过是"一小撮爬格子动物"的市级"领班"，再使尽浑身解数地作无忧少年状，小姐们也是不稀罕"傍"你的呀！咋就连这么一丁点儿自知之明都没有呢？何况自己的老婆还在门诊室没出来，结论尚不可知，还没被明确判处死刑呢！我因自己毕竟比他年轻二十来岁，脸上的皱纹明显地比他少些，不免暗暗得意。也因他作无忧少年状时的力不从心而产生一种快感。

这时老苗夫人那肥壮又庞大的身躯缓缓从门诊室移动出来了。她目光恍惚，见我正望着她，脸上挤出一种心烦意乱很不情愿的苦笑。

我走到她跟前，装出关切的样子问："嫂子，不是癌吧？"

她说："医生一时还下不了结论，让我下周来做切片。"说着眼圈一红，就要哭。

我说:“嫂子,凡事儿别往坏处想。千万别往坏处想。魔鬼定义中有一条——越往坏处想,结果十有八九越朝坏的方面发展。”

她感激地说:“我听你的。我不往坏处想。你见着我们老苗了吗?”

我指着说:“他不在那儿吗!”

她顺我指的方向望去,顿时横眉竖目,当着些人就开口骂:“这老不正经的!全不把我的死活放在心上,竟在那儿嘻嘻哈哈吊膀子!”

她仿佛一头发了怒的河马似的冲过去,揪住干巴瘦小的老苗的耳朵,拧得他哇哇怪叫。那情形,如同当妈的在惩罚儿子。

我忍住笑,暗暗祈祷——上帝保佑老苗的老婆千万千万别得癌症!保佑她比老苗长寿,哪怕仅仅比他多活一天!……

他把我的两万元钱当两捆儿白纸占了去,是可忍,孰不可忍?只要他老婆比他多活一天,他就别指望再过一天愉快的日子了!

门诊室内高喊:“四十三号,姓梁的!”

我赶紧应声而入。

一男一女两位中年医生。男的又在叫号,女的板脸问我:“怎么了?”

我说骶骨那儿长了一个包。

“多久了?”

我说没多久。最近几天的事儿。

“趴床上。”

我照办。那窄床的塑料面儿很温热。由于老苗的老婆那肥壮庞大的身躯刚趴过的缘故无疑。

“褪下裤子!”

我又照办。

“你这人听不懂我的话啊?连裤衩也褪下来!当我是X光眼啊?”

我忍气吞声,遵命唯恐略迟。

“哎,你来一下。”

于是那男医生撇下他正应付着的一个小伙子,来到床边。

“和刚才那胖女人长得一样是吧？”

“嗯。是一样。”

什么东西戳在我那包上。我觉得不是手指，而是那男医生拿在手中的铅笔。

我咧了下嘴，说：“轻点儿轻点儿，很疼呢！”

那女医生说：“别这么娇气，忍着点儿！”

那男医生说：“就是的！我用的是橡皮这端，又不是……哎我铅笔尖儿怎么断了？”

女医生就吃吃笑。

我说：“医生，能否请教一个问题？”

男医生说：“只要不是无理取闹的问题，你但讲无妨。”

我问：“咱们的祖先，也就是类人猿都不长尾巴，怎么咱们那地方，也就是我长包那地方，又叫尾巴根儿呢？”

女医生首先替男医生恼了：“叫你不要提无理取闹的问题，你还偏提！不明白重新上学去！”

男医生则又用断了尖儿的铅笔在我那包上又狠戳了一下：“你这个包，真特别！肯定不是什么好包！先给你开两副膏药贴贴看！”

被撇在那儿干等着的小伙子抗议了，说：“怎么他的包就那么特殊啊？非得两个医生都凑过去？我也是那儿长了个包，比他的包还大！包面前该人人平等！……”

于是俩医生瞠目相视。

从医院一回到家里，我便从大衣柜底下抽出号码箱，打开看里边一捆捆的钱。钱真美丽啊！真可爱啊！真是瞧着让人没法儿不喜欢不眉开眼笑的东西啊！整整齐齐十一捆儿，在我看来，像一胎十一个婴儿，互相挤着躺在同一个婴儿车里睡着似的。妈的巧取豪夺的老苗！妈的不是玩意儿的小邵！他们强占去了我四个可爱的小宝宝呀！还说是四捆儿纸，做记录卡片儿用！怎么倒霉吃亏的事儿都让我摊上了呢？

我轻轻将钱从皮箱里一捆捆捧出来，放入一个纸袋里。我想我得先把这十一万存上。悠悠万事，唯此为大。那号码箱被我用刀撬过剖过，拎不出去。别人见了会对我起疑心的。我想这十一万肯定是我这一生中最巨大的一笔存款了。物价天天上涨，人民币年年贬值，没十来万存款，我和我妻的晚景，要不凄凉才怪了呢！

银行里那一天人多。我填了存单，耐心排半个多小时才排到窗口。

我先将存单递入。业务员，一个戴眼镜的小伙子看了看存单："十一万？"

我点点头："对。十一万整。"

坐在小伙子对面，正用验钞器验钞的姑娘，抬头瞟了我一眼，并和小伙子交换了一个飞快的眼色。

我懂她那眼色的含意——嚯，心里很得意。

存钱的感觉真他妈的好！

我指的当然是将一大笔钱存在自己的私人存折上那一种感觉。

近几年来，我一直想找到一种好感觉。但好感觉像是根本不存在似的，筛遍了每年的三百六十五天，每天的二十四小时，却不曾找到过。得奖的感觉已经谈不上有多么好了。去年我得了大大小小五次奖，奖金加在一起才六千元。而且有的文学奖竟是靠生产烟、味素、鞋和妇女卫生巾的厂家"慷慨"赞助的。靠后一厂家赞助的叫"舒尔阴"文学奖。我估计我即使写到八十高龄，大概也不会与某一种纯粹的、不带任何广告色彩的文学奖有缘了。因为这样的文学奖就像某种好感觉一样，似乎实际上已经不存在了。只能靠自欺欺人去体验了。

没想到我在银行的存款窗口才真正找到了好感觉！

存钱的好感觉就是好！

如果每个月都能往自己的私人存折上存几次钱，每次都能存个十万二十万的，我相信，人的脾气不好也好了，心情不好也好了，不热爱生活也热爱生活了！不拥护这个时代也拥护这个时代了！

“你给我的这都是什么啊？”我的纸袋儿又被从小窗口推了出来。

我说：“钱呗！不是钱还能是什么啊？”

“钱？那你到别处去吧！我们这儿不收你这种钱！”小伙子望着排在我身后的人高叫：“下一位！”

于是我身后的人将我往一旁推。

我火了。也将那人往一旁使劲一推，重新占据了窗口。我说：“你这位同志什么意思啊？我的钱一不是偷来的，二不是抢来的，为什么你不收我的钱？”

小伙子很有职业涵养地说：“你那是钱吗？你拿出来让大家见识见识！如果大家都说你那是钱，那就证明我眼睛有毛病了。不适合干我的工作了。我自动辞职！”

“好！这话可是你自己说的，不是我激你说的，大家都听到了！”我脸红脖子粗地从纸袋儿里掏出一捆儿钱给人们看。

所有的人竟都说我掏出的是一捆儿白纸。而它在我手中，在我眼里又明明是钱！

我又将钱递向小伙子对面的姑娘。我说：“是不是钱，谁也先别妄下结论！我说姑娘啊，谁的眼睛都可能一时出问题，麻烦您，就算我求您在验钞器下验一验！如果验钞器证明这是钱，你们今天不给我存上是不行的！”

那姑娘皱着眉说：“验钞器是验假钞的！假钞那也得像个钱样儿啊！不像个钱样儿能叫假钞么？可你那是一捆儿什么？那是一捆儿光板纸！纸上一无所有你叫我验个什么劲儿呀！”

“一无所有?!”我指点着问，“这不是毛、刘、周、朱四伟人头像吗？这不是‘壹佰’两个字吗？还有这儿……这儿不是‘中国人民银行’几个字吗？……”

那姑娘一时被我的话噎住，张了张嘴，冲口而出三个字是——“神经病”！

于是所有的人都说我"神经病"！

于是警卫走到我跟前，虎着脸往外驱逐我。我不太敢和他叫板。因为他手中拎着电棍。

……

离开那一家储蓄所，我又去到过五六家储蓄所，但在每一处的遭遇都是一样的。

我有点儿近乎发疯了。

绝望之际，我灵机一动，从一捆儿钱中抽出一张，在路上拦住一个七八岁的小孩子。

我装出一副和蔼可亲的样子，说："亲爱的小朋友，帮叔叔个忙儿。你用这一百元钱去买两支雪糕，你一支，我一支。找的钱全归你！"

小孩子高高兴兴地接了钱跑着去买。我则站在一棵街树的树荫凉下等他。

一会儿他一手拿着一支雪糕颠颠儿地跑回到我跟前。

我接过一支雪糕，问他："是用叔叔给你的一百元钱买的吗？"

他说："是啊！"

我怕他骗我，逼他掏出找的钱给我看。他顺从地掏出给我看。

我又问："那卖雪糕的老头儿没对钱起疑心吗？"

小孩子上上下下将我打量了一番，出其不意地反问："那你给我的是假钞吗？"

我尴尬地一笑，赶紧说不是不是。

可那孩子已经对我起了相当大的疑心。分明的，他开始把我当成一个专门印制假钞的罪犯了。

"就算我没见过你，你也没见过我！"他一溜烟儿跑了。跑着跑着，雪糕掉在地上。转身想捡起来，见我在望着他，胆怯地又跑……

我吮完那支雪糕，又从一捆钱中抽出一张，故作镇静地吹着口哨，溜溜达达地走向那孩子买雪糕的冷饮车。

走到跟前,我搭讪着说:“天真热啊!”

卖雪糕的老头儿说:“是呀!今天三十多度呢。来支雪糕?”

我说:“来十支吧,最好给我个塑料袋儿装着。”

一边说,一边将手中的百元大钞递将过去。

老头儿刚伸手欲接,手还没碰到钱,赶紧一下又缩回去了。他抬头看了我一眼,目光惊恐。仿佛我是化作人形的、从阴间来的无常。我手中拿的也不是百元大钞,而是索命的牒牌,他一旦接了,当即就会倒在地上,一命呜呼似的。

老头儿结结巴巴地说:“这位爷,我不收您钱了!我白送给您吃还不行吗?”

我说:“这是什么话呀!我干吗占你的便宜,白吃你十支雪糕哇!”

老头儿说:“不算占便宜不算占便宜,大热的天儿,您这位爷白吃我十支雪糕有什么不行啊!”

他说着,已打开冷柜盖儿,二五一十,抓够了十支雪糕用塑料袋儿装着,硬往我手里塞。

此时又有一位妇女停住自行车买雪糕。她瞧着老头儿对我战战兢兢,低三下四的情形,如同瞧着一个受欺压而又丝毫不敢反抗的可怜老人在地头蛇面前的畏怯。

我受不了她那种敢怒却不敢言的旁观,更不愿被当成在光天化日之下进行敲诈勒索的地痞恶霸。见有更多的行人驻足于周围,于是明智地将手中的钱往冷柜上一拍,大声说:“得得得老头儿,我也不买你的雪糕了,算我是个大傻瓜,白给你一百元钱行不行?”说罢,明智地抽身便走。

我听到老头儿在我背后嘟哝:“拿一张白纸当一百元钱,非从我这儿买十支雪糕不可!唉,惹不起哇!这是什么世道了呀!”

又听那女人愤愤地说:“你们这些看热闹的大男人,怎么一个个的全没点儿起码的正义感?为什么不把那家伙拧送到派出所去!……”

于是我走得更快。

我终于彻底明白了——十一万，十一捆儿崭新的百元大钞，在我眼里看来是钱，而在一切的别人眼里看来，不过是一捆儿捆儿白纸！成捆儿去存是白纸，单张儿拿着花还是白纸。也许除非让别人替我花才不是白纸。比如那个七八岁的男孩儿替我花，不就顺顺当当地花出去了吗？

路经公用电话亭，我往精神病院给小悦打电话。在电话里，我吞吞吐吐地问她，她那些钱好花不好花？

她显然觉得我问得奇怪，反问："梁老师您那十五万怎么了？"

我说："没怎么没怎么！哪儿有十五万呀，只剩十一万了！"

她说："梁老师，您想诬陷我啊？咱俩各十五万，不是你一捆儿我一捆儿地当场对面分清的吗？难道我会变魔术，会使障眼法，昧了你四万不成？"

我说："你别误会，千万别误会。我分给了两位朋友四万！现而今，从中央到地方，不是都在提倡共同富裕嘛！"

她说："你倒是把话说明白了呀！你分给朋友，那就是你个人的事了！与我无关了。什么共同富裕不共同富裕的，我可没你那么高的风格！"

我说："提倡是提倡嘛！允许人的境界在现阶段有高低之分，有早觉悟晚觉悟之分嘛！"又问，"亲爱的小悦啊，你都开始买什么了？在哪儿买的呀？"

她说："我存上了十万。剩下的五万，已经买了一台三十英寸的进口大彩电和一组高档音响，都是在本市最大的'国华'商场买的……"

放下电话，我去了"国华"商场。打算碰碰运气，花出几捆儿"白纸"，买回家大件商品。但有了在银行和买雪糕的教训，毕竟心虚。各个柜台转来转去，不太敢贸然。

不想竟发现了老苗和他夫人。他们两口子也在选电视。而且也看中了一台三十英寸的进口大彩电。老苗见到我时，那副尊容顿时极不自然起来，就像把我往井里推过一次似的。

我说:“老苗哇,这台彩电一万八千多呢,钱带够了么?”不待老苗开口,他老婆抢先替他回答:“够!够!我们带了整两万呢!”

老苗瞪他老婆一眼,生气地说:“问你哪?你不开口,谁能把你当哑巴卖了呀!”

我又问:“老苗,最近出版新书了?稿费收入颇丰啊!”

老苗顺水推舟地说:“对对,出版了两本儿新书……”

我说:“那我应该向你表示祝贺呀!明天我去你家取两本儿签名的赠书,拜读拜读呗!”

他说:“不敢不敢……”

我心里窝火地说:“我非要不可!”

老苗的老婆这时又说:“你听他胡扯!他写的书,得搭上出版费出版社才肯为他出……”

老苗就对她吼:“你少说一句行不行?!”

我心中早已清楚,什么他妈的稿费,明明是用我的两万元来买进口大彩电!可当时自己也承认那是一捆儿一捆儿的白纸不是钱,这会儿自觉理亏,也就只有心里窝火,不便戳穿事实真相。

眼睁睁地看着他们买下了那台进口大彩电,心满意足地离去,我恨不得追上老苗,当众扇他几耳光……

我始终没敢在商场买东西。

兜里没另外带钱,我也不敢“打的”回家。

我像一个拎着沉甸甸的十一万的穷光蛋。

你有这么大一笔钱,可是当钱花时却是白纸,这是多么巨大的不幸啊!

我走着走着,忽然发现满大街都是钱!这里一张,那里一张;有人民币,也有美元,而且都是一百元的。

人见钱在地上,还都是一百元的,那是没法儿不动心,没法不弯腰捡的。

于是我东跑几步，西跑几步，凡是眼睛见到的就跑去捡起来。捡也捡不过来。以前我只在梦中捡过钱。没想到那一天梦中的美妙情形变成了现实中的美妙情形！过往行人仿佛全都瞎了他们或她们的双眼，没有一个理睬被车辆带起的一阵阵小风刮过来旋过去的钱。又仿佛都是亿万富豪，一脚踩住了也不屑于弯腰捡似的。但我并非“大款”并非富豪哇！我经常感到最缺的其实不是什么所谓“精神”上的东西而是他妈的钱！有时也说缺的是“精神”上的什么东西那都是说给别人听的。世界上只有两种人才喋喋不休地总在那儿唠叨缺的是“精神”上的东西——那就是钱多得几辈子花不完的人和想有那么多钱却注定了几辈子也有不了那么多钱的人。我还知道作家们十之八九其实和我一样都属于后一种人。这是一个圈子里的小秘密。可是这秘密不能被戳穿，因为作家们十之八九都爱大谈什么“精神”，如果戳穿了，这世界不就太没意思太不好玩儿了吗？也可以认为这是一个弥天大谎。是我辈当代中国作家互定了攻守同盟的一个引人注目的弥天大谎。只不过还不到由我们自己戳穿的时候……

我对钱的态度是多多益善。我并不感到从街上捡起一张张百元大钞，捡起百元的人民币和百元的美金是多么害羞多么不体面的事儿。尤其在别人视而不见，没人跟我抢着捡的情况之下，我感到捡钱才是人最喜欢“从事”的“劳动”。才如马克思在描述共产主义时说的那样，是一种非常愉快的、出于本能需要的“劳动”。在烈日炎炎下，我像一条狗，哈哧哈哧地东蹿西蹿，捡钱不止。疲于奔命而又乐此不疲。

一回到家中，我顾不上喝口水，洗把脸，便从衣兜、裤兜、纸袋里往外掏钱。我想我捡到的何止四五万元！我想我“流失”到老苗和小邵手中的四万元，竟如此这般地弥补回来了，多么可喜可贺啊！不料掏出的却是一把把雪糕包装纸、糖纸、空烟盒什么的……

# 第七章

夜里我做了一个梦。梦见了那两个男女外星人。男的照例叼着一支烟,也不知从哪儿偷的,照例地吐制一幅幅五颜六色缤纷绚丽的“国画”。仿佛他对地球上产生好感的东西就是烟和中国国画似的。而那女的照例并无恶意地盈盈笑着。她的笑使人感到有一种天真无邪的顽皮味儿。

她问:“你是不是到医院去看过病了?”

我诚实地回答:“是的。”

又问:“你是不是以为自己生了某种癌?”

我诚实地回答:“是的。”

她就笑得更顽皮了。随即又表情郑重起来,说:“你不必恐惧,不必怀疑是癌,只不过你要长出尾巴了。在以后的一个月内,在这一座城市里,每多出一句谎言和假话,便会多十个长出尾巴的人。我们的惩罚是温和的,出发点是善意的,并不打算对你们构成什么伤害,无非是要使你们因说假话而长出了尾巴感到羞耻。你们地球人不是讲‘一回生,二回熟,三回见面是朋友’吗?咱们再见一面就是朋友了,所以我们决定优待你……”

我大喜过望,说:“你们赦免我吗?”

她爱莫能助地摇头说:“赦免是不可能的。但允许你任选一种尾巴。禽类的也罢,兽类的也罢,你按自己的喜欢选了,不久就会长出那样的尾巴。”

我从她脸上看出,再说多少争取赦免的话也白扯,倒显得自己太跌份儿,太缺乏自尊了。堂堂中国人一不怕苦,二不怕死,难道还怕长尾巴吗?梅花欢喜漫天雪,尾巴何所惧?于是我略作思考,面不改色心不跳,大义凛然地冷笑道:“那就让我长出一条老鼠尾巴吧!”

“老鼠?……也就是你们地球人叫耗子的那种……讨厌的小东西的尾巴?……”

她显出大为费解的样子,仿佛我是买主,她是卖主,面对她热忱地向我销的种种好货,我皆不稀罕,偏偏要买她最差劲儿的,连自己都不好意思摆在明面儿的劣品似的。

我语调洪亮铿锵地说:“对。我喜欢耗子尾巴。耗子尾巴非常可爱。”

她说:“你不再考虑考虑了?真的决定了?”

我点头说:“不再考虑了。真的决定了。”

而她的男伴儿,这时就很不耐烦了,插言说:“既然他喜欢,既然他觉得非常可爱,那我们就让这位地球先生长出一条耗子尾巴嘛!”

她凝视了我几秒钟,替我遗憾地说:“那么你会如愿以偿的。希望一条耗子尾巴给你带来些意想不到的乐趣!”

她说完,对同伴儿使了个眼色,他们便一同消失了。

其实我有我的主见。我为自己选择耗子尾巴,乃因耗子尾巴细小,便于隐藏罢了。而我一向是极怕耗子的。

妻这时醒了,问:“你在自言自语什么?”

我说:“不是自言自语,刚才是在跟那两个混账外星男女说话,他们又来滋扰我了。”

妻没好气地说:“我看你是又犯神经病了!真不该让你出院!”

那时那些“国画”还没消散。山啊,水啊,花啊,树啊,在黑暗中烁烁闪光,如同舞台上变幻万千的激光布景似的。

妻面向墙壁,朦胧中说完又要睡去。我将她身子扳过来,指着说:“你看,你看嘛!……”

“呀!呀!我的上帝!……”

妻一下子坐了起来,惊愕之状难以形容。又一下子缩入被窝,再也不敢露头,浑身在被下索索发抖。

我说:“事实胜于雄辩吧?该相信我的话了吧?好戏还在后边呢!”

早晨我冲澡,喊儿子递一块皂——儿子探身浴室,手拿着皂,瞧我的样子如同瞧一头可怕的怪物。

儿子突然尖叫一声,将皂扔在地上,一屁股跌坐于浴室门外。

我听到妻赶过来惶惶地问:“怎么了怎么了?”

我听到儿子心怀恐惧地回答:“他不是爸爸!他……是……是耗子精变的!”

我下意识地往身后一摸,摸到了一条湿漉漉的、尺把长的、大拇指般粗细的尾巴!抻着尾巴尖儿,扭着身子看,见是灰黑色的,尾巴尖儿苍白。毛儿很稀疏。一根儿是一根儿。绝不比某些秃子头上抹了药水后长出的新发多。分明的,是一条老耗子的尾巴!没料到,他们说“优待”我,仅仅一夜之间我就他妈的有了!他们没搞错吧?够得上是一口三百多斤的肥猪的尾巴了!多大个儿的耗子,才配有这么粗这么长的尾巴啊!

浴室门又被推开一道缝儿,我看见了妻的一窄条儿脸,和一只由于受刺激而瞪大的眼睛。妻窥视到的,当然是我抻着尾巴尖儿扭着身子看自己尾巴的情形。

“呀!呀!我的上帝哦!”

显现在门缝儿间的妻的那一窄条儿脸一晃,她就要晕倒。

我顾不上“欣赏”我的尾巴,赤身裸体跃出浴室,扶住了正往后倒的妻。

她定了定神,猛地推开我。

她嚷:“别碰我!我讨厌耗子!”

我说:“我也不是耗子呀!我只不过长了一条耗子尾巴嘛!”

儿子也嚷:“我不要一个长耗子尾巴的爸爸!不要不要就不要!”

于是妻扯着儿子躲入一个房间,关上门哭泣。

我没心思接着冲澡了,匆匆擦干身,匆匆穿上衣服裤子。

有人敲门。开了门,是老苗。一副失魂落魄,蔫儿巴唧的样子。好像被绑架了一夜,逃票儿到了我家似的。

我也惊魂甫定,强装若无其事,将老苗客客气气让入客厅。毕竟是我的直属领导,大面儿上我对他总要过得去。

他一坐下便说:“我是来向你赔礼道歉的。”

我说:“老苗,咱俩谁跟谁呀?不就两万块钱吗?我能把钱看得比友情还重吗?你若真觉得问心有愧,就打个借条儿,算我借给你的好了!至于利息嘛,比从银行贷款多少高出点儿就行……”

他此地无银三百两地说:“先不谈钱的问题先不谈钱的问题。咱俩之间也从没有过钱的问题啊!”

我说:“那你赔的什么礼道的什么歉哇?你另外还做过什么对不起我的事儿?”

他摇头说:“没有没有。我现在相信你神经没毛病了。相信你向我汇报的那些情况了!”

我说:“就是关于外星人的情况?你怎么又相信了呢?”

他说:“唉,不相信不行了呀!你摊上的,我老婆也摊上了。而且,她已经长出了尾巴!”

“嗯?她长出的是什么尾巴?”

“孔雀!孔雀尾巴!那两个外星来的狗男女,认为她在说假话方面是一个可以教育好的。优待她,允许她选择。你知道的,她这女人虽然丑,却最爱臭美！所以她就选择了孔雀尾巴！现在她身上终于是有了美点了！她居然不知羞耻地将裤子裙子后边都裁开了口,为的是将四柄刚长出来的孔雀尾巴翎炫耀地露着！”

我安慰地说:“老苗哇,女人嘛,既然被优待有选择的权利,谁不选择漂亮的高贵的尾巴呀？这是完全可以理解的嘛！难道你还希望她长一条丑陋的尾巴啊？至于裤子后面裙子后面开个口,我看不失为机智的做法！孔雀尾巴多大呀,渐渐长丰美了,要长几十根翎呢！后边不开口,怎么穿裤子穿裙子呢？”

一想到老苗那肥壮庞大体如河马的妻子身后将拖着一束一米半长的孔雀尾巴,我忍不住要哈哈大笑。

老苗立刻又为自己大发其愁忧心忡忡了。他说:“我骶骨那儿也长出包来了。已经长到小碗儿那么大了,特别的硬。也不知某一天会拱出条什么尾巴？那两个外星男女太没有政策观念太不公道了,为什么只显形给我老婆看,就不显形给我看呢？为什么给我老婆选择的权利,就不给我选择的权利呢？好歹的,我在地球上也相当于一位正局级干部吧？在家里又是户主！而我老婆退休前只不过是‘作协’机关的一名普通打字员！”

他的话中,流露出对自己老婆的明显的嫉妒。

我说:“老苗哇,话不能这么说,理不能这么讲。人家外星人,是没什么‘官本位’思想的,也没什么男尊女卑的不良意识的。人家只是跟着人家的感觉走……”

老苗眼泪巴叉地嘟哝:“没我选择的权利,那我要是长出一条鳄鱼尾巴呢？堂堂一位正局级文化干部,倘若长出一条鳄鱼尾巴,这么严重的后果谁来负责？而且谁又能替我辩护,断定这么严重的后果不带有政治色彩呢？”

我用安慰的话说:“哪儿有那么巧的事儿？地球上尾巴千万种,怎么偏偏你会长出一条鳄鱼尾巴呢？我猜你可能会长出一条松鼠尾巴。不大不小的,毛茸茸的,一个‘?’似的松鼠尾巴。也将人见人爱不是?你不属于那种大瞪着两眼,脸皮厚似城墙,专说气势汹汹、指鹿为马、指黑为白、指非为是的假话的人。你说假话其实挺有水平的,挺圆滑老道的。你属于那种专说循循善诱的、抹稀泥的、老好人儿式的假话的干部。所以我估计你不大会长出太可怕、太丑陋、太令别人讨厌的尾巴。”

但我心里极希望他长出一条巨大的鳄鱼尾巴。不是因为他多么坏,我恨他已旷日持久。他这人并不坏,只不过处世过分谨小慎微,树叶儿落下来都怕砸脑袋。我心里希望他长出一条鳄鱼尾巴仅仅因为我期待着瞧他的大笑话。有时候好人也期待着瞧好人的笑话。我们这个时代正使好人也渐渐变得百无聊赖而且痞起来。

老苗不堪心理重负地说:“唉唉,咱们不谈我个人的尾巴问题了。听天由命吧。个人所面临的问题,再大,再严重,那也还是小问题啊!趁我们这座城市的二百多万人还没都长出尾巴来,我们应该去向市里汇报对不对?我们不能丧失了作家的这一份儿最起码的责任感对不对?”

我笑了。我说:“老苗你自己去吧!我的责任已经尽过了嘛!不愿尽第二次了。”其实我的真实想法是——反正我自己已经他妈的长出尾巴了,才不为拯救别人出谋划策呢!如果我还没长出尾巴,那么拯救别人的同时也等于在拯救我自己,开动脑筋出谋划策还值得。而现在有好主意出台对于我也为时已晚了!我干吗光为别人动那份儿脑筋哇?面包面前人人平等。假话面前人人平等,尾巴面前人人平等!全市人一天工夫里都长出各式各样五花八门的尾巴我才高兴!

老苗似乎看出了我的心里在怎么想,从兜儿里掏出一份昨天的晚报递给我,指着一条通栏标题让我看——

少女轻生为哪桩

小小尾巴

内容是报道一名十七岁的高二的少女,学校里品学兼优的“三好生”,因为长出了麻雀尾巴,烦恼无穷,憋闷在心不好意思对别人讲,甚至对父母也难启齿,终于想不开跳楼自杀了……

“咱们得救救孩子,是不?”

老苗始终注视我。我低着头听完了他的话,不禁抬头看他一眼,见他满脸的真诚,语调中流露着央求。毕竟是好人。毕竟是当领导的。关键时刻就显出基本品质来了,觉悟高出我一大截。“救救孩子”四个字,顿时打动到我内心里去了。是啊,想必许多大人已和我和老苗一样因说假话而长出了尾巴或正在长着尾巴,不能让孩子们也从小就长出各式各样的耻辱的尾巴啊!

我们正欲出门,电话响了,是小邵从市委打来的。说曲副书记召见我俩,让我俩立刻到市委去,越快越好……

曲副书记和我握手时,极其抱歉地说:“看来是我犯官僚主义了。对你通过邵秘书间接汇报的情况不但没引起足够的重视,反而以为你得了精神病!现在咱们谈谈吧。详细谈谈吧!”

落座后,小邵对我耳语,那跳楼的少女竟是曲副书记的亲侄女。从小在他呵护下长大的一个侄女。他非常疼爱她,视之为亲生女儿。

我这才看出曲副书记表情悲伤得很。

其实我心中早有对策。既然市领导当面道歉了,表示引起足够的重视了,我便毫无保留地,头头是道地摆出了我希望采取的应急措施。

我谈时,老苗不时在沙发上扭动身体,屁股底下坐了一大把图钉似的。小邵也那样。一会儿歪着身子,一会儿欠着身子,一会儿耸眉,一会儿咧嘴,分明不知怎么坐才好。我猜这位似乎天生会做秘书的小伙子,一定是已然长出了某种最娇嫩的,碰不得更压不得的小尾巴尖儿……

我却坐得比较安稳。因为我的耗子尾巴已经长得足够长。长得可以朝上撩起,扎在皮带下了。这样便坐不着了。耗子尾巴虽然丑,虽然挺见不得人,但是比较的柔软。所谓有弊也有利。

我谈完,曲副书记表扬道:“好。谈得很详细。不仅汇报了极有价值的情况,还贡献了应急措施。如果我说了算,将来是要为你在市中心广场立塑像的!”

我知道,正因为他说了不算,所以才说。

我见他也咧了下嘴。

他紧接着要向市里其他几位领导通报,建议召开紧急常委会议。我和老苗也就不再耽误他的宝贵时间,立即告退。

小邵照例将我和老苗送到楼外台阶上。我和他握手时,半笑不笑地问:“怎么样啊小邵?”

他搪塞地回答:“还好。还好。”

我却从他表情看出,他心理压力极大,甚至有点儿神色惶恐。

我抽出被他握着的右手,轻轻拍在他肩上,以一种经过风雨见过世面的口吻说:“小邵啊,不必太当一回事儿。既来之,则安之嘛!”

他两眼顿时就泪汪汪的了,忧郁地说:“我跟你不一样啊。你已经成家了,有老婆孩子了,长尾巴就长尾巴,不至于因为长尾巴影响什么。可我还没结婚呀!真不知该不该瞒她……”

我知道他说的“她”,乃是省里一位副省长的女儿。还是一位正被港台制片厂看好,大有可能一朝走红起来的影、视、歌三栖新秀。的确,他的尾巴也许会断送了他的一段美好姻缘。而这一段也许会被断送了的美好姻缘,又是与这位一向踌躇满志,一向自信前程无量的年轻人的人生轨迹紧连在一起的。

我同情地问:“已经长出点儿来了?”

他噙泪点点头。

我说:“小邵,你要听我的。当然还是先瞒着她好。小邵你想啊,在她毫无心理准备的情况下,你若对她实话实说,那么你们早已确定了的爱情关系,一定吹灯拔蜡,彻底破裂。我不信她就没说过一句假话没撒过谎没欺骗过人!她也会长出尾巴的!只不过是早一天晚一天的问题罢了。只不过是究竟长出什么尾巴的问题罢了。等她也长出尾巴了,你们俩之间,也就彼此彼此了。不存在谁有资格歧视谁的顾虑了!……"

经我这么一劝解,小邵脸上的愁云淡了。

我又无所谓地说:"我已经长出尾巴了,我都毫不在乎,照样儿地谈笑风生。饭也吃得香,觉也睡得实。你的尾巴还没见分晓呢,恓惶个什么劲儿呢?"

小邵正掏出手绢擦眼睛,听了我的话,手绢刚拭在眼角,就那么愣住了。他呆呆地瞪着我,仿佛我已不是人。

老苗急插嘴问:"是吗是吗?什么尾巴什么尾巴?"

我不无惭愧地说:"我嘛,哪能长出什么了不起的尾巴呢?不过长出了一条耗子尾巴。很低等的一类尾巴,够不上起码的档次的。"

老苗和小邵就都迫不及待地要观看我的尾巴,搞得我不好意思起来,说:"一条耗子尾巴,有什么看头啊?我也不能在市委门口儿脱裤子啊!"

但他俩都坚持要看,非看到不可。我拗不过他们,又被他们扯入楼内,一个推一个拽的,弄入到男厕所里。

老苗说:"脱!快脱!"

小邵说:"让我们看!快让我们看!"

不料大便池"单间"里,突然地站起来一个高大的男人。一边系皮带,一边响亮地发出干咳。我认识他是市委办公厅的乔主任,急忙尴尬地打招呼:"是乔主任啊,少见啊!"

他说:"少见少见。作家这一向在创作什么大作哇?"说着推开小门,一步从"单间"里跨了下来。

老苗和小邵当然更熟悉乔主任,一时间你看我,我看你,不知所措。

乔主任一边洗手一边问:"苗主席,小邵,你俩和咱们的大作家,凑在厕所里想搞什么鬼名堂?"

老苗和小邵又是一阵你看我,我看你。乔主任的话听来像开玩笑,又不像开玩笑。这种像开玩笑又不像开玩笑的话,我们都知道的,有时是最令人难堪最令人不知如何回答的。

乔主任却接着问:“苗主席,你让咱们的作家快脱什么呀?小邵,你又急着要看什么呀?”

老苗的脸倏地红了。

小邵讷讷地说:“我要看……我要看……”说不完整一句话。

我只有引火烧身地替他俩回答。我灵机一动,笑道:“乔主任,我心口窝那儿长了一片红癣。老苗以为有可能是皮肤癌的症状,而小邵认为皮肤癌的症状绝不会首先显现在心口窝那儿。他俩争执不下,为我心口窝那儿的一片癣打了一百元的赌。这不,正逼着我由他们当场对面地进行验证呢。”

乔主任关了水龙头,从裤兜掏出一包儿大宾馆大饭店才用的湿性消毒纸巾,双手啪地一拍,拍破了塑料薄膜的外包装,用两根细长且白皙的手指抽出,很优雅地一抖,抖开了。

他一边擦手,一边望着我们三个人说:“那么只不过是两个男人逼着另一个男人脱衣服喽!这就好,这就好!”

我品咂着他的话的意味,气得翻眼睛。

这位乔主任,人高马大,手也大。不但大,且白皙柔软得特别。像贵夫人们的手。他的洁癖是出了名的。上楼下楼,从不用手扶楼梯扶手。乘电梯,如果有比他身份低的随从,哪怕他自己站得离按键盘最近,他也会闪开身子,让比他身份低的随从替他按。如果是与比他身份高的官员同乘电梯,自己不得不扮演随从的角色,那也每每只用小指轻轻地急速地按一下。出了电梯,趁比他身份高的官员不注意他,照例会掏出湿性消毒纸巾反复擦那根按过键盘的小指。那一种认真仔细劲儿,比最一丝不苟的厨佣刷洗胡萝卜还有耐心。他兜里常备的不是手绢,而是湿性消毒纸巾。他不止一次教导别人,用手绢已经不再是讲卫生的好习惯了。一条手绢擦了几次手之后,其上的细菌将不下十几种。只有用一次性消毒纸巾才真正是讲卫生的好习惯。你不能不同意他的看法是对的。但即使在你心悦诚服地同意了他的新卫生观念后，你还是会觉得这个男人他妈的活得太娇贵了。现而今，中国的“公仆”之中，也就是中国的官员之中，乔主任这样的男人正一天天多起来。他们影响着比他们身份高得多的官员的活法，使后者们常想，如果不比区区市委办公厅主任活得讲究，那么自己们岂不白是大“公”大“仆”了吗？他们也影响着身份比他们低得多的一些小职小权的掌握者，使后者们常想，如果不能像他们那么活得讲究，当处长当科长还有什么劲儿呢！

老苗和乔主任是同级。区别在于，仅仅在于，老苗是坐桑塔纳的局级干部。乔主任直属市委，直辖市委后勤处，当然也包括市委车队在内。近水楼台先得月，是非奥迪不坐的局级干部。老苗对乔主任，一向有那么点儿不服气。何况老苗最清楚，曲副书记并不欣赏乔主任。曲副书记在下一届改选中，又极可能成为正书记。所以老苗这位和曲副书记关系处得怪亲近的“作协”主席，是不怎么将乔主任放在眼里的。

老苗见乔主任抛了消毒巾，并没有立刻就离开去的意思，板着脸冷冷地问他：“乔主任，你到底完事了没有？”

乔主任怔了怔，一时没明白老苗的话。

小邵接着说：“苗主席是问你，大小便都处理完了没有？”

听小邵的语气，分明的，对乔主任也是不大恭敬的。乔主任再过两个月就要离休了。据我所知，爱搭理他的人越来越少了。

乔主任识趣儿地一笑，说：“我办完事了完事了。不干扰你们了。你们聊你们聊！”

乔主任一离开厕所，小邵便将厕所门插上了。老苗则一一拉开那些“单间”的门，看里边是否还有人悄没声儿地蹲着。都查看过了，确信只有我们三个在厕所里了，老苗催促我：“还愣着干什么呀，快点儿脱了裤子让我们俩看呀！”

小邵催促：“对对，梁老师，快点儿快点儿！”

我知道不脱了裤子让他俩观看我长出的耗子尾巴，怕是离不开厕所了，只得万分不情愿地受他俩摆布。

我的耗子尾巴一暴露，小邵倒吸了一口凉气，他指着大惊小怪起来："怎么……怎么……"

我说："小邵，你想问怎么如此之粗、怎么如此之长是不是？"

小邵已是愣得说不出话，光连连点头。

我说："你想啊小邵，一只普通的耗子多大？三两就够大了吧？而一个普通的人呢？比如我这种身高一米七左右的男人，体重便在一百二十来斤。是一只普通的耗子的四百多倍！按比例一算，我这条耗子尾巴一点儿也不算大呀！远远还没长够长没长够粗嘛！"

小邵脸色发白，额头渗出一层细密的汗珠儿，仿佛虚脱了一般。他身子瘫软无力地靠在厕所的瓷砖墙上，闭了双眼喃喃祈祷："不，不，不，我宁肯死，宁肯死……"

我理解他的话的意思是——宁肯死，也不愿像我似的长出一条肥猪尾巴似的耗子尾巴……

我握着我的尾巴，用尾巴尖儿触小邵的手，婉言开导说："小邵，千万别往绝处想问题，要面对现实嘛！一个民族，一个国家，一个伟人，有时也会碰到有失体面的现实的，也都不能往绝处想问题。山重水复疑无路，柳暗花明又一村啊！我的体会是，我们人是很容易习惯于长出一条尾巴的……"

我的话还没说完，我的尾巴尖儿刚刚触到小邵的手，他就仿佛被蝎子尾巴狠蜇了一下似的，倏地跃开，大叫："别碰我！别用你那讨厌的耗子尾巴碰我！"

而老苗却好像是一个不怕耗子的人。对我的耗子尾巴，也就显得不那么讨厌不那么惊恐。

老苗弯下腰，将我的尾巴尖儿托在他手掌上，细看了片刻后说："这样的尾巴我也能习惯。只要不使我长出一条鳄鱼尾巴，其他什么样的尾巴我都能接受！”

他说着，便解开他的皮带，褪下他的裤子和裤衩……

我大惑不解，急说：“老苗你这是干什么这是干什么？你又没长尾巴……”

老苗将背身转向我，朝我高高撅起他的屁股，说请我看看他那个包，替他预测一下他可能长出一条什么尾巴？仿佛我是一位这方面的预测权威似的……

他那个包，已经长到山西人吃面的头号海碗那么大了！表面呈紫黑色，胀得锃亮，就要将皮肤胀裂似的。我用一根手指轻轻按了一下，包里怪硬的，能按到一些圪圪楞楞的东西。

我断定他那个包是一个异常险恶的包。纵然长出的不是鳄鱼尾巴，也绝非什么漂亮的美妙的尾巴。但是为了给他一颗定心丸吃，我索性冒充权威，以一种把握很大的口气说：“放心吧老苗，你这个包，看来不像会长出鳄鱼尾巴的！倒很可能会长出一束马尾巴。你够幸运的啦。马尾巴可以齐尾巴根剪了嘛！剪了就像没长尾巴的人了嘛！剪下来的马尾巴还可以卖。我知道哪儿收购，收购价还挺高的。剪了长，长了剪，活到老，卖到老。好比你拥有了实业。晚年光靠卖尾巴也不愁吃不愁喝了。这是你前世修来的福气哇！”

老苗将信将疑，一边提裤子一边说：“但愿是马尾巴，但愿是马尾巴。果真如此，将来我这实业，有你三成股份！”

我装出认真的样子说：“君子一言，驷马难追！小邵作个证人，咱俩也不必立什么字据了，三击掌吧！”

于是他扎上裤子，和我三击掌。之后将信将疑地又说：“真是马尾巴，包里应该很松软才对啊！我怎么自己按着挺硬的，而且包里圪圪楞楞的呢？”

我就说我按着他那包也挺硬的，也圪圪楞楞的。但我们一生下来是人，从没长过尾巴。现在是不会长，瞎长。瞎长嘛，预兆自然是古古怪怪的。

我刚将我自己的耗子尾巴原样掖在皮带下，小邵也毫不害羞地褪下了裤子和裤衩，朝我高高地撅起他的屁股，让我也研究研究他那个包，判断一下可能会长出条什么尾巴。

有人敲厕所门。

小邵没好气儿地吼了一嗓子："敲什么敲！忍着点儿！十分钟后再来！"

老苗则替小邵从旁催促我："抓紧点儿时间，抓紧点儿时间，有人要上厕所呢！"

第一个吃螃蟹的人是英雄，第一个长出尾巴的人似乎便是关于人的尾巴的权威了。我倒也乐得冒充权威。权威感能使我获得到一种从未体验过的暂时的心理满足。

小邵那包不大，也就健身球那么大。但顶部很高，很锐。我像鉴别古董的行家似的，将眼睛凑近他那包观察了片刻，随即用一根手指，从他那包的根部向顶部轻轻按上去。他那包尽管比老苗的包小多了，但按着也挺硬，包里也圪圪楞楞的。而且，很锐的包的顶部，分明的，已经破绽开了。隐隐可见某种尾巴的褐色的骨质，看去还是较嫩的一种骨质。我无法推断那可能是一条什么尾巴。但觉得那不可能是禽类的尾巴。也不可能是兽类的尾巴。而极有可能是某种不大不小的爬虫类的尾巴。

又有人敲厕所门。

老苗吼："听到了！再忍会儿！"

我说："小邵，穿好裤子穿好裤子。穿好裤子我再告诉你。"

小邵穿裤子的当儿，我赶紧洗手。按过他俩的包，我手指滑腻腻的。不洗洗心里别扭。

小邵穿好裤子，我也洗罢了手。

他惴惴不安地望着我，仿佛我是法官，他是罪犯，我即将对他进行宣判，而无论多么宽大他都不服，都要上诉都要翻案。

我说："小邵呀，放心吧！你的包，和我的包，那是完完全全不一样的两类包！所以我敢对你打保票——你肯定不像我似的长出一条耗子尾巴！"

他暗暗舒了一口长气，刷白的脸顿时涌了血色。苦笑了一下问："梁老师，那你看我究竟会长出条什么尾巴呢？"

我说："依我看嘛，小邵你可能会长出一条蜥蜴尾巴，或穿山甲尾巴。总之是某种没毛儿的，骨质类的尾巴……"

不料小邵叫起来："我不干我不干！我不愿长没毛儿的骨质类的尾巴！"

我正色道："小邵，你可不是小孩子啊！要小孩子脾气是没有意义的！难道你没撒过谎吗？没说过假话吗？这根本不是你愿意不愿意的事儿。愿意也罢，不愿意也罢，总之你是一定会长出来某种尾巴的！不愿长没毛儿的骨质类的尾巴，更不愿长耗子尾巴，那你究竟想长条什么尾巴？"

小邵嗫嗫嚅嚅说："如果非长出条尾巴不可，希望能长出条金鱼尾巴。虽然我也撒过谎，也说过假话，但都是出于善意，出于息事宁人的目的。长出的尾巴理应与那些出于恶意、出于制造纷争的目的撒谎说假话的人有所区别。应该长出条美好的可爱的尾巴才对……"

"金鱼尾巴？这么大个小伙子，你想长出条金鱼尾巴？金鱼尾巴就和你般配了？"我不禁哈哈大笑。

我这一笑，脚下不由自主地移动，便踩着了乔主任抛在地上的消毒纸巾，一滑，身子往后便仰。

老苗反应机敏，扶住了我。

我站稳后，用笤帚将那消毒巾往墙角拨去。这一拨，暴露了消毒巾底下的一样东西。那东西弯曲地盘扭着，像蛇蜕下的皮。

老苗瞪着说："那是什么？"

我蹲下细看，老苗也蹲下细看。果然是蛇皮，是三分之一段蛇皮。

一条大约一米多长的蛇尾段的蛇皮。

我说:“肯定是刚才乔主任裤筒掉出来的!”

老苗说:“对!肯定是!那么他和你一样已经长出尾巴了,而且是一条蛇尾巴!”

我说:“就是没法儿看出是毒蛇的尾巴还是无毒蛇的尾巴。难怪他不把消毒巾扔纸篓里,敢情是怕我们三个刚才一眼发现了张扬出去呀!”

老苗却掏出手绢,隔着手绢抓起那段蛇尾巴褪下的皮,包起来,塞进了衣兜。

我说:“老苗你这是干什么啊?不嫌脏呀?”

他说:“我认识一位走江湖耍过蛇的老头儿,打算请老头儿确定一下,如果是毒蛇尾巴蜕下来的皮,那么我以后就得对乔主任存几分戒心……”

我站起身,拍拍小邵的肩,又对他说:“小邵你何必愁眉不展忧心忡忡呢?事实证明,就在这幢市委大楼里,某些人已经长出尾巴了。你绝不可能是唯一长尾巴的一个人,甚至不可能是少数长尾巴的人中的一个。你将是大多数人中的一个。有大多数人奉陪着,你愁眉不展个什么劲儿呢?忧心忡忡个什么劲儿呢?……”

小邵还没来得及回答我句什么,厕所门外的人,已经开始猛踹厕所的门了!

老苗开了门。门外的人抬起来的脚踹了空,身子摔倒进来。那人迅速爬起,顾不上冲我们发火,甚至顾不上扫我们一眼,着急忙慌地便奔入一个“单间”……

老苗无言地指指地上,我和小邵低头一看,但见一行血迹,淋淋漓漓地从厕所门外的一小滩滴至那“单间”。

我们面面相觑,心里一时都明白,显然那人的尾巴长得不太顺利,属于恶性长出,过程见血一例。

小邵悄问我和老苗:“他看见我没有?”

我和老苗一齐摇头。

“快走!此地不可久留!”小邵一手扯着我,一手扯着老苗,往外便走。

我们又站在楼外台阶上时,小邵忐忑地说:“那人是市委秘书长。幸亏没被对方看到他也在厕所里……”

我和老苗不禁想法复杂地对视……

老苗和我在路上走着走着,猝然站住,表情大为古怪。而我同时听到他身上发出哧啦的一声。

我急问:“怎么了老苗?你怎么了?”

他惊慌失措地说:“不好!”一只手欲朝身后摸,刚背到身后,却又不敢摸,缓缓地收回到身前了……

我问:“长出来了?”

他哭丧着脸点点头,说:“我自己不敢碰。你快替我看看,长出的是条什么尾巴?”

我绕到他身后一看,一条一尺多长的骨质的形态骇人的尾巴,撑破他裤子,正微微摆晃着!不是条鳄鱼尾巴又是条什么尾巴呢?这可真应了那句话——怕什么的人摊上什么!

“什么尾巴什么尾巴?”

我一时不知怎么告诉他。

那也得告诉他呀!

我吞吞吐吐小心翼翼地说:“老苗,告诉你实话吧,我怕你受刺激。可我又不能用假话骗你。咱们不都是由于习惯了说假话才长出尾巴来的吗?何况也骗不了你呀!你回家一照镜子,我的假话不就没意义了吗?你要镇定住,你千万千万可要镇定住,让我小声告诉你——你长出的他妈的真是一条鳄鱼尾巴呢!”

此时此刻,我内心里竟涌起了一种对老苗的同病相怜之情。盈盈泪眼互难慰，同是天下长尾人啊！

我的话刚说完，老苗两眼朝上一翻，晕了过去。

我扶住他，举目四望，打算叫住个行人帮我将他背起。不望不知道，一望吓一跳。这条往日车水马龙、行人比肩接踵、熙熙攘攘繁华喧闹的街上，今日来往行人格外少。而我望见的男女，皆低垂着头，步态匆匆。他们和她们的走法，也都显出各自的古怪。分明都在尽量地叉开双腿走。有人还将一只手心虚地捂在屁股后面。难道这座城市的更多的公民们，尾巴已经长到不好意思迈出家门的程度了吗？几乎没有车辆在我的视野里驶过。我朝几个人呼唤求援，却没有一个人停下脚步朝我这边望一眼。

街口终于出现了一辆紫红色的“王冠”，欲停非停地驶来。我顾不得那么许多了，只好缓缓将老苗顺倒在地，奔至马路中央，拦住了那辆“王冠”。

司机是个三十六七岁的男人，脸刮得光净而铁青。他隔着前车窗瞪我。我觉他目光阴森，简直不像是人的目光。

我见左侧的车窗并未摇严，绕至左侧想对他说明我的请求。一股嗖嗖冷气从车内散出，使我打了一个寒战。而车内的情形则使我魂飞魄散，连连后退。勉强站稳，转身便逃。因为我看到车内一条小盆儿般粗的乌黑带米黄色斑纹的巨蟒的尾巴，几乎塞满了后座的空间，而且从一个女人的腰际一直缠到一个女人的脖子。那女人的脸色比那司机的脸还铁青，眼睛朝外鼓凸着，嘴里淌着鲜血，显然已因窒息而死。肯定还被缠断了肋骨，缠乱了心肝肺的位置。

等那辆“王冠”远去，我发现一家小食杂货铺子门前有辆平板车。我跑过去，见那辆平板车并没锁。我轻轻推开店门，想问问平板车是不是食杂铺子主人的，可不可以借我。店内静悄悄的，没人。我刚喊问，却见柜台后突然旗杆似的竖起一条尾巴，乃是一条狮尾，末梢的尾缨扎煞着。同时听到了低沉的狮吼。还有，嘎巴嘎巴嚼脆骨的响声。我这才发现柜台上搭着半条女人的血淋淋的腿。而我自己的腿肚子开始抽筋。我屏息敛气,一小步一小步退出铺子,骑上平板车就拼命蹬……

凶险时刻才见交情的真伪,才见关系的厚薄。评作家职称那阵子,老苗曾为我上下游说,有恩于我。我想我怎么也不能将不省人事的他弃在街上不管哪!那不是太不人道了吗?如果我真不管他,兴许一两个小时后他就只剩骨头了吧?为什么长出凶恶的尾巴的人,竟开始撕吃或残害起他人来了呢?我不明白。

看来局势远比我想象的可怕。

我就用那辆平板车将老苗送回了家……

# 第八章

当天晚上，我的老鼠尾巴已经长到两尺长了。妻将我所有裤子的两兜儿都剪开，为的是我可以把尾巴卷起来，从裤筒内塞入裤兜儿里兜住。妻一再嘱咐我，以后钱什么的重要东西，再也不能往裤兜儿里揣了。裤兜儿以后只要兜住尾巴就是了。

"公民们！各行各业的诚实的劳动者们，广大知识分子和广大文艺从业者们，大学生们，妇女同胞们，少先队员们，小朋友们，现在开始广播《告市民书》！现在开始广播《告市民书》！……"

电视新闻节目女播音员那张熟悉的面孔，显得异乎寻常的严肃，然而声调却是微微颤抖的。每一句每一个字都是微微颤抖的，传达出内心里没法儿掩饰的惶悸不安。

儿子闻声从他的房间悄悄走来。

我们一家三口依次而坐，屏息敛气，三双眼睛聚精会神地盯着电视屏幕侧耳聆听。

《告市民书》的正文换了男播音员宣读。他那种表情仿佛是在向世人告之世界末日的到来：

"全体公民们，目前我市正面临着外星人对我们早已习惯了的、而且越来越习惯了的语言成分的无理干涉！我们祥和美好的生活正受到他们的严重滋扰。每多一个谎言，一句假话，就将有我们十位亲爱的同胞长出不同的尾巴！这样下去，后果是不堪设想的！为此，市委紧急动员呼吁，市民不分男女老少，都要本着对自己对他人的高度责任感，在较长的一个时期内，只说真话，不说假话！市委明白，这对我们无疑是相当痛苦的，难以忍受的。但我们一定要发扬坚忍不拔，以苦为乐，以苦为荣的精神！”

我知道《告市民书》是由小邵这位市委的第一笔杆子起草的，是由曲副书记亲笔定稿的。因为这其实是我向市委提议的应急措施的第一项。

我联想到了三十年前林彪说过的一句话——不说假话办不成大事。

林彪非是等闲之辈。他这句话显然具有高度的概括性和在中国颠扑不破的经验性。林彪是早已折戟沉沙，摔死在蒙古的温都尔汗了。但是他的话，却咒语似的，从此影响着一代又一代中国人的灵魂。近二三十年来，我总感到中国迟早是要出事的。也许会出在官僚的腐败方面，也许会出在体制的自相矛盾方面，也许会出在工人阶级的大面积失业方面，也许会出在农村基础政权的部分瓦解、部分变质方面，或者出在社会分配的严重不公、咄咄逼人的贫富悬殊方面……却怎么也没想到竟会出在说假话方面！

事到临头，我也没心思没情绪忧国忧民了。还是先忧妻子忧儿子吧！虽说天塌下来有众人的头顶着，但我实在不愿看到妻子和儿子也长出某种尾巴，哪怕是漂亮的尾巴！

我起身关了电视，注视着妻子问："听清楚了？"

妻默默而又不安地点头。

我再问儿子一遍。

儿子也默默而又不安地点头。

我说："老婆啊，现在，你，马上收拾东西！你必须带着儿子立刻逃离这座城市！”

妻说：“你慌什么啊！又不是战乱，又不是瘟疫，谈得上逃离不逃离的吗？别乱用词儿吓着儿子！不就是长尾巴吗？别人都长，咱们就也跟着长呗！我不是并没慌吗？”

她说得轻描淡写！而我看出，她内心里其实已经慌得没了主张，故作镇静罢了。

我说：“儿子，你到小屋去，我要单独和你妈说几句话！”

儿子半点儿异议都不表示，乖乖地起身离开了。严峻的局势对儿童往往是一次特殊的成熟教育，能使不那么听话的孩子也变得极其听话。

我将房门关上，尽量压低声音对妻子说：“局势比电视里宣告的要严峻得多！不仅仅是人们都长不长尾巴的问题。”

于是我将发生在那辆紫红色“王冠”里的可怕情形，发生在那个小食杂铺子里的可怕情形，丝毫也不加以夸张地讲给妻听。我一边吸烟，一边谨慎地选择一些绝不带血腥和恐怖色彩的词，但妻的脸色还是渐听渐变着。

我讲完，妻嘴角颤颤地抽搐成一抹笑，说：“你又红嘴白牙编瞎话了！使你第一个长出尾巴一点儿都不冤你！如果发生了亲眼目睹的事儿，为什么今晚的电视新闻不报道？”

我火了。我说：“你笑什么老婆？到了这种时刻你怎么居然还笑得出来？你再笑我扇你！你是中国人，难道你对中国电视新闻究竟有多少透明度还不了解吗？那叫官方喉舌！关系到社会安定！有些事件，有些真相，该封锁，那就是要全面封锁！一点儿都不含糊。从来都不含糊！该不让老百姓知道的，那就得把老百姓当阿斗！什么时候可以让老百姓知道了，可以让老百姓知道几成，那是完全由官方掌握着分寸的！比如我白天亲眼目睹的两件事，能在刚才的新闻节目中报道吗？一报道能不引起恐慌吗？我这只不过是在家里对你说，如果我在外边逢人便讲，不将我逮起来，扣上个造谣惑众的罪名惩办才怪了！最温和的对待，那也得宣布我是疯子,第二次将我投入精神病院! 老婆啊,你想一想,人如果长出巨蟒的尾巴,长出虎豹豺狼的尾巴,那心理上能不向兽性嬗变吗?嬗变了,能不人吃人吗? 归根到底,我并不太怕你和儿子也长出尾巴。我不是已经长出耗子尾巴了吗? 不是也没什么了不得的吗? 我是怕你们生命受到威胁,怕那些向兽性嬗变的人袭击你们! 怕你们成了牺牲品,被吃了! 我身板儿这么单薄,又不会武功,连一件具有威慑力的武器都没有,凶险时刻保护得了你们吗? 保护不了的呀!”

妻说:“那……那我带着儿子离开这座城市了……撇下你自己没人照顾没人做伴儿,你可怎么办呀?”她抽泣起来了。

我说:“我的妻呀,你就别管我了! 反正我已经长出尾巴来了,逃亡到哪儿也是个长尾巴的中国人了,倒莫如留在这座城市里混,图个不受歧视。没有你和儿子在身边时时刻刻使我为你们提心吊胆,我是完全能够照顾好我自己不被他人吃了的。大丈夫生死两由之,我的妻呀,你有何悲哉有何泣哉? 常言道,乱世出英豪! 一个人一生能赶上几回乱世啊? 在我五十来岁的人生阶段,又赶上了一回,乃是我的造化! 说不定你我夫妻再见面之日,我便是本市市长了。甚至本市独立,我当了一个二百多万人口的国家的元首那也是不一定的,你就让我在乱世之中潇洒走一回吧! ……”

妻忽然向我使眼色。

我这才发现,门不知何时被推开了一道缝。显然的,儿子在门外偷听。

我大声说:“儿子,你给我进来!”

儿子默默地乖乖地推开门进来了。

我喝问:“你偷听来着是不是?”

儿子怯怯地点头。

“爸爸对你妈妈说的话,你全都听到了吗?”

“全听到了……”

“听懂了吗?”

“嗯……”

“比听电视新闻报道还懂吗？”

“嗯……”

我说：“那么好。那么儿子我也不再向你解释什么了。帮你妈妈收拾东西去吧！……”

儿子就拽住妻的一只手，往起拖她，并以大人劝大人的口吻说：“妈，别哭了。谁叫你们大人平时总爱说假话呢？这是报应！我同意我爸爸的主张——他留下，我们逃亡！省得他为我们操心。”

望着儿子拖起妻子一块儿离开了，我自己胸中却霎时充满惆怅和悲怆。两眼一湿，视线模糊了。

我吸着一支烟，镇定住情绪，立即坐下抄通讯录。

妻拎着一个大包儿，儿子背着书包，拎着一个小包儿，双双出现在我面前。

妻问：“你想把我们娘俩打发到什么地方去呢？”

我说：“我也没想好。坐飞机也罢，坐火车也罢，反正只要能离开这座城市就是千幸万幸！这页纸上，抄有我各地朋友的通讯地址和电话号码工作单位。如果你们逃亡到某地遇到了困难，可以向他们求援。如果他们说根本不认识我，不愿相帮，也别失望。也别骂人家寡情寡义，掉头就走便是了。中国人的虚情假意，我是早有领教的。任何时候，任何情况之下，都要活得有志气，有自尊。别给我这个当丈夫的和当父亲的丢人！要记住毛主席他老人家曾经说过的一句话——我们感激朋友式的援助，但是绝不乞求援助！”

……

离开家，我和妻儿一人一辆自行车，骑在寂静的小街上。两侧居民楼的黑影，如一面面高墙。竟无一扇亮着的窗子。才十点多钟，城市还不到沉睡的时刻，却仿佛异乎寻常地早早地就沉睡了。

但是一骑到马路上，情形就完全相反了。各种车辆连成了线，一辆接一辆，首尾相接，激流一般向飞机场方向汇去。只有四条车道的对行线马路，变成了六七辆车并驶的单行线马路。但是没有车辆鸣笛。相撞了也不停。每辆车都只顾抢道占道朝前开……

明摆着，这是一种逃亡的情形。一种有钱阶层、有权阶层，起码是有车阶层争先恐后但又不张不扬的大逃亡。我思忖在这三个阶层中，说假话的男女肯定是最多的。不说假话绝难在中国成为先富起来的一部分人。不善于说假话绝难在中国官运亨通。不同时依傍于这两个起码依傍于这两个阶层中的一个阶层，那恐怕也是买不起进口车的。我们一家三口扶着各自的旧自行车站在马路边上，企图穿过马路却没机会，只有望车兴叹。这座经济发展指数相当落后的城市，想不到竟拥有如许之多的高级轿车！的确，一辆辆从我们眼前驶过的，十之七八是进口车，望不见一辆国产车的影子。也不能说完全没有。有还是有的。这边的人行道上，离我们不远处，有三辆“夏利”一辆“桑塔纳”，不过都四轮朝上被掀翻了。那辆“桑塔纳”的发动机还没熄火。马路对面，也有几辆“桑塔纳”和几辆“切诺基”，也被四轮朝上掀翻了。是谁把它们挤到了人行道上？又是谁将它们掀翻了呢？它们的主人们到哪里去了呢？怎么就容忍自己的车流落到如此下场呢？一个个问号从我头脑中掠过。然而我对自己解答不了。

我本是打算拦一辆出租车，送妻子儿子到机场去的。看来我坐在家里做打算的时候，简直是在痴心妄想了！我对局势估计得太不足，也太乐观了。连国产车都丧失了通往机场的道路行驶的权利和资格，此时此刻，机场那种地方，普通小老百姓还能进得去吗？就是侥幸进去了，能买到机票吗？就是也侥幸买到了明天后天大后天的票，还能有权利有资格登上一架飞机吗？

我确信一辆辆从眼前驶过的轿车内坐的些个男女，其实肯定都已长出了各类尾巴，起码已长出了大大小小或软或硬的包。应该说这座城市所遭到的惩罚，他们负有着最直接最大的责任。芸芸众生普通百姓即使也说假话,但大抵他妈都在市民阶层的俗常生活范围以内。危害也大抵就局限在这个范围以内。他们哪比得了些个“公仆”们瞪着眼睛每天价为了保住头上的乌纱帽说的假话多?哪比得了些个“大款”们为了更多地钻国家的空子更多地从银行里骗出钱来说的假话多?然而他们却只有听天由命的份儿。我甚至确信,更多的平民百姓,也许并没怎么将电视新闻中宣读的《告市民书》当成件大事儿。百分之百地听明白了听懂了大概也不在乎。我想如果他们都亲眼目睹了在那辆紫红色“王冠”里在那个小食杂铺子里发生的惨剧,他们才会有点儿在乎起来吧。

我对妻子和儿子说:“我没法儿送你们去机场了。去了也没用。应该退而求其次,去火车站。”我让妻子和儿子骑上自行车先行。他们刚骑到那辆四轮朝天的“桑塔纳”旁又双双下车了。

儿子回头转身朝我喊:“爸,爸!你快过来!这辆车里还有人,是个女人!”

妻也朝我喊:“看样她还活着!咱们救救她吧!”

我只得暂且按捺下我的一个坏念头,也骑车赶了过去。

我和妻子儿子蹲下细看,那女人果然活着,满面鲜血。车内还有一个女孩儿,在那女人身旁,显然已经死了,头耷拉在左肩上。人的头歪到那么一种程度是必死无疑的。车被掀翻之前遭遇到了猛烈的撞击。车头凹向驾驶室,几乎扁了。

那女人自下而上地望着我们。鲜血糊住她的眼睫毛,在清冽的路灯光辉的照耀下,看得出她是在多么尽量地瞪大着眼睛。

她声音微弱地说:“救救我……救救我……车里的皮箱内有钱……都归你们……”

妻说:“你倒是快想办法呀!……”

儿子也说:“爸,救救她吧!……”

我认为若不将车翻过来,是没法子将那女人拽出的。

于是我果断地说:“来,咱们翻车吧!”

我们一家三口齐心协力,几经努力,却不能将那辆四轮朝天的车翻过来。

儿子放弃了努力,跑至人行道边儿,挥手,跺脚,喊叫——一辆辆车从他面前疾驶而过……

他回到我们身旁时脸上亮晃晃的。那是一个少年的眼泪被清冽的路灯的光辉照耀的结果。

“我诅咒这座城市的人们!谁都将长出尾巴无一幸免——包括逃离了这座城市的人!……”

妻马上喝止他:“住口!难道你也诅咒你自己?这样的时候不许随口说不祥的话!”

我见儿子在冷笑,仿佛是上帝本人化身为我的儿子在冷笑。

而那头朝下窝在车里的女人,始终不断地在喃喃哀求道:“救救我……救救我……千万别不管我……”

忽然身后的树丛中一阵响动。我扭头望去,望见一张可怕的男人的脸。我觉得我见过那张脸。猛想起了那辆紫红色“王冠”里的情形。他的脸比当时更可怕。他的眼睛绿莹莹的。他在咧嘴狞笑,口中吐出蟒蛇的带叉儿的舌芯子。

我再也顾不上救那奄奄待救的女人,一手扯着妻子一手扯着儿子撒腿就跑。而在我们身后,传来了那女人撕心裂肺的哀号……

我们气喘吁吁地跑上了一座立交桥。驻足回望,见那蟒尾人将自己的蟒尾缠在一根水泥电线杆上,身子悬在半空中。悬在马路上方,朝马路上川流不息的车辆不停地挥动双臂,似在玩耍自娱……

我想,他没对我们穷追不舍,肯定是因为那向我们求救的女人的肉饱了他的腹。我不禁充满感激地为那女人的灵魂暗暗祈祷。如果她不被吃,我不知我失去的将是妻子还是儿子?或者是他们失去了我这个长出了耗子尾巴的丈夫和父亲。蛇不是最爱吃鼠的吗?

翌日,全市武警出动,荷枪实弹,将一切被普遍认为最善于制造谎言和说假话的人,统统予以收容,实行紧急监管。好比在“国庆”前,春节前,重大外事活动前,对种种社会危险分子实行紧急监管一样。初战告捷,第一批便收容了四千余人,分男女监管在两所大学里……

此乃我建议的应急措施的第二项。

其实,按照我的本意,只出动公安力量就可以了。而且,也不必搞得声势过分浩大。但市常委会认为,公安部门的同志,恰恰可能都是一些因保卫人民,打击各类犯罪分子而说过假话的好同志。试想啊,犯罪分子们嘛,一被逮捕,一经审讯,哪一个不是假话连篇呢?要办他们的罪,以机智对付狡猾,以正当的、从忠于职责出发的假话套供的事,总是难免的吧?既然如此,也是要长出尾巴来的。何况公安部门,也不乏腐败分子、蜕化变质分子、勾结和包庇犯罪团伙的“内奸”。这些家伙中,有的已经长出了各类尾巴,没法儿再穿警服了。有的已经长出了大大小小的包,惶惶不可终日,行动受碍了。所以市常委会经过讨论,统一了思想,统一了意志,决定主要依靠武警落实第二项应急措施。

各行各业各机关各单位各院校各居民组,都火速成立了检举站,设立了检举箱甚至检举电话专线——专门对付那些表面看起来似乎挺诚实,不爱制造谎言和说假话,而实际上信奉“不说假话办不成大事”,不制造点儿谎言会憋出毛病的人们。一经检举,即刻收容。

此乃我建议的应急措施的第三项。

第四项当然是“领导搭台,文艺唱戏”之近年来时兴的常规举措了——几天内城市里便到处都出现了标语、口号、警句的“海洋”。

“说一句真话就等于向他人献一份爱心!”

“咬住假话出门去,不带尾巴回家来!”

“干部要自尊,党员要自诫,群众要自觉!”

“将尾巴还给动物,将体面留给人类!”

……

等等,等等,不一而足。

从幼儿园到小学校,阿姨和老师们,都在教孩子和小学生们唱词曲家们紧急合作的新歌——“翻山并不难,越岭并不难,从小说真话,其实更不难……”

老年秧歌队也不甘示弱,老当益壮,一边在马路上大扭其秧歌,一边激情澎湃地引吭高歌:“同志们那么呼嗨,要记牢那么呼嗨,说真话那么希哩哩哩刷啦啦索罗罗罗脆,不长尾巴那么呼嗨!……”

在市委宣传部的直接领导之下,连续组织了数场说真话大型演唱会,提出了“三性二精”之标准要求,亦即史诗性、民族性、永恒性和精品意识和精神号角意识的高度统一。然而首先砸就砸在演唱会上,歌星们唱着唱着,影星们演着演着,伴舞队舞着舞着,连他们或她们自己都没觉着有什么不对劲儿的情况之下,啪哒地屁股后面就长出了形形色色五花八门林林总总的大小尾巴!于是公众们一片声浪地口伐,甚至跃上台大打出手。但是他们或她们都感到非常委屈,觉得公众们太不体恤自己。因为他们或她们在舞台上在彩灯和追灯的照耀之下啪哒就长出了尾巴,并不意味着肯定地在演出过程中又说了假话。别人,比如他们或她们的亲友们在别的什么地方又说了一句假话,恶果殃及他们或她们也是非常可能的事……

接着是被收容被监管的几批总共数万人出了问题,因为谁也无权封上数万人的嘴,而将他们集中起来,无异于开辟了几处假话交流场所和谎言培训基地。数日内几万人全部长出了尾巴,好比泡在几口大缸里的饱满的豆子全都长出了豆芽。这一点是谁都难以料到的。所谓智者千虑必有一失。

于是收容和监管不再有任何意义,数万人皆被遣散。以他们在数日内每人仅仅说了五句假话来计算,三万人数日内至少说了十五万句假话。

受他们牵连,数日内本市多出了十五万长尾巴的人。其实何止十五万呢!估计至少多出了二三十万。于是长尾巴现象反而公开化了。

他们为了保护自己免受暂时还没长出尾巴的人们的鄙视、憎恶乃至袭击和围剿，占领了几幢高级宾馆群聚群宿，而且宣布成立了“长尾人合法存在总委员会”。有关部门当即向他们发出通告，他们的“总委员会”须经申请和批准方可成立，否则属于违法民间组织，当在强硬取缔之例。但他们依仗着有总共四十几万正式会员，和三十余万虽还没长出尾巴但已经长出了包的预备期会员，根本不将有关部门放在眼里。公然挂出了牌子，和市委、市政府的牌子一样大。居然敢用红字。市委、市政府唯恐采取强硬措施会形成对抗，激起民变，紧急下发“红头文件”，告诫有关部门讲究策略，低调处理。其实也就是睁一只眼闭一只眼，任之由之，随他们怎么高兴怎么是……

各检举站的情况也不妙。打击、报复、诬告陷害之事屡屡发生，不知该信检举者还是被检举者。只得无为而治，促其名存实亡，自行瓦解……

长尾现象一经公开化，城市里多了一道别开生面的风景线。季节已经进入七月，日渐炎热，人们不得不换上了薄裤短裙。尾巴既然包藏不住，也就只得暴露在外了。而且，长出尾巴的人一天天由少而多，最后竟占城市总人口的十之八九了。于是由尾巴的不同，而从当初的一个“长尾人合法存在总委员会”，派生和分裂出了十几个“协会”“联谊会”“俱乐部”什么的。诸如“灵长类长尾人协会”“猛兽类长尾人协会”“爬虫类长尾人协会”“短尾人协会”“食肉类长尾人协会”“食草类长尾人协会”等等。“食虫类长尾人协会”又分“偶蹄类分会”“单蹄类分会”“反刍类分会”三大下属组织。此外还有“有袋类长尾人分会”“猫科类长尾人分会”“犬科类长尾人分会”“两栖类长尾人分会”……于是本市近万名离休干部，皆被聘入各分会，担任了名誉会长、会长、副会长、秘书长、副秘书长、常务秘书长、法律顾问、宣传部长、公关部长、协调委员等等。尽管有名无实，有职无权，但毕竟又有事可干，又有了办公室，有了秘书。本会商企界人士众多，财力来源雄厚的，自然也有了专车，于是不再失落，不再寂寞，祛病强身，不再患“忧郁症”“幽闭症”。而一些社会名流，摇身一变也都成了各“协会”“分会”“俱乐部”的精英,名誉会员、委员会委员、终身会员什么什么的。有的一人兼任几个“协会”“分会”或“俱乐部”的头儿,倒是少数没长出尾巴的人,在单位,在家里,在哪儿都显得孤孤单单,显得特殊。使长尾巴的人们看着别扭,自己也终于感到别扭。没了人缘儿,没了群众基础。倘是普通人,孤单也就孤单罢了,没人缘儿也就没人缘儿罢了,没群众基础也就没群众基础罢了。若还是在位的领导干部,那么问题严重了。没人缘儿,没群众基础,工作不好开展哇!不长尾巴而领导广大长尾巴的,没有起码的亲和力没有起码的凝聚力呀!于是市委组织部门,对干部队伍进行紧急大调整,大换血!该免的免,该撤的撤,及时提拔了一批因为尾巴而人缘好而群众基础广而能力强而领导信心倍增的新干部。

列位,请想象一下——你如果望见几位身着时装、气质高傲的窈窕姑娘走过,背后长着猫尾巴、狗尾巴、狐尾巴、猴子尾巴、喜鹊尾巴、画眉尾巴,一步一摇、一扇、一颤、一晃,或高竖着,或软垂着,你会有怎样的一种感觉呢?难道你不觉得是那么的浪漫、那么的情调万千、诗意盎然吗?

有条纹的虎尾巴,有黑圆斑的豹尾巴,有毛缨的狮子尾巴,使一些男子汉更男子汉了。而这三种猛兽的尾巴,若长在某些年轻女士身上,使本就漂亮的更加引人注目的“回头率”更高了,使本不怎么漂亮甚至其貌不扬的,也起码具有令人肃然起敬之处了。

当然,长什么样的尾巴靠的是运气,完全不以个人的主观意志为转移。也有相反的情形,比如很靓丽的女郎,竟和我一样长出了耗子尾巴,或者蛇尾巴,猪尾巴,象尾巴。尽管象是庄重而高贵的动物,但若从后面看,又多么酷似一头巨大的蠢猪呢!象的尾巴也是丝毫不具备美感的。长了象尾巴的女郎可想而知是多么的倒霉。很温良的大婶儿,反而长出了蝎子尾巴。不是真的蝎子那么丁点儿的尾巴,是一米多长的带钩的蝎子尾巴。或像老苗似的,长出了一百八十个不情愿长出的鳄鱼尾巴。很刚毅的硬汉型的男人,长出毛茸茸的叭儿狗尾巴,或兔子尾巴,也够令他们难为情的啊!

那位说了,叭儿狗尾巴,或兔子尾巴,不是很幸运吗?不是可以隐藏在裤子里了吗?但是您错啊!当长尾巴成为一种时尚,成为一种时髦,成为一种潮流,还有谁愿将自己的尾巴隐藏起来,加入到一小撮没尾的人的行列啊!在这一座城市里,很快便形成了普遍的社会共识——有尾巴的人是一等人,有不体面的甚至丑陋尾巴的人是二等人,而没有尾巴的人是人下人了。从以有尾巴为耻,到以有尾巴为荣;从耻于与有尾巴的人为伍,到耻于与没尾巴的人为伍。观念的过渡和转变,几乎可以说没经历什么时代的痛苦。在选拔干部、择业、择偶、交友等等方面,没有尾巴的所处的尴尬境地,是比长出了不体面的丑陋的尾巴的人更有苦难言的。

动物学家可以从人群中寻找出天上、地上、水中乃至古生物时代存在的一切走兽、飞禽、爬虫和两栖类动物的尾巴。应有尽有,万种俱全。正是——中华儿女多奇志,不爱时装爱尾巴。

连神话传说中龙的尾巴、凤的尾巴、麒麟的尾巴,也稀奇地长在人的屁股后面。这当然都是些高贵的尾巴,是些“极品级”的尾巴。它们大抵关照给了那些由于善良的愿望有时不得不违心说假话的好人。不过外星来客对地球男女缺乏阳刚与阴柔的区分观念,致使一些好男人长出了凤的尾巴,而使一些好女人长出了龙的尾巴、麒麟的尾巴。阴阳错位,刚柔颠倒的尾巴现象比比皆是。

老苗向市领导呈交了一份申请报告,要求增加住房平米数,并且要求从六楼调到一楼。他夫妻俩和小孙子生活在一起。儿子和儿媳妇到澳大利亚打散工去了。三室一厅,原本住得是很宽敞的。但他的鳄鱼尾巴,他老伴儿的孔雀尾巴,长得非常迅速。才两个多星期,就都长到了一米开外。这使他们三室一厅的居住空间,分明地变得狭小了。他老伴儿的孔雀尾巴,动不动就开屏。一高兴开屏,一生气开屏,一喜一忧,一惊一愣，都会大开其屏。美则美矣，但毕竟是在家里，毕竟次数太频繁，对老苗的心脏，经常造成美丽的刺激。她一开屏，美丽的半径一米半的色彩绚烂的大尾巴一抖动，老苗就得赶紧往口中塞速效救心丸，脉搏就加快，血压就升高。而老苗有尿频症，每夜至少要起四五次。自己翻不动身，就得捅醒夫人帮他翻身，拖着条庞大的鳄鱼尾巴上床下床，从卧室到卫生间，再从卫生间回卧室，难免碰这儿碰那儿，弄出阵阵响声。夫人偏偏还患失眠症，怎么受得了如此折磨！一烦一怨，尾巴就开屏了。尾巴既开屏了，也就睡不成了。得情绪渐渐平复了，开屏的尾巴渐渐收拢了，合并了，垂下了，才能重新躺得下去。两个星期内，两口子都眼圈发黑，面容憔悴了不少。夫人又处在后更年期，情绪易变，一天之内少说也要开屏几十次。多则近百次。一开屏她自己在任何一个房间就转不过身了。老苗就只有相形见绌地、敬而远之地、礼让为先地退出那个房间。拖着庞大的沉重的鳄鱼尾巴从一个房间转移到另一个房间，绝不比转移一次大立柜轻松。老苗已经几天没下楼了。六楼哇，巨鳄的尾巴上下一次，必累得大汗淋漓，气喘吁吁……

他那篇自信将会震惊中国文坛乃至世界文坛的伟大小说，是没心思接着创作下去了。白天只有坐在沙发前的地毯上，看书、看报、看电视、听音乐，百无聊赖地消磨着漫长、闷热而又无所事事的时间。或者干脆就坐在那儿打盹。由于尾巴的难以克服的障碍，他是没法儿往沙发上坐的。坐在沙发前的地毯上，尾巴可以顺到沙发底下去。他的鳄鱼尾巴，每天都分泌出一层脏兮兮的黏液，而且散发着腥臭。每天晚上临睡前，夫人都必得将一大盆水端至他的尾巴旁，用刷子沾着兑了“活力 28”的水，细细地替他从尾巴根儿一直刷到尾巴梢儿。每一个褶儿都得刷刷。刷不到可不行，刷不干净也不行。天热啊，怕生蛆呀。而且，还得用牙签，在靠了放大镜的观察之下，用牙签儿拨出那些褶里的寄生虫。老苗替夫人洗了几十年脚。几十年如一日，任劳任怨。这乃是在“作协”人人皆知的公开的秘密。现在，巨鳄的尾巴，终于是为老苗讨回了一点儿公道。

所谓不是不报,时候未到,时候一到,一切都报。但是对于老苗的夫人,每天晚上替丈夫清洗一次尾巴,又是多么麻烦多么委屈的事儿啊!可她哪怕是为了自己的孔雀尾巴免招上寄生虫,为了家庭卫生,也不得不尽此职责啊!

所幸他们的孙子长的是仅次于“极品级”的尾巴——漂亮的金鱼尾巴。倘若长的是恐龙尾巴,他家的问题就难解决了。

有一个长金鱼尾巴的孙子,给两口子带来了许多史无前例的操心。孩子自己活得也够累的。每天得比别的孩子早起半个小时,蹲坐于盆,将漂亮的金鱼尾巴在水里泡透。想啊,金鱼尾巴,那是多么娇贵的尾巴呀!几个小时不沾水,不就干了吗?不就抽缩了吗?而抽缩了,不就不漂亮反而难看了吗?干了不就脆了吗?脆了不就容易破损了吗?破损了那又将是多么严重的损失哇!关系到孩子将来的择业择偶哇!会误了甚至毁了孩子的一生啊!所以呢,老苗的夫人,为孙子买了一个可以背在背上的塑料扁桶。老苗亲自动手,将那桶接了一根软管儿,软管儿的另一端安了一个莲芯喷头,并且配置上了压力系统。相比之下,那装满水的桶比一个小学生的书包沉几倍。每天那可怜的孩子背着桶拎着书包去上学。课间自己想着给自己的尾巴喷次水,以确保他那漂亮的娇贵的金鱼尾巴的起码湿度。那孩子却并不觉得自己可怜。他的金鱼尾巴是全校独一无二的,他无比珍视。老师校长也对他千叮咛万嘱咐,要求他一定要爱护自己在全校独一无二的金鱼尾巴。因为不久将要举行一次全市小学生的“评尾大赛”,校方指望他的金鱼尾巴拿高分儿。老师也指望他为班级争光。而他荣誉感极强,爱护尾巴远超过爱护眼睛……

# 第九章

市委领导非常通情达理，认为老苗在申请报告中摆出的困难是实事求是的，应予以解决。当天就批了。

“作协”的一幢新宿舍楼就矗立在老宿舍楼对面，十层。“作协”出的地皮，某外商投的资，对半拥有。但当初合同上写的清楚———一层归外商。十层归“作协”。之间八层，“作协”占二、四、六、八层，外商占三、五、七、九层。外商之所以坚持一层的拥有权，寸尺不让，无非因为是在黄金地段，可以开商场。

老苗的申请报告，经市委批示后，第三天就经“作协”机关办公室转到了我手里。因为我是此次“分房委员会”主任。因为全“作协”只我一人此次既不参与分房竞赛也未提出调房要求。所谓“天将降大任于斯人也”。我明知这将是我的不幸，也明知我将分配的乃是“最后一块蛋糕”，一场“刺刀见红”的激战是根本无法避免的。但众望归于我这唯一的局外人，我也只得任由怀着各种心理的人们一致地将我推上“绞刑架”，为莫须有的公正而大义凛然地“献身”一把。

当天下午我接到了老苗的电话。电话响时我正在搓洗我的耗子尾巴。不经意间我的耗子尾巴生了跳蚤。跳蚤们当然是不情愿只固守着尾巴的。那几天我深受其害苦不堪言,被咬得浑身一片片的红疙瘩。

老苗在电话里问我收到他的申请报告没有。

我一手拎着湿漉漉的几圈儿尾巴,一手握着听筒回答收到了,也看过了。

他又问上边有市委领导的批示吗?都哪几位领导批示了?怎么批示的?

我就告诉他市委正副书记都批示了。宣传部长也批示了。顶数曲副书记的批示有人情味儿,并将曲副书记的批示逐字逐句背给他听。

其实我清楚,他是明知故问。一切小邵能不详详细细地透露给他吗?

“那你打算怎么落实呀?”这老家伙,显然是在仗着市委的批示压我。那种口吻仿佛是一位督办似的。

我说:“老苗哇,我有难处啊!和外商的合同,当时不是你亲自签的吗?如果人家硬是不予同情,坚持按合同办事的话,我也就爱莫能助了!我变不出一套一层的三居室哇!”

老苗说:“你来一下。就算我求你,立刻到我家来一下。有些情况,咱俩得通通气儿。你了解了情况,你就有办法对付那份合同了!”

我生气地说:“你怎么不到我这儿来一下!”

我听到他在电话那一端沉重地叹了口气,以英雄志短的语调说:“当然喽,按理我应该前去巴结你才对。还要带份儿厚礼。可你也太不体恤我了吧?我拖着尾巴到你那儿去一次,一往一返,是件容易的事吗!”

我设身处地一想,他也的确有他的难处。不看僧面看佛面,冲着几位市委领导的批示,我不能太摆分房委员会主任的架子。我这主任是临时,他那主席却是市委任命的。房子一分完,我不还得在他的直接领导下吗?他若记仇了,给我小鞋儿穿,那以后也是够我受的。

放下电话,我就赶紧用电吹风吹干我的尾巴……

到他家里,见他老婆正在替他刷洗尾巴。

我在沙发上坐定后，没话儿找话儿地说："怎么大天白日的，就让嫂子为你这么效劳哇？"

他夫人撇了撇嘴说："还不是怕那股腥臭味熏得你坐不久嘛！"

我说："这你们就多虑了。我哪儿敢嫌苗主席的尾巴有味儿呀！"

老苗说："你别听她的！咱俩是什么关系？你成为咱们'作协'的驻会作家，不是我当时爱才心切，力排众议，硬把你拉进来的吗？冲这层特殊关系，我也相信你不至于嫌我的尾巴有味儿！"

列位，你们听听，这不是在转弯抹角儿地向我卖好儿吗？这不等于是在暗示我，如果我这个分房委员会主任不成全他的调房愿望，就是忘恩负义的天字第一号的小人了吗？

而他的话完全他妈的不符合事实。事实是，当时"作协"的每一位领导成员都同意发展我为驻会作家，唯一反对的，首当其冲反对的，反对到底的正是他自己。因为他嫉妒我。因为当时我已经发表了一百多万字的作品，而他这位"作协"主席连一本儿小册子还没出。只不过是由于从文化局副局长的位置上被排挤掉了，总得再给他安顿个相当于副局级的官儿做。

但我并不想当面儿揭他的老底儿。人嘛，只要没结下什么血海深仇，大面儿上总得相处得过去是不是？

我敷衍地笑笑，说："那是那是。我梁某人绝非那种忘恩负义的小人。你苗主席对我的扶持和栽培，那我这辈子是没齿也不能忘的！"

老苗的夫人，那会儿就找来了一瓶香水儿，扑扑地往老苗的鳄鱼尾巴上喷。

我大献殷勤地说："嫂夫人，这举手之劳，就让我来吧！"

她倒不客气，乐不得地就将香水儿瓶塞到我手里了，还心疼地嘟哝："可惜了，一瓶法国香水儿，我没往自己的尾巴上喷几次，快被他这条讨厌的尾巴用完了！"

她的孔雀尾巴上，套着花绸布做的尾套。带拉链的，取下来套上去看来很方便。我脑子一转,心想这倒是个发财的好启示——如果办个小小的缝纫厂,专门生产各种各样的尾巴套,销路一定奇好!

老苗的夫人见我扑扑地往他尾巴上喷起法国香水儿来就没完,一把又将香水儿瓶夺过去了,急赤白脸地说:“行了行了!你别借花献佛光顾讨好他了!我可是专为我自己的尾巴买的,三百多元一瓶呢!”

话音刚落,房门猝开,他们的孙子一头小鹿似的蹦了进来,扑入奶奶怀里哇哇大哭。

老苗见状急问:“怎么啦怎么啦孙子?你的喷水器怎么没背回来?”

老苗的夫人也急问:“谁欺负你了?呀!呀!我的老天!老苗,可不得了啦!咱们孙子的金鱼尾巴破了!”

那孩子不停地大哭着,同时断断续续地说:“他们先扎漏了我的喷水器,然后用刀片割破了我的尾巴……”

老苗和夫人几乎同时追问:

“他们是谁?!他们是谁?!”

“乖孙子别哭,快说他们是谁?!”

夫妇二人霎时脸色大变!老苗由于受了极大的刺激脸色苍白。夫人由于满腔怒火五官挪位,脸色通红。

“是几个六年级同学……他们自己的尾巴不好看,就总存着坏心眼儿毁我的尾巴……”

那孩子的模样如丧考妣,痛不欲生。

“这还了得!这还了得!是严重的人身伤害,要告他们!一定要告他们!”

老苗起了几起,没起来,就连连用尾巴拍地,拍得咚咚响。

“告有什么用啊!孩子是要靠了这条尾巴被保送进重点中学的!好几所重点中学冲这条尾巴才争着要他的呀!进不了重点中学就升不了重点高中!升不了重点高中就考不上名牌大学!这不是成心毁咱们孙子的一生吗!”

老苗夫人带着花绸布尾套的尾巴也有反应,竖了起来。她气得推开孙子,在屋里团团转。而带着花绸布尾套的尾巴,大幅度地摆来摆去,扫落了八宝架上的几件古董。那几件古董是老苗花了半生心血从民间收集到的,是他的一宗自视宝贵的不动产。

"我的古董!我的古董!你倒是在屋里乱转悠什么啊!"

老苗心口的痛点,又从孙子的尾巴转向了他的古董。

"古董你娘个腿!孙子的尾巴都一钱不值了,你还在乎你的古董!你知道什么轻什么重不!"

而这时他们的孙子跺着脚哭得更加凶了:"我不活了!我不活了……"

老苗的夫人瞪着孙子,啪地扇了孙子一个大嘴巴子,冲他吼:"不活你就死去!四年级了,连自己的尾巴都保护不了,纯粹废物典型一个!让你爸妈把你接澳大利亚去算了!替你操心操得够够的了!"

孙子挨了嘴巴子,往地上一坐,再一躺,就满地打起滚儿来。一边打滚一边扯着嗓子爸呀妈呀哭唤不止……

老苗强自镇定,对我说:"你快呀!快替我把你嫂子的尾巴套去了呀!你没看出来,她打孩子那是因为开不了屏,心里憋的嘛!"

我这才觉得不能袖手旁观,应该有所作为。我从沙发上一跃而起,自背后拦腰抱住老苗的夫人。她腰粗,我胳膊短,两只手扣不拢。但若扣拢了,也就腾不出一只手替她去掉她的尾套了。列位想啊,尾巴开屏,已经成了她宣泄情绪的一种特殊方式。想开屏而被尾巴套束缚着开不了,那和想撒尿而尿道被大结石堵塞严了有什么区别呀!我急切之下,也不知哪儿来的非常大的神力,但觉一股丹田之气充布全身,"嗨哟"一声,竟将她双腿抱离了地面!我将她那一百六十多斤的沉重身体一步步"运"到一个墙角,挤住,终于腾出只手,嚓地拉开拉链,将她的尾巴套儿扯了下来……

那河马般的女人的孔雀尾巴终于得以开屏了!

诚实地说，我活到了四十多岁，还真没亲眼见过孔雀开屏的美丽瞬间。从电视上见是见过的，但那毕竟是“隔岸观众”呀！

但觉眼前一片绚丽多彩，脸上仿佛被一把大扫帚扫了一下，不禁趔趄后退。站定时，她的孔雀尾巴已然开屏了。不过从背面儿看去，并不怎么出奇的美。

老苗的夫人缓缓地长长地呼出口气。听来那口气呼出得很及时，很必要，当然也很舒畅。她也从墙角往后退。退至房间中央，才得以有足够的空间朝我转身。孔雀尾巴的正面儿就好看多了。抖抖的，宛如许多翠绿镶蓝的眸子在忽闪着迷人的眼皮。而她自己，双手并用地抚着她那充足了气似的宽阔的胸脯……

他们的孙子这时就不打滚了，也不高一声低一声地哭唤爸妈了。不待我拉起他，他已自己一骨碌爬起，又一头小鹿似的，跃蹿向别的房间去了。仿佛他的奶奶大开其屏的尾巴是一面照妖镜，他自己是一个小妖精，若不赶快逃开，顷刻便会原形毕露，甚至会化为一摊血水似的。

这孩子的反常举动，不但使他的爷爷奶奶，也使我这个熟客大惑不解。我不禁将研究的目光再次投向老苗夫人的尾巴，想搞明白她的尾巴究竟有什么威慑力足以使她的孙子望屏而逃……

我这一研究，可就研究出问题了。

我说：“嫂夫人，怎么你那尾巴也……也……也不完美了？缺十来根翎子呀！”

老苗向我频丢眼色，企图制止我说。但是，太晚了。我发现他在向我丢眼色时，话已说完。

老苗夫人从桌上拿起一面小镜，退至穿衣镜前，用小镜反照自己的尾巴。一照之下，勃然大怒。

“小海，你给我滚过来！”

孙子不敢不理，怯怯地从另一房间走至她跟前。

她一把拧住孙子耳朵，喝问：“老实交代，是不是你拔我尾巴翎子了？”

“是……”

孙子的嘴朝被拧的那只耳朵咧去。

“什么时候偷着拔的？”

“你睡着了的时候……”

“拔去干什么了？”

“卖了……”

“好你个没良心的小崽子！我天天疼你，爱你，含在嘴里怕化了，捧在手上怕摔了，你竟趁我睡着了拔我的尾巴翎子去卖！说，你卖多少钱一根？”

“三元……”

“三元！你奶奶的一根尾巴翎子就值三元！小海你真是气死我了！你看你把我的尾巴破坏成什么样儿啦！缺七少八的一道栅栏似的！钱呢？卖我尾巴翎子的钱呢？……”

那孩子就咧着嘴，从兜里掏出一把零钱。

“就这么点儿零钱啦?!”

“我花了……买雪糕吃了……玩游戏机了……”

“今天我非教训你不可！”

当奶奶的，一只手仍拧着孙子的耳朵，另一只手高高举起，想打孙子屁股。可孙子的金鱼尾巴一垂，一拢，整个儿护住了自己的屁股。那原本很水灵很生动很漂亮的尾巴，已然由于缺水的时间长而蔫了，而抽缩了。看去似乎变干变脆了。当奶奶的那高举着的巴掌，哪里敢轻易打将下去？又哪里舍得打将下去！

于是当奶奶的手臂垂下了，转而用那只手狠掐孙子胳膊内侧的细皮嫩肉，掐得孙子嗷嗷怪叫连声。

老苗央求地对我说：“你快拉开他们呀快拉开他们呀！……”

真是掐在孙子身上，疼在爷爷心上。

我挺身上前,几经较量,终将孙子从奶奶的毒手之下拯救了。而当奶奶的,气得落泪了。她那缺七少八的一道栅栏似的尾巴,抖得像一片被大风所刮的芦苇。

我劝解道:“嫂夫人,当孙子的不懂事儿,你就原谅他一次嘛!”又问那孩子,“还敢不敢偷你奶奶的尾巴翎子了?”

那小学生一边退向爷爷身旁去寻求保护,一边好汉不吃眼前亏地保证再也不拔他奶奶的尾巴翎子去卖了。

老苗则紧紧搂住孙子对他夫人吼:“你算什么当奶奶的?啊?孙子不过就拔了你几根尾巴翎子,你就至于狠掐他狠拧他吗?你这叫虐待儿童!是犯法!是犯罪!是滥施家庭暴力!孙子的尾巴都被划破了,都快干透了,你不说先端盆水给他泡泡,却因为你自己的尾巴少了几根翎子闹腾开了!你还有个当奶奶的样儿吗?你那尾巴再完美,你又能得意到哪去?全市选美能选上你呀?……”

老苗说一句,他那沉重的强有力的尾巴,就扬起来朝地面拍击一次。震得桌上的一些小摆设,茶几上的茶盘茶杯乱动乱响。说到气极的话时,有次他的尾巴竟扬起一米多高,朝茶几拍击下去。倘真拍在茶几上,那价值六七百元的高档茶几也就彻底报销一钱不值了。我奋不顾身,抢前一步,在他那尾巴将落未落之际双手猛推。我非是替他们在乎他们家的茶几的存亡,而是唯恐被他的尾巴拍击得碎玻璃四射,伤了我自己或他们三口人中的哪一个。那我的麻烦不是更大了吗?若再帮着送他们三口人中的哪一个去医院,我整个下午的时间不就交待了吗?和他也谈不成正事了呀!幸亏我奋不顾身的一推,他的尾巴才没拍击在茶几上。但尾巴梢扫了我的左肩一下。我顿觉左肩连同左半侧身子一阵发麻,左臂不听使唤了,仿佛左肩胛骨被拍碎了。而他的尾巴拍击在为他刷洗尾巴搬在那儿的大塑料盆上,顿时将个大塑料盆拍击得变了形,地湿一片,脏水四溅,溅了我自己和他自己包括他夫人和他孙子满衣满脸……

他夫人火了,歇斯底里起来,一把鼻涕一把泪地叫嚷:“老苗你耍的什么威风！你不愿过就离婚！孙子的尾巴重要，我的尾巴就一点儿也不重要吗?！我好端端的尾巴成了这样，叫我怎么还有脸上街！”

我将她拖到他们两口子的卧室，劝慰了半天。我说：“你的尾巴翎子，那还可以长出来的。凡是禽类的尾巴，不都是按季节脱羽换羽的吗？就当是孙子替自己提前换羽了呗！新长出的翎子，那将更加绚丽多彩，风姿绰约的。当务之急，是得先关心一下你们孙子的金鱼尾巴的情况呀！”

终于劝得她不一把鼻涕一把泪的了，情绪安定了，尾巴收拢了，我便回到客厅，捡起她的尾巴套儿，再次重返卧室，亲手替她将尾巴束入套内。

接着我替他们两口子处理他们孙子的尾巴问题。被老苗一尾巴拍得变了形的大塑料盆是不能用了。我另找了一个盆，接了半盆水，命他们的孙子蹲盆泡尾。

那孩子受到惩罚，乖得多了，蹲坐盆上一动不动，似乎大气儿都不敢喘一下的心悸模样儿。

老苗羞愧地说：“唉，让你见笑了！都是尾巴闹的！”

我说：“谈不上什么见笑不见笑的。尾巴问题是新生事物嘛！人们对新生事物总有个习惯阶段。家家都难免因为尾巴问题产生这样那样的新摩擦、新矛盾。渐渐习惯了，就会掌握和睦相处的方式方法的……”

老苗说：“我前几天重读了易卜生的《玩偶之家》，并且重读了鲁迅的杂文名篇《娜拉走后怎样》。这使我产生了一些关于中国知识分子关于中国文化人的反思和反省。我那一辈知识分子和文化人，太像娜拉了。娜拉为了讨丈夫喜欢，不是也说过假话撒过谎的吗？我自己青年时期，给自己订的人生修养的原则之一，便是讲真话，做正派的人。后来入了党，当了科长，就不那么敢讲真话了。党越教训党员应该对党讲真话，讲实话，自己这名党员越从反面总结经验，越不敢讲真话了。”他有点儿幡然悔悟似的说，“我这一辈子，说的假话比真话多几倍。真话对家人说，假话对外人说。真话背地里说，上厕所的时候说，在枕边对老婆说。而假话公开说，开会时说，向上级汇报时说。由科长而处长而享受局级待遇，党龄由十年而二十年而三十年，变成了一个可以将假话说得很虔诚、很真实、很庄重、很严肃、很令上级欣赏而自己也很得意的人。”

“作为一个人，再厚颜无耻，品质再卑劣，光为自己，又能说多少假话呢？我老苗是为他妈谁呀！是为他妈谁才长出这么一条丑陋的鳄鱼尾巴的呀？才落今天这么一个可悲的下场啊！哪一个比我老苗官儿大的没暗示过我要说假话不要说真话啊！这样长久地一级一级骗下去究竟哪年哪月才是个头儿呢？现在回想起来，我恨不得操他们八辈祖宗！操那些官儿比我大，假话说得比我多，说假话时比我更厚颜无耻、更不要脸，而且还暗示我、欣赏我、怂恿我、逼迫我说假话的人八辈祖宗！活活操死他们八辈祖宗方能解我老苗心头之恨！怎么不让他们也长出鳄鱼尾巴、长出猪尾巴、长出毒蛇尾巴、长出蝎子尾巴、长出大尾巴蛆的尾巴啊！……”

老苗他越说越激动，越说越悲愤，说到后来，已是老泪纵横，泣不成声。尾巴也无力拍击，甚至连尾巴梢都无力再甩一甩了。

我万分地同情起他来。才五十八岁的个男人，就老得满脸褶子，像七十多岁的小老头儿了。自从他由文化局副局长而成为我们的“作协”主席以来，大会小会，光我亲耳听到，他就跟着上边儿唱了多少高调说了多少大话多少空话多少假话多少屁话哇！有一次，在“作协”召开的党员形势讨论会上，仅仅因为别的党员作家说了些真话，也无非就是指出一些严重的官僚腐败现象，贫富悬殊现象、工人失业现象、拜金主义现象；也无非就是提出在“改革”时期还允不允许真正的现实主义而非伪现实主义存在的问题，以及在文学和影视作品中为什么一触及到现实的丑陋和丑恶就被斥为“专门暴露大好形势阴暗面”受到粗暴限制和指摘的问题；也无非就是因为他没有当场制止，他被勒令写了多少次检查呀！左一次通不过，右一次不深刻。那一个月里他别的什么事儿也没干，光写检查了。一次次累积起来，起码写了四五万字的检查才算保住“作协”主席这个官儿。列位，咱们替他想一想。市“作协”主席，在中国的官僚体制中,算个球呀!值得自己三孙子似的为自己死保吗?不就是一辆车子一套房子一部电话一间办公室一个月一千来元的工资吗?可是列位,咱们再替他想一想,他这一辈子由科长而处长,由副局级而正局级,人生的目标不就是冲这些一步步活过来的吗?没有背景的能官运亨通吗?官运亨通的能被挤兑到"作协"这个最穷酸的衙门主事吗?没了车子没了电话没了办公室没了坐软卧的资格没了上医院看病半顶事儿不顶事儿那个小红本儿,也就是没了正局级待遇这一在商品时代似有似无的身份,他又将会多么的委屈多么的失落啊!尽管车子和办公室到了他六十岁后注定是要失去的,尽管他的专车是全市局级干部中最老旧的一辆二手"桑塔纳",尽管他的主席办公室年久失修木窗框腐朽四壁像患了红斑狼疮似的,但在他不到退休年龄的时候,他又是多么不情愿提前失去啊!因为一旦提前失去了,仿佛还意味着他在官场上没有创下"最后的辉煌"却以"最后的失败"告终,这对任何一个从小科长熬到正局级谨小慎微察言观色战战兢兢熬了几乎一辈子的男人,岂不都将是"心口永远的痛"吗?

我由同情老苗怜悯老苗,而不禁地同情起自己来怜悯起自己来。想我们四十岁以上的中国人,有几个的父母不是从小教育我们要实事求是要说真话呀?有几个的父母是那种王八蛋父母从小专门教育我们如何善于说假话的呀?可我们或单独地或集体地说的假话,难道不比四十岁以上的中国人随地吐的痰还多吗?现在我们这座城市里二百多万人长出尾巴来了,连我们的下一代都受我们的不良影响长出尾巴来了,究竟谁之过呢?该对此负责的些个一心只想当官儿只想保住自己的乌纱帽大瞪着双眼说假话脸不红心不跳甚至到了根本不要脸的程度的家伙们,岂不是犯了坑害同胞之罪吗?……

"晚了!后悔也晚了!我这种人活该呀!替别人说假话,替别人文过饰非粉饰太平,替别人当传声筒,替别人受苦受难长尾巴,得到了些什么了不起的实惠呢?还不是得到了一个臭名远扬的'三七二十八'的绰号吗？我这绰号大概是要陪我进火葬场了，还有我这条丑陋的散发着腥臭味儿的鳄鱼尾巴！我拖着这么一条大尾巴，离休之后的晚年可怎么度过呀！正局级待遇对我又有什么意义呢？难道国家会专门为我这种享受正局级待遇的人专门设计一种软卧车厢吗？难道医院会为我这种享受正局级待遇的人专门设计一种高干病床吗……”

老苗双手捂面，孩子似的呜呜哭了。

于是我闻到了股腥臭之气。

于是老苗的夫人在另一房间大声说：“难闻死了！熏得我脑仁儿疼！小梁你快替我往他尾巴上喷香水儿！他一伤心尾巴就分泌这股难闻的气味儿！”

于是我照办。将那一瓶法国香水儿朝老苗尾巴上一喷再喷。喷了个精光，才稍稍压下去那一股腥臭之气……

其实我多虑了。老苗的调房问题，解决起来并没有太费事儿。合资外方的全权代理人，是市开发区主任的小舅子、公安局副局长的二妹夫，长出的是黄鼠狼尾巴。不知黄鼠狼尾巴对他的心理究竟起什么影响，总之他自从长出了黄鼠狼尾巴以后，便格外地见不得长公鸡尾巴的女性了。一见着，两眼就发亮，嘴角就往下垂涎，恨不得当众扑上去一口咬住对方脖子的模样。他姐夫那开发区内长公鸡尾巴的女性，除了几个年岁大的，其貌太不扬的，形象但凡看得过眼的，是全都被他“征服”过了。当然他“征服”她们的时候，并不咬她们的脖子喝她们的血，靠的主要还是钱。反正他有的是钱。怎么挥霍，终归还是来得多而去得少。何况她们中，也有投其所好，主动献身求宠的。但他这人没长性，“征服”过了的，也就不再感兴趣了，更谈不上眷恋着了。于是便朝开发区外去“征服”。钱固然是当今的一切女性都喜欢得不得了的好东西，但一条黄鼠狼尾巴并不是好东西。结果他被某几个长公鸡尾巴的女人以强奸罪控告了，幸亏当开发区主任的姐夫和当公安局副局长的大舅哥齐心协力进行营救，没被判刑，从此胆子却小多了。胆子小不等于立地成佛了。对长公鸡尾巴的女性的渴慕,反而因受到遏制有增无减。对他最大不利的是,他的当开发区主任的姐夫,由于尾巴渺小(蝌蚪尾巴)不利工作,已经引咎辞职。他的当公安局副局长的大舅哥,由于长了一条恐龙尾巴,同样不利于工作,被提前劝退了。失去了两顶保护伞,他是不大敢像从前那么胡作非为了。长公鸡尾巴的女性之对于他,好比毒品对于吸毒者,接连几天不吸,那是要毒瘾大发作的。若几天不与一个长公鸡尾巴的颇有姿色的女人做一通爱,那也是会痛苦万状的,其状与吸毒者毒瘾大发作时的情形一样可惊可怖。

知己知彼,百战百胜。我掌握了他的"薄弱环节",制定了一套周密的,切实可行的,具有进攻性的方案。首先我布置给"作协"之"创联部"一个任务,让他们将女业余作者中,女文学青年中一切长公鸡尾巴的统计出来。公鸡尾巴是一较大众化的尾巴,不属于档次太高难寻找的一类。他们初步统计出来二十一名,附有照片和简历。照片当然两张,一张是人,一张是人长公鸡尾巴的。经我亲自按简历情况和照片情况圈定了十三名。之后我又面审了一次,当场淘汰了三名,最终保留了十名。我对这十名长公鸡尾巴的女业余作者女文学青年做了一次热情洋溢的寄以厚望的动员报告。报告如下:

> 亲爱的诸位女业余作者、女文学青年,亲爱的同志们!现在,考验大家对文学酷爱到什么程度的时刻到来了!为了解决我们的作协主席老苗的调房问题,希望你们都能发挥前所未有的献身精神!为作协主席献身,也就是为文学献身!而为文学献身,那是极其光荣的!现在能使人感到光荣的事情已经很少了。机不可失,失不再来,大家都要珍惜此一机会!

她们听了我的动员报告,个个热血沸腾,都表示心甘情愿,都说对文学忠不忠,看行动!但也都提出了一致的小小的要求,那就是照顾和满足她们的发表愿望。

我说这好办。只要她们肯为文学作出牺牲,文学也当然应该为她们提供发表作品的园地嘛！我派人请来作协主办的所有报刊的主编,现场办公。指示在年内至少发表她们每人三篇作品,并要配合评论,开座谈会。按说我是没有什么资格什么权力对那些主编副主编们下达指示的。但因为我是分房委员会主任,他们都有进一步改善住房条件的要求,所以对我的指示那真是百依百顺。何况他们也都清楚,老苗的调房问题不顺利解决,其他人,包括他们自己的房子是分不下去的。归根结底,我还不是在为他们运筹帷幄吗?

当天,我就带着一位漂亮的长公鸡尾巴的小姐同那长黄鼠狼尾巴的家伙进行会谈。那小姐不但人漂亮,尾巴也漂亮。那长黄鼠狼尾巴的家伙,一见了她,哪里还有心思跟我会谈呢！眼睛直勾勾地盯着她,对我的话嗯嗯啊啊的,其实连我说了些什么都没听清楚。于是我起身告辞,命那小姐留下,代表我继续会谈。当第五个长公鸡尾巴的小姐被我派到他那儿去时,实际上他已经在一份协议上代表外方签字了,老苗的调房问题已经手拿把掐地解决了。当第十位长公鸡尾巴的小姐被我派到他那儿去时,我从他手中也为自己弄到了一套三居室。这年头,人不为己,天诛地灭嘛!

老苗搬入一层新居后,又恢复了和他老伴儿一块儿上街的习惯。实际生活的不便一经解决,夫妇关系也融和了许多。但老苗很快就开始认识到,和他老伴儿一块儿上街是最不明智的。因为他老伴儿也常在大庭广众之前大开其屏。比如一位年轻漂亮的女性从她身旁经过,如果步态高傲了点儿,不管那高傲是否是冲着她显示的,她就会受不了啦,不服气啦,觉着是被挑衅啦！于是,刷地大开其屏,企图以自己尾巴的美丽,压倒对方年轻漂亮而显示的高傲。假如对方虽年轻漂亮,长的却是一条不体面的,甚至是一条丑陋的尾巴,她就会幸灾乐祸得意忘形,当街哈哈大笑,并神气活现地摆几款孔雀舞的舞姿,自我陶醉,自鸣得意。而她那肥壮的河马身躯所硬摆出的孔雀舞姿，造型是非常有碍观瞻的，常受到治安警察的严厉斥责，常使老苗无地自容。尽管她已续买了七八支孔雀翎，将因被孙子拔去而造成的空缺插补上了……

仅仅对女性如此，还则罢了。也不过就是女人和女人“斗美”，或曰比尾巴。可碰到年轻英俊的男性，气质引起她好感的中老年男性，她也会情不自禁地大开其屏，不管人家讨厌不讨厌，不管人家正挽着妻子或情人，抖动着开了屏的尾巴围着人家兜来转去，一种发情求交的样子。结果往往是冲突不可避免地发生。人家每每抗议她“性滋扰”。人家的妻子或情人，每每骂她“老不要脸”的。这时就只有老苗才能出面替她解围了。每次他都不得不站在维护老伴儿尊严和人格的立场，严正提醒对方只有雄孔雀的尾巴才如此美丽才动不动就开屏。男人者，雄性也，雄孔雀的尾巴对雄性的男人开屏，扯得上什么“性滋扰”不“性滋扰”的吗？孔雀又不搞同性恋，诈唬个什么劲儿呀！不是驴唇马嘴胡扯八道自作多情吗？其实是非明摆着，胡搅蛮缠的是他自己。雄孔雀的尾巴并不意味着他老伴儿也是雄性了吗！可在那种冲突之下，他不靠胡搅蛮缠替自己老伴儿解围，你又叫他有另外的什么法子可想呢？他的胡搅蛮缠往往将对方顶得眼睛一翻一翻的，一句话也答不上来。再加上他那条巨大的强有力的鳄鱼尾巴不停地冲动地甩着，啪啪作响地拍击着马路，对什么样的男人都是具有威慑性的。被他那条巨大的强有力的尾巴拍一下，剪一下，扫一下，轻则伤皮破肉，重了还不骨断筋折呀？

我的耗子尾巴已长到两米多。我想错了，以为最长一尺半，也就该长到头了。没料到是按比例长的。也就是说，人体是耗子的几倍，那么所长之鼠尾便成倍地加长。尽管我是个瘦小型男人，但若和耗子比起来，哪怕和鼠辈中的“王中王”比起来，我也是庞然大物啊！我推算，我的耗子尾巴恐怕要长到十几米。那不管怎么卷，怎么绕，裤兜也肯定是揣不下了……

# 第十章

我记性仍不佳,出门仍常忘带钥匙。现在即使忘带钥匙也不怕了。尾巴缠牢滴水管道,爬上三楼对我来说轻而易举,好比腰间系了安全带。

我又主动向市里献计献策,认为排除某些特例,从普遍情况分析,看来现代人长尾巴也并不见得是多么糟糕的事情。我们中国人已经习惯了许许多多我们从前甚至就在昨天我们所不习惯的东西,也是会渐渐习惯我们长出的尾巴的。莫如因势利导,大力提倡、开展和推动尾巴文化运动,并将这一文化运动搞得热热闹闹轰轰烈烈如火如荼,以文化促经济,也许会迎来一次经济腾飞的新局面。总之,尾巴文化运动,应引起各级领导的充分关注和关心,应视为一次必须牢牢抓住的"新机遇"。

我的英明建议再次被采纳,而且被充分信赖地任命为尾巴文化运动办公室主任。我恭请老苗做了我的顾问。曲副书记在一次全市文化工作会议上高度赞扬了我。

他说:"一位党外人士,能够向政府提出这么好的建议,而我们党内的同志,尤其是主管文化的同志,当然也包括我在内,却连朝这方面想都似乎没想过,这不能不引起我们足够的反省。不读点儿马列主义的书,不研究研究《资本论》,不搞清楚文化和经济既从属又相互制约相互促进的关系,我认为头脑之中是产生不出来这么好的建议的!……”

于是,我一时间成了报纸、电台、电视台追踪报道,追踪采访的热点人物。岂止是热点人物,简直如同风云人物了。

于是市政协开会,我被邀请列席……

于是市人大开会,我也被邀请列席……

于是我不得不到市图书馆去借马列著作,借《资本论》。回到家里夜以继日地翻阅,东一段儿西一段儿地摘抄些语录,以备应急之用。上帝宽恕我,那一天之前,我从未碰过马克思马老那部伟大的《资本论》,也有近二十多个年头嘴里没说过笔下没写过“马列”两个字了。由于时代的需要,由于尾巴文化运动办公室主任这一正局级职务的需要,最直接的,是由于曲副书记的高度赞扬,我不得不冒充马列主义的忠实信徒,不得不冒充一位业余的《资本论》学者,因为市委宣传部直接领导下的马列主义研究所已经聘我为名誉研究员了。

老苗这位顾问,有一天巴巴结结又酸酸溜溜地问我:“你究竟打算做政协委员还是当人大代表?”

我说:“我都没想过。”

他说:“老弟,你脑袋里缺根弦儿怎么的呀?怎么能不想呢?你自己难道看不出来,老弟你在走运啊!走顺了,从此功、名、利、禄、德,你就一把抓了!”

他建议我:“你自己往做政协委员方面再使把劲儿。人大代表一般只能连任两届。两届八年。而政协委员不受届的限制,只要当上了,只要不犯大的政治性错误,几乎便是终身的。按国外的体制类比,人大相当于‘下议院’,政协相当于‘上议院’。还是进‘上议院’的好……”

我说:“也不是我想入就入得成的事儿啊!”

他说:“所以才提醒你自己替自己再使把劲儿嘛!老弟你要使暗劲儿,不要使明劲儿。你要勤到政协主席和几位副主席家里走走,就如何开展尾巴文化运动虚心征求他们的意见。你要再提几项建议,进一步表现你参政议政的热忱。参政嘛其实就是议政,议政嘛其实也等于参政了。归根到底,你除了尾巴文化运动这一项建议一炮打响而外,还须另有些什么建议续上才好。”

我向他请教:“那我该再提些什么建议呢?”

他说:“不能提上边太敏感的问题,也不能提上边太麻木的问题!不能提太大的问题,也不能提太小的问题!不能提太眼前的问题,也不能提太以后的问题!不能提一时解决不了的问题,也不能提解决起来太容易的问题!不能提在上边看来是个问题而在老百姓看来不是个问题的问题,也不能提在老百姓看来是个问题而在上边看来不是个问题的问题……”

我听烦了,问:“你究竟有什么想法?”

他胸有成竹地说:“老弟,我觉得你应该提出关于物价上涨与城市公共厕所收费标准统一管理的建议。我把这个建议贡献给你,由你以你的名义去提出,完全是为了报答你帮我调房成功和聘我为顾问。”

我对他的贡献既不感兴趣也不感动,但又不能当面扫他的兴泼他的冷水。毕竟是我自己聘的顾问啊!只得装出几分尊敬,烦请他代我详细起草。

短短几天内,本市大大小小国营的或私营的理发店、发廊,都多了一种服务项目——“美尾服务”。包括修剪尾巴毛儿、冷热烫尾巴毛儿、染色、定型、打蜡、干洗……打蜡主要是针对诸种不长毛儿的尾巴的服务。比如老苗的鳄鱼尾巴。大宾馆大饭店的按摩小姐,也从此增加了另一笔收入——按摩尾巴费。

礼仪学校开设了新的专业,系统地传授尾巴礼仪。比如见了长者、尊者、领导、异性,同学间、同事间、亲朋间、师生间,尾巴应该怎样,不应该怎样,规矩方圆,头头是道。

出版社审时度势,独具慧眼,一部《尾巴语汇词典》,第一版便印了三十余万册。数日内销售精光。于是二次加印三次加印四次加印,供不应求。于是出版社组织近百人的也是堪称一流的编辑队伍，戒骄戒躁，再接再厉，继续汇编了《尾巴养护手册》《尾巴问答一千条》《从尾巴看健康》《尾巴在社交中的作用》《尾巴在爱情中的位置》《性关系与尾巴》《尾巴与文明》《尾巴与幽默》《尾巴与修养》……

于是洛阳纸贵，久违了的读书热，又在本市蔚然成风。于是拯救了本市日薄西山的印刷业。大大小小濒临倒闭的印刷厂不但起死回生而且再创辉煌。印刷机一转，工人三班倒，昼夜不停……

报纸、电台、电视台，从此有了所谓“主流话语”。报纸标题中“尾巴”二字日不可缺。哪一天缺了市民们便会觉得哪一天的内容没看头儿。电台开办了“尾巴夜话”频道、“尾巴专题”频道、“尾巴纵横谈”频道、“大家唱尾巴”频道……而电视台岂甘居后，在最短的时间内，拍出了一部四十集的连续剧《老张的尾巴》，融正剧、喜剧、悲剧、闹剧于一炉。黄金时段播出时，街净巷空，犯罪率陡然下降。播出后好评如潮，都道是力作、杰作、扛鼎之作！总揽中国电视剧一切奖项之头牌无疑！

在“尾巴文化月”期间，还成功地举办了由一千名美尾男士和美尾女士参加竞选的“迷你尾”活动。以最透明的方式，经公证局公证，去掉一个最高分，去掉一个最低分，评选出了“迷你尾”王子和“迷你尾”王后。并同时评选出亚、季、殿军及一百“体面的尾巴”男士和“可爱的尾巴”女士。在评选中坚持了“不看人只看尾巴”的原则不动摇，坚持了“宁缺毋滥质量第一”的原则不动摇，坚持了男女一律平等的原则不动摇。有效地杜绝了讲人情、托关系、走后门、批条子等等不正之风。有效地杜绝了权钱交易、权色交易、权钱色交叉交易等等腐败现象。评出了水准评出了权威评出了民主评出了经验评出了中国特色。使广大尾巴市民看到了社会公正之希望，看到了党风好转之希望，看到了反腐倡廉之希望，开始对“尾巴文化办公室”的一切号召一切工作，给予主动的、积极的、热忱的支持、配合与监督。人人都加强了加深了对自己的尾巴的正确思想认识。人人都尽量通过各类美尾服务改变自己尾巴的形象，扬其长护其短，炫其美遮其丑，为使自己的尾巴迈上一个新的台阶而不遗余力……

在“尾巴文化月”的热潮中，成立了一大批国营、私营、中外合资尾巴企事业单位。诸如专门生产尾巴裤、尾巴裙的“真优美尾巴服装厂”“尾巴饰物厂”“尾巴金银珠宝镶配店”“尾巴疑难问题全天候咨询所”等。

以上实绩，全都是我的功劳。不是狂妄自大，不是自我标榜自我吹嘘，不是恬不知耻贪天之功为己有，我梁某人的的确确成了中国尾巴运动的开路先锋和前驱者、名副其实的领袖人物。光自己这么说这么认为不算数，人人都这么说这么认为，那自己就不好太谦虚了。太谦虚了，反而会严重挫伤广大尾巴市民对我的虔诚的拥戴之情啊！这就叫——“天将降大任于斯人也”，命中注定了非要扬名显姓，躲都躲不过去的。

当然，也没谁企图否认。从领导到群众，都给予了极充分的肯定和赞扬。民意测验表明，下一届本市“精英公民”评选中，我有稳操胜券的把握名列榜首！心里暗不服气的人不是没有，据我所知就一个，便是我自己聘任的顾问老苗。他不服气说到底是他嫉妒我。但我才不跟他一般见识呢！自己聘的顾问嘛，关系搞僵了，他若张张扬扬地公开闹辞职，岂不给我一个难堪？何况他知道，在所有那些国营的、私营的、中外合资的尾巴企事业单位中，都有我的暗股，也就是白送给我的股份。折合人民币三千余万呢！尾巴文化现象带动了尾巴经济现象。尾巴经济现象使我跻身于中国“先富起来的一部分人”的行列。列位，让我们一千遍一万遍地高呼：

尾巴文化运动万岁！

尾巴经济运动万岁！

万岁！万岁！万万岁！

胆子不大一点儿行吗？没有敢为人先的气魄行吗？我以自己的聪

明才智振兴了一座城市的经济自己才趁机捞了三千多万,有什么呀!再说都不是我去要的,是些个开发尾巴企事业的中国人外国人冲着我手里的权白送给我的!我不是那种只顾自己先富起来的家伙,其实我给老苗的好处也不少。我给他的,加上他自己打着我的名义捞到的,估计也有个五六百万了!我俩是一根绳上拴俩蚂蚱,我一旦栽了,他也没好下场。所以在关键时刻,他还是能够顾全大局,急我所急,忧我所忧的。我呢,经常地,也当众对他说几句恭维话儿,也向媒介交代过,不妨偶尔宣传宣传他,突出一下他这位顾问的作用。尽管他实际上并没发挥过什么了不起的作用。但是咱们君子行事,大面儿上总得过得去嘛!

老苗那沉重庞大的巨鳄尾巴,其“一期改造方案”乃是我亲自设计的。改造工程也是在我的监制下完成的——尾巴底下左右安装了两排轮,是进口的。列位可以想象一下十轮大卡。不同之处在于轮子是可以一百八十度旋转的,磨损二三十年毫无问题。并且将他的尾巴锯为十截,每截以进口钢丝重新连接。工艺水平那绝对是世界一流的。还配备了一个微型电脑自控系统。只消轻轻一按,尾巴就可以自动地迅速地卷起来,好比古代的竹简看过后可以卷起来一样。卷起后,就如同穿和服的日本女人背后那个长方形的东西似的。只不过比那东西大得多罢了。怕太沉,坠他腰,安装了两个漂亮美观的搭钩,就是挂蚊帐的那种搭钩,镀金的,镶钻石的。我的顾问嘛!该花多少钱那就得花多少钱,该考究那就得考究,凑合不得的。粗制滥造,丢他的人,也丢我的人呀!尾巴卷起的同时,搭钩自动天线般伸出,升起,准确地搭在他左右两肩上。如果老苗逛早市,逛商场,那他的尾巴的优越功能,简直就无与伦比了!尾巴放下,轮子着地,那就是一辆平板拖车啊!一按自控器,两倍电镀栏杆升起,买了什么东西就往里装吧!其载重量可达二百公斤以上。一句话——“化腐朽为神奇”。

不消说老苗是非常满意的,满意得竟至于对咱有点儿感恩戴德。他经这一件事,终于认识到了咱与人为善的品性本质,逢人便说咱的好话。

夸咱不像有些势利眼的家伙，一朝权在手，就不将老同志当回事儿了！

自从老苗的尾巴被改造了，老苗的夫人变懒了。如若买了什么东西，又正巧在路上碰到了老苗，那就一步也不肯走了。

“死老苗，你倒是放下尾巴呀！白长的啊？白给你改造得那么先进啊……”

于是老苗就赶紧按自控器，乖乖放下尾巴。

有时他夫人不但将东西放在尾巴车上，自己也坐将上去。不过列位不必谴责他夫人奴役他，不必担心他拖不动。这已在我的设计中考虑到了，为他在尾巴系统中安装了小马达。那时老苗就可以将双脚也踏在尾巴车踏板上。再一按，尾巴自动前行。莫道是一个夫人，两个三个载着也不在话下。咱设计监制的，能考虑不周吗？

如果阳光太晒，或下雨，老苗夫人的孔雀尾巴刷地开屏，美丽的帷盖罩在老苗也罩在她自己头顶，那一种妙趣横生的都市风景，游遍全世界你也看不到，只能在我们中国在我们这一座城市里看到！独一无二！独一无二就是独一无二！

老苗的尾巴共花费人民币五十八万，美金七万，总计一百多万。

一天，老苗到我办公室谈事，我问他：“老苗，对你尾巴的改造，心里还满意吗？”

老苗说：“满意啊！满意极了！没改造前，我简直对生活都完全丧失了信心。改造以后，我又重新燃起了对生活的信心！怎么，听到什么闲话了吗？”

我说：“那倒没有！只要你自己心里满意，有什么闲话我也不怕！”

老苗说：“我也不怕！”

我话锋一转，单刀直入地问：“可你知道为改造你的尾巴花了多少钱吗？”

老苗摇头。于是我拉开抽屉，取出一沓票据递给他看。

老苗一张张看完，那张胖圆脸就像沙皮狗的狗脸似的，嘴和两只眼睛都往鼻子中间聚,聚出了层层叠叠的脸皮褶儿,仿佛被人灌了一瓶子醋。

“花……花了这……这么多了……”

我轻描淡写地说:“有些单据还没算在内。多倒不算多。只不过是为改造你的尾巴花的,让你过过目,你心里也有个大概齐的数儿。”

其实没花那么多。七万美金就是打着为他改造尾巴的招牌,我暗示某“尾巴改造公司”为我开的假单据。既然他打着我的招牌四处为自己捞钱,我也打着为他改造尾巴的招牌为自己“创收”。拥有了三千万的股份以后,我开始对人民币不感兴趣了。贪污也罢,受贿也罢,要为自己捞,咱就实实惠惠地捞。美金不但实惠,而且坚挺啊!

“是……是花的咱们……咱们‘尾文办’的公款吗?”

我说:“老苗哇,你怎么明白人说糊涂话呢?咱们‘尾文办’白手起家,权力虽然不小,但是个清水衙门,就是想为你花,花得起吗?”

“那……是你……是你友情赞助啦?”

我说:“老苗,你这话,不是等于当面诽谤我吗?我个人能花得起一百多万赞助你改造尾巴吗?我每个月开多少工资你还不清楚吗?实话告诉你吧,是‘美的来尾巴集团公司’赞助的!”

“限期什么时候还?利息多少?”

我说:“老苗你今天怎么了?听不懂我的话呀?赞助嘛,哪还要你还?哪还算利息?”

听了我的话,老苗的五官,渐渐散开了,恢复了原状。脸上的褶儿也舒展开了,劈里啪啦就往下掉汗珠儿。汗珠儿是方才淌下的,全被脸上的褶儿兜住了。

他放心地说:“可把我吓死了。这如果不是赞助,逼我老苗卖了老婆和孙子我也还不起啊!”

一副转忧为喜的嘴脸。

我心说,老苗放你妈的屁!就你那丑老婆,你那鸟孙子,想卖有人买吗？白给谁要啊？人啊,一个个骨子里都他妈的是财迷！捞到手的钱,一听说要失去一大笔就会冷汗淋漓。比如老苗,连贪污带受贿,已经拥有五百多万了,却还是一向地习惯了哭穷。

我又说:“老苗,这事儿天知地知,你知我知。单据嘛,你想保留就保留着,你想销毁就销毁。”

他急说:“我想销毁我想销毁。”从兜里掏出打火机,就将那些单据烧成了烟灰缸里的一撮纸灰。

他将烟灰缸捧到窗前,伸出去,鼓起腮帮子猛吹一口,纸灰变成了一群黑色的小飞蛾,翩翩漫漫的,转瞬消逝在空中。

他又掏出手绢擦了擦烟灰缸,放回原处后问我:“这件事儿,就算过去了,是不是？”

我说:“是的老苗。这件事儿就算过去了。你甚至可以认为根本没有人赞助过你一百多万！现在咱俩谈正事儿吧。‘美的来尾巴集团’联合了一家日本银行,决定在人民广场右侧,也就是市府大楼旁,建一座百层的,亚洲最高的‘尾巴摩天大厦’。初步估计,总投资额约两亿美金！如果是一般的一个项目,我批准就行了。可这个项目太大了,已经超出了我能够批准的范围。所以呢,想听听你这位顾问有什么高招儿！”

老苗一时沉吟起来。半晌才挠着腮帮子说:“这事儿不好办啊！实在是有些不好办呢！人民广场右侧,那是黄金地段中的黄金地段……”

我打断他的话说:“地价还不能太高。太高人家就不投资了。可是我认为,本市应该矗立起一座宏伟的‘尾巴摩天大厦’！人家‘美的来尾巴集团’,已经聘请一流的设计师,将图纸都设计出来了。而且设计出了楼标——一条虎尾巴一条豹尾巴一条狮尾巴,三条尾巴梢儿勾成三个圆环。这三个圆环又被凤尾和龙尾托着。你想想看,那种高耸入云端的情形是多么的壮观！”

老苗点头道:“当然,当然！一想就好像已经耸立在眼前似的了,真是壮观极了。可……可我觉得……还是不大好办啊！……”

我起身打开保险柜,取出了一个沉甸甸的文件袋,双手捧着交给老苗。

老苗困惑地接过,低声问我:"装的是什么?"

我告诉他:"装的是三十个'美的来'信用卡。十个价值一百万的,十个价值五十万的,十个价值三十万的。"

我说:"老苗,这个文件袋,今天就交给你了!这里边可是一千八百万啊!我连收条都不让你打。我信得过你。正像'美的来尾巴集团'的老总们信得过我一样!你拿去当操办费公关费。不够再和我打招呼。办成了,另有一个卡是你的……"

他问:"在哪儿?"

我从保险箱里又取出一个卡,举在手中给他看。

"这个……价值多少?"

"一千万。"

他不信。

我就将卡翻开举到他眼前。

他眼睛朝上一翻,顿时晕了过去。

我含了几口茶水,一口口接连喷在他脸上。

他一醒过来立即说:"给保留着!千万给我保留着!我要是办不成这件事儿,我不姓苗!"

……

老苗离开后,我优哉游哉地吸着一支烟,满心自得地环视着我的办公室。四壁悬挂着精美的大相框。除了政法书记和纪检委书记,市委市政府两大班子的每一位成员,都被框在那些精美的大相框里了。在他们每一位的身旁,都站着一个瘦小的理寸头的家伙。那家伙踌躇满志,春风得意,神气十足。

那家伙就是我。

而那些意义——不,"意义"这个词不太确切,确切地说是对我的事业起到着深远作用的照片,是我的秘书拍的。现在我也有秘书了。这是理所当然的列位应该想到的。我的秘书不仅是文学硕士,还是出色的业余摄影师、摄影家协会会员。我对他的赏识在后一方面,因为我随时随地需要留下一些照片,尤其需要留下和那些对我的事业起作用的人在一起的照片。那些照片对我来说,就是别人办不下来的批件、就是别人盖不到的公章、就是别人想获得而获得不到的优惠政策、就是支票、就是贷款、就是看似无形实则价值难以估算的资产。我一旦考虑到今后可能用得着谁,更坦率地说是可能用得着谁手中的权力,我就预先将他们框在精美的相框里。当然总是和我框在一起的。而我和他们的合影一旦被悬挂在我的办公室里,他们就成了我的广告。向所有走入过我办公室的人宣告——我是一个不容忽视的、更不容轻视的人物。想一想既不可思议又那么的可笑。以前我头脑中哪敢产生和他们单独在一起合影的非分之念? 而我现在不但和他们单独在一起合影了,还在照片上和他们握手,亲昵地将自己的手搭在他们肩上。或者像两个地位般配的人似的,比他们各自的表情还矜持地与他们举杯相撞。钱真是好东西! 它改变人的命运、地位和身份,重新排列组合人与人之间的关系,竟是那么顺理成章轻而易举!

我的目光不禁落在了从左至右第四幅照片上。它乃是悬挂在我办公室的第一幅照片。照片上的两个人,是曲副书记和我。或者换一种意味深长的说法,是我和曲副书记。我俩并肩而立,靠得不能再近。曲副书记的双手背在身后。我的双手交抱胸前。我们的头都向对方的头倾斜着,表达出一股子男人和男人之间情同手足的亲密劲头。

曲副书记是被我第一个拖下水的市委领导干部。说良心话,他是好人。也可以认为基本上是一位好干部,起码在被我拖下水之前是一位好干部。他一向对我也不错。没有他的极力举荐,我是当不上“尾文办”主任的。但是我不能因为他对我不错对我比较器重就不忍心将他拖下水啊! “尾文办”的工作要大力开展,下属十几家尾巴企事业单位的生产规模和业务范围要扩大，经济效益要翻几番，我自己的暗股也要翻几番，每股的含金量更要翻几番，有这么多条正当的、事关重大的理由，不忍也变成忍了。再说不忍哪行嘛！好比“诸葛亮挥泪斩马谡”，我挥泪腐蚀曲副书记，挥泪贿赂曲副书记，挥泪拖他下水的呀！

现在我才明白，要腐蚀一位领导干部，要贿赂一位领导干部，要拖一位领导干部下水达到个人发财之目的，其实是不需要多少狡猾多少计谋多少高明的手段的，甚至可以说是非常简单的事儿，连小痞子都做得来的事儿。反正绝不比喂熟一条别人家的狗难。

我拖曲副书记下水，整个过程充满人情味儿，笼罩着上级和下级之间团结互爱的温馨色彩。曲副书记患有严重的胃病。他又因胃病住院期间，我在老苗的陪同下到他家里去表示慰问。他是目前市委书记以上干部中极少数极少数的、仍对文学情有独钟的人。他一个人便足以构成目前干部队伍中的一道独特的风景。他爱诗，常在报告中引用古今中外的诗句，也常化了名在报上发表诗和散文以及读书札记什么的。谈到“读书”二字，他又是一个态度最认真的人。像他那么认真读书的人，现在可谓凤毛麟角了。若有人送他书，他一向视为情重于价的礼物予以珍藏。若书还是送书人自己所著，签了名盖了印章送给他，他一定会亲自包上书皮儿。包书皮儿一律用挂历纸的反面。那一种反面洁白的纸厚且光滑。他会用他那一手漂亮的刚劲又飘逸的字写上书名，写上“曲秀峰珍藏”五个字。而且，他绝不从此束之高阁，他是一定会认真读的。他每天的公私事务，那是比任何一位作家都多的。但全市的哪一位作家，都肯定比不上他读的书多。寻常人无法想象他是怎么挤出时间来读书的。他一旦读完了你推荐给他或者你自己所著的书，总要再挤出时间约你见一面，开诚布公地坦坦率率地谈他的读后感。同时也肯于虔诚地甘当小学生似的洗耳恭听你的读后感，或你著书的初衷。如果他实在因为忙挤不出时间约你面谈，那么也一定会给你写一封不短的信，或主动给你打一次电话，在电话里和你交流、倾谈。哪怕你推荐给他的书，你自己所著的书,其实没多大认真阅读的价值,并不值得他那么虔诚那么郑重地对待。天地良心,的的确确,曲副书记是一位大好人,是一位性情中人,是一位读书人的读友,是一位著书人的知音,是一位待人亲切诚恳的政府官员。一位清正廉洁对职责充满工作热情生活作风严谨口碑颇好的官员,全市的作家谁没寄过自己出版的书给他呢?谁没被他约见过呢?谁没收到过他的亲笔信呢?谁的通讯册上没有他家的电话号码呢?

按我的意思,是要直接到医院去看望曲副书记。但老苗一番话改变了我的想法。

他说:"主任你三思一下,这几天内到医院去看望曲副书记的人少得了吗?亲戚朋友会去看他吧?市委市政府两大班子里的其他领导们会去看望他吧?文化局广播电视局出版局教育局的头头脑脑们会去看望他吧?一些受过他恩泽的文艺界人士会去看望他吧?你知道现在有多少人盼着当官的生病住院啊?当官的生病入院了,受过他恩泽寻找机会表示感激表示报答的人寻找机会打算巴结他的人心怀叵测像咱们这样打算利用他的人才更有接近他的借口呀!尽管他只不过是位主管文教的手中权力空前疲软的人,但毕竟是一位市委副书记哇!是全市的第五把手哇!当别人们都到医院里去搅扰他时,咱们何必凑那个热闹呢!咱们应该到他家里去慰问他的家人!这在军事上叫做'迂回攻克'。"

姜还是老的辣!

老苗在腐蚀拉拢干部方面,经验比我丰富,比我狡猾。我觉得他的话很有道理。这老狐狸!

我俩到曲副书记家时,他妻子正独自垂泪。她是纱厂女工。纱厂因连年亏损,卖给港商了。港商买下的条件极为苛刻,四十岁以上的女工一律不要。每人发给三百元钱,以后再和更了厂名的纱厂毫无关系。这就等于是给了最后一口饭吃便一脚踢开不管不顾了!但条件再苛刻也得卖呀!何况已经卖了。港商代理人已经接手管理了!以她四十八岁的年纪,体弱多病的健康状况,当然也在被打发回家之列。港商了解到她是一位市委副书记的夫人后,曾向她当面赔礼道歉,并表示愿意继续留用她,聘以高薪,想干点什么力所能及的就干点什么,什么都不想干花名册上挂个空名也行。意思很明白,是打算白养着她。但几百名被解雇的女工天天到市委市政府门前静坐请愿,就她一个四十岁以上的,仅仅因为是市委副书记的夫人而受港商另一副面孔相待,怕成为舆论把柄,激化矛盾。所以曲副书记没领港商的情,她自己也没领港商的情,毅然决然地回家待着了。

她垂泪的原因主要还不是由于自己的命运,而是由于他们女儿。他们两个孩子。儿子为兄,女儿为妹。为妹的女儿刚从职高毕业,可是却没长尾巴。没长尾巴也不是由于诚实得一句谎话都不曾说过,可能主要还是某种健康状况。

她一见了老苗就诉苦,说:"老苗啊,这可怎么办呢?愁死人了!没有尾巴,到哪儿都找不到工作呀!当初她堂姐,也就是我们老曲那个侄女,因为长出了尾巴跳楼自杀了,我们老曲大病了一场,心脏也被刺激出毛病来了。现在如果我们的亲女儿因为没长尾巴也想不开,也寻死,那还不要了我和老曲一对儿爸妈的命呀!我们的女儿已经吞过安眠药了,已经悬梁自尽过了,只不过命不该死,两次寻死都没死成,被及时救活了……"

老苗指着我说:"'尾文办'的梁主任,就是为你们的女儿的事儿来的,快请出女儿来见见梁主任!"

于是当母亲的就三唤四唤,终于唤出了女儿见我。

那是一个长得很秀气,看去性格很文静,品质也很有教养的姑娘。

我问她:"在职高学到了什么?"

她说:"我中英文打字的速度是全校前五名。学的专业是服装设计,获得过市里的服装设计新人奖。在毕业前,就有一家大宾馆预聘了我,期待着我毕业后去任大堂经理。可是现在由于我没长尾巴,连小小的丑陋的尾巴都没长,人家不得不遗憾地表示爱莫能助了……"

她说着说着哭了起来。哭得那么绝望,那么伤心难过。

我来时只带了五万元钱,并没料到还会在曲副书记家遭遇到如此这般令人同情的新问题。老苗从未对我讲起过。我看了他一眼,见他搓着双手,显出一副虽然一心想帮忙,但是无能为力的模样。

我灵机一动,头脑中闪过一个绝妙的策划。

我说:“姑娘啊,别哭。别那么绝望。咱们还没到一筹莫展的地步呢!不就是没长出尾巴吗?梁叔叔将为你安排一次专家会诊,如果是健康情况导致的,该服什么药服什么药,该打什么针打什么针,该怎么治怎么治……”

她不哭了,注意地听我说的每一句话。

老苗却打断我的话,说:“依我想来,只怕非是健康情况导致的。分明的,我陪你来之前也未掌握这一直接关系到曲副书记女儿事业和婚姻的‘情报’。”

曲副书记的夫人也说:“是啊是啊,我们小冉瘦是瘦点儿,可从小没生过什么怪病呀!肯定和健康情况无关!我这个当妈的失业,她这个当女儿的又找不到工作,我们老曲白当着市委副书记,又哪件事儿都不亲自出面解决!这以后的日子可叫我们怎么过呢?小冉要是愁得没路了,有个三长两短的,我也不想活了!”说着垂泪不止,并不停地用她的长尾巴梢儿爱抚着她的不幸的女儿。她的尾巴究竟是一条什么尾巴,我在此不愿透露。因为她是我所尊敬的曲副书记的夫人啊!为尊者讳嘛!列位相信不是那类丑陋的不体面的尾巴就是了。

我说:“如果真和健康情况无关更好嘛!小冉,现在叔叔以‘尾文办’主任的名义,任命你为‘尾文办’直属‘斯纳维义尾厂厂长’!这个厂嘛,将是一个股份制的企业!咱们干脆在体制上一次到位,省得将来产权不清,公私扯皮!我任总裁,小冉任这个厂长兼总经理!你之上是我,我之下是你!小事儿你做主,大事儿我做主!让你母亲当你的办公室主任!你母亲的工资你定!你的工资你自己定!我不拿工资了。我这个‘尾文办’主任兼职多没什么,尾巴经济发展时期,工作需要嘛!但是兼职都拿一份儿工资就影响不好了。我自己只控制百分之五十的股份就行了!总之一句话,这是我和你,和你曲小冉的纯私营企业!法人是你,我是幕后老板!怎么,你还不高兴起来呀?”

她们母女对视一眼,显然都听得糊里糊涂的。

老苗也嘟哝:“主任,厂房在哪儿?产品是什么?投资从何而来?你这不是天方夜谭,‘马歇尔计划’吗?”

我说:“你别扫兴!别泼冷水!老苗呀,你老喽,头脑跟不上形势发展啦!首先我回答你投资问题!投资从何而来?老苗你问得好,但是也问得未免太蠢!愚不可及!当然得贷款!还不能是二三百万!贷款数额小,银行就成了黄世仁了咱们就成了杨白劳了!要贷款咱们就动真格的!贷它三千万!那咱们和银行的关系就反过来了。咱们就是黄世仁了。只要咱们想,简直就可以逼迫着银行为咱们追加贷款了!不追加?倒闭给银行看!受损失的是他们!那时他们得哄着咱们,唯恐咱们倒闭了!生产什么产品呢?‘斯纳维义尾厂’嘛,当然是生产义尾……”

小冉听我讲解天书似的瞪着一双黑白分明的大眼睛,充满向往和憧憬地问:“叔叔,什么是义尾呀?”

她母亲也紧接着问:“什么是义尾?”

我说:“义尾嘛,说白了就是假尾。假肢不是也叫义肢的吗?同理,假尾当然该叫义尾的了!放眼全市,由于这种或者那种原因,没长尾巴的人还是不少的。起码三四十万吧?”

老苗连连点头道:“对对,能有这个数儿!”

我说:“那么他们,便是我们的义尾产品的消费对象!长出了不体面的、丑陋的、笨重的、影响自身形象和气质的,或是仅仅是自己讨厌的、不喜欢的尾巴的人,就更其多了!也都是我们的消费对象!我们的‘斯纳维义尾厂’,就是为他们几种人而设计尾巴,而生产尾巴,而服务的!他们将是我们的上帝!我们将为一切不长尾巴的人免费安装义尾!决心换一条尾巴的人，只要拿来截尾手术的单据，我们都为他们报销！但前提是，必须选择一条我们生产的义尾！这也是一种吸引消费者的营销策略嘛！羊毛出在羊身上嘛！抬高几成义尾的价格就是了嘛！小冉啊，你这位即将上任的厂长兼总经理，现在就考虑考虑，你有些什么招数打响我们‘斯纳维义尾厂’的知名度呢？你又靠什么招数长期占领市场呢？……”

小冉苦思冥想了半天，说不出个一二三四，只说太突然了。突然得头脑之中一片空白。她窘得红了脸。

我让老苗替她考虑考虑。老苗支支吾吾地，也说不出个一二三四，也窘得红了脸。

我笑了，说：“这就把你们难住了？那么你们现在听我的——首先，小冉你要亲自到电视台去做一次广告宣传，现身说法，大谈特谈没有尾巴给你造成的苦恼，给你的爱情、婚姻和事业造成的严重的、不可逾越的障碍！广告词可以是这样的——斯纳维最理解您的苦衷，义尾助你重塑一个美好的自我！——当然你们能想出比我的还文明还上口还印象深刻的广告词更好！”

老苗试探地问我：“可不可以搞一次大规律的广告词征集活动？奖金定得高一些？”

我一拍他的肩说：“可以！当然可以。你出了个好主意呀！”

于是他表情得意起来。

小冉也低声献策，问：“可不可以在电视台搞一次辩论赛，辩论为安装一条义尾花一大笔钱值得不值得？”

我鼓励地说：“这个主意就更好了！但是一定要保证辩论的结果是符合我们意图的。也就是说要保证坚持为安装一条义尾无论花多少钱都值得，哪怕倾家荡产也在所不惜的一方获胜！否则不是事与愿违了吗？用钱去暗中招募口若悬河、最善于强词夺理、没理搅三分的人嘛！市里不是有几名在全国大学生辩论赛中表现出色的大学生吗？暗中将他们统统都收买了嘛！大学生们都是些出名心切的年轻人，不必重金就可以收买过来的！还要收买评委们。但却不必统统收买了。那就没有歧义了，就会使明眼人看穿了。收买半数以上，能确保最后的获胜结果就行了。这年头，凡当评委的，往往是有大名气但没有真能耐，或虽有过真能耐但在名利场上和市场经济大潮的冲击之下丧失了竞争力的人。他们又最是些不甘寂寞的人。他们也是不必重金就很容易收买的！”

老苗、小冉以及她的母亲，都被我的话鼓动得眉飞色舞，坐不大住了。

我接着说：“还有一条，也是极为重要的生产原则，关系到我们共同的事业的生死存亡！”

他们顿时就都严肃起来。

我说：“我们生产的义尾，要成系列化，要具有想象力和创造性。也就是说，要设计出动物学上根本不曾出现过的尾巴。比如虎尾或豹尾，如果一个人长两条三条会是什么样？可不可以像五六十年代的大姑娘编辫子似的编在一起？秃尾巴梢可不可以有所改进？而我们的季度生产量，也应比市场总需求量少百分之十到十五左右。千万不能达到饱和。不能生产过剩，造成积压、库存或削价处理！要使市场总需求量始终被我们控制着。控制在一种供不应求半饥半渴的最佳状态！最后一点，我们的尾巴系列产品，要在多样化和美观上下功夫。但绝不生产那种经久耐磨损的！如果一条义尾一千多元，几千多元，一安装上就一辈子，那我们还挣谁的钱去？一条义尾安装两三年后，那就该报废了。不报废也该过时了。要使消费者自己产生隔两三年重新安装一条义尾的时髦要求！我们生产的义尾要像某类鞋和某类服装，穿两三年就必须淘汰了，扔了！总之我们要从一开始就引导人们形成一种有利于我们的事业的义尾消费观念……”

说完，我就吸着了一支烟。老苗、小冉以及她的母亲望着我吸烟，都是一副茅塞顿开彻然大悟的样子。

小冉说:“叔叔,再启发启发我的商业头脑吧！读职高的时候,我心里并没有什么大志向,只不过有些小追求！因为没有尾巴,连小追求都死灭了。叔叔,你等于赐给了我第二次人生啊！父母养育了我,而你重新设计了我呀！”

我急打断她说:“小冉,言重了言重了！你若看得起叔叔,叔叔就认你做一个干女儿吧！”

老苗不失时机地从旁道:“我刚想这么提议,我刚想这么提议！……”

于是小冉的母亲就推了她一下,命她快叫我干爸。

于是小冉亲亲昵昵声音清脆地叫了我一声干爸。

于是她母亲双手紧紧握住我的双手,感激不尽地说:“梁主任,叫我怎么表示好呢？我……我代表老曲,替我们小冉这孩子向你一跪吧！”

她说着站起,双膝一弯,就要在我面前跪下去。

慌得我抢前一步搀住了她,连说:“使不得使不得。嫂子您要真跪下去,那我就得跳楼了！我说的是实话。咱一个从前‘码字的’,受政府官员的器重,一不留神混上了‘尾文办’主任,只有感恩戴德的份儿,哪里受得起人家市委副书记的夫人一跪呀！”

但是我看出她对我的感激,她要一跪也是百分之百发自内心的！唯其是百分之百发自内心的,我才惴惴不安啊！

我示意老苗做他该做的事。于是老苗便将我们带去的一个精美的礼品盒双手捧送给她。说内中是五万元现金,请她笑纳。

她瞧瞧老苗,瞧瞧我,那表情仿佛不明白钱是谁的？为什么给她？给她派何用场？

我看出她心里是多多少少有些明白了的。一位市委副书记的夫人,迟钝不到她装出的那种地步嘛！我也看出小冉心里都明白了。那十八九岁的姑娘,故作单纯地大瞪着一双睫毛很密很长的眼睛。装出傻兮兮的样子问:“干爸,这是干啥呀！这是干啥呀……”

老苗就替我解释:“这是他这位‘尾文办’主任的一点儿心意。他一知道曲副书记住院了,多么着急多么上火。五万元钱完全是他以前的稿费收入,绝对是靠诚实的劳动获得的……”

曲副书记的夫人却双手推那礼品盒,说:“不行,不行,名不正言不顺的,怎么也不能收下你的血汗钱!我若收下了,曲副书记是会发脾气的……”

那五万元当然不是我靠爬格子挣的稿费。那些“尾文办”下属的尾巴企事业单位,和那些名义上挂靠于“尾文办”的尾巴企事业单位,每个月孝敬我的零花钱也不止五万呀!如今,谁若企图用五万元来贿赂我,为他批准个营业执照什么的,我还不稀罕收呢!一不高兴,可能翻起脸来将对方骂出来的。由于尾巴企事业单位,属于特企事业,第一道批准的手续那得在“尾文办”这儿办齐了!没盖上“尾文办”的公章和我“尾文办”主任的名章,工商局方面手续再齐全也白搭,也开不了业。而只要盖上了“尾文办”的公章和我“尾文办”主任的名章,工商局方面则会一路绿灯,微笑服务!我早用钱将工商局的大小头儿们摆平了!据说一纸盖有“尾文办”公章和我“尾文办”主任名章的批件,一倒手就可以易如反掌地转卖二三十万!

我从老苗手中将礼品盒接过,亲自双手递向小冉的母亲。我说:“嫂子你不收,那就明摆着是瞧不起我了!你还疑心我的钱来路不正不干净吗?”

她说:“不是不是,绝对没有这份儿疑心!”

我说:“那就好!那就痛痛快快地收下!我都是小冉的干爸了,就算我这个干爸给小冉这个干女儿区区五万元零花钱还不行吗?嫂子,莫非小冉还不能花我这个干爸的钱吗?”

我称曲副书记的夫人为嫂子,比称老苗的夫人为嫂子情愿多了。人家毕竟是一位市委副书记的夫人哇!老苗的老婆什么玩意儿,我称她为嫂子,那是看在老苗过去是“作协”主席的份儿上。现在他尽管还是“作协”主席,名义上是我的顾问,但实际上已沦落为一个仰仗于我的老催巴儿了！我还叫他老婆嫂子，多闹心呀！也有失我主任的身份啊！

还是小冉会来事儿，见她母亲迟迟地不肯接那礼品盒子，便起身替她母亲接了过去。

她说："干爸是个实在人儿，我这干女儿应该以实在换实在才对！我和干爸以后都是股东与股东的关系了，还客气个什么劲儿呀！再说家里正缺钱花呢……"

我说："小冉，明天把你家这些旧家具都卖了！没人买就扔了！买一套新家具，再买一台超大屏幕的彩电。市委副书记的家嘛，穷哈哈的像怎么回事儿？代表不了咱们这座城市尾巴经济空前发展的大好形势啊！"

小冉说："如果买大屏幕的彩电，剩下的钱就不够再买一套像样儿的家具了。"

我当着小冉母女二人的面儿指示老苗，明天再送五万来……

我和老苗回到"尾文办"，老苗情绪不知为什么显得很低落，闷闷不乐。

我问："老苗，你怎么了？"

他说："没怎么。最近工作太紧张，有点儿累。"

我说："那你就回家去休息吧！"

他表情不禁恐慌起来，陪着十二分的小心反问："主任，你这话的意思，不是炒我的鱿鱼了吧？"

我说："老苗，你想哪儿去嘛！我是体恤你呀！要是不愿早点儿回家，那就去洗桑拿，让按摩小姐为你全身按摩按摩，放松放松筋骨。再到咱们'尾文办'下属那家'尾巴护养院'去护养护养尾巴，该上油的地方上次油，该紧螺丝的地方紧紧螺丝，该清垢的地方清清垢。一百多万改装的一条尾巴，虽然是私有的东西，但毕竟是赞助款改装的嘛。不像爱惜贵重的私有财产一样爱惜，起码对不起赞助单位啊！"

他连说："主任教诲的有理，主任教诲的有理……"却在我眼前转悠过来转悠过去的，并不及早离去。

我心里就有点儿烦他了。因为我晚上有特殊的安排。“尾文办”下属的“东方之尾舞蹈团”里一位漂亮而又性感的、长猎豹秀尾的姑娘，希望我去某宾馆她租住的客房单独审查她自编自演的独舞。她那漂亮的脸庞、性感的身段和她那条比她本人更漂亮更性感的猎豹秀尾，使我一见到她的当时就被她迷住了！我怎么能错过去她租住的地方单独审查她那独舞的机会呢？尽管我对她的独舞其实毫无兴趣。

我暗瞧了一眼手表，离我和那迷人的豹尾姑娘约定的时间只差半个小时了。

我没好脸色地对老苗说：“你到底有事没事？有事就快开口，没事就快走！我还要单独办一会儿公呢！”

他说：“主任，我确实有点儿事。不直讲出来吧，憋在心里是块心病，讲出来吧，又怕惹你不高兴。”

我说：“你快讲快讲，我保证不生你的气就是了！”

于是他吞吞吐吐地说：“物价这么上涨，人民币一贬再贬，我每思每想自己的晚景，后顾之忧一天比一天大。现在还能发点儿余光发点儿余热，为尾巴文化事业和尾巴经济事业的双繁荣作点儿贡献，也同时能为自己多增加点儿收入。可真到老了什么都干不了那一天，指望谁呢？每月八百多元那份可怜的离休金，够干什么用的呢！指望国家那下场肯定很惨啊！在局级干部多如蚂蚁的中国，政府能关照得过来吗！左思右想，前思后想，想来想去，想通了一条——得赶紧的开始自救！如果自己能活到八十岁的话，也不过就还能活七千多天！才七千多天呀！今天已经算过去了，又少了一天呀！……”

他那双由于眼皮经常浮肿、怎么努力睁也睁不大的眼中，像没拧紧的水龙头似的，渐渐地垂下了两滴泪……

尽管我在耐着性子努力倾听他的每一句话，听了半天却没有听明白他吐泄那些话究竟是什么意思。

我板着脸打断他，说："我已经没时间听你唠叨了。我建议你去看心理医生。"

他摇头说："不，我心理没病。在今天，一个五十八岁了的，不替自己的晚景忧患的人心理才有问题呢！"

我不禁拍了一下桌子，厉问："老苗，你到底要什么？如果你想要的是寿数，哪怕想多要一天，我也给不了你！不是我小抠儿，是阎王爷那儿管着呢！谁都拿阎王爷没什么治！如果你想要别的东西，那你就说明白了！别跟我这儿绕弯子，白白浪费我此刻的宝贵时间！"

他用一只又大又白的，保养得细皮嫩肉的手左一下右一下，快速地揩去了脸颊上的两滴泪，几乎是恶狠狠地说："我要我那份儿！也得有我那一份儿股份！小冉一个二十来岁的姑娘都有一半儿的股份，为什么我一股都没有！别拿我老苗当傻瓜使唤！你们都在大发，发得急赤白脸的，也得允许我老苗小发吧？这年头不为自己着想的人没有了！我老苗也不是……"

我以望一个完全陌生但又必须进行利用的人的那种目光研究地望了他片刻，突然哈哈大笑。我从我的皮转椅上站起身，一步步逼近他，瞪着他的脸，也用恶狠狠的语气说："老苗，你他妈别跟我来这套！别人不清楚你的底，我还不清楚你的底吗？你吃了多少回扣，打着我的旗号私捞了多少，我心里是有一本儿细账的！"

于是我扳着手指揭他的底："搞全市'选尾活动'那一次，咱们一共拉到了二百八十万赞助对不对？实际上花了二百万都不到，那八十万哪儿去了？咱们建'尾巴服装厂'，投资了一千七百多万，施工单位是你介绍的，他们没给过你好处？咱们建'尾巴按摩院'，贷款也是你联系的对不对？你说银行的头要百分之三十的回扣，实际上人家只要了百分之二十，那一千万的百分之十又到哪儿去了？'尾巴服装厂''尾巴按摩院''尾巴全天候咨询所'的广告业务，也是经你之手委托出去的！为什么那么多深谙广告业务的男人你不用？偏偏将一千多万的广告业务代理给一个在国外混不下去了不得不再回到国内充星作角的寡妇？你他妈和她是什么特殊关系对她那么厚爱有加？你说老苗！你他妈今天一桩桩一件件都给我交代清楚！你贪得无厌捞取多多受贿多多还厚着脸皮在我面前哭穷！……”

我越说越气，不是因为他比我年纪大，可能已经扇了他几耳光。

他垂着目光肃立在我面前，一副不冤不辩不急不怒的表情，镇定自若地听我说完后，慢条斯理地开口道：“你的底我也一清二楚。我心里也有一本细账。我更能扳着手指一桩桩一件件替你算来。”

他软绵绵的话顿时噎得我毫无脾气了。

他缓缓抬着头，眯着他那双小眼睛盯着我的脸问：“你想听吗？”

那时刻我觉得被他从自己脸上揩去的眼泪，真他妈的是两滴鳄鱼的眼泪！

# 第十一章

列位、列位呀！我以我自己的切身体会提供给大家的沉痛教训那就是——千万别为自己聘什么顾问，也千万别为自己培养什么接班人。在官场上，只要事情一涉及权，老家伙们要不翻脸不认人才怪了呢！在商场上，只要事情一涉及钱，小字辈儿们要不见利忘义才怪了呢！也许只有一种情况例外，老家伙们是你的亲爹老子，小字辈儿是你的亲生儿子！权和钱这两种东西，乃是这世界上最容易使人亲和也最容易使人增疑的东西！摆在自己家的桌面儿上，和自家人分都分不匀的东西，你还指望能和外人分得匀吗？

我又哈哈大笑起来。笑在脸，恨在心。恨得心尖儿一颤一颤地疼。

我将一只手拍在老苗肩上，说："老苗哇，我方才那些话，都是些和你开玩笑的话嘛！你怎么这么大岁数了，连是不是玩笑话都听不出来了呢？闹半天你不就是想在'斯纳维义尾厂'中占一股吗？我能把你给忘了吗？这个厂要顺顺当当地筹建起来，产品要顺顺当当地生产出来顺顺当当地投入市场，许许多多的重要工作还要仰仗你老苗积极主动地去做嘛！小冉如果不是曲副书记的女儿，我会当面决定，任命她为厂长兼总经理吗？即使她是曲副书记的女儿，也不可能让她独自去占百分之五十的股份嘛！要贷出款，银行方面的大头小头儿不给几股行吗？要长期发展，工商税务方面的大头儿小头儿不给几股行吗？司法公检不给几股行吗？否则，有个揭发信检举信什么的，谁替咱们通风报信儿谁替咱们兜着罩着呢？市委市政府的其他领导，全市各局的大头儿小头儿，不给几股维系好了关系也不行啊！这样算下来，小冉她最多也就只能占二十五六股呗！再说经济大权由我独揽，她一个娇气还没褪尽的姑娘，能搞明白一股究竟值多少哇？年底还不是咱们给她多少是多少吗？至于我，至于我自己嘛……"

老苗眼睛都不眨一下地瞪着我，聚精会神地单等着听我如何向他解释我自己。

我又吸着一支烟，一边在他面前踱来踱去，一边揣摩着他的胃口可能有多大。他的目光则像一架摄影机镜头，追着我睃过来扫过去……

我决定不看他。我觉得自己不大能经受得住他那种较劲儿似的目光。

我一会儿低头瞧着地毯上的图案，一会儿抬头望着天花板上的图案，走走停停，停停走走地说："至于我自己那百分之五十的股份嘛，也不是全都要独占。咱们的尾巴文化和尾巴经济不是要冲出亚洲，走向世界吗？那就得更加具有战略眼光更加活跃地吸引外资吧？要有一笔充足的经费接待来自世界各国的外商吧？咱们自己，比如我和你，还有一批尾巴文化精英尾巴经济骨干，应该经常出国开开眼界，考察考察，广交商企界朋友吧？酒香不怕巷子深的思想观念那是无论如何要不得的！我们的尾巴文化运动所能带动的无法估算的尾巴经济的伟大效益，那主要还得靠我们自己向国外宣传向国外介绍，那主要还得靠我们自己去使外国人信服！这就需要一笔专项资金！由我来控制的百分之五十的股份，其中一半以上将用来做专项基金！而不是我自己要独吞大头儿！老苗你把我看扁了！想错了！我的道德觉悟比那些道貌岸然的贪官污吏那是要高得多的！高出不知几倍十几倍几十倍！"

我滔滔不绝地对老苗表白着我的清廉,连我自己都暗暗惊讶于我撒弥天大谎的技巧和为自己进行雄辩的能力竟是那么的无与伦比!

老苗他较劲儿似的瞪着我不置一词。

我又说:“这样吧老苗,除去必须用作尾巴文化和尾巴经济发展研究基金的一半儿的一半儿的股份,从剩下的一半儿的一半儿的股份中,分给你百分之五,你可满意?”

老苗冷冷地问:“是一半儿的一半儿的百分之五,还是总股的百分之五?”

我说:“当然是总股的百分之五!”

他又不开口了。

我说:“难道你嫌少?”

他说:“我如果觉得多了,会自己感到受之有愧,不好意思起来的。可你看我现在显出半点儿不好意思的样子了吗?”

这个老不要脸的!居然说出这种厚颜无耻的话来!

我一咬牙,问:“百分之八怎么样?”

他又较劲儿似的瞪着我。不达目的誓不罢休地保持住卑劣的沉默。

我又一咬牙,几乎是叫嚷着问:“百分之十!百分之十你他妈的总该满意了吧?!”

他一声不响地走向我的办公桌,从笔台上取下一支笔,在自己的肥手背上试出了水儿,然后横放在一叠办公纸上,并将那叠办公纸推至桌子中央……

他以固执的不信任的目光瞪着我。分明的,那意思是逼我立下一份字据给他。

我一步跨到桌前,抓起那支笔双手使劲一折,折断了。我将折为两截的笔摔在地上,又抓起那叠信纸撕,撕成了满把的碎纸屑抛在他那张灰白浮肿的脸上……

我举臂朝他一指,指尖几乎戳入他的一只眼睛里。他的脸并未因此而往后仰,他连眼睛都没眨一下。他仿佛一个铁水浇铸的人或一具石雕的人。

他企图以那么一种死猪不怕开水烫的纹丝不动的模样,使我意识到我自己是多么的可笑,以及他是多么的轻蔑我!

我怒不可遏,骤作狮吼:“姓苗的,你以为无论你怎样得寸进尺我也不敢开除你是吧?你他妈的想错了!老子现在就罢免你这个顾问!现在就当面宣布开除你!你滚!立刻给我滚!……”

他以一种听起来似乎很谦恭,而实际上暗含着威胁意味儿的口吻低声说:“主任,你不可以罢免我这位顾问,更不可以开除我。你的前程是我帮着一步步铺垫的。你的关系网是我帮着编织起来的。”

他说这几句话时,嘴脸却是那么的低眉顺眼,驯化温良。我从他的话中听出了这样的警告性的潜台词——我老苗既然能帮着你铺垫前程,我也就能毁掉你的前程,我老苗既然能帮着你编织起一张呼风风来唤雨雨至的关系网,我也就能撕毁这张网!

我干瞪着他,真的是一句话都说不出来了。

他又将一叠办公纸推至桌子中央,又从笔台上拔下一支笔放在纸上,并朝纸笔点了点他那短而肥的下巴……

我猛转身,掼门而出……

我在那位迷人的豹尾女郎的宾馆包房里待了三个多小时。半个小时用来欣赏和审查她的独舞。两个半小时用来欣赏和“审查”她的肉体。“审查”的结果是我万万没有想到“她”居然是个双性人。这使我大为扫兴,因为没法儿和一个不纯粹的女人发生性关系。尽管她对我百依百顺,任我摆布,可我总觉得“她”的肉体所具有的女人味儿,还比不上“她”的尾巴所具有的女人味足以引起我的兴趣。“她”也感觉到了这一点,充分发挥“她”的尾巴的功能。一会儿用“她”的尾巴缠住我的脖子,一会儿用“她”的尾巴缠住我的腰,一会儿将“她”的尾巴卷成一个圈儿逗我开心,一会儿又用“她”的豹子尾巴撩拨我的耗子尾巴,和我的耗子尾巴纠缠在一起分解不开……

直至我向“她”许下了郑重的诺言——保证“她”的独舞将获得“最佳尾巴舞”大奖，才得以脱身。离开“她”的房间时，我的耗子尾巴已乱作了一团麻绳似的。乱了，裤兜就揣不下了。在腰际缠了几圈，才勉强揣下……

刚迈出一层电梯，却见老苗坐在大堂的沙发上！

他站起身、迎上我，卑恭地微笑着说：“主任，我在等您。”

仿佛三个小时前，在我的办公室里，我们之间根本没发生过一场丑剧似的。

我板着脸冷冷地说：“我并没要求你在这儿等我。”

他仍寡廉鲜耻地笑着说：“是啊是啊。但您走后，我替您接了一个电话。曲副书记从医院打来的……”

他只说了半截话，故弄玄虚地左右四顾，仿佛他带来的是一个最高机密，又仿佛怀疑有人盯梢。我早就感觉到，这老家伙自从当了我的顾问后，变得极善于做戏了。

我胸有成竹地问他：“是不是曲副书记对我感激得要命？”

他却说：“这儿不便讲，这儿不便讲……”抓住我一只手，将我拖出了宾馆。

在宾馆外，我催他快讲。我挺急于听到一位市委副书记，虽然只不过是一位管文教的市委副书记，会让我的顾问转达些什么感激我的话。

他说：“主任您别急，到您车上去讲，到您车上去讲……”

我坐到我的车上后，他却由于他那条大尾巴的障碍，钻不进我的车。他倒机灵，将他的尾巴从肩上卸了钩，卷为三叠，坐在其上。于是我们一个车内，一个车外，隔着摇下窗的车门，嘀嘀咕咕起来。

他说：“曲副书记异常震怒。曲副书记认为你居心叵测，妄图腐蚀党的高级干部！曲副书记在电话里将你骂了个狗血喷头！还命令我如实转告骂你的那些话！一句也不得保留……”

我难免地心烦意乱。一再地追问他曲副书记都骂了些什么话?他不转告,说:“总之是些气头上的骂人话,你不听也罢。听了准血压升高,心跳加快,何苦非听不可呢?”

于是我就骂他。我说:“老苗你这个王八蛋!你这头老蠢猪!事情全坏在你身上!我要到医院去看望曲副书记嘛,你偏说到他家去慰问他的家属好!我说第一次去先不要带钱嘛。你偏说不带钱带什么呀?难道带两瓶酒带几条烟带一盒蛋糕带一堆乱七八糟的营养品吗?你还说那纯粹是老百姓小市民串门儿才带的东西!老苗你他妈的自作聪明!你个老家伙怎么给我当的顾问啊!”

我骂他时,他吸着一支烟,默默听着,一句也不反驳。只偶尔翻起浮肿的眼皮瞧我一眼,一副善吞委屈忍辱负重而又忠心耿耿誓不二主的样子。

我骂完,他那支烟也吸完了。他往我嘴里塞了一支烟,并按着打火机用一只手拢着火苗,取悦地伸向我……

我吸了几口,觉得不对劲儿。细一看,吸倒了。更准确地说,是他往我嘴里塞时塞倒了。

我气不打一处来,充满胸膛间!我狠狠将那支烟按在他肉嘟嘟的脸腮上烫他。烫得他直咧嘴,但他忍受着不叫唤。

我说:“老苗哇老苗,你老家伙知道此刻我心里是怎么想的吗?我恨不得对你动用十八般大刑,折磨得你体无完肤鲜血淋漓!”

他说:“主任啊主任,那也得能找着十八般刑具呀!你要是觉得只有折磨我一通儿才能消解你的心头之恨,那我老苗为了表示对你的忠心,现在就可以向你奉献出一根手指……”

他说着将打火机朝我手掌里一拍,同时向我伸出了他的右手的食指。

“烧吧!主任您用打火机烧我的手指吧!为了能使您消消气儿,随便您把我这根手指烧到什么程度都行!主任我这根手指是无所谓的,但您的身体可千万不能气出个好歹来！您的身体那关系到我们整个这座城市的尾巴文化和尾巴经济的前途啊！……”

他的语调听来是那么的义无反顾那么的悲怆意味十足。他的表情当时看去是那么的虔诚动人。在汽车反光镜的照射下,他眼中似乎泪盈满眶……

但是我才不管他的义无反顾是真是假他的虔诚有多大的水分他眶中的眼泪究竟是鳄鱼的眼泪还是人的眼泪呢！对于他的忠心耿耿,列位方才不是已经和我一块儿领教了吗？

反正我当时专执一念就是想折磨他！因他这位顾问这位高参在拉拢曲副书记下水的决策问题上犯的不可原谅的错误！因他在我的办公室里,在我面前为了多占有几股“义尾厂”的股份的恶劣表演！

我啪地按着了打火机便烧他那根手指。

我将打火机火苗拨至最大,内心里恼羞成怒地咒骂着——好你个姓曲的,居然跟我来这套！我为你排忧解难为你打下坚实的经济基础为的是让你从此可以一心一意地当官儿,你他妈的却四六不懂油盐不沾！如果官儿都像你这样,经济还他妈的怎么发展我辈一部分人还他妈的怎么富起来！你以为我不腐蚀你,你就可以长久地当一位清廉的官儿啦！我不腐蚀你还有别人腐蚀你呢！我不拖你下水还有别人拖你下水呢！你他妈的躲得过我躲不过别人,躲得过今天躲不过明天！早早晚晚你不还是逃不了被腐蚀被拖下水的下场吗？晚疼不如早疼,长痛不如短疼,与其被别人腐蚀被别人拖下水,还莫如被我梁某人腐蚀被我梁某人拖下水！当市委副书记的头脑又不弱智怎么就连这么个弯子都转不过来呢？

自从我弃文从商摇身一变成了“尾文办”主任,思想观念发生了根本性的飞跃。以前我和许许多多的中国人一样,一谈到“腐败”二字就嫉恶如仇义愤填膺。做梦都希望得到一口尚方宝剑,走遍全国明察暗访,仗剑砍下一切贪官污吏的头！而现在我唯恐当官儿的们不腐败！做梦都希望共产党的大官儿小官儿们统统地彻底腐败！不肯被腐蚀不肯被拖下水的,那就应该统统死啦死啦的!

以前我耻于和贪官污吏们交际,当然也没机会没资格没身份和他们交际,甚至连请他们“撮一顿”的面子都得不到。而现在我专爱和贪官污吏们交际！一天见不着他们中某位那一天就会没了魂儿似的。几天不和他们逐个通一次电话就会做什么事儿都没了主张。不夸张地说,他们有时简直等于是我的眼睛、耳朵和头脑。只要我的经济实力允许,他们越贪觉得他们越可爱！他们是我达到目的之同路人。有了他们这样一批同路人,我才胆子大,步子大,动作大!

现在我最不愿见到的就是那种具有清正廉洁的名气的官员。尽管我有时不得不与他们周旋,不得不应酬他们。我讨厌他们如同讨厌毛毛虫。我跟他们说话时,心里产生的往往是这样一种想法——别他妈的在我面前假装正派,哪一天老子瞅准机会就腐蚀了你！要是怎么腐蚀也腐蚀不了你,老子他妈的就雇黑社会废了你!

以前我听说某一个一向清正廉洁的好干部由于贪污受贿而丑闻败露而受到法律的制裁,就为之痛惜为之遗憾甚至为之难过。现在我听说了这样的事儿拍手称快幸灾乐祸常常因而引吭高歌或者酩酊大醉！心想我的敌对势力又被削弱了！而且是没花我一分钱没用得着我煞费苦心自行削弱的！以前我听说某一个一向被怀疑有不廉劣迹的干部终于被审查被逮捕被判刑了,就当成大快人心之事四处奔走相告,心里解气得没法儿形容！现在却恰恰相反,有一种兔死狐悲的忧伤也有一种自己个儿心惊肉跳的不祥预兆。而且对传告这件事的人恨之入骨！对报道此事的媒介也恨之入骨！往往产生一种大冲动,想买下所有的报纸想买断那一天电台电视台报道那件事的频道！使那件事的影响局限在最少最少的人们之间。甚至连这最少最少的人们,我也恨不得组织起一个暗杀团逐个暗杀了他们!

总之,我的立场我的思想我的感情已发生了根本性的转变!

我爱贪官！

我爱污吏！

我觉得我认识到，他们——贪官污吏们，对于我来说是些最可爱的人！列位，我这厢倒要在此反问一句了，对于我来说，除了他们这世界上难道还有什么另外的最可爱的人们存在过吗？

可是曲副书记他他他他……我爱他，他居然不爱我！

还有比这更可气恼的事吗？是可忍，孰不可忍？

东风吹，战鼓擂，现在中国究竟谁怕谁？你有权，我有钱，你的权怕我的钱！解释中国的道理千条万绪，归根结底是你的权怕我的钱！有钱能使鬼推磨，就不信半大不小的个市委副书记会比鬼还不爱钱！

我觉得我也是在烧曲副书记的手指。

老苗紧咬牙关！两边嘴角现出两条深深的竖纹，仿佛海象龇出唇外的两枚黑牙。他凝视着我。我也凝视着他。在水银路灯的照耀下，我觉得他眼里充满了一种我不下地狱谁下地狱的意味。一种忠心不二的奴才甘为主子粉身碎骨的献身意味。

然而我却一点儿也不受感动，更没动恻隐之心。我觉得我自己变成了那打火机。或者反过来说，那打火机变成了我的一部分。我是比它巨大几百倍的用之不尽的液化燃气罐儿。我要用由我输给的火苗儿，烧焦一切惹我的我不喜欢的人的手指！

那手指已经变黑了，被烧得吱吱啦啦作响，并往下滴着什么东西。大概是人的皮脂吧？我闻到了一股刺激鼻孔的难闻之极的气味儿，像烧塑料鞋底儿的气味儿。

"嗨，干什么呢！"

一个人走了过来，臂上戴着袖章，想必是停车场的管理人员！

老苗扑地一口吹灭了打火机的火苗儿。他从我手中夺去打火机，对停车场的管理人员若无其事地说："没什么，没什么，我们只不过在……在用打火机照个亮儿！"

“用打火机照个亮儿？”

“对对。”

“照个亮儿干什么？”

“他……他为了看清我的脸……”

“为了看清你的脸？”

一道雪亮的手电光，直射在老苗的大胖脸上。老苗被晃得用手遮住了眼睛。于是他那只被烧黑烧短了的手指，呈现在雪亮的手电光束中。

对方说：“你的话全是谎话。他刚才明明在烧你手指！”

这时我忍不住开口道：“他心甘情愿的！”

老苗立刻接言：“是啊是啊！是我心甘情愿的！这位是咱们市‘尾文办’的梁主任。我是他顾问。我们是周瑜打黄盖，一个愿打，一个愿挨。我们常这么玩儿的！”

“梁主任？三生有幸！三生有幸！……”

于是对方不再狗拿耗子多管闲事儿。他向我诉起苦来：“我长了一条狗尾巴。不是一般的狗尾巴，是非洲猎狗的狗尾巴。我这种没大出息的人，本就没指望长什么了不起的尾巴。长条非洲猎狗的尾巴也就得知足了！不是还有不少人没长尾巴吗？非洲猎狗的尾巴不是也算国外尾巴吗？问题在于我的国外尾巴生了一片片的癣，痒极了，而且一把一把地掉毛。毛都快掉光了。尾巴都快变成一条秃尾巴棍了。而且那一片片的癣，在向全身的皮肤传染着，使我全身这处那处也生了癣，也痒极了。不挠痒，挠也痒。挠破了，还没完没了地流黄脓水儿……”

他说着就将手电夹在腋下，就解裤子，就从裤裆扯出一条丑陋的光秃了毛的尾巴，往我跟前探送过来……

“别碰我！”

我大叫着捂脸，但已经迟了。他那尾巴已经触到了我脸上。我觉得一边儿的嘴角那儿触上了些黏糊糊的东西。同时闻到了一股使我恶心的气味儿，比烧老苗手指发出的那一股气味更难闻……

他转而又将尾巴探送向老苗……

他哀求地说："梁主任，还有您，这位老顾问，我今天认识了你们，我想我的尾巴就有救了！无论如何，二位替我想想办法吧！你们'尾文办'的领导，是有替我解除疾苦的义务的呀！……"

老苗比我反应机敏，一闪头，竟没被对方那条丑陋而又讨厌的尾巴触到脸上……

"收起尾巴！快收起尾巴！……"

老苗撩衣襟往他那张大脸庞上一兜，兜住了眼睛以下的三分之二。

而我则急忙按键升起车窗。隔着车窗，我见那人收起尾巴，系上裤子后，对老苗喋喋不休，想必仍在诉苦和乞求帮助。见老苗掏出小本，匆匆划拉了些字，撕下递给那人，赶紧又用衣襟兜住鼻子嘴，连连挥手……

那人作了一通大揖，千恩万谢地离去了。

我降下车窗，探出头，哇的一声呕吐了。老苗也哇的一声呕吐了。

我将车开到另一个地方，老苗搭上尾巴钩，亦跟随到另一个地方。

我索性从车里钻出，问老苗在给那人的纸上写了些什么。

老苗说写的是介绍那人到"尾巴咨询所"去咨询咨询的便条。还说写明白了要免费接待。

我说："老苗，真看不出你还有这份儿善心。"

他说："我认为，那人的尾巴其实已没多大保留的价值了，最彻底的解除疾苦的方式，还莫如干脆从齐尾巴根那儿一刀切了去。"

我说："所以一个'义尾厂'的建立，是完全符合市场需要的。所以，对曲副书记的腐蚀和拉拢，也是完全按市场规律办事儿的。更进一步说，甚至可以认为，完全是为了解除广大人民群众的疾苦而进行腐蚀而进行拉拢的。在如此神圣的名义之下，无论采取怎样的腐蚀手段和拉拢手段，其实都是不过分的。"

我说时，老苗频频点头。我说完，老苗咬文嚼字地表示，他完全同意我的观点。他甚而说："如果腐蚀不了，拉拢不了，那只能证明我们自己无能。只能证明你其实不配当‘尾文办’主任，我也不配当你的顾问。如果我们因保守而受到了一点儿小小的挫折，就放弃对一位应该进一步腐蚀的干部而不腐蚀，放弃对一位应该进一步拉拢的干部而不拉拢，那岂非等于置广大人民群众的疾苦于不顾了吗？那你和我这样的尾巴文化与尾巴经济的精英人物，起码的使命感又到哪里去了呢？”

他前边的话，我听着还比较顺耳。因为无非是对我的思想观点的补充。无非是说出了我没用语言表达出来的理论逻辑。但他最后那句话，我听着就大为逆耳了。我是尾巴文化与尾巴经济的精英人物，这乃是毫无疑问的。就说我是领袖、是导师、是舵手，那也丝毫不为过！而他老苗算什么东西呢？他究竟有什么开创性的业绩，有什么高瞻远瞩的伟大预见和设计？他也配自诩是精英人物吗？如果他现在就开始将他自己和我相提并论了，那么以后他不是就会想象自己也是领袖、也是导师、也是舵手了吗？他妈的！这个既善于贪污受贿又善于沽名钓誉的老东西！这个整日不离我左右的老野心家！哪一天我非把他从我的“尾文办”剪除了不可！

是的，我认为“尾文办”乃是我的！乃是我这只“母鸡”下的一个举世无双的“蛋”！

但我却丝毫也没暴露我敏感的心理活动。他说时，我也频频点头，佯装出一副英雄所见略同的样子。

待他说完，我讨教地问：“那么我的顾问先生，连曲副书记这位我们觉得最容易腐蚀最容易拉拢的干部，现在都不吃我们的一套，你对此还有何高见呢？”

老苗并不以为是什么忧患地一笑。

他那一笑使我心里腾地恼火上升。

我克制着隐忍着又说：“曲副书记是我们腐蚀和拉拢全体市委市政府两套班子一干人等，将他们彻底变成听从我们的指挥棒，全心全意为我们服务的权力集团的牵线人物、搭桥人物。这一点，以你的头脑，也不至于分析不到吧？”

老苗庄重地说：“主任，凡是你头脑中想到了、分析到了的，我老苗都想到了分析到了。你头脑中没想到、没分析到的，我头脑中也想到，也会分析到的！”

听他那种口吻，看他那种表情，仿佛是在对我说——顾问的头脑，怎么会比雇用他的人的头脑还简单呢？

我严厉地说：“对策！老子现在就要对策！”

于是他用一根手指，就是被烧黑变形的那一根手指，朝自己的太阳穴一指，说：“对策嘛，已经成熟在我头脑中了。我们收买曲副书记的方式方法并没错。现如今的中国，用钱居然收买不了的‘公仆’，那是太少太少了。曲副书记这类官员，一无后台，二无背景，完全是靠机遇，靠幸运，靠善于隐藏自己的野心善于掩饰自己的欲望，才从千万人中苦熬成婆，一年年一步步爬上今天的高位。摆在整个中国体制这盘棋上看，一位二百来万人口的主管文教的市委副书记，不过是小小的芝麻官儿。但是在他而言，却已经是爬到顶了。五十八岁了。再过两年就该离休了。离休了也就该过门前冷落车马稀的寂寞日子了。你认为他就甘心吗？当然是不甘心的！不甘心有什么办法呢？什么办法也没有！他就不希望离休后有几百万存款？他就不想离休后仍有小车坐？他就不想离休后也挂个顾问什么的？他做梦都想！谁若为他提供了这样的保障，谁就不亚于是他的再生爹娘！可谁若企图用区区几万元行贿于他，那也确实等于是在害他。一个人不用几十年的时间，能爬到市委副书记的位置吗？一旦东窗事发，为区区几万元，便毁了自己苦心经营大半辈子的仕途，还搭上了一向的好名节。如果我们是他，我们会干的吗？人民币一贬再贬，区区几万元，能抵得上一位市委副书记离休后的那一切福利待遇吗？那不明明等于是撩他的火吗？……”

我打断老苗的喋喋不休。我说：“我听明白了，老苗你的意思是说，舍不得兔子套不住狼？”

他点头。

我问:"依你看来,完全收买了曲副书记,得动用多少钱?"

他说:"照二百万行事吧。"

"二百万!"我又叫了起来。

老苗说:"现如今腐蚀和拉拢官员的成本大大提高了。这也是市场经济的一个必然规律嘛!腐蚀和拉拢官员,也要有竞争意识嘛!也要敢冒投资风险嘛!咱们用一百万去腐蚀,别人用二百万,如果咱们是官员,咱们收谁的呀?"

我说:"两边都收。"

老苗笑了,说:"那是那是。我老苗也肯定两边都收。可到了动用自己的职权为行贿者办事儿时,心就该往二百万那边倾斜了吧?劲儿就该往二百万那边多使了吧?这也符合市场规律嘛!多投资,多受益嘛!……"

"二百万太他妈的多啦!老子自己刚捞了二百多万,总不能大头儿全一总儿贿给他,自己只留下零头儿吧?"我一急之下,说漏了我自己的底儿……

老苗又笑了,慢条斯理地说:"如果摆平搞定了曲副书记,那就可以通过他这一个牵线儿的、搭桥的,将市委市政府一干人等,统统摆平搞定。果而如此,什么工商行、交通行、人民银行、建行、农行——全市一切银行的大门,还不就都朝咱们四敞大开了吗?不用多,每家银行贷出五千万,那不就两亿五了吗?市委市政府出面担保的话,哪家银行不得给点儿面子?"

我默默地认真地思索起他的话来,觉得他对我的指点那么及时,简直使我茅塞顿开。

老苗接着说:"如果主任你愿意,摆平搞定曲副书记这二百万,咱俩对半儿出也行!风险不能让你一个人都担了,是不是?"

我急说:"这公平这公平!君子一言,驷马难追!就这么决定了,咱俩对半儿出！”

“那……‘义尾厂’的股份，有我老苗十股就不算多了吧？”

我一愣，万万不料他将两件事儿这么联系起来了！

“二百万，加上终身顾问的头衔，还要配一辆够得上名牌儿的专车——有了这三个条件，如果你授权给我，不必你出面，我替你将曲副书记摆平、搞定。”

他的语气，他的表情，都在向我保证——他有百分之百的把握。

我冷静地反问：“那么你呢？我聘两位顾问，太多了点儿吧？”

“两年后，也就是曲副书记离休之时，我将顾问让给他当。”老苗的话，说得也相当冷静。

“真的？”

“真的。”

“你情愿？”

“情愿。”

“为什么？”

“为了咱们共同的事业的大局和前途。那时我宁肯只做一位普通的，只占有百分之十股份的股东……”

我凝视着他，不知究竟该不该相信他的表白。一时也不知怎么样回答他才对。

“我当你的顾问，当累了……只要晚年有足够的钱花，什么顾问不顾问的，不过是虚名，我不在乎……”

他叹了口气，吸着一支烟，目光望向远处。我顺着他的目光望去，几道激光灯的彩色光束，交叉摇曳，直射向夜空。光束是我们“尾文办”下属的“丽尾迪厅”发出的。每晚九点以后，都有几百上千的长着各种各样尾巴的青春男女，去那儿劲歌狂舞。最便宜的门票五十元一张。最贵的二百五。生意火得不得了。每月为我们“尾文办”创造了近百万的收入。这座城市真是个谜，国营企业纷纷倒闭，失业工人不断增加，白天死气沉沉，一到了夜晚便到处是一幅醉生梦死的情形，父母失业的青春男女需要那醉生梦死的情形，父母有钱的青春男女当然更需要。前者在醉生梦死的情形中拍卖青春。男的拍卖青春的活力，女的拍卖青春的魅力和青春的肉体。而后者大把大把地花钱，汗流浃背精神亢奋地消费自己的青春的活力，自己的青春的魅力，同时也心安理得天经地义地消费着别人的青春的活力、魅力和肉体。

我这位尾巴文化的领袖和尾巴经济的舵手，为这座颓废的、没落的城市，注入了无与伦比的强心剂和某种类似可卡因的兴奋剂。

我首先从那里收回目光，低声说："我得慎重考虑考虑。"我拍拍老苗的肩，说："并不是不信任你的策划和你实行这一策划的能力，而是太难于下决心失去你这位顾问了。尽管有时候我和你争吵，对你发脾气，甚至羞辱你和折磨你，但我内心里其实是将你视为我的左膀右臂，视为我的拐棍，视你为扶我跨上事业的骏马的人的！"

我说时语调极为眷恋，极为深情，说得自己泪眼汪汪，也说得老苗泪眼汪汪。我说的当然是假话。我当然怀疑他的策划和实行这一策划的能力！如果这一策划的实行稍有闪失，我千方百计捞到手的一百万不就打水漂儿了吗？而且，我也怀疑他所要达到的目的，肯定不仅仅限于还只一个设想的"义尾厂"的百分之十的股份，肯定还有别的什么更大的私利在诱惑他。那对他而言更大的私利究竟是什么，我想我是必须侦察清楚的……

老苗说："对对主任，我若是你，也不会轻易下决心，也是要慎重考虑的。我只能给你一天的时间考虑，因为曲副书记随时可能向纪委揭发你贿赂和拉拢干部的行径……"

我纠正他说："是我们两个的行径，不是我一个人的行径。"

他并不否认："是啊是啊。但你是'尾文办'主任，是法人。五万元钱不是我老苗出的，是你这主任出的……"

我又纠正他，说："也不是我出的，是'尾文办'出的。"

他说:“那性质就更严重了。动用公款对市委副书记进行贿赂和拉拢,是要罪加一等的。一天的时间里,由我尽量去和曲副书记谈,稳住曲副书记别向纪委揭发。我估计自己也就能稳住曲副书记一天。一天后,如果事态真的走向反面,那一切严重的被动,我就爱莫能助,只得由你一个人承担了……”

他的话使我心如镇磨。

我们紧紧地握了一下手,他就离开了我。望着他坐在他尾巴车上的宽大背影渐渐远去,我心绪极为烦乱。唉唉,在中国,有志向的人要发展大事业,真难啊!

一天后我指示老苗,他可以按照他的策划去操作了。我一分钟也不敢再往后拖。唯恐恰恰是在那一分钟里,曲副书记一个电话向纪委书记打过去……

我没侦察清楚诱惑老苗的更大的私利究竟是什么。在短短的一天里,这一侦察和调查要得出证据确凿的结论是根本不可能的。何况我日理万机,也分不出身用全副的精力在那一天里进行侦察和调查。只得以“莫须有”三个字将我对老苗的种种怀疑封存在我心里。

那一天老苗从我的私人账号上提走了二百万。他说:“我也要对半承担风险那一百万,由于我自己实际上并没那么巨大的一笔私款,只能先由你垫上,日后再慢慢还你。”我才不信他拿不出一百万的一笔私款呢!但时间紧迫,不信他的鬼花枪也是万般无奈……

第三天,我正在起草关于创建“义尾厂”的可行性报告,小邵给我打来了一次电话。他说:“没什么要紧事儿,是曲副书记嘱咐我先代表曲副书记个人向你表示感激。感激你在他住院时能亲自去看望他的家属,并为他排忧解难,对他女儿他老伴儿子以令他终生难忘的关照……”

我请小邵代我转告曲副书记,说:“区区小事何足挂齿。曲副书记对我的关照,才是令我终生难忘的呢!曲副书记对我的关照、信赖和支持,那也就等于是党对我的关照、信赖和支持。我一定不辜负党对我的器重、栽培、爱护。我一定对自己高标准严要求,努力争取以更辉煌的业绩报答党!”

小邵说:“梁老师,那你怎么不申请入党啊?”

我说:“正在写呢!正在写呢!”

小邵说:“这太好了!看你以前的一切言行,早就像一名党员了!曲副书记一定会替你也替党感到万分高兴的……”

放下电话,我觉得镇压在我心头那一扇无形的磨,终于是彻底被掀掉了!谢天谢地,我抢在了时间的前边,用二百万彻底打掉了一位市委副书记向市纪委书记揭发我的念头!

下午我又接到了曲副书记亲自打来的一次电话。

我问:“曲副书记您从哪儿打来的电话啊?”

他说:“在医院里。还得住十几天。”接着便说,“梁啊,我真不知怎么感激你才好!我也是人呀,我也是丈夫和父亲呀,我也有家庭呀,共产党人的头脑中也不可能完全没有家庭责任和亲情观念呀!市委副书记也是要过日子过日子也是得花钱的呀!梁啊,这些话我从没跟妻子女儿以外的人讲过,更没跟党讲过。共产党人能和党讲这些话吗?梁啊,你对我的帮助,是雪里送炭呀梁啊!是大漠赠水呀梁啊!但尽管如此梁啊,若非是你而是别的什么人,我也会坚拒的!甚至会认为是贿赂行径,是拉拢行径,是腐蚀行径。但不是别的什么人而是你,我就不想那么多了!我将此事看成人民对党的干部的关怀和厚爱。你是很有代表性的嘛!可以代表一部分人民的嘛!你说对不对梁啊!……”

曲副书记在电话里口口声声“梁啊梁啊”地称呼我,使我受宠若惊,使我心里暖烘烘的。“梁啊梁啊”这一种称呼,只有在老百姓之间才流行,而且只有在彼此关系异常亲昵的老百姓之间才流行。我曾有几次在商场里听到女售货员之间这么呼来唤去。我手下的一些年纪轻轻的女孩子们,好成一个人时也这么称呼。共产党的处以上的官员,是绝少这么称呼任何人的。在工厂里,据我所知,班组长们也这么称呼他们的班组员,而只这么称呼和他们或她们亲如兄弟姐妹的班组员。一个中国人当了副科长,往往说话也就带出点儿官腔来了。一旦升到处长以上,往往官腔就固定了。“梁啊梁啊”这一种亲昵无比的称呼,从一位市委副书记口中而出,尽管不是面对面,而是通过电话对我说,也真的使我受宠若惊,真的使我心里暖烘烘的。我握着听筒的手不禁因激动而发抖……

我颤着声音说:“曲副书记曲副书记,我十分感激您对我说了许多心里话!这是一个下级用多少钱也买不来的啊!咱们中国有句老话,叫人心隔肚皮。从今日起,我觉得我和您的心就不隔着肚皮了。不隔着我的肚皮也不隔着您的肚皮了。双重肚皮都不隔着了,就叫做‘心心相印’了。就叫做‘心有灵犀一点通’了。既然如此,什么雪里送炭啊、大漠赠水啊,不就是见外的话了吗?曲啊,咱们兄弟之间,以后你但凡有用得着我的地方,千万别客气。为您鞍前马后地效力,那不是和为党鞍前马后地效力是一样的吗?是我的荣幸呀曲啊!……”

放下电话,我燃着一支烟,优哉游哉地吞云吐雾,觉得到口中的烟味儿是那么的爽。直爽到每一条大小血管里去了,使我的身体变得轻飘飘的。

钱真他妈的好!

一大笔钱真他妈的有用。正如老百姓话讲,太顶劲儿了!

你先用五万元去贿赂一位市委副书记,他竟觉得受了侮辱,大发雷霆,使你惶惶不可终日,担惊受怕,唯恐你的行径会被揭发到市纪委去。而你二百万一掷过去,他就仿佛当你天下第一知己了。对你口口声声“梁啊梁啊”了!……

二百万投资不白投。

现如今哪哪的投资环境都有风险了。这一种风险值得承担。老苗的话不错,一切投资的成本都更大了。舍不得兔子套不住狼……

曲副书记出院的当天就来“尾文办”视察,随行着些电台、电视台、报社的记者。热热闹闹地前呼后拥。

我对曲副书记毕恭毕敬,丝毫也不流露出我和他关系的非同一般。我伪装得甚至有几分诚惶诚恐。

当着那些记者的面儿,我向曲副书记双手呈交了关于兴建“义尾厂”的可行性报告。

曲副书记幽默地说:“大略谈谈嘛!如果不保密的话,也应该让我们的记者同志们超前了解了解,做些宣传嘛!我们的每一项事业,只要是对人民有利而不是有害,我们新闻界的同志,都应该进行热情的宣传嘛!这就是我们新闻界的同志,为那些对人民有利的事业所作的贡献嘛……”

我心里明白,这是曲副书记在那些记者们面前,给我创造的一次充分展示自己雄才大略的良好机会!要不我怎么说我和他已经心心相印,心有灵犀一点通了呢!

于是我滔滔不绝,侃侃而谈。放开思路,天马行空,纵论“义尾厂”带动我市精神文明和物质文明的迫切性、必要性、及时性。

曲副书记听得异常认真,不时指示小邵记下我的某些话。

我汇报完后,曲副书记环视着各路记者们,问他们有何感受。

他们便报以一阵热烈的掌声,都道是太伟大了!太令人欢欣鼓舞了!前景太光辉灿烂了!

曲副书记最后用总结性的话说:“这是一个很好的报告!一个有气魄的报告!一个思路无比开阔的报告!议了就要决。议而不决,等于白议。决了就要干,决而不干,形同一纸空文……”

他扬了扬我呈交给他的几页报告,加重语气又说:“干就要干得上档次!就要朝一流的水准干!就要干大!就要干好!就要经受得起时间的考验!小小气气地干莫如不干。凑凑合合地干也莫如不干!我们需要的是大手笔、大思路,让小小气气凑凑合合的干法见鬼去吧!”

于是众记者又大鼓其掌。

曲副书记以一种成熟的政治家无私激励企业家新秀的目光注视着

我,问我:“目前有些什么困难?”

我说:“别的一切困难,我们‘尾文办’上上下下全体同仁都能百折不挠地予以克服,目前万事俱备,只欠东风……”

曲副书记问我此话怎讲。我清楚他是在明知故问,却嗫嗫嚅嚅,装出一副欲说还休的样子。

“说嘛!别有任何顾虑,大胆说出来嘛!我一个人不能帮你解决,还有市委嘛,还有市政府嘛!”

曲副书记配合得相当默契。简直天衣无缝,恰到好处。尽管我和他并没预先排练过。在众记者们的旁观之下,和曲副书记这么一位堪称天才的、善于为新手铺垫台词的资深的演员演对角戏,我心里有把握多了。

于是我就说:“最大的困难是银行贷款问题。这也是靠我们自己的努力没法克服的困难……”

曲副书记将目光从我脸上转移开,望向记者们,口吻轻松地说:“我看这一点不该成其为什么困难吧?全国每座城市都有银行,我们这座城市也有嘛!支持两个效益前景广阔的商企事业,是银行的投资原则嘛!必要之时,我们都可以帮着做做工作嘛!是不是记者同志们?”

于是众记者纷纷点头,都说是的是的,都作出乐于竭诚相助的表示。

之后我就装出小人物在大人物面前那一种拘谨的样子向曲副书记提出请求——希望与他合影留念。曲副书记幽默地说:“好嘛。可以的嘛。都对你的报告明确表态了,还能拒绝和你照一张相吗?”

当我站在曲副书记身旁时,内心里充满了得意。在那些记者们看来,曲副书记当然是主角,我当然是配角。但我心里清楚,真正的主角其实是我,曲副书记不过是配角。他就是为了做配角才带着各路记者们来的。他以此方式报答我。二百万啊,不是他可以不为我服务的小数目!得意之下,我将双臂交抱于胸前。

小邵已经端着相机,对准了焦距,却不按快门,望着我朝我使眼色。

我明白他的眼色。周围的记者们也明白他的眼色——他是在示意我将手臂从胸前放下。显然,他这位秘书觉得我那么副姿态和一位市委副书记留影是不得体的,失仪的,甚至可能觉得是傲慢的,没礼貌的。

但是我佯装不理解他的暗示,偏不将交抱胸前的双臂放下,偏不摆出一种肃然的姿态和一种荣幸的表情。我暗想老子在这一位市委副书记身上投资了二百万,老子就有资格有权利双臂交抱胸前地站在这一位市委副书记身旁留影!

曲副书记催促小邵:"快照嘛,别浪费我俩的表情嘛!"

一位电视台的女记者看不过眼去了,隔着五六个人大声对我说:"梁主任,邵秘书的意思是要你将双臂从胸前放下!"

我恍然大悟似的问:"邵秘书,你是这个意思吗?"却仍不垂下双臂。

曲副书记扭头看了我一眼,不待小邵回答我,已不耐烦地说:"梁主任,别理睬小邵的!当秘书的年头长了,其他的学不到多少,一般都会学到些凡俗的规矩!我倒非常希望你就以这一种踌躇满志的姿态和我合影!不要在一切方面以所谓高低尊卑之分压抑人生动的个性嘛!"

曲副书记一番话,将小邵说了个大红脸。

小邵照罢,曲副书记以手势召集记者们,说:"大家都来合一张嘛!今天是个值得让人高兴的日子。梁主任的'义尾厂'给我们送来了一股劲风,带来了一种感奋嘛!在场人人都应为今天这个日子保留一份纪念嘛!"

我见小邵因受到曲副书记的当众批评,脸上的窘色一直不消,表情一直讪讪的,便说那照片上就更不能少了咱们邵秘书哇!于是唤来我自己的男秘书替下小邵为大家拍照。

我挨着曲副书记占据着中心位置,但有意将小邵拽到我身旁。我的秘书调整大家的间距时,我将我腕上的表悄悄撸下,抓住小邵的一只手,替他戴在了他的腕上。那是一只价值十二万多的24K金的表链和表壳的名表。小邵每次见我,一有机会,便从我腕上撸下,戴在他自己腕上羡煞地欣赏。我也早就想在一个恰当的时机当面送给他算了。我觉得在那一天那一时刻送给他也许最能体现那一块表的价值了。

小邵低头瞄了一眼,脸上转阴为晴,嘴巴一抿,抿出一丝心照不宣的笑意。他暗中抓住我的手,紧紧地紧紧地握了一下。于是我感到,我们之间从此也心心相印,心有灵犀一点通了!我们之间从此也确立了一种特殊的关系,非是什么小小的尴尬所能离间和破坏的了!……

曲副书记走时,我没往外送。只站在会客室门口,和他和小邵握了握手,甚至连句欢迎再来视察之类的场面话也没说。我存心要在记者们面前显示出我是一个愿与当官的保持本能距离的人。我想我和曲副书记的特殊关系,除了老苗,永远应该是一种天知地知,他知我知,此外连鬼连神都不知不晓的关系。我不学那些春风得意马蹄疾、忘乎所以的人。他们动辄当众吹嘘和某官员的关系多么多么的铁,动辄如入家门长驱直入地闯进某官员的办公室,动辄在公开场合与某官员称兄道弟,搂腰拍肩,动辄手持"大哥大",用醉醺醺的语调,唤某官员到某饭店某包间去做他们的席上客,如同唤三陪小姐似的。设身处地替那些收受了他们钱财的官员想想,他们是些多坏的榜样啊!他们将他们与愿暗中为他们服务的权势者的关系一次次公开暴露,又是多么的愚不可及呀!这一种特殊的关系,在现如今的中国,本应是地下关系。地下关系一旦由自己公开暴露,那还长久得了吗?那不等于由自己出卖了愿暗中为自己服务的权势者,同时也出卖了自己吗?前车可鉴啊!从那一天起,我冷静地告诫自己,我一定要对曲副书记也对我自己高度负责。一定要处处爱护我们之间的特殊关系。因为这一种关系,是我积累个人财富的前提保障。

曲副书记和小邵的脚步声还没从走廊消失,我便将身体转向了各路记者们。

我获释般高兴地大声说:"兄弟姐妹们,当官儿的终于走了,咱们自由啦!给大家十分钟各行方便,十分钟后咱们去搓海鲜、洗桑拿、玩保龄,唱卡拉 OK!愿意通知孩子老婆、哥们儿姐们儿和情人儿的,抓紧时间打电话!凡跟着我的感觉走的,人人都有礼品袋儿!不过大家也别期望值太高，礼品不过就是金项链金戒指金耳环金领带夹金表的组合系列，外加两千元现金，供大家转商场花着玩儿！”

于是众人欢呼自由万岁！梁主任万岁！

欢呼声渐落，有人小声问：“金项链什么的，是每人几种都有，还是只能任选一种？”

我朝那人瞥了一眼，微笑着说：“我刚才不是讲得非常清楚了吗？组合系列嘛！每位朋友都‘小五金’俱全嘛！任选一件，我好意思那么对待你们吗？”

于是众人都嘲笑那提出疑问的人，都说梁主任讲话时，你耳朵干什么用了？心里想什么来着？连组合系列都不理解，弱智啊？

这时外边传进来汽车喇叭声。

我提醒大家，车已经在恭候着诸位了！

于是众人作鸟兽散，都争夺起我办公桌上的三台电话来，连我的“大哥大”也被“征用”了……

# 第十二章

当天晚上,电视里播出了曲副书记视察“尾文办”的新闻。我将自己单独一人关在办公室里,坐在沙发上目不转睛地盯着电视屏幕。我早已不是第一次上电视了。从电视中看到我自己的形象,早已引不起我的丝毫激动了。但我看得比以往每一次都认真。因为这一新闻关系到我能不能顺利地从全市各家银行都贷出款来。我侧耳聆听我自己在电视中说的每一句话和曲副书记问的每一句话。感谢电视台来的一个小伙子和两个姑娘,尽管我没露骨地叮嘱过他们,但他们将一条新闻剪辑得很棒!句句剪辑在点儿上,突出了一个中心那就是“钱”字!

第二天各报也对曲副书记视察“尾文办”进行了各种角度的大块儿报道。全都在头版。有的头版没完,转二版三版。几条醒目的通栏标题诸如以下:

“义尾厂”初绘宏图,欠东风企盼贷款!

巧妇怎做无米炊,没钱难倒“尾文办”。

市委曲副书记重要指示——银行家要支持企业家,钱要用在刀刃上!

现如今的各种记者兄弟姐妹也真是些最可爱的人,只要礼品袋儿的内容实在,他们还真肯于为您的事儿“忽悠”!

“小五金”不白赠!

难怪许多人都说——苦命的挣钱,聪明的赚钱,狡猾的骗钱,胆大的抢钱,有能耐的直接从银行“拿钱”!数目儿百万你是银行的儿子。数目儿千万你是银行的爹。数目再大你就变成银行的爷了!

我生来也苦命,不得不挣钱。后来我学得聪明了,所以开始赚钱。我的聪明都是小聪明,一次次赚的也便都是些小钱儿。由三流作家而“尾文办”主任,我由聪明而狡猾,学会了利用职权不失时机地骗钱。一般我不骗个人的钱。骗了谁一大笔钱谁都会跟你玩命。我专骗国家的钱。某些替国家掌管着钱的人,其实常常巴望着像我这样的人从他们手里骗钱。我其实是他们的知心朋友。也可以直白地叫做合伙人。我不从他们手里将国家的钱骗出来,那么国家的钱永远是国家的,变不成我这样的人的钱,当然也就变不成他们的钱。不从我这儿周转一下就直接变成了他们的钱,傻瓜都懂那叫贪污。而从我这儿周转给他们则就不必担贪污的罪名了。方式一般是回扣。物价上涨回扣的比例也上涨。八十年代初是百分之十。现如今涨到了百分之五十。证明着职权的隐形价格也在上涨。此道儿上的人都抱怨说这已经是地球上最高的回扣了。而据我估计还没涨到最高的程度,也许几年后比率会反过来,回扣会由百分之五十而百分之六十百分之七十,骗国家的钱油水儿也就不那么划算。在现如今还划算的时代我是很懂规则的一个,分给对方们的回扣从不讨收条。我头脑里也不是没产生过抢钱的念头。要抢当然就抢银行的。抢私人的能抢到几个钱?几回回在梦里我成功地抢了好几家银行,而那一场场梦的结尾却又总是公安刑警成功地逮捕了我,往往在被押赴刑场的途中我醒了,吓出了一身冷汗。我注定了不能变成一个胆儿足够大的人。抢银行也只不过就是我的梦想罢了。现在好了,现在我不必再梦想着抢银行了。现在咱也快可以从银行里“拿”钱了。咱也快晋升为一个有能耐的人了。咱也快是银行的爹银行的爷了。咱一步迈两个台阶，上两个档次，跨越过了抢钱这一赌命亡命的凶险诱惑。

我正对我的人生历程进行着严肃的回顾，忽听有人敲门。我换了个频道，起身去开门，见是老苗。若知是他，我就不换频道了。我可不愿使别人觉得我不但喜欢上电视，而且喜欢自我欣赏。

老苗进屋后，大模大样地往沙发上一坐。他的体重加上他尾巴的重量，使那只可怜的沙发立刻深陷下去，并且发出了一阵痛苦的呻吟。

他问我：“看新闻没有？”

当着真人不说假话，我老实承认他敲门前我正看。

他问我：“有何感想？”

我说：“你办事，我放心。”

他说：“主任，我给你带来一个新情报。”

我心里咯噔一下，他来前的好情绪一扫而光。我瞪起眼睛说：“你他妈的是灾星啊？怎么一次次地尽给我带坏消息？如果你办事使我不放心，可别怪我对你不客气！”

他平静地问：“不客气又会怎样？”

我说：“把二百万给老子吐出来，吐出来后你就滚！”

他笑了，说：“主任你别急嘛。这次我给你带来的是好消息。”

我问：“什么好消息。”

他说：“主任你先给我老苗倒杯酒。”

于是我从小酒柜中取出一瓶正宗法国白兰地，用高脚杯为他斟了满满一杯擎送到他跟前。

他问：“主任你给我倒的是不是法国白兰地啊？”

我说：“是，没错儿，是真是假，骗得了你这老酒鬼吗？”

他说：“摆在你酒柜里的，当然不可能是假酒。我老苗不想喝法国白兰地，你倒的你自己喝吧。我知道你酒柜里有XO。我要喝XO。”他满脸居功自傲的表情。

我为了尽快听到他给我带来的好消息，只得装出礼贤下士的样子又给他斟了一杯 XO。

他饮着 XO，我饮着白兰地。他坐在沙发上，我坐在他对面的沙发上。他的屁股和沙发垫儿之间，有三折尾巴，因而使他坐得几乎比我高出一尺半。

他居高临下地对我说："韩书记也打算来视察咱们'尾文办'了。"

我问："你怎么知道？"

他说："小邵向我透露的。"

我问："小邵又怎知道的？"

他说："是曲副书记告诉小邵的。曲副书记让小邵通知我们，提前做些必要的精神准备。"

我无法再忍受他那种居高临下的、自恃功劳大的目光，却又没理由将他从沙发上请到地上坐着，于是起身一屁股坐到了我的办公桌上。这样，我们的目光起码是互相平视着了。

我说："这可就怪了！曲副书记为什么不直接给我打电话呢？为什么非要让小邵给你老苗打电话呢？如果你们之间以后成了单线联系，我这个主任不就显得多余了吗？"

老苗又城府很深地笑了笑。他一句一停顿地，完全是用一种教训的口吻说："你呀，还是太年轻。连用人不疑、疑人不用的通常道理都不懂。这是个心胸大小的问题。但也可以认为是个素质高低的问题。有些人的事业半途而废，往往就栽在这一点上。曲副书记不直接给你打电话，而让小邵给我这位顾问打电话，恰恰证明人家曲副书记在处理和咱们的关系方面，在许多细节上都有章有程，循规蹈矩的。因而也就无懈可击，避免了瓜田李下、授人以柄。你梁大主任应该虚心学习曲副书记这一点才是。"

尽管老苗分明是在教训我，尽管我早已不习惯于被人教训了，但我还是以沉默的方式容忍了。因为他给我带来的毕竟是一个好消息。一个对我而言,简直怎么高兴都不过分的好消息。一个这样的好消息,是足可以扫荡几十次被人教训的不快的。不必再问老苗我就清楚地知道,韩书记视察“尾文办”的动因,那一定是在曲副书记的直接影响下才产生的。

我在内心里暗暗说——曲副书记啊,你真如同我的再生父母啊!你真不愧是我最可敬最可爱的人呀!如果一切领导干部,都能像您一样,都能以您为榜样——收受了对方的钱就为对方办事儿,收受了对方大笔的钱财就积极主动地、超出对方要求和愿望地去为对方办大事,办对方想办而不知如何办的事,那将会有许多人就没意见了。而我梁某一定是那许多人中的一个。我进一步想,正如使一部分人先富起来是可行的国策一样,使一部分人先对世风没意见了,也应该成为官员端正自我形象的大略方针嘛!

列位,如果你们以为老苗肩负着沉重的鳄鱼尾巴,不辞辛劳地从他家赶来,就是为了给我带来好消息的,那你们便又错了!

其实他另有目的。关于韩书记要来视察的消息,不过是开场白。是一个前来的由头。

我看出了这一点。他教训完我以后,我们长久地沉默着,不给他巧妙过渡话题的时机。我放下酒杯,抓起遥控器,又换了一个频道,继续看电视。

他一小口一小口饮着XO,也讪不搭叽地看起电视来。他每饮一口,都发出“吱”的一声。接着喉间咕噜一响,我觉得他那会儿像一个被大人冷落一旁,而又不甘被冷落,存心弄出点儿古怪动静,希望引起大人充分注意的孩子。我心中暗笑,偏一眼都不朝他瞥,仿佛他根本就不存在似的。我想他是感到了尴尬的。再厚脸厚皮的一个人,也是会感到尴尬的。他更不安宁了,不停地扭动身躯,于是那只可怜的沙发就一阵阵发出呻吟。他那折为三叠,坐在屁股和沙发垫之间的尾巴的机械关节,也咯噔咯噔地阵阵作响。

他终于沉不住气了，自言自语般地说："主任，那我走吗？"

听来像在请示我，其实分明地是在要求我注意到他的存在，挽留他。

我才不挽留他呢！我说："你走吧！"仍不看他。

他却赖着不走，又讪不搭叽地说："时间还不算晚，反正我回家也没什么事儿，再坐会儿。"

我不接他的话茬儿，目光也不离开电视屏幕，并将电视消了声，只看画面儿。而从他坐的角度，是看不到电视屏幕的。而他那一杯 XO，已经饮光了。

室内一时就很静。

大约过了半小时，但听他小声说："我可以再来半杯吗？还要 XO。"我说："没人侍候你。"他沉默片刻，怏怏地嘟哝："那就算了。我自己懒得起身。"我装没听见，不予理睬。

又过了半小时，他言不由衷地说："我看我还是走的好。"语调由怏怏而悻悻了。

我说："我看你也还是走的好。"

于是他就笨拙地站了起来，缓慢地向门口转过身，刚迈出一步，却收回了脚，仿佛不经意间想起了似的说："哦对了，主任，你顺便把这个也签了吧！"

他从兜里掏出一页折了几折的纸，迈着巨熊似的步子走向我，将那页纸递至我面前。肩负鳄鱼尾巴的沉重，使他在室内的行动姿态总像九旬老妪。

我问："这是什么？"

他说："就是那个那个……你看一下不就知道了嘛！"

我展开一看，是一份电脑打的证据书。字不多，但极大，寥寥的几行，清清楚楚地阐明他对"义尾厂"合法拥有百分之十的股份。

原来老家伙的目的在这儿！

“我的名字,我已经签上了! 你的名字,早晚也得签上。我想还是立个证据好。免得以后纠缠不清是不是?”

已经答应了的事儿,拒签是寻找不到正当理由的。但我是多么他妈的不情愿啊!

我说:“老苗,我知道你心里一直惦记着这事儿! 不就百分之十的股份吗? 我当面答应了你的还能反悔吗? 可我刚放下笔没多一会儿,刚有情绪看看电视,你怎么就怎么就……”

老苗说:“签吧签吧! 不就签个名嘛! 也就打扰你几秒钟嘛!”

于是我趁他说话的时候,暗中挪了挪屁股,将笔坐在了屁股底下。接着装作找笔:“笔呢? 我的笔呢? 没笔你叫我怎么签哇!”

他说:“我带了我带了!”

他从内衣兜取出笔递给我,那副表情仿佛在说:“防着你这一招呢!”

我万般无奈,只得接过笔,潦潦草草地签上了我的名……

老苗走后,我用电子计算器计算了半天。越计算越糊涂,最终也没搞清楚我每年可能从“义尾厂”的利润中划归自己名下多少钱。欣赏着压在办公桌玻璃板下的“义尾厂”蓝图,我觉得我将要兴建起来的仿佛更是印钞厂……

市委书记和市委副书记就是有区别。韩书记来视察那一天更热闹。除了带来的记者比曲副书记视察那一天带来的多,还带了一批大小“公仆”。

韩书记也对我大加赞赏和鼓励,也做了重要指示,也当面对我表示了支持。他表示支持时郑重地说:“我代表市委和市政府……”

曲副书记视察那一天就没这么说。也没资格这么说。

我当然和韩书记也单独照了相。

每名记者和每位“公仆”,当然也都领了礼品袋儿。因为曲副书记要求我预先做好精神准备,所以礼品袋儿的内容比上一次更实惠。其后浩浩荡荡去“轻松”一下的地方更高级。

大家洗桑拿时,韩书记指名要我到他的单间陪浴。我内心里虽然倍感荣宠,但瞧了他的秘书一眼,一时不便表态。我觉得那小伙子一定会认为,陪市委书记洗桑拿应该是他的特权。我怕我太喜形于色,他有特权被侵犯的想法。不料他极爽快地说:“那我自己再开一个单间就是了。梁主任,韩书记可就拜托您照顾了。韩书记有腰腿疼的毛病,您别忘了替我为韩书记按摩按摩!”

我带他去再开一个单间时,抱歉地说:“不好意思,可韩书记……我也不能……”

他笑了,让我别胡思乱想,说他不是那种小心眼儿的人,说韩书记其实是有话要单独跟我讲。

市委书记的秘书和市委副书记的秘书就是不一样。小伙子与小邵比起来,接人待物之际,矜持多了。言谈话语间,总流露出那么一层意思——该我知道的,我当然知道。不该我知道的,我何必知道?该您问的,您只管问。不该您问的,您问也白问。而举手投足,一立一坐,又总显示出那么一种若有若无的架子。在陪韩书记和别人谈话时若无,在韩书记不在场的情况下若有。若无时仿佛自己将自己当成一件摆设,同时又仿佛在暗示别人——我可不是一件可看在眼里也可不看在眼里的摆设。若有时仿佛自己将自己当成了韩书记的一部分。而且仿佛时刻在提醒别人——您怎么样看待市委书记那完全是您自己的事儿,但您可别小瞧了我。小瞧了市委书记的秘书,有时的后果是比对市委书记本人大不敬更不堪设想的!小伙子骨子里有股傲慢之气。

我生平第一次赤身裸体地,和一位同样赤身裸体的市委书记单独关在一个热雾腾腾的空间。这使我不免有点儿害羞,有点儿手足无措。韩书记倒丝毫也没有不自然的感觉,表情轻松愉悦,举止从容自足。

他长一条变色龙的尾巴。而我起初以为他长的一条壁虎的尾巴。

我讨好地问他:“韩书记,您的壁虎尾巴怕沾水不怕沾水呀?要是怕沾水,我去为您找只塑料袋儿,再找个牛皮筋圈儿,套上扎上呗!”

他说:“不必不必。又不是那种有毛儿的尾巴,不怕沾水。湿了反而舒服。请你这位大主任仔细看看,是壁虎尾巴吗?”

我搓香皂洗了洗手,绕到他身后,双手托起那条尾巴仔细看。雾气太大,看了半天,认为不是条壁虎尾巴。忽然那条尾巴的颜色变了,不知怎么一来,就由灰色变成褐色的了。而且颜色越变越深,最后变得接近土红色了。

我以为是由于亢奋才变色的。一时慌张,托着它不敢松手,失声叫道:“韩书记,您的血压!您的头……您感觉怎么样啊?您没什么事儿吧?……”

韩书记扭头瞧着我笑道:“放心。我的血压一向正常,半点儿也不高。我洗桑拿也很适应,从没头晕过。我的尾巴变颜色了对不对?”

我说:“对对对,您的尾巴它它它怎么……”

“所以我让你仔细看看嘛!我长的可不是一条壁虎尾巴,是变色龙尾巴。尽管我自己看不见它变颜色,但它变颜色时我有敏锐的感应。那一种奇特的敏锐的感应每每提醒我,可能天气要变了,可能我周围的人中有会气功的,可能坐在我对面的人心里正在算计我……”

“有……那么神吗……”

“当然!不过也不可能所有长变色龙尾巴的人都会时常产生我这种感应。我有这种感应,是由于一位老经络学专家多次帮我舒通了头穴和尾穴之间的一切经络。你可要替我保密哟,千万别让你手下的人编进《尾巴大全》里去!”

我说:“韩书记,我……我心里可绝对没有……”

韩书记又笑了,说:“我怎么会怀疑你心里产生算计我的念头呢?咱们两个之间,丝毫也没有利害关系的冲突嘛!现在我的尾巴变色,是由于雾气嘛!”

韩书记趴在小木床上,让我继续为他按腰眼儿。

我几经犹豫,鼓足勇气试探地问:“韩书记,您看您,有没有什么需要我代劳的事儿啊？我知道你们当领导的，也常有些俗事缠身。不解决吧，烦恼。解决吧，又怕对自己造成不良的影响。我的意思是，您肯不肯赏我个脸，给我个对您表示爱戴的机会？”

韩书记说：“我命好，没什么俗事缠身。女儿在国外，给我找了个外国女婿，把她母亲也接到国外去了。她母亲是牙医，在国外开了个牙科诊所，每月收入颇丰。”

我说：“那您晚上回到家里，四五间屋子转悠来转悠去的，一定够寂寞的了！”

他说：“有女儿她小姨做伴儿，倒也不算太寂寞。”觉得说溜了嘴似的，被我一时手重，按得哼了几声后，又此地无银三百两地说：“是我们女儿她亲小姨，是我那口子的亲妹妹。一年前离婚了，房子归前夫了。于是就让我想办法给弄套房子。现在房屋商品化，一小套就十几万，我要替她弄了，不等于以权谋私吗？我一想，还莫如让她住我那儿。学中医按摩的。不对不对，往下，再往下，嗯……好舒服，她的手法儿可比你的手法儿内行多了……”

我强忍住笑，心想这位一号父母官儿今天吃错药了吧？怎么说着说着就说溜嘴了呢？

他又往回找补地说：“我女儿她小姨那可是位极传统的女性，什么越轨的事儿都和她不沾边儿。她睡一间屋，我睡一间屋，互不干扰。”

我说：“现如今传统的女性可不多喽！有她和您生活在一起，既解除了寂寞，又能给予些照顾，您夫人和女儿，在国外也就放心喽！”

他说：“那是那是。她们不惦记我，我也不惦记她们。隔几天互通一次电话，诉诉彼此的思念，反而使生活增添了不少浪漫情调儿。”

他话锋一转，出其不意地问我：“你觉得我的秘书小吴这个人怎么样啊？”

我猜不出他究竟出于何种目的这么问我，略一沉吟，谨慎地回答：“我觉得小吴这人，虽然年轻，但政治相当成熟。接人待物也很老练。跟随您好几年了吗，就是块朽木也会被您培养得有灵性了呀！”

韩书记被我的话拍得心情无比愉悦地说：“同志，话不要这么讲嘛！小吴原本就是个素质很高的青年嘛！最近我在考虑让他离开我。”

我说：“那么精干的一位秘书，您舍得放呀？”

他说：“舍得放，也得放，舍不得放，也得放！要有跨世纪的眼光嘛。要多给年轻人创造施展才干的机会，让他们到大有作为的岗位上去锻炼，去成长嘛！”

我心中暗想，不知那幸运的小伙子会被安插到什么重要的岗位上去。看来今后也是一位我得与之建立起亲密关系的人物呢！

于是问：“韩书记，那您打算让小吴到什么局去呢？”

他说：“到局里不好。那不等于从机关到机关吗？在市委当过秘书不能成为一种特殊的资本，更没有成为什么资格。这一点是要破一破的。不破一破，群众是会有看法的。他这样的年轻人，应该到一些干实事的单位去。”

我说：“还是韩书记考虑得全面！”

他说：“我已经决定了，让他到你的‘尾文办’去，你欢迎不欢迎啊？”

我毫无心理准备，一时呆住。按摩着的手，也停住了。

“你的手干吗停住了？在发愣？不太欢迎？”

我急说：“欢迎欢迎！韩书记，您安插到我那儿的人，我岂敢不欢迎啊！”

他说：“听你的话，还是有点儿不欢迎。”

我心中暗暗叫苦不迭。那么一个骨子里傲慢、难以驾驭的人，被市委书记安排到我身旁，我以后可怎么对付呢？

可我嘴上却只能违心地说：“韩书记，您可千万别冤枉我。您若冤枉我，我担待不起的呀！我发誓我一千个一万个欢迎！您征求过他自己的想法了吗？”

“当然征求过喽！否则不等于包办了吗？”

“他……他什么态度呢？”

“他是极愿意给你当个副手的。”

“当……副手？”

“市委任命你为‘尾文办’主任时，不是没同时任命副主任吗？”

“没……没有……”

“你自己也没乱封官，乱提拔吧？”

“也没……没有……”

“好，这就好。我看今天咱俩就算敲定了吧，让小吴到你那儿去当副主任！”

“这……”

“有什么不妥吗？”

“我……韩书记……我自己目前还能胜任愉快，一个人完全担得起全部工作……”

“瞎说！同志，这就不实事求是了嘛！当初没给你配副主任，那是因为我们当领导的思想保守了点儿，没估计到会有今天这么了不起的局面！现在摊子铺得如此之大，由尾巴文化带动起了五行八作的尾巴经济，单靠你一个人的能力明摆着不行了嘛！让小吴去给你当副主任，是对你的关怀嘛！否则，将你的身体累垮了，岂不是领导的罪过了嘛！”

韩书记尾巴朝上一竖，坐了起来。他的尾巴又变色了。由土红色而渐渐变黑了。我觉得他似乎已经看透我心里的真实想法。

我竭力辩白地说：“韩书记您千万别误解了我！其实我顾虑的是……将小吴这么一名好秘书从您身边调到我这儿，我……我有点……”

“有点怎么呢？”

“有点儿不安啊！还是要以您的实际需要为重啊！”

我说的是一半儿真话，一半儿假话。前句是真话，后句是假话。什么他妈的对我的关怀啊！这不等于是安插亲信吗！不等于是掺沙子吗！不等于是摘桃子伺机抢班夺权吗！

“哎,同志,不要考虑我嘛！要以尾巴文化和尾巴经济的大好前途为重才对嘛！因为这个事业是党的,是人民的啊！希望你能和小吴搞好团结。不要产生矛盾。一旦产生了矛盾,你要姿态高一点儿,努力避免矛盾的激化。真的产生了尖锐的矛盾,可以直接向我汇报。该批评小吴的话,我绝不会因为他曾经是我的秘书而偏袒于他。一把手和二把手之间,所谓矛盾,也无非就是由思想方法、工作方法和权力分配的得当与否产生的嘛！在思想方法和工作方法两方面,你可以说是前辈,我认为他理应多听你的。在权力分配方面,他比你年轻,我认为理应多分担些,以减轻你的工作压力。什么人权、财权、经贸权,让他去管嘛！你腾出精力多做些方针制定方面的大思考嘛！当当舵手就行了嘛！……”

这不等于是变相地免了我的职罢了我的官了吗！尽管我全身都在流汗,然而手心和脚心却被气得发凉。

但我嘴上却不得不诺诺地说:“感激韩书记的教诲,我一定牢记您的指示！理解的执行,不理解的也执行！”

我哪里再有心为他按摩腰呢?

我推说我实在掌握不准手劲儿。问他请一位小姐来替他按摩可不可以?

他犹豫地说:“不好吧?”又瞪着我问,“那好吗?”

我说:“没什么不好的,那很好。如果一切人都可以替别人按摩,解除痛苦,那还要专业的按摩小姐干什么呢?按摩是我们伟大祖国悠久的中医传统的一项很主要的内容嘛！我们接受按摩,和接受针灸其实是一样的嘛！”

他便说:“你的话也对。只要你说得对,我们就照你的办！要请就为我请位皮肤白的小姐。我见不得黑黄皮肤的小姐在我眼前半裸不裸的样子！见了心里就不舒服。”

我们来的人多,小姐们全派上服务对象了,还不够。受欢迎的按摩小姐只好能者多劳,刚从某一个单间出来,顾不上擦擦汗,便被亲临指挥的经理推入另一单间。

我问经理:“你预备的小姐太少了吧。”

经理满怀歉意地说:“少是不少的,只不过没想到来的女记者和女秘书们,也都心血来潮,争相体验男人们的消费享受。反正是你大主任开支票,我要是女的,也会趁机体验体验的。何乐而不为呢?”

我就很生气,说:“女人们跟着瞎凑的什么热闹嘛!洗洗桑拿就行了呗,还他妈点起按摩小姐来了!经理你去,现在就给我从哪个单间里拖出一名按摩小姐来,韩书记那儿等着服务呢!”

经理一听,不敢稍慢,立即走向一扇门,也忘了在外面敲儿下,推门便入。那单间里突然传出一声女人慌张的尖叫,接着是一阵斥骂。经理红着脸拖出一名按摩小姐,命她跟我走。

我打量着那小姐摇头,说:“她不行。她皮肤黑了点儿,也太瘦了,骨骨棱棱的,韩书记可能不喜欢。”

那小姐双眼朝上一翻,随即从鼻孔发出重重的一声哼,一转身,赌气又进了那单间。

经理就要求我跟他一起物色一名。

他带我又推开一扇门,见一名按摩小姐,正和一个小伙子乱作一团,难解难分,不可开交。

经理立刻退了出来,对我说:“别见怪别见怪,此类情况是难免的。”

我却早已一眼看得分明,那小伙儿不是别人,正是韩书记的秘书小吴。

我说:“我才不见怪呢!不找了,就是里边那一位小姐了!”

我亲自闯入,从吴秘书身上拖起了那一位皮肤白得像奶、秀色可餐的按摩小姐,拽着往外便走。

吴秘书急用一条毛巾围在腰际,临时挡住羞部,阻拦在门口,矜傲地说:“梁主任,你这是干什么?你如果偏需要这一位小姐的服务,也得跟我商量商量啊!”

他说时,他那条湿漉漉的貉子尾巴一阵乱甩,甩了我一脸一身的水珠儿。

我抹了把脸,皮笑肉不笑地说:“吴秘书,听明白了,不是我需要这一位小姐的服务。是韩书记那儿等着按摩服务呢！韩书记指示我替他找一位皮肤白的。我看这位小姐皮肤就够白的,就只得委屈你舍欢割爱啦！”

吴秘书的矜傲一扫而光,默默退回小木床那儿坐下了,恋恋不舍地望着按摩小姐。

我又说:“吴秘书,那么,允许我将这一位小姐带走了?”

他喉部一蠕,低声说:“那你就带走吧……可……梁主任,求你别说她刚从我这儿离开。那多不合适啊！”

小姐朝吴秘书飞了个媚眼,催我快走,并说她一视同仁,为谁服务都是一样百依百顺的态度,一样全心全意的宗旨。

我说:“小吴你放心。我既不会使你日后在韩书记面前不好意思,更不会使韩书记日后在你面前觉得不好意思！”

我打发走了经理,攥着那白白的小姐的腕子,将她扯到了我和韩书记的单间门外。

韩书记正在里边唱歌儿。他嗓子不错,是一位精力充沛、能歌善舞的市委书记。吴秘书曾写过一篇文章,在报上盛赞他是一位既会工作,也会休息,不放过生活乐趣的新型领导者。他当年留过苏,对前苏歌曲情有独钟。唱的是《山楂树》。

我低声对那小姐嘱咐:“你可要好好儿地为韩书记按摩。他满意了,我给你红包！”

她职业性地一笑。娇滴滴地说:“您放心吧！凡是经我按摩过的男人,无论他是官员还是款爷,下一次来没有不指名道姓点我为他们服务的！”

我轻轻推开门,自己先闪在一旁,请小姐先入。待我进入,却见韩书记已穿整齐了衣服,正坐在按摩室的沙发上,从头到脚打量着小姐。他一手在前,拿着毛巾;一手在后,握着他那条变色龙尾巴的尾巴梢儿。显然的,小姐进入时,他正擦尾巴。这是一套桑拿室与按摩室里外相连的“高间”。作为按摩室的外间颇大,陈设有沙发、冰箱、彩电、电话,几乎应有尽有。壁上一幅七八尺宽,十几尺长的油画,仿画的是十五世纪后期佛罗伦萨画派最著名的大师波提切利的名画《维纳斯的诞生》。用色俗艳而肉感。

我说:“韩书记,您怎么穿好衣服啦?”

他将目光从小姐的身上收回,望向我说:“我等不及了。算了。下次来再劳这位小姐的大驾吧!”放开尾巴,往起一站,那只手立刻撑在腰际,脸上呈现出忍痛的表情。

连我这种眼里揉不进沙子的人,都看不出他是真疼还是装疼。不管他是真疼还是装疼,我想我绝不能让他就这么走了。怎么能让他乘兴而来,败兴而归呢?

我急赤白脸地说:“韩书记,您不能走!小姐已经来在跟前了,您的腰也正疼着,为什么不能牺牲半个多小时,让小姐替您解除痛苦呢?解除了痛苦,也是为了保证下午和晚上的工作质量嘛!”

那小姐也极会来事儿,帮着我劝阻:“是啊,我保证您的腰经我的双手一按摩,走出这间按摩室时,腰板儿挺得比二十来岁的小伙子还直!”

韩书记犹犹豫豫地说:“带着点儿病痛坚持工作倒没什么。二十多年如一日,我早习惯了。只是我非要走不可的话,冷落了你和这位小姐对我的一片好意……”

我说:“可不是嘛!那我心里一定会感到万分内疚的!”

小姐也娇滴滴地说:“那不明摆着,等于您不信任我的服务嘛!”

其实我当时心里想的是——想走?没那么容易!你往我身旁安插了你的一名心腹,我今天就一定要成功地腐蚀了你!只要咱们靠钱靠享乐紧紧捆绑在一堆儿了,你那名心腹日后也就不是我的对手了!

韩书记笑了,盯着那小姐的脸说:“小姐同志,没你说的那么严重吧?”

我见他实际上已经答应留下了,识趣儿地退了出去。退出前一语双关地对小姐说:“小姐,拜托了!”

我关上门,并不走开。吸着一支烟,侧耳聆听里边的动静。

“您别急。我替你脱衣。这是我分内的事儿嘛!”

“小姐,芳龄几何了呀?”

“二十一。”

“好年华!你可真像那画上的维纳斯!”

“您开我的玩笑了!那画上的是爱神,咱凡骨肉胎的,哪儿比得上爱神美呀!”

“画上的,那不过是颜色涂出来的嘛!再怎么美,也没有生命感嘛!能去了你那大褂儿,让我欣赏欣赏你的青春胴体吗?”

“怪不好意思的……”

“别不好意思嘛!这都什么年代了,年纪轻轻的,这么保守还成?我的天,你身子可真白!我从没见过像你身子这么白的……女人……”

“您躺下……哎,对啦对啦……现在我得骑到您身上了!我身子轻,您受得住的。手劲儿可以吗?重了还是轻了?怎么样?舒服吗?……”

“舒……服……舒……服……手劲儿正好儿,不轻也不重……往下,再往下……对头……”

里边到此为止,再就没有对话,只有娇滴滴的哼唧和粗重急迫的喘息了……

我不禁一捻二指,打了个响指——看来,就一般概率而言,没有他妈的腐蚀不了的“公仆”,只有还没轮上被腐蚀的……

我不知韩书记是何时离开的。只知自己离开那扇腐蚀之门的时间是一点半。那正是下午上班的时间。

有些人洗完桑拿,接受过按摩小姐的服务后就走了。有些人仍留下不走，接着分散到卡拉OK厅或舞厅去唱歌跳舞。我不敢肯定地说每一个接受过按摩小姐服务的男人，都与按摩小姐们发生了性的关系。却敢肯定地说，她们每一个都在按摩的过程中，情愿或不情愿地奉献了一次性服务。有的可能还奉献了两次。因为她们只有七八位，而我带去了十四五位有身份的男人。在这种供不应求的比例情况下，他们中可能也有没泄欲、或渴望大泄其欲却没轮上泄欲的。几位同样接受了按摩服务的女记者，在卡拉OK厅和歌舞厅的雅座间，一边吸着冷饮，一边不避讳男人耳朵地高一声低一声交流着体验感受。其中一个愤愤不平地说："要是也有男人专门为咱们女人进行这种服务的地方多好！我真不明白，改革开放以来，男女平等又呼吁了许多年，为什么到头来还是处处不平等？"于是引得她周围的几位女性议论不休……

有的说："女人可以接受按摩的地方其实也有。医院里的按摩专科就是嘛！谎称自己腰腿疼，或患了颈椎炎，肩周炎，不但可以去接受男人的按摩服务，还可以报销呢！"

有的说："这就更充分证明了男女平等之可望而不可求！为什么男人可以在这种地方出出入入，而女人要获得同样的服务，只能谎称有病到医院里去？"

有的说："去了也不能在接受按摩的过程中干那种事儿啊！"

有的说："我希望将来有专为咱们女人开的男性妓院！"

有一个突然高叫："我性饥渴！"

这一声叫造成了几秒钟的肃静。之后五六个男人几乎同时冲了过去，一个个半真半假地表示他们都乐意满足她的性饥渴……

于是全体大笑。

在中国，在现如今，恰恰是新一代的知识男女凑一起时，只要氛围一形成，关于性的话题往往会是最热衷参与也最大胆最放肆有时甚至是最露骨最无耻的最具有相互挑逗性的"焦点话题"。那一种其乐无穷的情形和一句句层出不穷的淫言淫语，是管叫封闭的乡村里专善于勾搭成奸的男女们听了也面红耳赤的。如果他们和她们全都听得懂的话，那差不多可以被认为是靠语言进行的交叉的公开的野合。

众人笑闹一通后，小吴站了起来，说他要献给大家一首歌，为大家助助兴。于是众人鼓掌。于是他手持音筒，清了清嗓子，有姿有态地便唱。他唱的是很火了一阵子的流行歌《纤夫的爱》。唱到“待等日落西山后”一句，女子们一齐亢奋地接唱“让你亲个够！”并都将自己的一边脸腮，朝邻座的男人们凑过去。于是一片亲吻发出的咂咂之响。有那男人身旁没有女人凑过脸腮，便使劲儿嘬自己胳膊，发出比亲吻更响的声音……

小吴唱罢，我亲自上前向他献了束花。

我说：“吴副主任，好嗓子啊！”

他一愣，仿佛奇怪我怎么不叫他“吴秘书”而叫他“吴副主任”。我看出他纯粹在装傻。

我又说：“本人竭诚地欢迎你呀，今后咱们就并驾齐驱了！”

他将我扯到一旁，闻了闻花，抬眼，问：“韩书记跟你商议了？”

我从那花束上掐下一朵儿，也闻了闻，插在西服兜上，双手往后一背，阴阳怪气儿地回答：“我配和市委第一书记商议什么事儿吗？他作决定，我服从就是了。我今天回去就为你布置一间办公室。办公桌之类的，是你亲自到市场去挑选呢，还是由我代劳？”

他说：“由你代劳吧，由你代劳吧！”

我转身欲走时，他扯住我又说：“你正我副，并驾齐驱我是不敢当的。同舟共济吧！”

我说：“既言同舟共济，也就意味着要同甘共苦喽？”

他说：“那当然，那当然！”

我心中暗骂——王八蛋！万事开头难，老子白手起家，仅凭三拳两脚艰苦创业的阶段闯过来了，今后几乎全是顺顺当当地享受成功果实的日子了，你他妈还和我扯什么共苦不共苦的？分明是斜插一腿，只求同甘!

我坐到一个幽暗的角落吸烟。我是主人,众人是客。大家不走,我是不能走的。没谁言散,我这主人也不能第一个言散。都是些鬼小精大的男女。照应不周,就会耿耿于怀,说不定什么时候一勾结,给你来个冷箭齐发。我既开销了一大笔钱,自然是要硬陪到底,哄他们个满意的。

四周不知为什么静了。我左顾右盼,见些个男女们一双双一对对的,皆在幽暗的烛光之下用尾巴亲昵。一些人在把玩对方的尾巴,在用脸腮偎贴对方的尾巴。而另一些人,在用尾巴绕住对方的脖子,尾巴梢儿在对方脸上轻轻抚爱不止。也有男人的尾巴,像宠物似的,在女人怀里生动地活跃着……其状其态,狎邪百种,亦美亦丑。令我望着血脉贲张,想入非非……

我身子往下一缩,头往沙发背上一仰,只得努力排除淫念,按捺下心头发情之鹿,紧闭了双眼,索性打盹儿。

我觉有一条不知什么样儿的尾巴,毛茸茸地触我的一只手,接着又爬上我脸,挑逗得我脸上痒痒的。我不睁眼,佯装睡实了。那尾巴觉得索然,不轻不重地抽了我的脸一下,没意思地离去了……

一会儿,又有一条尾巴爬上了我的脸,凉森森的,光滑滑的,像蛇尾,但又绝不是蛇尾。它将我的脸冷熨了个遍,最后歇在我额上。我觉得额上仿佛被压了冰袋儿。又朝下一降,伏在我的两眼上。我觉得一股森凉,渗透眼皮,冰着我的双眼球儿。那感觉倒怪舒服的。我仍不睁眼,发出逼真的鼾声。一边暗自想象那究竟是一条什么尾巴……

我不是一个性冷淡的男人,也绝没修炼到坐怀不乱的禁欲程度。再说我干吗要禁欲呢?如果连色性之欲都自行修炼无了,男人活着还有什么情趣呢?但我又的确是在竭力克制着性的冲动,才抵挡住了先后两条尾巴的主动挑逗和示爱。

列位,我是自惭形秽呀!女人以尾巴向我进行挑逗和示爱,作为一个男人,尤其作为一个今朝买单的主人,我岂可不向对方展示我的尾巴？但我一想到女人们都是怕耗子的，我那耗子尾巴就不敢轻举妄动了。对方以尾亲狎，我不出尾奉迎，以亲悦亲，以狎悦狎，不是太无礼了吗？而她们一旦由于害怕耗子尾巴，惊恐大叫，我这主人岂不顿陷尴尬境了吗？

列位，我是只好不睁眼，只好装睡实了呀！

再说，我心里也清楚，我这等一个身材瘦小，其貌不扬，全无半点儿风度可言的男人，女人们的主动挑逗和示爱，还不是冲着我所掌握的职权和我所能支配的金钱吗？常言道，男人想入非非，不进心房，便进牢房。倘我随时随地一点儿也经受不住女人的尾巴的诱惑，一不留神便被她们进而诓入她们的心房，我可能也就永远也干不成一番轰轰烈烈的大事业了！今天一个女人向我要车，明天一个女人向我要房子，我招架得过来吗？何况我闭着双眼，也不知先后主动挑逗和示爱的究竟是两条什么尾巴，万一我一睁开眼睛，见是我讨厌的甚而是我所害怕的尾巴，我失声尖叫起来，陷对方于尴尬之境，岂不更糟吗？

“哎呀！蜡烛烧了我的尾巴！……哎呀！你他妈的别用脚踩呀！……”

正想着，糟事儿发生了。一个女人的尖叫引起一阵骚乱……

“别用脚踩！别用脚踩！用酒水浇注！”

“哎呀哎呀！疼死我啦！”

“你他妈的猪脑子啊！干吗往人家着火的尾巴上浇酒哇！小子成心的吧！”

“快拿几瓶矿泉水儿来！快，快！”

男人们见义勇为地围拢过去，纷纷献计献策……

赖在我脸上那条凉凉森森的光光滑滑的似蛇非蛇的尾巴，终于也经不住那边的意外事件的吸引，从我脸上溜下去了。

“我知道您在装睡！”

那尾巴的主人甩下了这么一句失意的话。而我，则渐渐由装睡真的睡着了……

我醒来时,见一位小姐站在我面前,手拿计价单。她礼貌地说:“先生,您要不要过目一下?我们经理交代,现金或支票都行……”

我推开她那只拿着计价单的手,没好气地说:“我刷卡!”

……

# 第十三章

我和韩书记的合影,也挂在我会客室的壁上了,悬挂在我和曲副书记的合影的前边。我早已学得考虑周到了,晚上给曲副书记打了次电话,请他谅解我的过分功利主义的做法。

曲副书记说:“哎,谈什么谅解不谅解的嘛! 我还正要提醒你这么做呢! 革命的功利主义,在什么时候都是无可指责的。如果你不这么做,我再去你那儿,见了会感到不安。韩书记再去你那儿,见了会产生不快的想法。那么对我,对韩书记,对你,而主要是对我们的事业,就都不好了! 你是越来越成熟了,我很替你高兴呀!”

“我们的事业”五个字,使我倍感亲切。

我说:“曲副书记,谢谢您的夸奖。您能这么想,太使我感动了。”接着我问他,“您是否知道小吴要派给我当副主任的事儿?”

曲副书记说他知道,韩书记征求过他的意见。

“您当时同意了吗?”

“那我能不同意吗?”

我抱怨地说:“曲副书记,您又怎么能同意呢? 那小子不纯粹是来削分我的权力的吗!”

曲副书记循循善诱地说:“我的同志,不能这么想问题嘛!关键看你怎么和小吴相处嘛!你和他相处得来,他不也能渐渐变为你的心腹吗?身边有一个心腹,难道不比孤家寡人好吗?”

我说:“他那人城府太深,遇事态度暧昧,事后又善于揽功诿过,我怎么能和他相处得来呢?”

曲副书记压低声音说:“同志,让我交给你个底儿吧!他正在追求我女儿。如果他真成了我女婿,你还拿他当外人吗?……”

“真……的?”

我一时不知自己究竟该喜还是该忧。

“这可是你我之间的一级机密哟!韩书记还完全蒙在鼓里半点儿不知道呢!如果他知道了,你想他还会将小吴派给你么?如果他派给你的是别人,那你这个主任以后才难当了呢!”

……

放下电话,我陷入了沉思。我开始意识到,我既在煞费苦心地将许多人编织在自己的网上,别人其实也在巧妙地将我编织在他们的网上。我一不留神,就可能变成别人的傀儡。正如别人一不留神,就可能被我利用一样。我和别人的最终的出发点都可归结为一个字,那就是——钱。有权的急着要以权易钱,有钱的急着要以钱贿权,再获得更多的钱。除了钱,似乎已再没有什么其他能使人感到安全的东西了。这也许就是商业时代的最主要的时代特征吧?这也许就是为什么一些人喜欢这个时代一些人恐惧这个时代的原因吧?

我想,以后我将要用更多的精力处理我和别人、我的网和别人的网之间的复杂关系了。我是作家时,好不容易才在创作实践中弄懂了人物关系即故事情节的道理。现在我也总算在中国特色的经济规律中弄懂了——人物关系即意味着财源滚滚。正是这一中国特色,制造了高智商的人为低智商的人打工的现象比比皆是。说到底,我也是靠了人物关系,在这座城市里睥睨众人,趾高气扬不可一世的……

市委方面正副两位书记先后视察“尾文办”使市府方面感到大为被动。几天后市长带着两位副市长也大驾光临。于是我又进行一次汇报。经多次汇报,内容我已背得滚瓜烂熟。

市长听后,也对我的实绩予以高度评价,并做了两点重要指示——第一,将“尾巴文化尾巴经济办公室”缩称缩写为“尾文办”不妥,也不好。因为只突出了事业的文化部分,隐掉了经济部分。而这个事业之所以是大事业,所带来的经济实绩是更令人鼓舞的嘛!

于是一位副市长自作聪明地说:“那就改为‘尾经办’怎么样?”

市长立刻摇头予以否定,思考着说:“也不妥,也不好。那不同样隐掉了文化部分的意义吗?不是就抹杀了尾巴文化带动尾巴经济的发展事实了吗?而抹杀这一点,不是实事求是的态度。市委方面,负责抓文化工作的同志也会有意见的嘛!我们做出什么决定,要照顾到其他同志的情绪嘛!”

另一位副市长说:“要不改为‘尾文尾经联合办公室’呢?”

市长又立刻摇头予以否定,说太啰唆了。他手指轻轻敲点着桌面,沉思默想。我和两位副市长屏息敛气地注视着他,都不敢再开口打断他的思路。

市长的手指终于不敲点桌面了,果断地说:“我看就这么决定了吧——改为‘文经集团公司’吧!可以简称或缩写为‘文经集团’。当初叫‘办’,有当初的考虑。现在还叫‘办’,就显得小气了,而且有官商的意味。这不利于我们的事业的发展。不利于反向型经营。改为‘文经集团’后,前面要加上一个英文字母‘V’。同志们,这么一改,是不是内容体现得就全面了?也不啰唆?……”

于是我和两位副市长都连连点头说改得好!

列位,我可不是逢场作戏。起码这一次不是逢场作戏。

“V·文经集团”——改得好就是改得好嘛!市长的头脑那就是比两位副市长的头脑智商高一些嘛!

我请求市长书写“文经集团”四字,他爽快而且颇为高兴地同意了。于是我用电话命人送来纸、笔、墨。我亲自为市长研墨。两位副市长一个按着纸,另一个照相。市长是练过书法的,用正楷写的“文经集团”四字,字字刚劲有力。

我亲自干,卷起收好。并向市长保证,一定请最好的工匠制成立体的。又试探地问市长:“举行易名典礼那一天,市长您能不能于百忙之中抽出时间,亲自剪彩?”

市长也爽快而且颇为高兴地答应了。

市长所做的第二点重要指示乃是——尽快将尾巴股票推上股票市场,争取为我市疲软的股票市场注入强劲的活力……

这正是我求之不得的!

我陪一位副市长上厕所,他在厕所里滴答了两滴尿后对我说:“股票上市时,可否考虑让市长亲自带个头,以增强全市股民对尾巴股票的信赖度,形成一种人人争相购买的良好的股市行情?”

我连说:“当然要这么考虑当然要这么考虑!”我猜这才是他上厕所偏拉扯着我的真正目的。

他又说:“我那辆‘奥迪’,是前任市长的前任坐过的,快十年了,早该淘汰了。能否帮忙换辆新的?”

我愣了愣,说:“那您就买辆新的吧,到时告诉我支票往哪儿开就是了。”

他说:“买了以后那辆旧‘奥迪’可以归‘文经集团’。”

我当时点点头。自己也硬滴答了两滴尿,和他一块儿离开厕所后,又告诉他:“我们‘文经集团’不要你那辆旧‘奥迪’了!我送你一辆新车,还要你一辆旧车干吗呢?倒好像不是送车,是换车似的。”

第二天,全市媒介又是一通宣传。“尾文办”既已易称为“V·文经集团”,将要上市的股票当然也就叫做“V股”了。没看报的市民一开始闹不大明白,以为是外国打入中国股市的股票,吃不准深浅,也就不怎么关注。于是又推出了电视广告。广告词曰:“要想钱包鼓,准备炒V股!V股V股,就是尾巴股!”可是市民们怀疑,不叫“尾巴股”而叫“V股”了,可能幕后有什么经济背景,有什么经济阴谋。于是动员市长在电视中就“尾巴股”改叫“V股”之问题,接受记者采访,信誓旦旦地保证,绝无陷阱,绝无阴谋。不过就是“尾文办”易名,股票随之改一种上市的叫法罢了。又组织了两次股票行家们的座谈会,暗嘱人人侃谈“V股”的上升大趋势。座谈会不但在电视中实况转播,纪要还在本市各报头版发表。致使几天内全市大小银行长队如龙,调查结果表明,全市百分之九十五以上的市民,愿将存款从银行取光,攥在手里,单等“V股”上市,争相购之。银行行长和储蓄所所长们惶惶如热锅上的蚂蚁,而我的心态当然相反,整天高兴得闭不拢嘴。行长们和所长们,纷纷亲自到我“V·文经集团”求见,刺探“V股”何日上市,希望达成私下里的购股交易。

我摆起架子答复,如果是他们私人购股,那好说!私人感情什么时候都允许起点儿作用嘛,但若以公家的名义和我“V·文经集团”交易,那就万万不可以了。中央三令五申,银行不得以储民的储蓄款参与炒股嘛!他们都说对中央的三令五申,也要灵活理解,特殊情况特殊对待嘛!说白了,就是要我“V·文经集团”救救银行!于是一笔笔巨款,以提前预购“V股”的方式,源源不断地划入到我“V·文经集团”的账号上。

正副两位书记三位市长的视察,大大提高了我集团的知名度。剩下的几位副书记和几位副市长,都让秘书打来电话,表示前来视察的愿望。有的一天打来数次电话,愿望表示得十分急迫。仿佛到我“V·文经集团”来与不来,是一次极端重要的表态似的!我当然没法儿拒绝。不能不给予人家一次表态的机会吧!但是后来者,已经受不到前两次那么高规格的礼遇了。我已经没兴趣亲自接待了。虽说“革命不分先后”,但先后毕竟还是要有区别的啊!老苗负责接待了一次。新提拔的办公室副主任负责接待了一次。我只到他们临走时才露露面儿,和他们合一张影。我还是需要我和他们的合影的。

列位,咱们中国不是有句古话,叫做“擒贼先擒王”吗?搬到拉拢、贿赂、腐蚀干部、拖干部上你的贼船方面来说,也不失为一条经验中的经验,名言中的名言。拉拢、贿赂、腐蚀了一百名小官小“公仆”,莫如一开始就拉拢、贿赂、腐蚀成功一名大官大“公仆”。列位若不信,回顾回顾,分析分析,举凡发生在中国的经济大案要案,哪一桩哪一件,幕后不隐匿着大官大“公仆”绰约的身影?道理是如此的简单明白,你若成功地将一位局长拖上了你的贼船,他手下的处长科长们,不跟着局长大人的感觉走才怪了呢!你若能像我一样,将些个市长副市长、市委书记副书记统统的一勺烩了,那么整个一座城市的衙门,差不多就意味着全都是你的服务机构服务部门了!

现在,我是将市长副市长、市委书记市委副书记们,统统都镶在精美的相框里,悬挂在我会客室的四壁上了。我和曲副书记的合影,已经从左至右按在党内和政府内的官职,向后移到第五个位置了。秘书长和两位副秘书长,也想来视察,被老苗不客气地挡驾了。老苗在电话里对他们说:“哎呀,实在对不起了!我们接待不过来了啊!我们总裁(‘尾文办’易称‘V·文经集团’,我的身份当然也就由主任而总裁了)最近太忙呀!也不能什么人想来视察就来视察一番啊!就是来了,也不值得再见报了对不对?没有什么新闻价值了嘛!就是我们总裁能腾出点儿时间陪你们合张影儿,我们的会议室也没地方悬挂了,真的!不骗你们……”

老苗说时,我从旁直想笑,捂着嘴才没笑出声儿……

至于本市的些个司局长啦,要见我一面,那得预约。四面墙上的大照片,使他们一进到我的会客室,都不禁肃然起来。以小比大,如果本市是一个国家,那么那一幅幅大照片,就等于向一切进入到我的会客室的人宣告——我是和国家元首们关系非同一般的人物!当然喽,在外国,谁和国家元首们照了张相有什么了不起呢!凭一张和国家元首的合影,银行家不会就主动贷款给你。税务官查你账时也绝不会睁一只眼闭一只眼。你一旦偷漏税而证据确凿地被指控,司法官们更不会因为你和许多官员合过影就从轻判你。但咱们不是就中国说中国吗？在咱们中国，像我会客室里悬挂的那一幅幅大照片，便意味着是我的广告，便意味着是我的护身符，便意味着是我的“通行证”。现而今中国有些人叫做“捞手”。他们倒不直接“捞”钱。他们一般缺少“捞”大钱所必备的某些背景和条件。他们“捞”人，专“捞”那些因为“捞”钱而锒铛入狱或即将锒铛入狱的人。善于大事化小，小事化了，使那些人最终逃避法律的制裁，或最终使法律对那些人的判处变成了形式上的、象征性的。他们是些带有黑社会色彩的人。起码是些跟黑社会有千丝万缕的联系的人。他们通过“捞”人而间接地“捞”钱。想当年我们“作协”有位同仁的小舅子因强奸少女而被逮捕，拐弯抹角地找到了“捞手”，花了一大笔钱，于是仅仅一个月后便以“健康欠佳，不适服刑”的完全合乎法律程序的理由取保就医，实际上逍遥法外。气得那遭强奸的少女的父亲吐血。吐血也白吐。足见“捞手”们的活动能量是极大的。稍加分析便可明白，“捞手”们有那么大的活动能量，靠的还不是和些个官员们的肮脏关系吗？后者实际上已经蜕变成了一些双重身份的人。公开的体面的身份是政府的官员。背地里的关系呢，说不定便是些黑帮“捞手”们的“大哥”，甚至可能是教父式的人物。据我看来，种种的社会迹象都在表明，官员们的腐败正在嬗变为腐恶。正在由“个体”而集体。由单一化而集团化。他们的特权也正在由非法化而合法化。“黑”“红”两道的联系，也正在千丝万缕起来，也正在成为一个渐渐公开的事实。

列位，且不要以为我这个由作家而儒商的人，洞悉这些，便肯定地早已堕落为黑社会中的一分子了！那可就太冤枉本人了！咱素质再低，也不至于比某些“公仆”的素质还低吧？咱再堕落，也不至于比某些“公仆”还堕落吧？

我话题一扯开，唠里唠叨地向列位谈到“捞手”们，意在使列位明白，本市的些个一类“公仆”，一旦被我用精美的大相框镶起来，悬挂在我会客室的四壁上了，他们实际上也就成了我间接雇佣的些个高级“捞手”

了。我有了这些高级"捞手"们的庇护,并且通过我和他们的合影以及由他们所控制的媒介广而告之,那么企图检举我企图揭发我的,他们的念头在付诸行动之前,不是得三思再三思吗?检举了揭发了,又岂能损我几根毫毛呢?罪证凿凿,企图逮捕我法办我的,不也是得三思再三思吗?那些个高级的"捞手",能眼见我即将成为罪犯而不齐心协力地打捞我于法的灭顶之灾水中吗?正如我觉得他们是我最可爱的人一样,他们又何尝不觉得我是他们最可爱的人呢?有了他们这样些个高级的捞手时刻准备着齐心协力地捞我,我的步子干吗不再快些呢?我的胆子干吗不再大些呢?

我含情脉脉地望着悬挂于四壁的一幅幅大照片,含情脉脉地望着那一幅幅大照片上,站立在我身旁的些个"公仆",更确切地说,些个我梁某人的"公仆"和我梁某人的高级"捞手"们的光辉形象,心想我的最可爱的人儿们呵,如果时势造英雄这一句话乃是一条真理,那么它正是通过你们才缔造了我这一当代英雄的呀!

不够圆满的是我还没将市纪检委书记镶在框子里,悬挂在我的会客室里。不过我对做到这一点充满信心,认为只不过是个时间早晚的问题。这个国家目前还做不到高薪养廉。大官小吏们银行里不存上几十万上百万,一个个瞻前顾后又那么的不踏实,而这正是像我这样的人腐蚀他们的有利条件。他们在体制内,我在体制外,没有我这种人和他们联手,体制内的钱很难转移到他们的私人存折的账号上;没有他们暗中助我,我这种人也很难从体制内巧搬大宗的巨款为我所用。而这种体制内和体制外的联手,是目前进行窃国的最佳运作方式。也是我和他们共同走向富贵之路的最佳途径。因为是最佳方式最佳途径,也便是我这类人和他们那类官目前最普遍的结合原则。老百姓奔小康,我这类人和他们那类官,当然要奔富贵!否则我这类人不是白长着一颗聪明的头脑了吗?他们那类官不是白为官手中白掌权了吗?没个尊卑贫富之分,又怎能说明我们的时代的确在大踏步地前进着呢?纪检委书记也是官,俸禄每月也不过就一千多一点点儿。也是为父为夫之人,也受有家有口之累,我才不信他与别的官儿们天生地有两样!我才不信他就不爱钱不爱过富贵的生活!就算他与凡俗之人有别,难道他的妻子儿女也不是凡俗之人了吗?只要他的妻子爱钱,他的儿女爱过富贵的生活,那么到头来他还是得站在体制内暗暗向我举手投降,乖乖地被我镶在华美的框子里悬挂在我会客室的墙上吗?我心里是十分清楚这一点的。他们心里比我更清楚。而真到了我是资本家他们是丧家犬那一天,他们不求我赏口饭吃求谁?而如果他们现在还不抓紧时机利用他们手中的权为我效点儿劳立点儿功,为他们自己留条后路,直到他们成了丧家犬那一天,我又凭什么非要怜悯他们关照他们?

不过我这个人其实并不盼着改朝换代。我与共产党没有不共戴天的阶级仇恨。我可不是什么持不同政见者,更不是什么反动人物!列位,列位呀!苍天在上,日月昭昭,我说的是心里话!是真话!因为咱这号寻常鼠辈,由三流作家而摇身一变成为鼎鼎大名的企业家,成为独领尾巴文化和尾巴经济之风骚的一代儒商,归根结底,靠的还不是领导们给咱创造的条件嘛!但凡算个人,总得讲点儿起码的良心吧?我感激领导们还不知如何感激呢。真的!再者说了,企业家也罢,资本家也罢,只要几千万元上亿元的金钱一归我用,归我花,归我爱怎么享受就怎么享受,二者之间又有什么本质的区别呢?其实我还喜欢做企业家不喜欢做资本家呢!做资本家那是多累的事儿啊!在真正的资本主义体制下,资本家赚钱多有风险多不容易呀!美国几乎每天都有一百多位大小资本家宣告破产!这是全世界都知道的事儿。想想多可怕呀!不比不知道,一比吓一跳!还是在咱们大有特色的中国做一位企业家好哇!赚了大宗儿是自己的,赔了全部是赔国家的钱。平时有大官小吏坐在船头船尾保驾护航。万一触礁翻船他们齐下笊捞你。就要破产而你又不愿宣告破产的话,有他们那些最可爱的人替你打开银行的大门帮你往外搬国家的钱救急补血。如果是你自己想要找理由宣告破产的话,他们那些最可爱的人又会替你揩尽屁股上的屎料理妥当一切后事！列位，我这么一一摆出利弊，你们就不难明白我为什么喜欢在咱们大有特色的中国做一位企业家的原因了吧？而我前边所说的话，明是顺着我的些个最可爱的人的思路说的。列位，在此让我悄悄地向你们透露一个小秘密——不知为什么，我这个党外之人，体制外之人，对共产党执政的广大能力，至少执政一百年的广大能力，其实是丝毫也不曾怀疑过的。倒是他们那些党内之人，体制内之人，为党做官为国家做“公仆”之人，私下内心里总是时常嘀嘀咕咕的，仿佛对于天下姓“共”还能姓多久，不但信仰动摇而且自己个儿先没了底似的！要不他们贪污受贿结党营私的行径能那么着急忙慌错过了机会就赶不上趟了似的吗？

我参加了几次市委市政府召开的企业家座谈会。我当然有足够的资格在会上作重点发言。我一开口，其他的企业家们的发言听起来就毫无意思了！市委书记副书记市长副市长们在我发言时一个个点头不止。从我这儿得到了种种实惠他们不点头行吗！而其他的企业家们也就只有一片静悄悄地侧耳聆听并不停笔记的份儿了。我发言的宗旨当然是进一步大力鼓吹尾巴文化和尾巴经济的豪迈意义。我尖锐地指出——股市疲软了，期货市场疲软了，房地产业疲软了，国内外贸易疲软了，大中型企业风雨飘摇，在此经济发展步伐艰难的时期，我市的支柱型文化产业和经济产业，除了依靠尾巴文化和尾巴经济来振兴，还能依靠什么？我强调，在这种情况下，市委市政府的各级领导们，各行各业的决策者们，宣传部门的把关人们，支持不支持尾巴文化和尾巴经济的进一步繁荣，不是什么小是小非问题，而是大是大非问题！是总路线问题！是总方针问题！是爱不爱国希望不希望老百姓生活幸福的问题！

最后我说：“我记得，在我白手起家大展尾巴文化尾巴经济之宏图的时候，我们的一位市委领导曾当面向我许诺，如果我成功了，要在市中心广场为我立一座镀金的全身铜像！我成功了没有呢？事实无可辩驳地证明，我大大地成功了嘛！可我的镀金的全身铜像在哪儿呢？当初向我的许诺并没兑现嘛！我不是在居功自夸，我不是伸手要什么虚荣，我要的是对企业家一言九鼎的信誉！……”

一石激起千重浪！于是其他的企业家们，尤其些个国有大中型企业的厂长们，也纷纷重提某年某月对他们的某种许诺。也要对他们的信誉。也要对他们的倾斜性政策……

于是市委市政府的诸领导们一阵交头接耳。

曲副书记不得不拖过话筒说：“许诺之词，确有其事。当初是我亲口讲的。你今天不提，我倒忘了。你今天提了，我就为难了。因为当初我讲的是激动话，并不代表市委，更不能代表市政府。我今天只好当面收回许诺，表示歉意了！……”

市长举了一下手，于是哄哄嗡嗡的会场又一片安静。

他将脸转向曲副书记，以敢作敢当的口吻说：“老曲哇，你性子太急了嘛！太沉不住气了嘛！没谁要求你做检讨嘛！不就是一尊镀金的全身铜像吗？刚才你表示歉意时，我和市委书记，以及其他几位常委同志合计了一下，统一了观点，达成了共识——镀金全身铜像，那是要立的！而且要赶在‘V·文经集团’的股票正式上市发行那一天在市中心广场立起来！届时请我们的市委书记亲自剪彩！要学商鞅指木为法嘛！要取信于企业家嘛！尤其要取信于有功有大功的企业家嘛！如今不是提倡现场办公吗？我看我们也趁今天这一次难得的机会来一次现场办公嘛！接下来倒要看你这位常委是不是肯当众举手赞同喽！”

市长说罢，率先高高举起了他的手。

于是他左右的领导者们，也都纷纷举起了他们的手。

曲副书记一边高高举手一边说：“我赞同我赞同。我当然赞同！”他的目光望向我，脸上浮现出又亲切又会心的微笑。

只有一位常委没举手，无动于衷地仍在那儿从容不迫地吸烟。不是别人，正是纪检委书记。

市委书记用目光数票，见纪检委书记并不举手，语气挺严肃地问：

“老秦啊，你是不太习惯现场办公呢，还是……”

纪检委书记阴阳怪气地说：“你们不是已经统一了观点，达成了共识嘛！而且，不是已经是绝对多数了吗？我这孤孤单单的一只手，举也罢，不举也罢，还不就是个形式吗？”

起码，在我听来，这老家伙的回答够阴阳怪气的。在我看来，他的表情也够呛人的。以前，他对我的态度，只不过使我感到暧昧不明。没承想他今天居然公开唱反调了！

市委书记受到抢白，脸上就很有些挂不住了，口吻冷冷地又问：“那你是反对的喽？”

纪检委书记反问：“你认为呢？”

市委书记的脸就涨红了，生气地嘟哝：“这叫什么态度呢？做这个样子给谁看呢？”

市长此时赶紧打圆场，和事佬儿似的说：“允许保留个人意见。允许保留个人意见。要充分发扬民主嘛！我看，就以少数服从多数的原则通过了吧！”

于是一阵掌声，表达了企业家对行政官员们现场办公雷厉风行的敬意。

而我，在掌声中，起身向大家连连鞠躬，对大家的祝贺和支持表达谢意。其实，我是要站起来总体观察一下，看谁鼓掌最来劲儿，谁鼓掌是勉强的，是逢场作戏的，而谁，居然不为我捧场，不鼓掌。我要牢牢地将他们暗记心中。

有会必有餐，这是惯例。领导做东，我来结账。

一些人都近近乎乎地往市长和市委书记那两桌凑。他们是些平时难得有机会对市长和市委书记表示亲热的人。我则不往市长市委书记那两桌凑。我犯不着在这种公开的场合暴露我和他们的特殊关系嘛！市长市委书记，也尽量显出亲热的面孔呼张三唤李四。他们唯独不对我表示亲热，不叫我坐过去。在这个伟大的商品时代，他们变得比以往任何时代都更加成熟了。

我偏和纪检委书记坐在一桌。我偏对他一个人表示出由衷的、发自内心里的、使别人看了感到太过火的亲热。仿佛他刚才根本不曾当众反对为我塑镀金的全身铜像似的,仿佛他才是我的事业的后台大老板似的。这使他极为困惑,也使同桌的其他人极为困惑。曲副书记也和我坐在一桌。显然,只有他一个人不困惑,清楚我内心里是怎么想的。他不时地对我暗使眼色,表示赞许。

我频频和纪检委书记主动碰杯。毕竟是在餐桌上,他心里明明不愿和我碰杯,但又不得不举杯。这一点我看出来了,别人也看出来了。他是行政官员,我是名噪一时的企业家,他不能连碰杯的面子都不给我嘛!那不显得他这位行政官员太不通情理,太没水平了吗?

他杯中的酒刚饮两口,我就替他斟满。他的目光刚落在哪一盘菜上,我就将那一盘菜转向他。他吃生鱼片,我急忙替他调好芥末。他剥虾,我急忙递餐巾纸。他吸烟,我急忙按着自己的打火机伸过去……

他阴阳怪气地瞅定我问:"现如今,我这种官儿,除了一种权手中其他什么权都没有。而那唯一的一种权,还是查办人的权。别人不是躲我,就是防我。不是怕我,就是恨我。怎么你偏偏要对我这么殷勤呢?究竟想在我身上打什么主意?"

我只是嘿嘿地笑,一句都不回答。我知道不好正面交锋的话,会有人接了过去替我回答的。我装傻充愣,一句都不回答,不是恰恰能充分显示出我为人厚道的本性吗?

果然,曲副书记替我把话接了过去,以推心置腹而又实事求是的口吻说:"老秦啊,他对你,可一向都是非常尊敬的哇!曾不止一次对我讲,党内有你这样的老同志,有你这样一身正气两袖清风的好干部,他为推动尾巴文化的繁荣,促进尾巴经济的发展,再苦再累也心甘情愿!"

他又问我:"是吗?"

我说:"是的是的。干什么都心里踏实嘛!"

他再问:“怎么个踏实法?”

我说:“明白无论出了什么差错,都有您替我兜着。那还能心里不踏实吗?”

他那双始终望着我的眼睛就眯了起来。他的筷子正夹着一段牛尾,用筷子朝曲副书记一点,弦外有音地说:“是他们替你兜着吧?”

也不知他是成心的还是一时没夹住,牛尾掉在了曲副书记的汤碗里,溅了我和曲副书记一脸汤星。

曲副书记那是多有涵养的领导干部哇!曲副书记一笑,用餐巾擦擦脸,笑道:“大家看到了吧,一段牛尾,秦副书记自己都舍不得吃,给我吃!”

于是同桌众人都笑。

于是曲副书记从汤碗里捞起那段牛尾,装出大快朵颐的模样认真对付。

秦副书记放下筷子,瞧着曲副书记,抑扬顿挫地说出四句诗是:

天受天损易,
人受人益难,
古来香饵下,
触目是铬钩。

众人听了,一时皆面面相觑。

曲副书记将口中的骨头斯文地吐在小盘中,亦庄亦谐地说:“老秦,你这香饵很香,还富有营养。却没什么铬钩呀,只不过有些碎小骨头罢了!”

于是众人又笑。

秦副书记绷不住脸,也笑了。众人的笑是逢场作戏,是凑趣儿的笑。秦副书记的笑,却是皮笑肉不笑的一种。在我看来大有明察秋毫而又待机行事的意味。这老家伙！

市长和市委书记携手双双前来敬酒。他们当然是来向我敬酒的，却首先和秦副书记碰杯，接着和其他人碰杯，最后才漫不经心似的和我碰了一下杯。没和曲副书记碰杯。但是我明白，他俩和曲副书记是一伙的。起码在我的特殊关系上是一伙的。不碰杯，那是当着秦副书记的面儿心照不宣的一种策略。

市长对我说："咱们秦副书记的酒量，我领教过。你可要替我陪好他哟！"

我说："一定，一定。"

市委书记说："咱们秦副书记，是咱们市委市政府两大班子中，资格最老，年纪最大的一位书记。十七八年前当上市委副书记，一直就在副书记的岗位上被摆过来摆过去。从没讲过什么价钱。一个人的能力有大小嘛！但只要有秦副书记这一点精神，那就是难能可贵的嘛！"

市长又说："是咱们韩书记上任后，点将让秦副书记负责纪检的。我听到过一些议论，认为这是个闲职。不错，咱们市的领导者们，尤其市委一级的领导者们，都非常廉洁，这就带头抵制了腐败。没什么可查可控的腐败案件，秦副书记也就成了位象征性的书记。但哪怕是象征性的存在，也有其存在的意义嘛！考虑到老同志的身体健康情况，工作能力情况，予以照顾，也完全是应该的嘛！"

市长和市委书记的话，听来使人很难明白究竟是在当众褒还是在当众贬，直说得秦副书记默默坐在那儿，脸上红一阵白一阵，表情尴尬极了。

市委书记替他满了酒，举杯又道："再过不久，咱们秦副书记就到离休年龄了，该回家享受天伦之乐了。以后咱们能这样和他聚在一起的机会不多喽！来来来，诸位和我同时举杯，让我们真诚地、满怀感情地，为秦副书记即将革命到头了，干杯！"

而市长则向另几桌的人们做手势，并连连说："同时！同时！……"

于是几十人转瞬站起，都举杯响应。有的还向我们这一张桌围拢过来。

秦副书记盯着眼前的杯，端坐不动，仿佛成心要给市长和市委书记一个下不来台。

但有曲副书记坐在他身旁，哪里会由他的不良居心得逞呢！曲副书记双手搀着他的胳膊弯儿，像搀一位德高望重、自己难以站立起来的老人似的，毕恭毕敬地将他搀了起来。

“老秦，拿着拿着。市长和书记，其实可都是冲着你才过来的……”

曲副书记将酒杯也替老家伙擎了起来，期待着他接。

老家伙不得不接了过去。于是在市长和市委书记的率领之下，一只只杯碰了过去……

一阵似乎庄重实则促狭的热闹之后，我们这一桌的人，又都坐下了。

老家伙那一杯酒被迫饮尽，可就显出三分的醉态了。

我趁机当众耍弄他。

我将头凑向他耳，故作机密地说：“秦副书记，您交代我的那件事儿，我可尽心尽意地替您办成了！”

他愣了愣，身子往后挺了挺，使他的头和我的头拉开一段距离，以一种颇为不屑的姿态睥睨着我，一脸正派地问：“嗯？什么事儿？我怎么不记得我求你办过什么事儿了？”

尽管他在强撑着摆出丝毫也没醉的样子，尽管他的头脑肯定是清醒着的，但他的话，已开始在舌尖儿上打滚儿了。

我也更加认真地说：“就那件事儿嘛！您怎么忘了呢？”

“哪件事儿啊？你说个清楚明白。”

他的神态，他的口吻，仿佛在当众宣告——我是什么人？你是什么人？咱俩是两股道儿上跑的车，我会求你办什么事儿？

我左右看了一下，觉得他求我办的事儿不便当众说出似的，无所谓而又特仗义地说：“您实在想不起来就算了。别费神想它了，反正我已经替您办成了！”

他呢，皱着眉又想了一会，自然是想不起子虚乌有的事儿，也就只好作罢。

隔了片刻，他的身子往后挺不住了，刚往桌前一倾，我又将头凑向他，故作机密地说：“秦书记，您老伴儿让我办那件事儿，我也尽心尽意地给办成了！”

他不禁“嗯”了一声，身子又往后一挺。这次他只“嗯”了一声，竟没追问什么。分明的，是没敢追问。就算他再不屑于和我这种人为伍，再不屑于因什么事儿求到我头上，他当时也没法儿断定，他老伴儿绝不会求到我头上啊？万一他老伴儿真的背着他求我办什么事儿了呢？万一那是一件有损他清正廉洁之形象的事儿呢？万一他一问，我来个不遮不掩地和盘托出呢？

他只有三缄其口的份儿。默默地吃着，默默地饮着，怀着满腹的狐疑，默默地吸烟。

我照例为他夹菜，为他满酒，为他点烟，仿佛那一桌上任何人对我都是不重要的，都是可以冷落的，在我心目中都是没位置的。只有他老人家是我必须恭敬必须大献殷勤必须取悦的人物似的。

又隔了片刻，我再一次说：“秦副书记，我这儿又想起来了，您儿媳妇让我办那件事儿，我也尽心尽意地给办成了！”

他身子往后一挺，不禁地又“嗯”了一声。基于同样的顾虑，还是一句话都不敢问。列位想啊，这年月，有几个当官的，敢替自己的老婆敢替自己的儿女打一个“出淤泥而不染”的保票？老家伙连他自己的老伴儿究竟求没求我办过什么事儿都不敢多问，事关他的儿媳妇，岂敢多问？再者说了，这年月，女权主义在中国大抬其头，有几个当公公的不惧怕儿媳妇三分？

我煞有介事地说：“您回去告诉她，或者告诉您儿子，今后有用得着我梁某人的地方，只管再来找我就是！”

他见我言之凿凿，连“唔”都不“唔”了，而开始含糊不清地“嗯”“嗯”了！

此时，他已经有七分醉了。我想，他醉得一定相当恼火。

同桌的人们，除了曲副书记看出我是在成心要弄老家伙，其他人都将我的话当真了。我是很明白现如今人们的心理的——某些事儿，人们十之八九都是宁信其有，不信其无的。尤其是那些会影响他们对某人的一向的好名声好品格的事儿。

同桌的几位，一直在交换着意味深长的眼色。

曲副书记终于开口了。他说：“梁主任，哦不，其实应该称你梁总了——我知道你和秦副书记关系特殊，知道你一向把他让你办的事儿当成圣旨。不过你们之间的事儿，以后单找机会谈嘛！也跟别人说说话儿，照顾照顾别人的情绪嘛！比如你这么半天了也不主动跟我说句话，只一个劲儿地跟秦副书记亲近，我心里就不太平衡呀！”

曲副书记的样子，仿佛是出于维护秦副书记也就是党的形象，不得不制止我似的。这么一来，他就轻巧地一推，将秦副书记推到未必多么清正未必多么廉洁的境地了。

秦副书记说：“其实，其实我和他之间……半点儿特殊的关系也没有嘛！”

他的表情有点儿犯急。

曲副书记笑了，半揶揄半认真地说：“关系特殊不特殊，天知、地知、你知、他知，我们人家，那可就都是没法儿知道的喽！……”

于是众人皆笑。那一张笑脸的后面，掩饰着的是对秦副书记这位纪检委书记的大不信任和暗嘲。

我说：“你们谁也别心理不平衡，谁也别嫉妒。嫉妒也是白嫉妒。我和秦副书记的关系究竟有多深，那是连他自己有时也不太清楚的……”

我的话说得老家伙莫名其妙，直翻白眼。

一个同桌人便问：“那谁清楚哇？”

“这个嘛……”我环视了他们一遭,扑哧一笑,举杯道,“审问啊?喝酒,喝酒!”

老家伙七分醉了。我可一点儿都没醉。他口口都真喝,而我几乎口口都假喝。我明知他回到家里,肯定是要一再对他老伴儿进行逼供的,也肯定是要打电话给他的儿子的。而他那当小学校长的儿子,肯定是要对自己当小学教员的妻子进行逼供的。但那又怎样呢?我完全可以推说我醉了,根本不记得此时此刻的事儿了。对一个酒醉之人的话大兴问罪之师,显得一位官员的气度太小了吧?

散席撤宴之时,趁着混乱,我将一包餐巾纸往他兜里揣。谁都没看清我往他兜里揣的什么。连他自己都没看清。但是许多人都看见我往他兜里揣,而他拒绝的情形了。

他急赤白脸地说:“这像什么样子!这像什么样子!”

我比他更急赤白脸地说:“那你就别往外掏!那你就别往外掏!……”

我一手搀着他,一手捂住他兜,众目睽睽之下,将他半推半送地弄进了车。

车开走了,我一转身,曲副书记站在我身后。

曲副书记左右瞧,见没谁紧跟出来,便低声对我说:“咱俩之间的事儿,今天齐了啊!以后的事儿,再另论。”

我说:“明白。明白。”

目送曲副书记的车也开走了,我才从容不迫地踱向我自己的车。坐在车里,我想,我对于我的最可爱的人们,一是不可以像剥削成性的私营老板对待打工妹们一样的,也就是说不可以利用过度。利用过度了,他们极易由最可爱的人变为最危险的人最可怕的人。他们一旦联合起来对付我报复我,最终的结果,必将是我这位由他们通力缔造出来的企业家,完蛋在他们这些缔造者们手里。好比美国电影里那些能力强大的机械人,最终完蛋在缔造者们手中一样。我和他们的关系,只能是几番交易后结一次账的关系。只有这样的关系,才是一种足以长久维持的方式。

至高原则是——在任何对我不利的情况下,我都不能出卖他们。出卖只会使我更无助,更迅速更彻底地走向完蛋……

我又想到了秦副书记那老家伙,从今往后,一些人将向另外一些人传播这样一个他们亲眼所见亲耳所听的子虚乌有的“事实”——在市一级领导干部中,和我这位“五星级”企业家关系最特殊最铁最深的,不是别人,乃是纪检委书记。他常交代我替他办事儿。他老伴儿、他儿媳妇也常利用我办事儿。那么我肯定也就替他所有的三亲六戚都办过事儿了!至于办的是些什么性质的事儿,则就全凭每个人去想象了!我还暗中往他兜儿里塞过钱。那一包餐巾纸,当然是会被想象成钱的,或者是贵重的首饰。而老家伙当众对为我立镀金全身铜像的暧昧态度,将被评论为一种当众所放的烟雾,是欲盖弥彰的伎俩……

另外一些人又将向更多的人传播这样一个子虚乌有的事实。而老家伙将不知向谁去解释。想解释也解释不过来。跳进黄河也洗不清。甚至,在他还没来得及完全明了被强加在自己身上的角色意味着什么时,普遍的公众可能已经将他看成是我船舱里的隐蔽人物了!

我承认我够损的,但是不损的中国人如今已经很少了。很损的人恰恰大量集中在如我一般的成功者型的中国人中。林彪当年有句名言——不说假话办不成大事。现而今办成大事儿的条件复杂化了。光靠说假话不太行了。还得附加一个“损”字。

列位宽恕我!

……

“V股”正式上市那一天,成千上万的市民变成了疯狂的股民。其情形不禁使人回忆起“文化大革命”。只不过股民们不戴袖标不唱“造反有理”罢了。

先是,在可容纳数万之众的市中心广场,举行我的镀金全身铜像之剪彩典礼。我的全身铜像高达3.26米。为什么3.26米,连我自己也不清楚。只知道在广场的另一端,庄严地举起着一只手臂的毛主席的全身铜像,也高达 3.26 米。至于毛主席的全身铜像为什么高 3.26 米,我就更不清楚了。当市委书记所持的金剪刀,悄无声息地剪断红绸之际,万众屏息敛气,广场一片肃穆。红绸滑落,我的全身铜像金光闪耀,顿时吸引住了万众敬仰的目光。于是五十架管风琴齐奏《尾巴颂》之乐曲。神圣、雄浑、高亢,直冲霄汉,激励着万众的心弦。男女各一千人组成的庞大歌咏队,伴随着乐曲唱道:

啊!……啊……
尾巴!
宇宙之神赐予我们的尾巴!
我们的宝贵的拥有,
我们的第三只手,
引领我们向前迈进的感觉,
伟大的感觉,
我们从此不忧愁,
我们不显,
我们用纯洁的心来感受,
这宝贵的拥有!
这骄傲的拥有!
啊!……啊!……
尾巴!……尾巴!……
我们将永远捍卫的尾巴!
……

曲终欲罢,市委书记发表了热情洋溢的演讲。他讲了些什么,我一句也没往耳朵里听。我站立在主席台正中,左边是一些衣冠楚楚的官员,右边也是一些衣冠楚楚的官员。他们身上穿的是我为他们定做的高级西服。他们颈上系的是我赠送他们的高级领带，领带上是纯金的硕大的领带夹。镀在我的全身铜像上的黄金，是手工打做那些领带夹的百倍。反正羊毛出在羊身上，典礼的一切费用，全都出在我从银行的贷款中，一分钱也不花我自己的。我始终仰望着我的镀金的全身铜像。除了毛主席他老人家，我可能是这世界上唯一的一个，有机会活着仰望自己高达3.26米的全身铜像的人了！而且是镀金的！那一时刻，我的金光闪耀的全身铜像，使我自己也不禁地崇拜起自己来！这一种自己对自己的巨大的崇拜激情，使我全身热血奔涌。使我泪盈满眶！我的铜像也如广场那一端的毛主席铜像一样，庄严地举着一只手臂。毛主席的铜像，仿佛在向我的铜像招手。他老人家的铜像，已经锈旧了，已经黯然无光了。那是本市剩下的唯一一尊毛主席铜像，曾被一锤定价地拍卖过。买了去的是某外国公司，企图完整地运回国去，摆放在公园里供人参观。他们当然不是出于崇拜和敬仰之情，只不过是出于一种炫耀心理。看，他把中国人的前伟大领袖的铜像买回国了！好比能将秦始皇墓兵马俑的一具真品买回国了。起运那一天毛主席铜像的脖子上被套上了铁索，吊车将“他”高高吊起。突然间天色骤阴，乌云急聚，紧接着下了倾盆大雨。倾盆大雨中夹杂着红果大小的冰雹。电闪雷鸣，天穹上翻江倒海！于是围观万千民众，齐刷刷跪在雨中，许多哭喊着——毛主席别离开我们！毛主席别离开我们！一位伟大的人物逝世十余年后，仍对民众的心理产生如此之巨大的深刻影响，其情其状，令人肃然愕然而又怵然，使许多没有迷信思想之人也不禁地迷信起来。那外国公司的老板感到不吉祥，反悔初衷，要求退款。所以老人家的那尊全身铜像才没流失到国外去。“他”成了这座城市的一桩圣物。而今我的铜像是崭新的，是镀金的。我是一个宵小之人，我是一个划时代的投机者，我还是一个窃国者。一个因投机成功因窃国得逞而一夜暴发的家伙！形形色色的所谓“公仆”前来为此典礼捧场，只不过由于我贿赂了他们。万千民众聚集在这里，只不过由于可以得到一张编了号码的购买“V股”的优先券！

当我的目光从我自己的金光闪耀的全身铜像转移,望向广场那一端的毛主席全身铜像时,我血管里奔涌的热血倏然冷却了似的。我感到一阵心惊肉跳。仿佛就会有什么始料不及的不祥之事发生。仿佛毛主席他老人家会从他自己的铜像座上一跃而下,一步步走向我的铜像,将我的铜像轻而易举地推倒。我暗想如果他老人家还健在,这典礼将会变成公审会场无疑!我的下场也肯定会像当年刘青山、张子善的下场一样!但又一想即使他老人家还健在,也不至于首先拿我开刀吧?我算什么呀?连弄到手的和打算弄到手的数目加一块儿,也不过就区区的两三亿嘛!小盗窃御马,大盗窃国家。比较而言,我充其量也不过就是个窃御马的小盗罢了!老百姓希望亲眼看到并且拍手称快的,恐怕更是他如何惩办那些以变非法为合法的手段窃国家的大盗吧?大盗不办,只办我这等卑劣小盗,我梁某人也不服呀!再者说了,首先是他的后代传人们不争气嘛!如果他们真的做"公仆",我又怎么能变国家的两三个亿为我个人的呢?

我正胡思乱想,曲副书记轻轻推了我一下,低声说:"别发呆发愣的了!该你讲几句话了。"

我省过神儿来,嘟哝着说:"我还用讲话吗?"

但是那些衣冠楚楚的官员们已经鼓起掌来。典礼台下也掌声雷动了。那掌声雷动,万尾竖起如旌如旗的场面告诉我——人们早已有些按捺不住性子了!都急着赶快领取了优先券去抢购"V股"呢!

于是我走到麦克风前,寻思了片刻,大声说道:"我记得有一位已故的名人留下了这么一句名言——演讲应该像女士们的裙子,越短越好!我的演讲只一句——要想幸福,快买'V股'!'V股'发发发,幸福传万家!"

于是万众欢呼:

要想幸福,

快买“V 股”!

“V 股”发发发,

幸福传万家!

这其实是“V 股”的广告词。从此,它几乎出现在我市一切人眼可见的地方和东西上。从巨大的电子广告屏到公共厕所的墙上,从男人们的背心上到女人们的卫生巾上到小学生们的校服上作业本的背页上。铺天盖地盖地铺天!

于是五十架管风琴重新齐奏《尾巴颂》之乐曲,两千人组成的歌咏队又一次齐唱:

啊!……啊!……

尾巴!

宇宙之神赐予我们的尾巴!……

毛主席他老人家的塑像并没从底座上跃下,大步腾腾地奔向我或我的塑像。晴朗的天空依然晴朗。总之一切如预期的那样顺利,并没发生什么不祥的事件,只不过从高空进行现场实况拍摄并附带撒优先券的直升机撞在了电视塔上,翻着斤斗坠地的情形对许多人的视觉造成了较猛烈的冲击。驾驶员、摄影师等当然是呜呼哀哉了。飞机坠地时当然也砸死了三五个人。飞机爆炸的碎片击伤了几十人。另外,由于万众抢夺优先券。踩死了些人,踩伤了些人。不多,死者也就二十多个,伤者也就五六十个。

过后,市长市委书记以及贵宾一干人等,纷纷与我握手,对典礼的顺利完毕表示祝贺。

市长说:“不容易不容易,如此大的一次活动,如此大的场面,如此众多的人,死些个,伤些个,在所难免的嘛!希望不至于破坏了你的好情绪。”

我说:“也希望不至于破坏了领导们的好情绪。”

市委书记就笑着说:“只要你满意,我们就满意嘛!老曲,你向电台、电视台、报社打个招呼,飞机失事,死人伤人,一个字也不要报道。谁如果偏要扫全市广大人民群众的兴,该撤职的撤职,该开除新闻界的开除!抓‘V股’的发行和抓导向,两手都要硬!不硬不行。这也是政治!”

曲副书记说:“放心。该想到的,我都想到了。出了漏,我引咎辞职。”

宣传部长赶紧跟着说:“还有我!我一定配合曲副书记把好宣传关。出了漏,我也引咎辞职!”

“V股”发行盛况空前。真他妈的盛况空前!

……

# 第十四章

列位，我的尾巴，也已经化猥琐为美丽了。正如老苗的尾巴化腐朽为神奇。它长到十米多了。列位，细长的东西都是可以编结起来的东西嘛！不知列位早些年见过女孩子们用彩色塑料绳编结的各种花样没有？我将为自己聘了美术学院毕业的硕士做专职美尾师，每天为我编结一次尾花儿。前一天他用电脑将尾花儿设计出来，送交我，供我审定。他一次不多送，仅送三份，给我对比和选择的余地。他非常热爱自己的新工作。当然，我给他定的月薪也是有吸引力的，一万五。如今只有傻瓜才会热爱月薪不高的工作，不管那工作被别人颂扬得多么崇高多么神圣。

尾巴文化和尾巴经济的总舵手，为自己聘一位专职的美尾师，我认为这算不了特殊化，也算不了以权谋私。因为我的尾巴的雅俗美丑，已不是我个人的事了，是关乎大局的事了。聘专职美尾师，实乃从工作性质出发，实乃出于工作需要。

美尾师的设计水准极高。常为我绞尽脑汁，翻来覆去地畅想更标新立异更具浪漫情调更具先锋意味的尾巴花样。几乎每天早晨都能给我一份儿惊喜，使我这位“尾巴精英”，足以不断地引导尾巴新潮流。我们的关系，那是和西方一些明星大腕儿们与她们的化妆师服装师之间的关系一样亲密的。他使我的尾巴成了我引以为荣引以为傲的“无字名片”。我的尾巴则成了他的“英雄用武之地”，不断刺激他启发他丰富和提高自己独特的艺术想象力。

列位，咱目前的尾巴花样，正式命名为“迷幻的大亚细亚之梦”。是镀了磷的，是装配了霓虹灯管儿的。采取的是现代派的立体编法。整体结构包括了太阳、地球和月亮三颗伟大的星球，以及抽象的裸体的男人和女人，象征着亚当和夏娃，象征着生命的起源和延续。这是指夜晚磷光闪烁霓虹灯管亮起来的情形。至于白天，那是另一番情形——白天咱的尾巴那就是一个花篮了！由散发着奇异芬芳的鲜花以别具匠心的插花艺术组成的花篮。鲜花都是小悦她每天早晨坐我的专车现从花店买回来的。一般的什么菊花、玫瑰、康乃馨之类的花，小悦是绝对不往我的尾巴上插的。小悦说那些花太司空见惯太俗气了。她为我的尾巴买的都是进口的洋花。洋花上还用大头针钉上活的蝴蝶和蜻蜓。因而我为她雇了几名打工仔和打工妹，专逮蝴蝶和蜻蜓供她最终当然是供我的尾巴所用。

“义尾厂”很快便兴建竣工了，不但促进了尾巴服装业、尾巴服务业、尾巴小手工业的迅猛发展，而且大大促进了我市旅游业的迅猛发展。我以“中国尾巴文化及尾巴经济总裁”的名义，向世界二十几个国家的旅游社团发出了邀请。他们无一不喜出望外，付预定金唯恐不及！

那些老外们，在我们这座城市里，顿时就显得“土”了，显得没见过世面了，显得太是“老外”了。

他们连看到我们的带尾巴套儿、尾巴托儿、尾巴夹儿的裤子、裙子都惊诧不已，更不要说面对我们的长尾巴的男人和女人们了！

有一位日本小姐迷恋上了我市歌舞团一位长凤凰尾巴的男舞蹈演员。是他在台上演出，她在台下贵宾座观看时迷恋上的。他旋转了半分多钟，猛地双膝跪于台前，身子后倾，伸张开双手，从心底里仿佛痛苦万分地喊出了一声“爱神丘比特啊！”——于是他的凤凰尾巴的两柄长长的羽翎，也仿佛很痛苦地瑟瑟颤抖不止……

结果她呻吟了一声，头一歪，晕过去了。爱他爱得晕过去了！

演出一结束，她就在两个人的左右扶持之下，走上台当众对他说：“救我！救我！……”

她软弱无力，双唇哆嗦，泪流满面。

他听不懂，一时不知该作何表示。

于是翻译告诉他，她请求他救她。

中国话他当然是听得明白的。明白归明白，还是不懂。或者反过来理解也行——懂是懂了，但更加不明白了，更糊涂了。

这时许多观众就拥挤到台前来。他向观众耸肩，表示他的困惑。

于是她又说了一串日本话。于是翻译用中国话骂他：“你这王八蛋小子眨巴什么眼睛啊！耸的什么肩呀！你不就长了两根凤凰尾巴翎嘛？神气什么呀！她就是全日本大名鼎鼎的花旗参枝子小姐哇！她父亲是全日本财力顶尖儿的几个银行家之一！人家还没出生就已经出名了！你看你在这一场混账的演出中把人家折磨成什么样儿了！她爱你已经爱得晕过去好儿次了！你小子娶了她就差不多等于娶了三分之一个日本了！……”

这翻译也是中国人，上海小伙儿，长得白白净净斯斯文文的。三年前大学毕业后从上海去日本的。能混到日本大银行家的千金小姐身边做翻译，在谋生于日本的华人中，显然是够幸福的一个了。他瞪着自己长凤凰尾巴的同胞兄弟那一种眼神儿，仿佛熊熊地燃烧着两束火焰！那是两束妒火。倘目光也能成为伤人利器，长凤凰尾巴的男舞蹈演员必死无疑。

拥挤至台前的观众们中，顿时也晕倒了一大片人！娶三分之一个日本啊！这一种对一个中国人而言，活一万年都未见得到碰到一次的好运气，眼睁睁地却将成为别人命里的一个事实，多刺激人啊！许多人内心里肯定的都在骂——花旗参枝子小姐你他妈干吗对长凤凰尾巴的如此痴情啊！

那长凤凰尾巴的男舞蹈演员目光一阵发直，接着两眼朝上一翻，挺挺地朝后倒去，后脑勺重重地砸在舞台上……

于是有人手忙脚乱地向他脸上喷矿泉水，有人煞有介事地掐他人中……

而更多的男人则围向那翻译，拉拉扯扯吵吵嚷嚷，都说他们自己的尾巴也算是一类尾巴甚至极品级尾巴，既然长凤凰尾巴的晕过去了，说不定还会落下严重的脑震荡后遗症，变成个傻愚呆痴的男人哪！人家是日本大银行家的千金小姐，咱们出个傻愚呆痴的男人跟人家配对儿结婚，不是太亏待人家太不仗义了嘛！也跌咱们堂堂中华人民共和国的份儿啊！都说干脆从我们之中替三分之一的日本另物色个更够资格的女婿吧！

那翻译被围得恼了，双手捂耳，大吼："都别吵了！一个一个自我介绍！"

听他那话，仿佛他真有权替花旗参枝子小姐另择佳婿似的。

他那一声吼并没能使些个男人们肃静下来。他们反而更加吵吵嚷嚷了。

"我是大学副教授！教古典文学的！……"

"去去去！大学副教授算个啥！我是习武的！我曾爷爷是方世玉的得意门徒！大银行家的千金小姐找女婿应该找习武之人！好保护她嘛！……"

"你们俩都闪一边儿去闪一边儿去！瞧你们俩那尾巴！人家不但相人才，也要长高级尾巴的男人才肯嫁！……"

"我的尾巴怎么了？我的尾巴怎么了？你他妈说那秃顶老教授别捎上我啊！我的鲨鱼尾巴就比你那条狐狸尾巴低一等啊！……"

"看清楚了看清楚了！我这是貂尾！不是狐狸尾巴！哎，翻译先生，尊敬的翻译先生，别理他，先听我自我介绍一下——我是诗人！世纪末仅剩的几个中国先锋诗人！不信您听我新近创作的诗——啊，无论这样还是那样！我的国我的恋人呀……”

诗人扯住翻译的一只手不放，方世玉的得意门徒的曾孙子扯住翻译的另一只手不放。于是三个人演起《灰圈记》。

那习武之人一时性起，甩开了翻译的手，跨向世纪末的先锋诗人，一把揪住对方衣领，照其面门，挥拳便打，嘴里同时骂道：“打你个貂尾的鸟诗人！打你个貂尾的鸟诗人！……”他那大号哑铃般的黑硬拳头，使世纪末的先锋派诗人表情忧郁而又自命不凡的脸顿时鲜血横流！

诗人也不是好惹的，也甩开了翻译的另一只手，扑向习武之人。张牙舞爪之状，仿佛一只勇敢的无所畏惧的猴子在向一头强壮的大猩猩发起进攻。但他哪里是人家习武之人的对手呢！还没接近人家，早已被人家一脚踢倒在地。当众挨了一拳，复挨一脚，诗人的样子，就更加不顾诗人的体统，很像玩命的野汉子。他就地一滚，滚至对方背后，扑抱住对方的鲨鱼尾巴，恶犬似的，下口便咬。无奈他的牙齿似乎不够尖锐，咬不透这韧厚的鲨鱼皮。尽管咬不透，显然也将对方咬疼了。习武之人又蹦又跳，哇哇怪叫，大幅度地甩摆着他的鲨鱼尾。诗人却将他的尾巴抱得极紧，分明的，誓死也不打算放开的了！身子被鲨鱼尾甩得在地上左拖过来，右扫过去，连连撞着前排的座腿儿。如同被瞎子运用着的拖布。但那诗人就是不放开对方的鲨鱼尾！牙齿不够快也继续啃咬，啃咬得对方尾疼而且心急。不知怎么一来，习武之人也一把揪住了诗人的尾巴。于是诗人的下场就太不幸了！

“叫你咬老子的尾巴！”习武之人发狠一拽，诗人的貂尾被齐根拽掉。诗人惨号一声，终于放开了习武之人的鲨鱼尾，双手轮番摸自己屁股。他瞧着两只手上的血，慌慌地哭了：“我的尾巴呢！我的尾巴呢！……”

显然，那断尾之疼，一时还没反射到他的大脑神经中去。

“你的尾巴在这儿呢！”

习武之人嘿嘿冷笑不已，攥着他的尾巴举给他看。貂尾的根部，滴滴答答地正往下滴着血滴……

“你还我的尾巴！还我的尾巴！……”

尾巴攥在别人手里，对那诗人而言，如同命攥在了别人手里似的。他的气焰顿时便弱了下去。他连连向习武之人打躬作揖，口中哀哀求告。

“尾巴掉了，看你小子还有什么资格争当三分之一个日本的女婿！……”习武之人将诗人的尾巴朝地上一丢，狠跺一脚，拍拍双手，拍落了无数的貂毛。

“赔我的尾巴呀！赔我的尾巴呀！天啊天啊，掉了尾巴我可怎么做人呀！我不活了呀！我没法儿活了呀！……”

诗人双手抓起自己的貂尾，紧紧搂抱在怀像父亲搂抱着自己被弄死了的孩子似的，满地打滚儿，呼天号地……

习武之人不再理他，哼了一声，转身又去向翻译申述自己最配当三分之一个日本的女婿的资格……

列位，你们若以为刚才那一流血事件，必是在众目睽睽的围观之下发生的。那就大错特错了。实际上没有一个人充当看客。更没有谁挺身而出将两个互相发狠之人劝开。每个人都自以为有可能摇身一变成为三分之一个日本的女婿的关键时刻，谁还顾得上理会身边正发生着的与己无关的什么事儿呀！哪怕身边人咬狗，狗唱歌儿，也是顾不上看顾不得听的呀！那习武之人和那诗人之间争凶斗狠的流血事件，其实等于是在既无人喝彩也无人观看的情况之下发生的。好比是两个人在无人之境演出的一场戏。

斯时所有的人全都无一例外地参与到了两伙人群中去。一伙人水泄不通地围着那翻译，另一伙人千姿百态地围住花旗参枝子小姐。围住翻译的一伙人，继续吵吵嚷嚷地进行着自我介绍。仿佛谁的嗓门儿高，谁说话的速度快，谁就有可能成为三分之一个日本的女婿似的。而围住花旗参枝子小姐的一伙人，则争相向她展现自己的尾巴的魅力。每个人的尾巴都各尽所能地显示着或刚劲、或温柔、或硬挺、或屈软、或竖或摇或伸或卷的动人之处。他们似乎全都通读过《尾巴语汇大词典》。所有的那些男人的尾巴，无论长的、短的、有毛儿的、无毛儿的、巨大的、小巧的，全都无一例外地向花旗参枝子小姐含情脉脉地表述着这样的意思——转爱我吧东洋美人儿！瞧我的尾巴一点儿也不比凤凰尾巴逊色，它会因了你的爱而变得更加美妙的呀！

被重重围困在中央的花旗参枝子小姐，不停地旋转着身子，惊恐不安。无数在她眼前摆动着的男人们的尾巴，分明的，已使她感到目眩头晕。

实事求是地讲，所有那些男人的尾巴，都是有品位上档次的尾巴。因为那一场演出不是售票而是发请柬，是市里的领导专为吸引外资、招商纳财而举办的，甚至可以说是专为花旗参枝子小姐举办的。这一位日本第二号大银行家的千金小姐的莅临，对于市里的领导们是一件非同小可的事。接待规格自然十分特殊，所受之礼遇自然有别于那些随旅游团队前来的外国人。行则警车开道，住则戒备森严。即使接待的是某国家元首，所受之礼遇也不过就能做到那样。而那些当晚持花束前来，有幸作为陪客的男人们，当然首先都是本市最有脸有面最优秀的男人，也当然都是长着二等以上尾巴的男人。好比都是些有二等以上职称的男人。对于某些理应获得到请柬，理应享受到充当陪客的殊荣，而尾巴的品位偏偏不高，被划归到二等以下的男人，叫“义尾厂”之“义尾安装公司”，遵照市委各位领导的指示，一户户上门服务，发扬大干快上的精神，全都为他们原来的真尾巴进行了技术性处理，并根据他们每人不同的身份、不同的年龄、不同的风度和气质，全都为他们安装上了二等以上的义尾。有些找关系，托人情，走后门儿的人，甚至以相当优惠的价格安装上了极品级的尾巴……

可是哪儿承想顺顺当当的，一个节目接一个节目，一阵掌声比一阵掌声热烈地演出完了，完全是由于花旗参枝子小姐自己的冲动和失态，造成如此骚乱如此不堪收拾的局面呢！

男人们——那些有脸有面有身份有地位有学识有自尊的男人们，因为可能成为三分之一个日本的乘龙快婿，因为这样的一个机会就存在于身边，变为现实也极可能是非常简单非常容易的事，所以也就顾不上一切体统了。他们都以为花旗参枝子小姐只要对他们某一个人的尾巴也发生兴趣，也爱慕起来，某一个人也就离成为三分之一个日本的乘龙快婿仅有一步之遥了。的确，事情可能就是这么简单就是这么容易。好比奥运会上最有把握夺得金牌的选手因某种意外被抬下了赛场，其他每一个选手都自以为有机会替而代之似的。

而女人们也都不甘是局外之人。她们一部分奔上了二楼，另一部分划分为两伙，围拢在两伙男人们的外圈儿。奔上二楼的，是些和在场的男人们没有任何关系的女人。二楼居高临下，看得分明。她们专执一念，想看到究竟哪一个男人在长着凤凰尾巴的男舞蹈演员被抬走后，捷足先登、现场取代，成为本市最幸运的男人。想知道那花旗参枝子小姐，是只对那长凤凰尾巴的中国男舞蹈演员情有独钟呢，还是水性杨花，芳心易变，立刻又对长另外某种尾巴的中国男人迷恋有加？无论结果是这样或者那样，她们都觉得能够当场亲眼目睹本市也是全中国现当代最伟大的新闻的诞生，那实在也是意外的收获了。起码在相当长的一个历史时期内，她们将会成为最有资格的谈论者吧？说不定因而将会成为电台、电视台、报界记者追踪采访的见证人，进而沾热点新闻之光成为亚热点人物呢！我们知道，除了某些因职业特性而对记者开始讨厌的女人（她们当然永远是一小撮中的一小撮），几乎全世界的女人都随时准备并乐于接受新闻界的采访。只要采访内容不牵扯她们的隐私就行。

人分为两伙，围拢在两伙男人们外圈儿的女人们，与奔上二楼居高临下观望着的女人们的心理和心态就大为不同的。后者们是与分为两伙进行激烈竞争的男人们结伴而来的。上帝作证，竞争之激烈性的的确确是史无前例的。虽然竞争场面根本不可与奥运也根本不可与亚运会相提并论，甚至也不可与任何一次哪怕稍微正规点的运动赛事相比，但竞争的结果，却极有可能是有史以来，起码对中国男人们而言是有史以来最残酷的。因为没有银牌得主没有铜牌得主没有名次荣誉，只有唯一的一个幸运，一个中国男人活一万年也未见得能碰上一次的一个幸运——成为三分之一个日本的女婿！谁幸运，谁就成了。简单容易得近于荒唐。只消那日本第二号大银行家的千金小姐目光中含着爱意注视向谁，脸庞上对谁绽出一丝丝由惊恐而惊喜的甜蜜的微笑，十之八九的，谁就成为三分之一个日本的女婿了！而成不了的，那就白激动白冲动白血压升高白心动过速了！连一日元也就是七分钱人民币的安慰都获得不到！

列位，列位啊，这是何等冷酷无情的一种竞争哇！

再说围在两伙有脸有面有身份有地位有学识有自尊的中国男人们外圈的女人们，她们不但是与他们结伴而来的，还几乎全是些与他们有种种亲爱关系亲情关系的女人。她们或者是他们的妻子或者是他们的情人或者是他们的姘妇或者是他们的姐妹或者是他们的母亲他们的师长他们的学生弟子他们的七姑八姨他们的表姐堂妹什么什么的。此时她们也都和他们一样地忘乎所以了。越是关系和那些男人们亲密亲爱的女人们，越是巴望有幸成为三分之一个日本的女婿的男人，不是别人，恰恰是她们的亲密者亲爱者……

"翻译！翻译翻译你别老盯着她看，你倒是看着我听我说呀！你看我丈夫他多老诚哇！他吧，一到这时候就只会心里着急，嘴上说不清楚了！我替他介绍自己……我丈夫他，我丈夫他吧！……"

"呸！真不要脸！你丈夫多大岁数了呀！人家可是位日本小姐！翻译！她丈夫已经五十八了，她曾经亲口对我诉过苦，说她丈夫已经性冷淡了！翻译翻译，我丈夫才二十六岁！年龄上和人家日本小姐正般配！就是那边长波斯猫尾巴的那英俊小伙儿！你瞧他的样子多温柔多可爱呀！翻译你就瞧他一眼嘛！……"

“呸！他是你丈夫吗？他是别的女人的丈夫！只不过是你的情夫！你个小婊子替他老婆做得了主吗？……”

两个女人几乎同时扑向了对方。她们扯对方的头发，挠对方的脸，都恨不得将对方的眼珠子抠出来，当成鱼鳔泡儿一脚踩个响！她们站着厮打得不可开交，继而翻滚于地厮打，不久又爬起来厮打。当爬起来厮打时，都已将对方弄到了披头散发，脸上、前胸、两条胳膊血痕道道，而且几乎赤身裸体的地步。她们做工考究、质地高级的旗袍和短衫裙子，变为东一缕西一片的。几乎赤身裸体的情形和各自不同的尾巴，那一时刻尤其使两个女人像两只企图吃掉对方的兽……

也没有谁关注她们，连她们的丈夫和她们的情夫都顾不上关注她们，任凭她们如在无人之境地相互拼命。

三分之一个日本，使那些男人们，和与他们有亲密关系亲爱关系，并寄希望于他们的女人们耳朵全聋了似的，眼睛全瞎了似的。他们和她们似乎已看不见别的男人和女人的存在了，只能看见花旗参枝子小姐和她的翻译了。他们和她们似乎已听不到别的男人和女人的声音了，只能听到从自己口中说出急急切切的话了。

三分之一个日本啊！

他们和她们似乎都一致地认为，只要和这么巨大的一笔财富缔结了姻缘，改变和牺牲他们与她们以往的亲密关系亲爱关系是完全值得的。并且都认为是在用小小小小的牺牲来换取大大大大的实惠！女人们都这么想——如果我的丈夫我的情夫我的父亲我的儿子摇身一变成了三分之一个日本的女婿，那么我是不是妻子是不是情妇是不是母亲是不是女儿又有什么呢？难道他们会让我白白作出牺牲作出割舍吗？只要他们对我作出的牺牲作出的割舍回报一点点儿一丁丁点儿，我不就也成了中国最富有的女人之一了吗？三分之一个日本的十万分之一该是多少呢？也足以使一个女人在中国变成荣华富贵享用不尽的富妞富婆了吧？而男人们则都这么想——如果成为三分之一个日本的女婿的幸运眼睁睁地附在了别人身上而没附在我自己的身上，连亲我爱我的女人都会替我伤心一辈子失落一辈子沮丧一辈子的！那我还活个什么劲哇！

另一边，一些女人们由男人们的外圈儿挤入到了男人们的里圈儿。她们在里圈儿为她们所亲她们所爱的男人们打场子，以便使他们占据最有利最充足的场地，进而在日本第二号大银行家的小姐面前从容展现他们的尾巴的魅力和表演他们的尾巴的种种奇异功能……

花旗参枝子小姐真的被那些男人们的形形色色千姿百态的尾巴搞得头晕目眩了。她的脸变得苍白了，她的脸上流下冷汗来了。它们，形形色色千姿百态的男人们的尾巴所向她频频递出的性感的信号，使她芳心大乱。不知该将目光望向哪一个男人不知该对哪一个男人的尾巴表示欣赏才好。尽管她心底里其实还惦念着那个长凤凰尾巴的、脸像拜伦的小伙子的安危。可她同时也有一种希望和每一个运用尾巴向她示爱的中国男人做爱的欲望在冲动，在燃烧着。她是那种情欲越高涨脸色越苍白的日本千金小姐。全世界只有日本的文化背景才产生这样的千金小姐。脸红对她们而言只不过意味着害羞。而脸色苍白的时候才是她们不害羞的时候。她们在害羞的时候的动情之状往往是假装的，她们在不害羞的时候动情之状才是百分之百真实的。花旗参小姐实际上已经处在了这样的时候。她脸色苍白，淌着冷汗，胸脯剧烈地起伏。她两眼微眯目光迷幻而又恍惚。她感受着自出生以来从未感到过的自豪和自信。她万万没有想到在中国会有这么多看去有身份有地位有学识的男人爱她！尽管他们中有些人做她的如意郎君的话年龄未免太大了点儿。她在左右两个私家随员的搀扶之下走上舞台当众求爱时，她内心里其实是自卑的，而且是充满委屈的。她不是一个不知道自己身价的庸常的日本傻丫头。恰恰相反，她清清楚楚地知道自己的身价，知道有资格做自己丈夫的人，不管属于哪一个国家的国籍，起码也得出身于那一国家最受尊敬的名门望族，本人起码也得是亿万财富的继承人。而那亿万财富当然应该是以美金来计算的。她也清清楚楚地知道，对于自己公开在中国向一个跳舞的中国小伙子求爱这件事,日本的一切媒介首先的反应必是大哗。她父母首先的反应一定比她被绑架了还慌乱不知所措。十之八九的日本人,一定会指责她不但丢尽了自己的脸,也丢尽了日本的脸!因为她是父母唯一的子女。不管她愿意不愿意,事实上她都代表着日本的三分之一的财富。目前起码代表着日本三分之一的财富的未来支配权,甚至可以说是代表着日本经济血统未来的纯性。如果由她自己破坏了这一种日本经济血统未来的纯性,可能在相当长的一个历史时期内,没有一个日本人会原谅她的荒唐!因为这件事的严重性在于——她和一个中国的跳舞的小子所生养的后代,是否还有资格继承日本的三分之一的财富?如果还有资格继承的话,那么是否意味着日本的三分之一的财富,已经不完全属于日本了?甚至可能已经在某种形式上属于中国了?难道不是属于半个中国人了吗?……

当许许多多的中国男人包围住她,争相向她显示他们的形形色色的尾巴的性感魅力时,她内心里其实是惊恐的。因为她是从贵宾门进入演出厅的。一进入便坐在座位上了。五分钟后大幕徐徐升起,演出就开始了。她万没料到,在她身后一排排斯文端坐着的每一个中国男人,都无一例外是长尾巴的。只不过座位都是特制的,座位之下都巧妙地安装着尾巴兜。就如同飞机的每一个座位上方都有氧气罩一样。那时刻,倒是不长尾巴的男人对她具有安全感。可是不长尾巴的男人只有一个,便是她的私家翻译。而他也陷于另一伙男人的包围,根本无法突围过来保护她……

现在,她是既不惊恐也不自卑了,只不过被那些尾巴招摇得头晕目眩罢了,只不过被那些尾巴分泌和传送出的性感信号挑逗得心旌猎猎,几乎难以克制住自己的情欲冲动罢了。她已经看出来,他们对她都没有丝毫的恶意,更没有任何伤害的企图。他们只不过都在极力地取悦于她,都在向她献媚罢了。她虽然听不懂他们的话,但是能理解他们都是在乞求她。她错误地以为他们都是在乞求她对他们各自的尾巴发表欣赏性赞美性的评论,还错误地以为中国男人和男人之间,女人和女人之间彼此瞪眼、气势汹汹,是因为党派不同政治主张不同造成的呢!总之她觉得,如果日本的电视新闻记者摄下这一幕,全日本又该为她感到骄傲了。即使山口百惠在最走红的时期到中国来,也不见得能引起如此火爆的轰动场面吧?……

三分之一个日本,终于使些个男人和女人完全地彻底地丧失理智了。希望之果只有一个,当谁都不能如愿以偿立刻摘取到手时,都愤怒起来了。但谁的愤怒都绝不向日本大银行家的千金小姐身上发泄,谁都明白她代表着日本的三分之一的财富。因而她是神圣的。有她在,希望就毕竟存在着。些个男人和女人的愤怒,都向自己的同胞身上发泄。尤其些个男人们,那一时刻都在内心里暗暗祈祷着立刻发生八级大地震。震后只有一个中国人,而且是一个中国男人从废墟上站了起来。当然便是自己。当然自己的尾巴也是要完好无损的。尾巴乃是与三分之一个日本结合的前提呀!还有一个幸存者当然是花旗参枝子小姐。她可以也被废墟掩埋住了半截身子。她可以受伤。可以受重伤。可以瞎了。可以掉了一条腿,或一只胳膊,甚至可以落下终身的残疾从此站立不起来。但就是不能死。死了不就“坏菜”了吗?死了自己还怎么和三分之一的日本结婚呢?那么自己将她从废墟之中救了出来。那么自己成了拯救三分之一个日本的大英雄。自己横抱着遍体鳞伤昏迷不醒的三分之一个日本,屹立在一片废墟之上,大地还在微微颤动,这里那里余震还在此起彼伏地发生着……能他妈的立刻发生一场八级大地震多好哇!至于其他的些个自己的男女同胞们嘛,当然都应该死光光!……

但地震并不是谁在内心里祈祷发生便会立刻发生的。同胞们既然不能立刻死光光,而且还继续在自己面前炫耀尾巴,与自己毫不相让地争爱夺宠,每个人内心里的愤怒便不由得剧增了十倍。于是些个男人向男人发起了进攻,女人向女人发起了进攻。片刻后男人向女人女人向男人发起了交叉性的进攻。男人也罢,女人也罢,首先最恨的还不是对方,而是对方们的尾巴！因为三分之一个日本所感兴趣的,不是中国男人,而是中国男人们的尾巴嘛！消除异己是突出自己的最古老也最行之有效的方式。于是都扑向对方们的尾巴——咬、撕、拽、踩,毁之唯恐不彻底……

我就是在那一时刻率领武警部队赶到现场的。我正陪着市长市委书记接受美国国家电视二台的采访。其实是市长市委书记陪着我接受采访。

老美的一位金发碧眼的女记者自以为聪明地向我刺探:“请问,梁先生,你们一座二百余万人口的城市的大多数公民都长出了尾巴,是否由来自宇宙的某种神秘作用所致?”

这我能告诉她底细吗?如果告诉了她实话,他们依仗他们比我们发达的现代科技,与外星人取得了联系,达成了某项宇宙协议,从此全面垄断和控制地球人类的尾巴生长权,那往小了说,对我们这座城市的尾巴文化和尾巴经济之发展,不是太不利了吗?往大了说,不是等于泄露国家一级机密吗?我们这座城市发生的人类长尾现象,已经上报中国社会科学院,正集中了一百多位科学家在紧张地进行着科研呀！最起码的损失是——如果美国佬儿也都人人长出了尾巴,他们还会蜂拥到我们这座中国城市来旅游观光吗?其他欧洲国家的游客也不会来了呀！那咱们挣谁的美元挣谁的外汇呢?

我一笑,否定地说:“No,你们美国人的想象力不要太无边无际了。我们这座城市的中国人长尾巴,那是因为我们这座城市的许多中国公民都是诚实的公民。”

她那双大得像剪纸人的眼睛一样的碧眼,从细秀的金框眼镜后凝视了我片刻,居然又不知高低地和我侃起经济来——这美国娘们儿说据她看来,我市由尾巴文化热而带动的尾巴经济热,具有非常之显明的泡沫经济的性质。过热之后必然是骤冷,必然是大萧条。除了会产生几个投机成功的暴发者,根本不会给普遍的公民带来什么实际的经济利益,更不会带来什么长久的有保障性的积极的经济利益……

翻译将她这一番话翻译了以后，我见市长和市委书记彼此交换着的目光。我急了，心想这王八蛋娘们，不是跑中国来坏我的大事儿嘛！列位，你们都知道的，我们中国的一些官员，甚至可以说我们中国的为数不少的官员，其实是些腹中空空，既不懂政治，更不懂经济的大草包。他们能当上官儿，除了靠机遇，靠沾体制的光，再就是靠说假话，靠唯上峰之命是从，唯上峰之马首是瞻了。由于他们不懂，所以他们又一向迷信。从前是迷信上一级官员的。村里迷信乡里的，乡里迷信县里的，县里迷信地区的，地区迷信省里的，省里迷信中央的。中央如果犯了路线错误，方针错误，政策错误，那就一错到底了。现而今，他们中有些人不太迷信上一级官员的了。内心里开始迷信起外国人的了。在外国人中，又最为迷信美国佬儿。他们中有些人，到下边视察，召开会议，或作报告，动辄一开口便是这样的话："最近我到美国进行了一次考察，人家美国……美国人认为我们中国目前的经济状况和经济形势……美国经济学家对我们中国所做的分析和预测是……"他们如果说他们自己认为，他们自己所做的分析和预测，听的人准不认真听。即使表面上装出认真听的样子，内心里也是大不以为然的。实际上他们中有些人也有自己的认为，也有自己的分析和预测。区别在于有的有见地，有的毫无见地，有的相当深刻，有的肤浅得简直就没法儿对话。而最主要的区别则在于，有的有资格当众夸夸其谈，颐指气使，自以为高明，有的完全没有这种资格，只能永远地充当听众，充当忠实的不折不扣的传声筒和执行者。只有当一位官员引用外国人尤其美国佬的话时，他的认为，他的分析和预测，才似乎具有权威性，不精彩也似乎精彩了……

很遗憾，我们的市长和市委书记，还没到美国去访问或考察过。他们只去过越南、朝鲜和分裂了以后的苏联，具体说是去了莫斯科。在那些国家他们很是风光了一把，觉得自己们是世界上最富强的大国的使者似的。回国之后很长一段时间内，常以嘲笑加怜悯的口吻，介绍越南的乱、朝鲜的穷、莫斯科的危机四伏。他们说过的最精彩的话,是对朝鲜的考察所作的概括性结论——“在意识形态上像中国的五十年代,在物质水平上像中国的六十年代,在政治上像中国的七十年代”。就差没直说朝鲜是沉舟病树,没救了,完蛋了!

由于他们没到过美国,他们对于美国人分析和预测中国的观点,比那些到过美国的官员更加迷信,更加奉若神明。所以我必须对那金发碧眼的美国娘们儿当面予以毫不留情的驳斥。

我通过翻译问她,毕业于美国哪一所名牌大学的经济系?取得过经济学方面的什么学位?论文的研究题目是什么?她的老师或者导师是出版过专著的经济学家吗?

我这一连串儿的发问,使漂亮的风姿绰约的小美国娘们儿脸一阵比一阵红,表情大为不自在起来。她在座位上扭着身子连连摇头。我当然是明知故问,后发制人。

我说:“亲爱的小姐,如果您和经济学根本隔着行,那就请免开尊口!在我面前谈中国的经济现象,那您是班门弄斧!因为我是经济学博士,我有专著!我不但有杰出的理论,还有杰出的实践经验!”

我说一句,在她膝上不轻不重地拍一下。于是她就将她那双秀腿偏向了另一边,并且扯扯裙子,罩住了她的膝部。翻译将我的话译给她听后,她的脸更红了,表情更不自在了。

唉唉,其实我内心里当时很羞惭。比起来,也许人家美国人就是比咱们中国人诚实。起码这位漂亮的、金发碧眼的美国小姐,比我这个恬不知耻的中国男人是诚实的。她本可以当着我和市长市委书记的面说假话,自吹自擂一通。哪怕她说她是全美最有发言权的中国经济问题研究专家,我们也无据可查呀!可人家并不。人家诚实地对我的发问一概摇头。人家还红着脸,不无愧色地通过翻译如实相告——她只不过是一名小报记者,而且只不过是专门报道文化信息的小报记者。我的博士学位,却是花大钱买的。我的经济学专著,也是花大钱买的。这很简单,暗中塞给某位经济学教授一大笔钱,他的专著不就是你的了吗?所谓经济学家,是向别人指出资本增长的规律,教给别人挣钱的门道的人,自己们并不见得是富人,甚至可能是清贫之人。我花高价买他们的专著,用羊皮纸封面包装,印上我的烫金的尊姓大名,实在也是各得其所,两相情愿,变通搞活之事。

我起身走到书架前,取下两本厚厚的经济学专著,又取下一本更厚的经济学大辞典,捧着对翻译说:"你告诉她,我要选送她这两本我的经济学专著,和我主编的经济学大辞典,然后再回答她关于泡沫经济的肤浅问题!"

翻译告诉了她以后,她望着我沉甸甸地捧着的书,两眼不禁一亮,表情顿时变得极为肃然了。

但是她却对翻译说,她不能接受我的书——因为她一个中国字也不认得。印制如此精美而又如此有价值的书赠给她,等于成了书架上的摆设。

没容翻译对我转告完她的意思我就笑了。我相信她说的话是真诚的,没有半点儿使我难堪使我下不来台的居心。因为她对翻译说时,她的表情有几分受宠若惊的。

我对翻译说:"我能送给她英文的吗?你告诉她,我的书已经译成了十七国文字,在十七个国家引起了经济界和商企界的普遍关注。影响了十七个国家的对华商业政策。某些国家的大商人大企业家,就是由于读了我的书,才大胆地毫无顾虑地到中国来投资来兴办企业的!连他们的美国总统克林顿本人,都通过驻华大使来向我求书!克林顿总统读过我的书后,曾给我写来一封信,信中说我的书使他受益匪浅。还说就他个人而言,愿意反省美国的对华经济政策。并且邀请我以他的私人友好的身份到美国去旅行,只不过我太忙,没时间没精力成全克林顿总统的美意……"

反正说假话说大话说空话吹牛撒谎是无须乎投资的,我还谦虚个什么劲儿呢?

翻译将我的话译给她听后,她由起初的肃然起敬而受宠若惊而终于诚惶诚恐起来了。

这时我便想到了我们的伟大领袖毛主席他老人家生前的英明教导——“帝国主义和一切反动派都是纸老虎”。

可不都是纸老虎嘛!

我不是仅用几番吹牛皮的大话就彻底打倒了一个吗?

趁那金发碧眼的小美国娘们儿脸白脸红发呆发愣的当儿,我已经飞快地在我的两本英文版经济学专著和我主编的经济学大辞典上签了名。

我并没有直接送给她,而是送给翻译,由翻译转手送给她。列位,我是个很注意细节的人。作家出身嘛!由翻译转手送给她的妙处是——使她从心理上感觉到我仿佛是在赐给她似的。是双手递双手,还是由第三双手转送一下,我认为这恰恰就是赠与赐的最细小也最微妙的区别。

她对那厚厚的烫金封面的三大本书的分量估计不足。虽然是用双手接的,那分量还是使她的双臂往下坠。结果一本书掉在地上了。她蹲身捡时,另外两本也掉在地上了。三本厚厚的书刚捧住,眼镜又掉在地上了。翻译正要替她捡起眼镜,我扯了他一下,将他扯到了一边去。我亲自弯腰替她捡起了她那框子雅致的眼镜,从兜里掏出手绢,擦了几下接着替她戴上。这也是个细节问题。该充分表现男士对女性的殷勤礼貌的时刻,我怎么能允许那半胖不胖半傻不傻的翻译抢了我的表现机会呢!我替她往脸上戴眼镜时,她还没来得及归座。她只得弯着腰,双手捧着三大本厚厚的沉甸甸的秦砖汉瓦般的书,将她那张漂亮的脸微微扬起着凑向我。于是我有机会在最近的距离细看一个美国女人的漂亮的脸。于是我发现欧美人的脸其实是经不起细看的。一细看就会发现他们的皮肤其实较粗糙,毛孔儿也较明显。哪怕是一张年轻的漂亮的女人的脸竟也是这样。我顿觉索然。

那时刻她的脸已红到了不能再红的程度,如同戏剧舞台上酒醉的贵妃。我扶着她一边儿的胳膊肘,送她归座后,转身笑对市长和市委书记说:“二位领导,我这人不喜欢张扬。所以出了经济学专著,编了经济学词典,也就没送给你们,请你们千万不要见怪。”

他们都说不见怪,没什么。

我又说:“二位领导,你们千万不要听她刚才胡扯。她一个美国女人,懂什么中国经济!现在,我要耐心地给她上一课。免得她归国后,影响了别的美国人对中国目前经济现状的看法。”

市长和市委书记都说,对对,应该应该。

我严肃地对翻译说:“现在,你竖起你的耳朵,认真听我说的每句话,认真记,以便认真翻译。”

他毕恭毕敬,诺诺连声。

平心而论,尽管我和市长和市委书记都一句英语也听不懂,但我们还是能够看出,他翻译的水平是很流利的。史密斯小姐对他的翻译显然也很满意。因为他翻译时,她脸上一次也没出现过异样的表情。我只不过不太喜欢他这个人。究竟为什么不太喜欢,自己一时也说不清楚。也许仅仅因为他体态略显胖了点儿,而且脸是圆的。一个四十来岁的男人脸是圆的,像圆茄子似的光溜溜的毫无棱角不长胡子,在我看来是有几分可笑的。我认为当翻译形象如何也是不容忽视的。女的应该漂亮,男的应该英俊。我们“V·文经集团”之外联部,就很有几位才貌双全的翻译。真不知从哪儿找来了这么一位爷!

市委书记悄声对我说:“小蔡的英语翻译水平,是我们市委机关最棒的了。他今天来做翻译,是我亲自点的将。”

市长也悄声附和道:“对对,是最棒的,是最棒的。”

他们这么说,大概是觉得我对蔡翻译的态度未免太那个了。

这使我很不高兴。我板起脸说:“我评价他的翻译水平了吗?我只不过提出起码的要求嘛!”

于是市长和市委书记的脸也红了一阵。他们容忍地相视一笑。

一个人掌握着亿万金钱的感觉真好！亿万金钱使你有资格与某些官员平起平坐，特殊的情况之下，还有资格不将他们的身份他们的尊严放在眼里。在他们也沾了你所掌握的亿万金钱的光以后，你有时候甚至可以完全不将他们当成一回事儿。

我对蔡翻译对市长市委书记说话时，史密斯小姐默默从旁察言观色。我想她心里一定非常困惑——为什么市长、市委书记对我比我对他们似乎敬意有加？

我忽然从蔡翻译身上发现了问题，口吻冷冷地问："怎么，你没尾巴？"

一个人英语水平再高，如果没尾巴，那就不配在这种场合充当翻译了！英语水平又高又长着体面的二级以上尾巴的人多了，干吗非要用没尾巴的？这么一来，不是就将我们政府的人事部门组织部门社会人才交流中心等部门的用人标准降低了吗？这可是个原则问题！

"有……有……"

蔡翻译一时手足无措起来。

"有？……在哪儿长着呢？……"

"和别人一样，长在屁股上。只不过……太细小了……我长的是蝌蚪尾巴……又细小又娇气的那一类，而且怎么也长不长。早就听说您的尾巴是属于极品级的，是引导尾巴文化和尾巴艺术潮流的……所以……所以穿在裤子里边了，自惭形秽，不好意思往外露……何况那么细小，露在外连别人也不太容易注意到。即使注意到了，也肯定会取笑我的……"

蔡翻译嘟哝哝地进行了一大番解释。他那样子窘得要命，自卑得要命，简直有几分无地自容了。

市委书记又悄声说："小蔡他真的有尾巴。真的……"

市长也又悄声说："梁总，有一点你可能还不知道，小蔡他是咱们韩书记的夫人的侄子……"

我不禁噢了一声。

我立刻换了一副亲近的笑脸，拍拍蔡翻译的肩，望着市委书记说：“嗨，韩书记，你怎么也不预先和我通个气呵！小蔡，这事儿包在我身上了！咱们不是建起了义尾厂嘛！明天你到厂里去，我亲自陪你直接到电脑设计室，极品级的义尾任你挑！免费移植！并且享受永久免费保养资格！”

蔡翻译这才转忧为喜。

市长市委书记也都高兴地笑了，气氛立刻又变得亲和了，至少在我和市长和市委书记和蔡翻译之间是这样。

见我们都笑了，史密斯小姐也轻松地笑了。刚才我们之间像发生了什么严重分歧似的对话，分明地使她感到了深深的不安。我觉得她终于是搞清楚了这么一点——包括她这位金发碧眼的美国小姐在内的五个人中，主角只有一个，那就是我。如果我显得有些不高兴起来，那么别说她这位采访者了，就连本市的市长和市委书记也会不安的。她能通过察言观色搞清楚了这一点，使我的心里那时刻感到很大的满足。

我也重新落座，吸着一支烟，慢条斯理地开口道：“刚才，史密斯小姐谈到了所谓泡沫经济的问题。不错，我不否认，我市目前如火如荼的尾巴文化运动，带有很大的商业操作性。也可以坦率地说，带有很大的商业炒作性。我市的尾巴经济现象，同样带有泡沫经济的性质。但是，我们中国人以前是不懂什么泡沫经济的。这是跟西方学的，尤其是跟美国学的。泡沫经济有一个大好处，那就是产生资本家。西方的美国的老牌资本家们，十之五六是在一次次泡沫经济中发家的。中国刚刚迈进商业时代的第一道门坎儿。而一个成熟的商业时代，必须为它自己诞生出许多资本家。所以说，泡沫经济对我们中国有很大的好处。你们不曾怕过的，我们中国人也绝不会怕。我们的边贸泡沫过一阵子，产生了一些大小资本家。我们的特区现象热也泡沫过一阵子，也产生了一批大小资本家。我们的房地产、股票、期货，都泡沫过一阵子，都产生过一些百万富翁、千万富翁，甚至亿万富翁。而我们的尾巴经济，还泡沫得远远不够！

还需要我们加入更大的皂性因素,还需要我们搅起更多更多的沫儿,吹出更五光十色的绚丽多彩的泡儿,需要以更超常规的方式方法,吸引我们更广大的民众参与这一场空前的泡沫经济的大游戏!结果无非是又诞生了一些大小资本家嘛!至于有人跳楼,有人失业,有人孩子上不起学,贫富不均和腐败,那都是次要的嘛!全世界各个国家不是几乎天天都在发生这样的事吗?你们美国不是也几乎天天都在发生这样的事吗?我们中国人民的心理承受能力已经大大增强了嘛!我们中国有句老话,叫——'师傅领进门,修行在个人'!以后,就要看个人的修行,个人的造化,个人的机遇,个人的本事了嘛!……"

我说一句,蔡翻译翻一句。他的确听得非常之认真了,不停地在小本儿上记,翻译得也相当认真,相当谨慎,看得出是在字斟句酌,似乎唯恐翻译不当,使我的原话走板,使史密斯小姐误解了我的意思。

史密斯小姐也听得极其认真,也不停地在小本儿上记,始终没打断过蔡翻译。如同一名虔诚的女信徒,在通过翻译聆听主教大人的宗教之诲。

自从我由作家而儒商以后,已经接触过几次西方记者的采访了。我渐渐总结出了一条经验——你一谈"中国特色",他们就大摇其头,一个劲儿地耸着肩膀表示一百个不理解。但是,你若谈出比西方更西方的社会思想,你若谈出比美国更美国的资本"主义",他们往往就会觉得你不但是自己人,简直还是他们的导师了。

在我停顿下来,梳理自己的思路,以便再夸夸其谈一番时,史密斯小姐摆出一副虚心求教的模样问:"梁先生,你们总强调一定要坚持中国特色的社会主义,一定要防止中国滑向资本主义,这'坚持'两个字是什么意思呢?"

我说:"'坚持'嘛,就是咬紧牙关,憋足气力,硬抗着呗!"

她又问:"那'滑向'呢?"

我说:"'滑向'嘛,就是顺其自然呗!好比小孩子玩滑梯,很放松,很自在,哧溜的一下,就完成了一个美妙的过程……”

她耸肩了。从开始采访我,她第一次耸肩。

她说:“那我就不明白了——为什么非要咬紧牙关,憋足力气,硬撑着,受苦受难似的搞社会主义呢?为什么不放松地,顺其自然地滑向资本主义呢?我从资本主义来,我的感觉是,我来自的那个资本主义,并不比你们现在的社会主义糟糕多少哇!……”

她的话问得我一愣。

妈的,这个美国小娘们儿,真想不到会问出如此刁钻的问题来。我定眼瞪着她,见她的模样儿却很单纯似的,很天真很幼稚似的,仿佛学生在向老师诚心诚意地求教,希望澄清困惑,指点迷津似的。

“嗯……”

这一声“嗯”,不知是发自市长之口,还是发自市委书记之口,明显地连带出了浓浓的一股意味儿,如同被当面放肆而又严重地冒犯了。

我向他们瞟了一眼,见他们脸上都呈现出了不同程度的愠色。市委书记正在望着我,而市长正在望着史密斯小姐。

但史密斯小姐似乎并不在意他们的反应。她只盯着我一个人。这时我已看透了她的单纯天真幼稚的模样儿,完全是伪装的。

我很理解此时的市长和市委书记,我太清楚他们为官的原则了。虽然他们往往敢以权谋私,甚至敢贪赃枉法,但是却从来也不敢,丝毫也不敢表现出对“社会主义”的动摇。这些个阳奉阴违的官员啊,背地里越是鬼,在别人面前越要装出是坚定不移地信奉和维护社会主义的模样儿。正如史密斯小姐来者不善,居心不良,却偏要在我面前装出单纯天真幼稚的模样儿。

于是我及时地想起了这么一件事——有次在某局副局长主持的处以上干部思想座谈会上,有一名处长说了些对“中国特色的社会主义”难以理解的大实话,无非就是普遍的中国人心存的一些普遍的疑问,结果便被汇报给了市委书记。市委书记大光其火,当日召开市委常委会议,将此事性质提高到干部队伍中“反社会主义思潮极端嚣张”的程度，率先予以严厉的声讨。市长也不甘中庸暧昧，旗帜鲜明立场坚定地扮演市委书记的“思想战友”的角色，措辞比市委书记更其严厉地指出——对这一股“极端嚣张的反社会主义思潮”，如果不予以迎头痛击和组织上的清洗，那么党还需要我们这些人干什么?!

于是市委常委作出一致性的决定，罢免了那一名胆敢当众信口雌黄的处长。一撸到底，永不再用。连作检讨以观后效的机会都不给。那位主持会议的副局长，因听任“反社会主义言论”大放厥词，不制止，不反驳，不批判，也受到株连，连降两级，成了副处长，同时给予党内警告处分。

市委书记，亲率常委们，驱车前往紫薇庄园，青春焕发地疯狂了个通宵，放浪形骸了个通宵。洗桑拿、按摩、唱卡拉OK、跳舞、打麻将，乐此不疲。那紫薇庄园，乃是比我出道早得多的一位房地产商赠给市委领导们的。那小子现在已经裹挟了数百万美金跑到国外去了。市委常委们不仅每星期必到紫薇庄园去“放松”一下，而且往往在那里举行重要的常委会议。一些关于如何坚持社会主义精神文明，如何发展社会主义经济的重要举措和重要文件，往往便是在那里形成决议在那里定稿的……

# 第十五章

老苗也是紫薇庄园里的一位颇受抬举颇受欢迎的常客。因为他从不一个人单独去，总是率领着一大轿车年轻貌美善解人意的姑娘们。她们来自各经济瘫痪了的文艺团体，或是老苗从某些酒吧、歌舞厅物色到的。姑娘们中有人脚踩两只船，同时傍着大款又傍着官员。正所谓“红烟护其左，紫气舒其右”。她们是些极善周旋于大款与官员之间的“人精儿”。从两边儿都揩着“香油儿”，而又能使两边儿相安无事，都喜欢她们并且不因她们争风吃醋闹出什么鲜闻丑闻。她们甚至还在大款和官员之间“拉皮条”的干活，促成一桩桩大款和官员之间的权钱交易。她们每次从中获得的提成数额相当可观。姑娘中还有些人“红颜薄命”，沦落于酒吧、歌舞厅，缺少跻身“上流社会”的机遇。对于她们，老苗简直是恩公。她们去过庄园几次以后，一般都能得到一位官员的宠幸。于是她们的命运便随之上升，不消多久，便摇身一变成了“白领丽人”。也有的经由宠幸她们的官员之引荐，被心照不宣地介绍给了大款们。大款们那都是何等聪明的些个人，自然对官员们引荐的她们另眼相看。于是她们也便脚踩两只船，从此更加时来运转了……

老苗曾对我酒后吐真言，抱怨自己实际获得的，还比不上那些被他从酒吧、从歌舞厅拯救出来的姑娘们多。说她们都是些忘恩负义的东西，一旦命运转变了，就开始在他面前摆高贵的架子装淑女的模样儿，打内心里瞧不起他了……

依我想来，市长也罢，市委书记也罢，在紫薇庄园“放松放松”的时刻，“滑向资本主义”乃至“滑”向腐败堕落颓废的情状，那又是何等的乐哉快哉！

但他们又是绝不能容忍别人当着他们的面发表任何一句不利于“坚持社会主义”的言论的。

幸而这样的言论不是我忘乎所以地发表的，而是史密斯小姐发表的。我再怎么忘乎所以，哪怕在酩酊大醉的情况之下，都不会说出与“坚持社会主义”相反的话。

可史密斯小姐的话是向我发问的呀！她正在虎视眈眈地期待着我究竟如何回答呀！市长和市委书记也正在虎视眈眈地期待着我究竟如何回答呀！

我慢条斯理地按灭了我已吸短的那一支烟。我从容不迫地又点燃了一支烟。在这不到半分钟的过程，我在头脑之中飞快地组织思想，确定了我回答史密斯小姐的问题的逻辑……

我缓缓从口中吐出一条烟蛇，微笑道：“尊敬的可爱的史密斯小姐，您的问题，问得半对半错。我们目前是处在‘坚持’社会主义的时期。但‘坚持’一词，在我们中文中，也可解释为‘紧拿着’的意思。您翻翻我们的《新华词典》，‘持’的第一条解释，那就是‘拿着、握住的意思’嘛！看问题要看本质嘛！我们是‘拿着’‘握住’社会主义，滑向我们的理想国度嘛！我们是表面上‘硬撑着’，而实际上很放松的嘛！因为我们有底。我们是手里‘拿着’‘握住’一个主义，同时再‘拿来’另一个主义。两个主义一起抓，两手都硬，都有我们的道理。而以你们美国为首的资本主义，却只能死抱着一个主义不放，那就是资本主义！怎么着都只能是这一个资本主义。再演变也是换汤不换药！放弃了资本主义，你们还搞什么主义？没什么主义可搞了嘛！你们会搞我们的社会主义吗？你们是不敢搞的，也不愿搞的。即使敢搞愿搞，也没我们那么丰富的经验。你们是死抱着资本主义不放。你们是‘坚持资本主义’，而且永远只能‘坚持资本主义’。我们的两个主义一起搞比你们一个主义搞到底要灵活得多！要有希望得多！要有前途得多！我中有你，你中有我嘛！我们一边‘坚持’一边‘滑向’，你们却是无处可‘滑向’了！”

蔡翻译一句紧接一句将我的话译给史密斯小姐听。史密斯小姐一阵比一阵傻兮兮地眨巴着她那双大剪纸人儿般的大眼睛。我暗想，无论蔡翻译翻得准确不准确，史密斯小姐都一定被我的滔滔雄辩被我的胡搅蛮缠的逻辑搞得晕头转向了……

蔡翻译刚译完最后一句，我忽听啪的一声，侧目一看，见是市委书记在他的膝盖上重重地拍了一下，而市长在向我暗挑大拇哥。他们的脸上都呈现着非常激动甚至非常感动而又竭力克制的表情。我明白他们的激动他们的感动是由于我那么成功又那么滔滔雄辩地从思想上捍卫了“社会主义”。如果没有史密斯小姐在场，我敢肯定地说，他们一定会同时站起，争相与我拥抱，并且都会连连拍着我的后背说：“同志，亲爱的同志！谢谢你的表现！我们本人谢谢你！市委和市政府也谢谢你！”

尽管，我行贿，他们受贿；我腐蚀，他们被腐蚀；我希望他们堕落，他们就堕落；我做得高明，他们就甘愿被我利用——但在最根本的立场上和思想原则上，我们却又从来都是一致的。而且是必须一致的。因为归根结底，我们都是吃“社会主义”这碗饭的，而不是吃“资本主义”那碗饭的。“资本主义”不会允许我吃它，更不会允许我们瓜分它。对这一点我们都很明白，都保持着极为清醒的共识。我们必须发自内心地，出于本能地捍卫“社会主义”这一只铁饭碗，金饭碗。“不吃大锅饭”，那乃是号召给别人听的，“砸烂铁饭碗”，那乃是要砸烂别人的。我们却是要永远吃“社会主义”的“大锅饭”的。我们却是要紧紧捧牢“社会主义”这只铁饭碗金饭碗的。吃不成“大锅饭”的人多了，我们才更能吃饱吃足。

别人的铁饭碗一只只被砸烂了，我们的铁饭碗金饭碗才有可能成为世袭的衣钵。列位，一句话操百种，这么跟你们说吧，自从我由三流作家而为一等儒商，自从我开始确信“金钱至上，金钱万能”的原则了，我反而变成了一名最最忠诚的“社会主义”的信徒了。这一种忠诚，早已经溶解在我的血液里了。早已经刻骨铭心了……

我正大为得意之际，史密斯小姐却一手撑住额头，身子摇晃起来。

市委书记忙问蔡翻译：“她怎么了？她怎么了，我看今天的采访就到这儿吧！”

蔡翻译还未来得及转问史密斯小姐，她已身子向前一倾，无声地扑倒在地毯上了。

市长和市委书记便都立即屁股离座。市长慌张地说：“这可如何是好！这可如何是好！”

蔡翻译显得交加慌张，双膝跪下去，煞有介事地摸史密斯小姐的腕脉，接着又干脆趴下身去，将一边脸伏在史密斯小姐乳峰高耸的胸脯上倾听她的心脏还跳不跳动……

只有我一个人镇定自若，依然优哉游哉地吞云吐雾。

市长市委书记都搓着手，将没主意的目光望向我，仿佛两个惹了祸的孩子，担心大人不替他们承担责任似的。

我踢了蔡秘书一脚，微笑道：“你起来起来，叫别人撞见了成什么样子！会以为你行为不轨的。”

蔡秘书就红着脸爬起来了，边报告说史密斯小姐的心脏还在跳动着。

我说：“那是当然的。她没什么，一点儿事都不会有。只不过被我的话所具有的强大的思想冲击力和无可辩驳的逻辑力一时搞昏了头脑罢了。”

于是市长和市委书记才都长长地出了口气，定下心来。

我帮蔡翻译将史密斯小姐抬到长沙发上放平，之后我和他归座。四人都望着她,静待她自己苏醒。

我又说:"她一苏醒,必问自己刚才怎么了?咱们就都说服务员送来了一瓶XO,祝她采访结束。她不胜酒量,饮醉了。"

市委书记问:"这她能信吗?"

我说:"咱们都这么讲,大概她不信也得信了。晕过去的人一般不记得晕过去之前的事儿。总比告诉她是被我的思想冲击力冲击昏了好。那也太使她感到丢面子了!"

他们三个就都点头,表示接受我的建议。

我认为,迄今为止,我们中国依然是世界上思想最强大的国家。我们在别的方面,尤其在经济方面,恐怕再过十年二十年,也是没有资格在世界面前夸口的。唯独在思想的强大方面,却绝对没有哪一个国家有资格与我们中国相提并论。我们十二亿多人中,至少半数以上是深谙辩证法的诀窍的,而且几乎都是天生的辩论家。我们中国人的思想武器,那永远是战无不胜攻无不克的!那永远是我们锐不可当的法宝!世界上任何一个国家的人,一和我们中国人进行思想交锋,除了一败涂地,再不会有另外的下场。眼前一位生动漂亮,自以为思维机敏的美国大号美人儿,不是被我的如簧之舌三下五除二就放倒摆平了吗?

市委书记忽然认真地问我:"党龄多久了?"

我说:"我还没入党呢。"

他大惊,说:"你还没入党?像你这么坚定不移地信仰社会主义的人,怎么可能还没入党呢?老苗这个当过'作协'主席的,那时候究竟是干什么吃的呀!失职嘛!在组织路线上和思想路线上都严重地失职了嘛。"

市长也连说:"惭愧惭愧!这么好思想表现这么突出这么优秀的一位同志,却始终被关在党的大门外,太令人遗憾了。"

我赶紧替老苗辩护,说:"不关他的事儿,是我自己以前的申请愿望不够迫切,不够积极主动地靠拢党。"

市委书记就又拍了一下大腿,表情激越口吻也相当激越地说:"我当你的介绍人！我当你的介绍人！”

市长紧接着说:“我也当我也当！按章程得两个介绍人。介绍你这样的好同志入党我替党万分高兴！”

就在此时,有人风风火火地闯入,气喘吁吁地报告了演出那边儿发生的事件……

市长和市委书记一时脸色大变,面面相觑。分明的,来人添油加醋的报告,将他们都完全地惊呆了。他们两个是树叶掉下来都怕砸着自己脑袋的官员。我太了解他们这一点了。我看出他们都希望对方能在这种严峻时刻主动表示由自己去处理。但是他们都将对方的觉悟估计得太高了。

此时我不挺身而出,更待何时?

我倏地往起一站,大声说:“我去！请党考验我！”

市长的一只手立刻重重地拍在我左肩上,市委书记的一只手立刻重重地拍在我的右肩上,两人几乎同时说:“好！就你去！”

我率数百武警火速赶到骚乱现场。武警们的身影刚出现在街头,互相殴斗的人群便顷刻作鸟兽散。近几年人们吸取教训了,不吃眼前亏了。

我手持话筒,从警车上踏下,威风凛凛叉步而立。身后是数百荷枪实弹,单等我一声令下就进行严厉镇压的武警战士。我觉得我从来没有那么强大过。放眼向前望去,马路上铺满了尾巴。都是人们互相从屁股上拽下来,或者用牙齿咬断下来的。估计有近千条之多。

参与骚乱的人们一部分头也不回地逃之夭夭。另一部分胆大些的,逃上立交桥、跨街桥就不逃了,觉得足够安全了似的。还有些捂着流血的屁股,挤在人行道两侧看热闹的人中观察动态。也许他们或她们是企图将各自的尾巴找回去。果然,有几名男女仿佛在证明他们的无畏给别人们看,从人行道上跃到马路上,大模大样地从遍地尾巴中翻寻起自己的尾巴来。于是立交桥上、跨街桥上肃立不动的人们,也都开始跃跃欲试地往下走了……

我顿时感到了对我的威慑力的挑战，低声而坚决地下达了命令："鸣枪示警！"

哒哒哒……

武警战士们朝天开了一排枪。

那些已经跃到了马路上的大胆之徒们皆呆愣了片刻，随即恢复了大模大样，继续翻寻他们的尾巴。他们的无畏成了很坏的榜样，更多的人从立交桥上、跨街桥上、人行道上拥到了马路上……

"这是我的尾巴！"

"我的！我掉的就是兔子尾巴！"

"我掉的也是兔子尾巴！"

他们为了争夺尾巴，又拳来脚去了。显然，他们中不乏火中取栗者。有人并非是找自己的尾巴，而是趁机掠得别人的上等尾巴甚至极品级尾巴。还有人不管什么尾巴，只顾贪婪地一条条往起捡，仿佛大荒之年的饥民，在一片有望收获的土地上行抢……

这简直等于无视我的出现！

我又高举一只手臂，往下猛地一劈……

哒哒哒……

又是一阵清脆震耳的枪声。

这一次武警战士们可不再是朝天放的了，而是朝马路上低射的了。

密集的子弹，扫得遍地尾巴乱蹦乱跳，某些尾巴竟被击起一二米高！

大胆之徒们，又如仓皇的动物四下逃窜。

我举起了话筒。

"公民们，"我嗓音响亮地说，"可耻！可耻呀公民们！一位日本小姐，就至于使我们中国人之间分裂到这种地步发狠到这种地步吗？"

跨街桥上立刻有人喊："不是普通的日本小姐！是日本大银行家的

女儿!”

“她意味着三分之一个日本!”

三分之一个日本——这一导火索性的前提,使我在路上结构成熟的演说腹稿婴死胎中,一句话都说不出来了。张口结舌,不知该说什么好了。我本打算将一件不成体统的、有失我们中国人自尊的坏事,彻底转变为一件好事的。也就是说,我本打算利用这一次不寻常的时机,对我市公民,尤其是尾巴公民们,进行一次爱国主义和精神文明之现场教育的。我预先并不晓得事件的起因乃由于三分之一个日本。报告者当时没提到这一点。我忽然非常之理解起他们来。妈的,为了能做三分之一个日本的女婿,发动一场内战也是值得呀!既非常之理解,也就不知道该怎么进行教育了……

而这一种尴尬,使我恼羞成怒。

我朝跨街桥上一指,恨恨地又下达了一道命令:“去抓住他们!”

于是武警战士们勇猛地向跨街桥发起了冲锋……

半个多小时后,人们被驱尽了。一些不识时务胆敢对抗的家伙,鼻青脸肿地被塞入了警车。遍地的尾巴之间,又遗落了遍地的鞋子。空气中飘荡着微微的火药味儿。我抽了抽鼻子,觉得怪好闻的,和一种品牌叫“巨无霸”的驱蚊剂的气味儿相似。

我脚踩遍地尾巴和鞋子,步伐缓慢又威武地向前走。我见一条棕色的蛇尾正缠住一只红色的秀瘦的高跟鞋,而且在发出着哗哗的响声,显然是一条响尾蛇的尾巴。

“把这只鞋捡起来。”

一名寸步不离紧跟在我身旁、随时准备应付暗算保护我的安全的小武警战士,用枪筒挑起了那只高跟鞋,自然也连缠住鞋的那一条响尾蛇的蛇尾巴也挑了起来。

他的一名战友,费了好大的劲儿也不能将蛇尾与鞋分开。

我看着心急,提醒他:“用匕首嘛!”

他经我提醒，抽出匕首，将蛇尾切割得段段纷落……

我接过那只高跟鞋，以欣赏的目光反复观看。它的秀瘦，使我联想到了一位年轻女郎的俏足。我对这只高跟鞋感兴趣，是因为我觉得它是我的熟悉之物。蓦地忆起，那位曾在她的长久的宾馆包房里主动委身于我的表演“尾巴独舞”的女舞蹈演员，也喜欢穿红颜色的高跟鞋。不但是这一种时髦样式的，而且似乎大小也相同的。不知我手中这一只，是否便是从她脚上掉下的？果真是的话，不知她一个二十多岁的丽人，究竟被什么心理所蛊惑，也参与到了这一场主要是男人们因他们的野心才造成的骚乱中。难道某个男人一旦成了三分之一个日本的女婿，她也会摇身一变成了亿万富姐吗？我想，我得以这只高跟鞋为据当面迫她交代清楚。我厌恶既一心企图“傍”我又对我用情不专的女人。倘她竟是这么一个女人，那么我会毫不犹豫地将她从“东方之尾舞蹈团”开除的……

我将鞋交给紧跟在我身旁的小武警战士，嘱咐他不得丢失。

我又继续向前走。看着狼藉遍地的上等甚至极品级尾巴，我内心里倏地涌起一阵难过，鼻子不禁一酸，险些落下泪来。我市的尾巴公民，尤其那些一向有头有面有身份有地位在公众中具有影响的杰出尾巴公民，在这一个悲惨的日子里，十之六七一定都失掉了使他们备受尊敬的尾巴吧？这一场骚乱，显然的是一件大丑闻呀！如果让外电也报道了，不是会使我市的尾巴旅游业大蒙其羞吗？

许多尾巴，仍保持着生命的活力，在马路上抽搐着，扭曲着，蠕动着，甚至爬行着，仿佛许多受了重创不肯毙命的大小活物。更有的互相纠结在一起，形成一些丑陋的尾巴团。

一个巨大的尾巴团居然滚到了我脚前。我飞起一脚踢散了它，但同时我脚腕上也感到了一阵火辣辣的剧疼。显然是被某种带有毒针的尾巴蜇了一下。

我龇牙咧嘴蹲下了身，一只手想要去捂疼着的脚腕，却又不敢捂，唯恐一捂，毒性更加深入。

武警战士问我:“首长,您没事儿吧?”

我忍痛站直身,平易近人地说:“别叫我首长。我怎么配是你们的首长呢?我不过奉市里的命令,配合你们平息这一场骚乱罢了。”

他却啪地立正了,语调铿锵地说:“是我们配合首长。”

于是周围的战士都啪地立正了,一个个精神抖擞地望着我。

我被逗笑了。我说:“同志们请稍息。既然大家非要视我为首长,那么现在请听我的命令:一部分人,立刻分头寻找花旗参枝子小姐。另一部分人,将所有这些尾巴,一条不丢地收集起来,送到义尾厂去。同志们,这些尾巴,经过加工修整以后,也是一笔可观的财富呀!应当再为国家创收才对。尤其那些高级的尾巴,收集时千万当心,要单独放着……”

于是他们分头去执行我的命令了。

但最终却没找到花旗参枝子小姐。她失踪了。而她的翻译,是被从一个垃圾筒里发现的……

我敏锐地预感到——花旗参枝子小姐,肯定是被一伙胆大包天的黑社会分子绑架了……

事关重大,我当即返回市里去向市长和市委书记汇报。

那时天已黑下来了,市长和市委书记都没回家,正焦虑不安地等待着我出现在他们面前。我那只被蜇过的脚肿得非常厉害,他们一左一右将我扶坐在沙发上。

市长问:“你受伤了!”

我淡淡一笑,说:“没什么。不过一点儿皮肉之苦。”

市委书记提起我的裤腿看了看,也问:“要不要立刻送你去医院?”

我摇头说:“不用。”市委书记亲自开了一瓶矿泉水递给我。我咕咚咕咚一口气儿喝下大半瓶,接着告诉他们:“骚乱已经彻底平息了。没有流血,更无死伤。”

他们互相看了一眼,都欣慰地微笑了。

市长说:“好同志,好同志!真没白为你立塑像!”

我说:“如果你们听了我下边的话,就不会表扬我了!”

他们见我表情严峻的样子,都催我快说。

我说:“我的话其实很短——花旗参枝子小姐失踪了!”

“失踪了?”

“失踪了是什么意思?”

“据我推测,很有可能被本市的黑社会组织绑架了!”

市长顿时表示怀疑:“你说我们市有黑社会组织?”

我说:“这有什么可惊奇的。至少有十几个黑社会组织吧。难道市长您此前闻所未闻?”

市长怔了怔,嘟哝道:“我一直分管经济嘛。治安方面,始终是市委书记同志在亲自挂帅抓着嘛!”他将脸缓缓转向了市委书记,那意思是——如果花旗参枝子小姐真被黑社会绑架了,责任也主要应由市委书记承担。

自从这两位官员被我镶到高贵相框里,悬挂在我办公室的墙上以后,我有更多的机会接触他们了,也就有更多的“资料”对他们进行研究了。是的,我经常潜心研究他们,如同研究一门学问。这门学问并不艰深,研究起来还挺有意思的。他们真是既争又和的一对儿。他们争的时候,你就明白什么叫哲学上的“一分为二”了。他们和的时候,你又明白什么叫“对立统一”了。他们使毛泽东曾经说过的一句名言有了最典型也最标准的诠释。那句话是——“以斗争求团结,则团结存;以妥协求团结,则团结亡。”他们堪称是“以斗争求团结”的模范。比如本市有了什么似乎重大的成绩,而这一成绩又将被上边树为样板,或将由市里总结为宝贵经验自荐到上边去时,他们就必定的要争了。谁也没法儿劝止他们不要争。只不过有时明争,有时暗争罢了。哪怕那成绩是虚假的成绩。或虽算得上是成绩,但并非什么了不起的成绩,仅仅是上边为了声势的热闹需要夸大宣传的一种成绩罢了。总之他们都是要争一通的。尤其在这成绩完全是由基层干部和群众实干取得的,他们谁都既不曾关注过、支持过和指导过的情况下,他们争得更其厉害。所争的实质有时很鄙琐,无非是在向上边汇报的文牍中写明“在市委书记和市长的英明领导下”还是“在市长和市委书记的英明领导下”——这一细微的差别,往往是他们争起来最计较最认真的。经过这一番争以后,他们一般总是要进行一次促膝谈心的。通常的情况下,达到了目的那一个,向没有达到目的那一个,主动说些表示希望进一步达到团结愿望的话,于是就又“团结”在一起了。反之,由于什么严重的事件,必须由他们中谁来承担主要责任时,他们互相推得也很激烈。当然,这一种推是另一种意义上的争。争的是“与己无关”,彻底的“与己无关”。写在检讨上的是“由于市委书记和市长”的什么什么责任,还是“由于市长和市委书记”的什么什么责任,这一差别,也是他们最在乎最耿耿于怀的。通常经过这么一次,他们之间的团结会出现相当大的裂痕。但是列位,一点儿也不必为他们的团结忧患。只要他们共同度过了危机,又确保住了官位,他们总是会重新团结在一起的。何况,也不一再地有成绩导致他们争,也不一再地有责任动摇他们的官位,不是还经常有批判甚至反击性质的“运动”吗?这样的“运动”一经布置下来,便是他们同仇敌忾,空前团结,团结得像一个人似的,像一只铁拳似的,极具战斗力的时候了……

但眼下,却又是他们各施高招要开始互推的时候了。

我可不愿搅到他们之间去。我往沙发后背上一靠吸起烟来。我只想看戏,只想暗学。

市委书记听了市长的话,愣了愣,望向我说:“不错。我是一直在亲自挂帅抓安定的问题。如果客观地、实事求是地评价,我想任何人也不能否认,我抓的还是卓有成效的嘛!该开的会没少开,不是吗同志们?该发的文件没少发,不是吗同志们?该耳提面命强调的,也没少强调过,难道不是吗同志们?比如这一次,我要求宣传部长一定要出席陪同观看,入场券一定要发给那些讲文明有教养的公民,不得乱送关系票。不得有一张流失到不文明没有教养的人手里……”

他望着我，仿佛望着一位上边派来的“调查大员”，仿佛对我摆脱了责任，也就等于对上边摆脱了责任似的。

于是市长的目光也望向了我。这时我脸上一时不知该做出怎样的表情才好。任何一种表情，不是会使市长不高兴，便是会使市委书记不高兴。

我索性弯下腰，低下头，捂我那只被蜇过的脚腕。这样他俩就谁都看不到我的脸了。事实上我脚腕那儿也的确仍在疼。我夸张地发出噬噬的不停吸冷气的声音。

“宣传部长呢？徐部长呢？难道他当时不在吗？他是干什么的呢！”

市委书记突然发起脾气来，一副脸不是脸鼻子不是鼻子的怒相，大步腾腾地跨到电话机那儿……

我问：“您要给徐部长打电话吗？”

他说：“对！出了乱子到现在也不来汇报！我要他给我个交代！”

我起身走过去按住了电话。我对他说您不必打电话了。徐部长他此刻肯定不在家里，而在医院里。因为我已经初步审问了一下被逮起来的人中的几个。从他们口中了解到了当时的一些详情。据他们交代，徐部长当时也争着自荐要当“三分之一个日本”的女婿来着。有人亲眼看见他的尾巴也被别人拽掉了。那么他这会儿不在医院里，又会在哪里呢？

市长问什么“三分之一个日本”的女婿？

他这一问才提醒我——最主要的一点倒忘了向他们汇报了。于是告诉他们，花旗参枝子的父亲是日本数一数二的大银行家。除了是银行家，还是实业家。在日本的铁路、海上运输国际民航以及电子业方面，都占有着举足轻重的股份。她父亲只她这么一个女儿。而且她父亲已患癌症，估计将不久于世了。她不久将成为家庭庞大资产的唯一继承人了。那庞大资产几乎会直接影响到全日本的三分之一的兴衰。她若嫁给谁，谁还不意味着成了三分之一个日本的女婿了吗？……

市长和市委书记不禁地互相看了一眼。

市委书记问:“当真?”

我说:“千真万确。这些情况,都是花旗参枝子小姐的私人秘书亲口对我讲的!”

市长却连连说:“原来如此,原来如此,原来如此……”

仿佛出生以来,就只会说“原来如此”四个字似的。

市委书记指着我又说:“你也有不可推卸的责任!这么重大的背景,你们尾巴旅行社怎么预先一点儿情况都不掌握?嗯?”

市长也随之将目光瞪向我连连重复市委书记的话:“你也有不可推卸的责任!你也有不可推卸的责任!你也有不可推……”

我只得低下头承认:“是的是的。我也该负一份责任!我也该负一份责任!对我自己该负的责任,我绝不往两位领导身上赖……”

这时电话猝然而响。市委书记离得近,一把抓了起来……

“对。我是市委书记。市长同志也在。您在哪里?”

“市委书记大人,市长大人,我是‘凶尾帮’的!我现在通知你们,花旗参枝子小姐,目前在我们手里!我们将她绑架了!她的身价,想必你们已经知道了!我‘凶尾帮’要求你们通知她的父亲,派人送五亿美元赎回她的女儿!一个星期后我们若不见赎金,便撕票!……”

对方说话的嗓门儿十分大。每句话我和市长都清清楚楚地听到了。市委书记另一只手捂着话筒,眼望着我和市长,一时呆若木鸡。市长伸了下手,似乎想接过话筒——而市委书记,当然立刻就将话筒朝他一递。市长却又将伸出的手缩回去了。不仅缩回去了,而且背在身后了。于是市委书记就以一手捂着话筒一手递着话筒的姿态僵在那儿了。

我犹豫了一下,为了解决两位官员之间这一种尴尬的局面,见义勇为地从市委书记手中接过了电话。

对方问我是谁。

我机智地说我是市长。怕我如实自报家门,对方拒绝和我说什么,把电话挂了。那么一来,线索不就断了吗?

对方又问:“你再大声说一遍——你究竟是谁?”

我只得对着话筒大声说:“我、是、市长!”

我刚一说完,电话那一端静默了。我拿着听筒等了片刻,正要将电话挂上,却又传出声音了:“喂,你他妈的听着!你根本不是市长!你是‘V·文经集团’的王八蛋老板!你他妈的有什么资格和我们对话?快他妈把话筒给市长或市委书记!叫他们中的一个接着听!……”

显然,对方身旁有人。那人既熟悉市长的声音,也熟悉我的声音。而且非是一般的熟悉。

我不得不将话筒朝市委书记递过去。但他往后退,不接。脸上已淌下冷汗来。

我又将话筒朝市长递过去,但市长两只手都背到身后了,一个劲儿地朝我摇头,而后又一个劲儿朝我努下巴颏儿,那意思是还是由我来对付的好。

天可怜见这两位平素高高在上的官员,何曾想到过,有朝一日他们得跟黑帮打交道呢!分明的,他们早已都心乱如麻,半点儿也没了主张。

但我却和他们不同了。起码,我比他们早二三年就知道,本市确有几伙黑社会帮派势力。他们的势力也非同小可,党羽遍插各行各业,甚至包括公检法部门都有他们的骨干分子。只不过他们一向从事的乃是经济犯罪,而且对法规政策倒背如流,最善于变非法为合法,所以有别于流氓团伙。我是作家时,便和他们之中某些人有过若深若浅的交情。我是儒商后,黑红两道,过从都很密切,颇积累了一些和他们打交道的经验。因而电话听筒虽然握在我手里,却不至于像市委书记似的脸上淌下冷汗来。

市长和市委书记都不接电话,我又不好当着他们的面儿将电话挂了,尴尬便转移到我自己身上了。将电话挂了太简单了,谅他们也不至于责怪于我。他们自己都不敢接,还有什么理由责怪我呢?但那么一来,我不是将自己降低到和他们一样的程度了吗?不要说他们以后内心里是否还会一如既往地将我当成个非凡的人物,我自己首先就太瞧不起我自己了!何况我胸膛里逐渐产生了一股冲动。一股英雄豪杰面临大事件顶天立地叱咤风云般的大气概!我要向市长和市委书记证明——为我在市人民广场立镀金的全身铜像,那的的确确是立对了的!

我突然对着话筒破口大骂!

由着性子骂了一通之后,电话那一端又是一阵静默。对方既不挂线,也不开口说话了,仿佛被我骂哑巴了。

良久,一个冰冷冰冷的声音低问:"那么,你们是根本不在乎花旗参枝子小姐的身家性命了?"已不复是原先那个声音了。冰冷冰冷的语调中,遥远地传达过来恶毒阴险的杀机。

他的问话正中我下怀。

我也以冰冷冰冷的语调说:"很好。你们已经认识到我有资格代表市长市委书记和你们谈判了。这是一个进步。这对我们双方都有利。这很好。现在听清楚——你们要求市里替你们通过花旗参枝子小姐的父亲派人送五亿美元来赎她的命,这是根本办不到的!……"

"难道五亿美元她父亲还拿不出来吗?"

"混蛋!首先不是钱的问题!对一位拥有三分之一个日本资产的父亲,为赎女儿的性命,五亿美元算什么?但他的女儿在中国,在我们这座城市被绑架,再由我们通知他从日本派人送五亿美元来,你们置我们中国人的脸面于何地?结果必然是惊动国际刑警组织与我们采取联合行动对付你们,那你们将猴子捞月亮,竹篮打水一场空!"

话筒那一端再次沉默。几分钟后,又换了一个声音说:"老兄有何高见?"语调比前几个人温和多了,温和之中带有套近乎的意味儿。仿佛我是他们的同伙,或一名绑架老手,有着丰富无比的经验,他们是在虚心向我讨教,希望我能指点他们绕出迷津似的。

我朝市长和市委书记使了个眼色,意思是我已将对方稳住了。于是他们都趋向前来,一左一右站在我身旁,各自将一边耳朵凑近话筒,屏息敛气地倾听。

我大声说:"不许你们称我老兄!这是对我的侮辱!你们再给我竖起耳朵听着——我们会派人按照指定的地点和时间送去赎金的!但你们如果胆敢伤害花旗参枝子小姐一根毫毛,你们的狗命就得全他妈玩儿完!"

市长和市委书记,又一次同时从两边儿向我竖大拇哥。

"您的意思是,由市里出赎金?"

"对!"

"这可不行!这怎么可以呢?我们'凶尾帮'的弟兄们,是打算狠敲小日本儿一笔!这年头儿,人无外财不富,马无夜草不肥嘛!但我们可没打算敲市里!没打算敲国家!国家的钱是从哪儿来的?还不是老百姓用汗水钱积累起来的吗?我们'凶尾帮'是有宗旨的。我们既不祸国,也不殃民!再者说了,我们知道我们这座城市的财政的底子,五亿美元的亏空不等于雪上加霜吗?兔子还他妈不吃窝边草呢!那么多下岗的失业的工人兄弟,那么多上不起学的穷孩子,那么多需要救助的贫困家庭……"

对方越说越来气,越说话越急,越说火越大。说着说着,竟也破口大骂起来。先骂我连起码的爱国主义都没有,连起码的体恤百姓的心肠都没有。接着骂贪官,骂污吏,骂倚仗父辈权势窃国的衙内,骂与贪官污吏勾结在一起狼狈为奸巧取豪夺的暴发户……

总之是在电话那一端骂了个天翻地覆慨而慷!骂得我一次次将听筒举远,骂得市长市委书记脸上都白一阵红一阵的。最后竟骂得那听筒唾沫四溅,仿佛喷水的莲花头似的。显然,对方的唾沫是顺着电话线传过来的。

我和市长市委书记往后门脸躲避着唾沫。

我们三个人一时你看我,我看他。因为对方的一通破口大骂,并非泛骂而已,也并非指桑骂槐,重点还是指名道姓地骂的我们三个。我生平第一次被那么狗血喷头地大骂。我想他们更是。对方历数我和他们权钱交易的种种勾当,痛揭我和他们的种种腐败丑行以及糜烂堕落的享乐方式。仿佛早就一笔一笔地为我们暗记了一本账,终于有了个机会对我们进行一次模拟宣判似的。显然的,对我和本市最高官员之间的犯罪关系了如指掌……

市长和市委书记看着我的目光,好像很无辜,好像他们原本是廉洁无私两袖清风的官员,不幸名声受了我的玷污。我心说,老子还觉得自己的名声受了你们的牵连呢!我又没有当官儿的野心!这年头,不是仅仅因了一个钱字,有哪一个哪怕稍微有点儿自尊的人,愿与你们这等表面上道貌岸然,动辄满口冠冕堂皇的词句的伪公仆穿一条裤子啊!

市委书记终于首先醒过神来,问我对“凶尾帮”了解多少?

我说:“‘凶尾帮’是由本市一些长了最凶恶最丑陋并且最具毒性、进攻性、杀伤性的尾巴的男女纠集在一起组成。他们的平均年龄在三十五岁左右。他们的人数大约有二百之多。他们由于他们长了最受歧视的尾巴,理所当然地遭到我们这个以尾巴的等级划分尊卑贵贱的社会的拒绝和排斥,甚至也受到他们的家庭和他们的亲人的拒绝和排斥。他们是一些被斩断了亲情脐带无家可归的尾巴人。”

我问市长市委书记是否知道这样一件事——曾有一名长蟒蛇尾巴的男性尾巴人,用尾巴缠死了他的妻子他的女儿以及邻家的一位女歌星,最终被武警用火焰喷射器彻底消灭掉了……

他们都摇头说不知道。连这一件使全市人一个时期内惊恐不定的事都不知道,足见他们一向高高在上,耳塞目盲,官僚主义到了何种程度!

我又说:“正是从那一件事发生以后,他们才纠集在一起的。他们对抗社会,报复社会,专门袭击长了高级的和极品尾巴的社会名流,致使一个时期内本市人寿保险业忙得不可开交。”

我只顾向市长和市委书记解释,待想到电话时,“凶尾帮”们已挂断了。

我和二位伪公仆便都陷入茫然不知所措的沉默。那一种沉默持续了很久。他们一动不动地站着,都以接近白痴似的愚钝的目光望我。他们的目光证明了他们的束手无策。我有点儿同情他们,又有点儿幸灾乐祸。同情他们乃因他们与我的特殊关系意味着我们是“同一战壕的战友”。进一步侵吞和掠夺本市的财富,我还不能不仰仗他们手中的权力之“协助”,还不能不邀他们一并参与瓜分。道理是那么的简单,没有他们这号伪公仆的存在,我的财富欲就不能满足;没有我的存在,他们手中的权力难以直接或间接地“变通”为他们由尊者而富人的财富。当上了“V·文经集团”总裁以后,我对历史发生了极大的兴趣。于日理万机的百忙中我挤出精力潜心研究了中国自有阶级以来的历史,结论是很久很久以前的中国的尊者们之所以被我们现在还当尊者纪念着,乃因其言也廉,其人也廉。比如尧舜禹,比如黄帝;近代的比如孙中山和他的民主革命的同仁;比如毛泽东和他那一代的党和国家领导人。今人可以从许多方面指责毛泽东,但毛泽东毕竟清廉。现在的某些伪公仆们则不大相同了。他们是人之将腐,其言也廉。心之贪极,其言廉极。例如立在我面前的二位伪公仆,他们对金钱和财富的贪欲,比我是有过之而无不及的。只不过他们尚披着“公仆”的外衣,不敢像我那么放手放脚地大肆侵吞和掠夺。只不过我非是“公仆”,见钱眼开之际没他们那么多顾忌,不像他们那么虚头巴脑。但我的哪一次获得中没有他们的份儿呢?我敢忘了暗中提成儿给他们吗?我幸灾乐祸也正是由于这一点。因我常觉得对我而言他们是两个不折不扣的剥削者。他们天经地义地从我手中剥削去的那一部分金钱,每使我心刀剜一般疼!对这座城市的财富进行的一次次侵吞和掠夺,那都是处心积虑地充满了极高智慧的举措。不但要变非法为合法,还要堂而皇之地变,还要巧妙地严严密密地隐蔽了权钱交易的幕后勾结,也就是要最大限度地掩护他们作为“公仆”的清廉形象,我他妈容易吗我?!而他们一次次从我手中接过巨款存折,或接过豪华别墅的产权证书以及进口名车的车证时,竟都他妈的那么理所当然似的。存折、产权证书和车证儿上,一向注明的都是他们的儿子、侄子、女儿、外甥女、小姨子、大舅子的名字。他们自己一如既往地住在市委大院国家按照干部级别限定了的公宅里,若用尺子量一量谁都不“超标”。而他们实际上又是本市许多幢豪华别墅的产权的真正拥有者。他们自己坐的是“奥迪”,而他们实际上又是本市许多辆“奔驰”“宝马”“公爵王”的真正车主。我对他们的依赖程度和对他们的嫌恶程度是相等的。我对他们的亲爱和对他们的鄙视也是相等的……

“太过分啦!太过分啦!五亿美元的要求太过分了!这是公然进行讹诈!”

市委书记突然挥舞手臂大声嚷嚷起来。

市长“嘘”了一声,不安地向会客室的门瞟。我悄悄走过去将门关严了。

市长愁眉苦脸地嘟哝:“五亿美元,四十多亿人民币啊!咱们这个小市全年财政收入的一大半啊!”

听他的语调,像是要哭。

我说:“他们在电话里声明,本意并不想讹诈市里……”

市委书记将脸转向我,手臂又是一通乱挥乱舞:“那他们是想讹诈谁?你说他们是想讹诈谁?你别光眨巴眼睛!你说呀说呀说呀!”

我觉得市委书记似乎有点儿歇斯底里了。他们这等伪公仆一向如此,平日高高在上,谈起“客里空”的大道理一套一套的,仿佛没有他们解决不了的问题克服不了的困难摆不平的事情,仿佛先天具有运筹帷幄决胜千里的雄才大略似的。而有限之极的能力一旦面临挑战性质的大考验,就原形毕露了,方寸大乱了,毫无主张了。

我避开市委书记的目光,望着市长,卑恭地微笑了一下,慢条斯理地说:“市长,如果我没听错的话,他们是不是在电话里声明,本意想讹诈的是日本人，具体讲是花旗参枝子的父亲。否则他们要求是人民币不就得了吗？干吗要求非得是美金不可呢？”

市长连连点头道：“你没听错。他们的本意是这样的，是这样的！”

于是我将目光望向市委书记，又卑恭地微笑了一下。此时，对“凶尾帮”那方那一个既熟悉市长的声音，也熟悉我的声音的人，我已经判断出了可能是谁。而且我确信我的判断准确无误。于是一个火中取栗的计划迅速在我头脑中孕育成形。这计划具有极大的危险，因而也具有极大的刺激性，是我此前一切谋财计划中最大也是最高级的。成功了，我将摇身一变是真正的亿万富翁。我同时树立起了稳操胜券的信心。

“你还笑！你还有心情笑！你居然还笑得出来！我倒要问问你，你笑什么究竟笑什么?!”

市委书记不但焦躁，而且恼怒起来了。

市长低声说：“同志，你先别光火嘛！他笑，必有他笑的理由。就是没有什么正当的理由，他反正已经笑过了，也不值得你发这么大脾气啊！别忘了你我是领导，领导者在这种情况之下，更应该显得沉着冷静嘛！不要失了领导者的风度嘛！”

我及时向市长投去感激的一瞥。暗想我此前贿赂市长的钱，一向比贿赂市委书记的钱多一些，看来还是英明正确的。

“我够冷静的啦！够有风度的啦！市长同志，你给我听明白了——如果不能从‘凶尾帮’们手中营救出花旗参枝子小姐，日本政府将会向我们中国政府追究责任的！从省里到中央将会对我们逐级问罪的！美国之音正愁没有关于中国的世界性新闻评三评四呢！咱们二位，在政治上以后也就没戏唱了！”

市委书记一步跨到市长跟前，铁青着脸对市长嚷嚷。那番话与其说是阐明利害，毋宁说是训斥更恰当。

我想我可长了见识了，亲眼看见一位市委书记如何训斥市长了。以前老苗告诉我，市委书记常常要在地位上压制市长一头，我还始终有点儿不信,果不其然啊!

我以息事宁人的口吻说:“两位父母官,少安毋躁,都请听我解释我为什么笑……”

市长也迁怒地冲我吼:“别对我解释!他是第一把手。他决定,我配合,你对他一个人解释好啦!”

市长说罢,走向沙发,一屁股重重地坐将下去,低头吸烟。

我也走向沙发,也一屁股重重地坐下去吸烟。

# 第十六章

市委书记倒背着手，在我和市长面前急速地踱来踱去，像一只挨过了喂食钟点的笼子里的虎。

他的身影晃得我眼乱心烦，我不禁大喝："你他妈别那样！给我老老实实地坐下！……"

他一愣，驻足在我眼前，瞪了我片刻，不知为什么，竟乖孩子似的，猫悄地退向一只沙发，缓缓地无声地坐下了。

我望着他，以他跟市长说话那种训斥的口吻说："市委书记同志，你给我听明白了——我笑，乃是因为，从'凶尾帮'们的话中，我反复咀嚼出了一点点爱国主义的意味儿！只要他们还有一点点爱国之心，我们就可以充分加以利用。而这正是我们营救花旗参枝子小姐的一线宝贵的希望！……"

市委书记腾地从沙发上弹了起来，脸红脖子粗地大喊大叫："胡扯！胡扯！他们有什么爱国主义可言？呸！"

我一拍沙发扶手，又喝道："混账！坐下！"

他瞪着我呆了片刻，坐下了，安静了。

我感到这个小小的伪公仆，这个庸常的末流政客身上，有一种贱。

那是一种必须在某些特殊的时候,某些特殊的情况之下,以舍得一身剐的,敢于犯上的勇气和胆量进行一次冒犯才“镇压”得住的贱。我想,那一种贱,在很大程度上,是由于我这号人,以及别的许多人们惯出来的。在我,是用权钱交易惯他们的。在别的许多人,是用唯命是从、溜须拍马、阿谀奉承惯他们的。

我瞥见市长以夸张的嘴脸吐出了长长的一缕烟。显然的,我敢于对市委书记犯上使他心里快感。

我指着市委书记不客气地说:“如果他们没有爱国主义可言,那么你有吗?你的儿女们都办妥了绿卡,难道你自己还不清楚吗?谁替他们办妥的?我!我为什么要替他们办?因为你求我!你都不愿意你自己的儿女们以后生活在中国了,你还妄谈什么爱国主义!”

他狡辩地嘟哝:“可我的儿女们目前不是还在国内,还在咱们这座城市里,为‘改革开放’贡献着他们自己的才能吗?”

我不禁又拍了一下沙发扶手:“那是因为对他们来说,在中国,在咱们这座城市,挣大笔大笔的钱比在世界上任何地方都容易,都简单!那是因为你现在还在位,他们还能利用你手中的权力!他们从银行贷出了多少钱,别人不知底细,我还不知底细吗?我不知底细,你自己还不知底细吗?那一笔又一笔巨额贷款都哪儿去了?都被他们洗成外汇弄到国外去了!银行催债,谁替他们还的?我!我从‘V·文经集团’拨出一笔又一笔巨款替他们堵的窟窿!”

我又伸直手臂朝他一指:“你给我听明白了,那一笔笔账单我都保存着呢!”我向他俯过身去,几乎是脸凑脸地对他说:“我现在还拿你当市委书记看,那是由我们共同的利益所决定的。可哪一天你若使我忍无可忍了,惹我翻脸了……”

我将手中的烟盒使劲一攥,攥扁了,扔在地上。

市长这时打圆场,调解地说:“算啦算啦,这扯到哪儿去了呢?合理的腐败,哪位当领导的能不多少沾点儿边呢?咱们的市委书记同志,还是位好领导干部嘛！没有他的支持，'V·文经集团'能发展壮大得这么迅速？尾巴系列行业，能成为我市的支柱行业吗？"

我将目光转向市长，冷笑道："你别装好人儿。你那些贪赃枉法的破事儿，我今天就不往外兜了，给你留点儿情面。现在，我们来谈营救花旗参枝子小姐的正题！"

于是他们都同时向我俯身，近距离注视我，都装出极其虔诚的样子，仿佛不论我有何主张，对他们都意味着是指示，他们都会言听计从。那一时刻，我心理上非常优胜，觉得我和他们之间的从属关系转变了，我成了一位大权在握的人物似的。

我往后一仰，头靠在沙发上，以启蒙者的口吻说："据我看来，我们这座城市的经济形势是这样的——尾巴经济的发展势头，虽方兴未艾，但已显出种种虚假繁荣的迹象。泡沫一灭，水落石出，一个大的，也许还是很漫长的经济萧条时代，就将张牙舞爪地扑过来。那时，我们这座城市的每一个人，包括你，你，和我自己在内，都将受到它的严重威胁。我是尾巴经济的始作俑者，对这一点我的分析和估计绝不会错。你们二位对这一点有什么疑义吗？"

市长英雄所见略同地连连点头道："对对，对对，完全正确啊！一想到这一点，我夜里常常为老百姓愁得睡不着觉！"

我心说，你要是为老百姓愁才怪了呢！你愁是因你的灰色积累还不够多，还不足以使你具有处变不惊的安全感。

市委书记说："是啊是啊，我也整天替老百姓忧患着呢！可咱们的当务之急是……"

我竖起手掌制止了他的话。

我说："不错。如何营救花旗参枝子小姐固然是当务之急。但那也不能孤立地来谈。你，你，还有我，咱们三位，各自从尾巴经济的泡沫中分享到了多少利益，那是心照不宣的事儿。你们二位的利益是一斤对八两。我分享到的利益比你们多些，但也多不到哪儿去……"

他们对视了一眼。我从他们脸上细微的表情变化中看出,他们又哪里会相信我比他们“多不到哪儿去”呢?

他们不相信,证明他们虽然无能,但毕竟还不是傻瓜。只要还不是傻瓜就好。还不是傻瓜就可以被收买和利用,就能继续合作到一块儿去。这年头,凡聪明人,都好收买,都好利用。只要收买成功了就能充分利用之。越聪明的人,越好收买,越好利用。因为越聪明的人,对钱的伟大和深刻的能量认识得越全面,也就越难以抵御钱的魅力的诱惑。而傻瓜如果傻到根本不知钱为何物,你反倒拿他毫无办法了。

我燃着一支烟,吞吐两口,从表情到语调,尽量推心置腹地说:“我们从尾巴经济的泡沫中分享到的那点儿利益,如果兑换成美元的话,也不过就各自几百万是吧?几百万美元,就够我们的晚年,以及我们的儿女,我们儿女的儿女们以后过无忧无虑的幸福生活了吗?”

市长说:“是啊是啊,几百万美元,那才哪儿到哪儿啊!将来咱们要是到美国去定居,总不能住贫民窟吧?可在美国的某些大城市里,买一幢像样的房子就得一二百万啊!……”

列位,你们听一位市长说这种话,你们的思想感受将会是很复杂的。可惜你们并没有机会当面听到他们说这种话。没听到过好,听到了,你原本很爱国的,你的爱国心肯定就会被他们的丧气话严重腐蚀了。我这个人原本就是很爱国的,自从和他们一次次大搞权钱交易的勾当,再也不可能像以前那么爱国了。我的心已经变得只为一个字激动了。那个字便是“钱”字。真的,其实不是我使他们变得不可救药了。而是他们使我变得不可救药了。

市委书记接着市长的话说:“那我们可怎么办呢?那我们可怎么办呢?你有何高见你就开门见山吧!”

这会儿,“当务之急”对他而言似乎已经不是如何营救花旗参枝子小姐了,而是如何拯救自己了。

我又吞吐了两口烟,将一切表情全都从脸上打扫干净,单刀直入地说:“坏事,有时候的确是可以变成好事的。‘凶尾帮’绑架了花旗参枝子小姐,这对我们三个人来说,当然是一件坏事。倘花旗参枝子小姐性命不保,我们三位谁都逃脱不了干系。但绑架还只不过是此事件的开始嘛!现在我有一个较成熟了的计划,不但能万无一失地营救出花旗参枝子小姐,还能使我们三位各有一笔数目极其可观的入项,而且是外汇。将按我们的要求,万无一失地存入瑞士银行。”

他们对视一眼,又向我俯身,都作洗耳恭听之状。

我低了声音说:“第一,你们二位联名,以官员名义,致电花旗参枝子小姐的家人,据实相告,她已经在我们这座城市遭绑架了。第二,电中申明,责任并不在我方,而在花旗参枝子小姐自己。因为她自己有意隐瞒了她的特殊身份,是以普通旅游团成员的身份来到我们这座城市的。事后从未要求,甚至从未暗示我们须对她的人身安全施行一级保卫。如果她预先要求,哪怕仅仅是暗示,我们完全可以对其实行一级保卫的。那么绑架事件不可能得逞。第三,她自己不应在公开场合轻率地暴露她的真实身份。尤其在没有人身保卫的情况之下不应该那样。所以说责任在她自己。第四,绑架既已成为事实,那么只有暂时满足‘凶尾帮’的要求为上策——速向瑞士银行存入一亿美元,并速派人将密码存据交给我们。具体地说,是交给我……”

“交给你?”市长沉吟起来。

“对。因为从现在起,我的身份是‘花仙子营救行动’总指挥。也就是营救花旗参枝子小姐的行动的代号。”

“那么,谁承认你是营救行动总指挥呢?”市委书记注视着我的眼睛眯了起来。

“首先是您啊!您必须承认,您只能承认,您现在就得承认。因为只有我才有大智大勇担任总指挥。大约也只有我才肯率人出生入死地去营救。‘凶尾帮’可不是那么好对付的!……”

“‘凶尾帮’不是索要五亿美元吗?”

“那是他们开的价位。他们将一美元也得不到！我们不过是打着他们的旗号,实际上那一亿美元将都属于……”

“属于你？”

“不,我没那么贪,属于我们三人。五亿美元太多了,一旦使花旗参枝子小姐的家人感到为难,感到有压力,事情的结果也许就会走向反面。那么我们也将一美元都得不到了！一亿美元对于资产相当于三分之一个日本的大银行家实在算不了什么。他们会以最快的速度拨入瑞士银行的……”

“可,为什么密码存据一定要交给你呢？”

“那么交给谁呢？交给你吗市长？那么我和市委书记将担心你独吞。交给你吗市委书记？那么我和市长也会产生同样的担心。无论交给你们两位中的哪一位,我都不会真的去出生入死。万一我将花旗参枝子小姐营救了,而你们合谋了将我那一份儿也吞了呢？我肯于冒生命的危险去出生入死,为的可不是体现什么英雄本色！所以,既然将要出生入死的是我,那么价值一亿美元的东西也只有交在我手里才公平。”

“你……你这不是成了变相的雇佣者了吗？这不好吧同志？此事关乎中日关系,关乎国家形象,关乎国际影响,还是要从大局着眼才对吧？不要金钱观念那么重嘛同志！……”

市委书记在向我提出了一个个疑问之后,又如以往似的,诲人不倦地唱起高调来。

“是啊是啊！金钱观念这么重的确不好。很不好。那我们不是和‘凶尾帮’也没什么区别了吗？刚才我和市委书记同志还主动表示要介绍你入党来着！……”

市长也赶紧鹦鹉学舌地附和起市委书记的话来。

我沉下脸,冷冷地说:“党我愿意入。但钱的问题上我也绝不含糊。鱼与熊掌,我都要。非逼我在二者之间作出选择的话,那我要钱。党对我这号人不可能养一辈子,但钱能养我一辈子,还能养我的子孙后代！”

“可……可你怎么能使我们……不担心你自己独吞呢？……”

市长犹犹豫豫地问完这一句话，脸红得什么似的。

绕了半天圈子，原来这才是他最想问，也最希望获得到一份保证的话。毕竟是公仆，尽管伪，可心里贪惦着钱的时候，还是要比我这号人有点儿廉耻。否则何至于脸红呢？我这号人是彻底的不堪救药了。我一被他们腐蚀，就比他们更贪十倍了。我的脸皮已经变得比城墙拐角处还厚了。

我干笑了两声之后说：“信任啊同志们！你们只要充分地信任我，就不会对我存什么担心了嘛！我以我高贵的人格发誓，你们各自那一份儿应该是多少，我一分也不会少分给你们的。”

“那我们各自那一份儿究竟多少呢？”

他们几乎同时这么问。问得我一愣。因为我只不过企图最后利用他们一次，得手后出境，从此隐姓埋名去过富人生活。

我试探地反问：“你们各自一千万，怎么样？”

他们相互看看，身子都往沙发上仰去。我从他们脸上看出了类似于被侮辱被伤害的表情。我同时也感到自己被侮辱被伤害了——显然，我之高贵的人格，他们是不打算表示欣赏的了。

“各自一千一，怎么样？”

他们脸上都浮现出了冷笑。

列位，我所总结出的经验是——在金钱的问题上，他们这等贪官，有时是比黑社会还黑几分的。黑社会之间分赃，往往还讲论功行赏“按劳分配”的原则。他们这等贪官，内心里却永远企图拿大头儿。仿佛光凭他们手中的权，就足以理所当然地是任何一种金钱分配关系中的资格绝对优待者。比如在这件我和他们需要进行“合作”的事情上，他们所做的，也无非就是将给花旗参枝子小姐的家人去一封公函，外加委任我为“花仙子营救行动”总指挥。如此而已，仅此而已。连那一份公函都不必他们亲自动笔，那是秘书们的事。他们只消过目，最多改改个别词句罢了。

也许还一个词句都不用改。可是分明的，一千一百万美元他们竟嫌少！我承认，是我把他们“惯”坏了，是我渐渐地将他们的胃口撑大了。用俗话说，我真有点儿自作自受呢！

我咬咬牙，狠狠心，让步了：“各自一千二百万，否则此事拉倒！”

市长说：“各自两千五，而且此事不能拉倒！营救总指挥你是当定了！情愿也得当，不情愿也得当！非你莫属！否则撤销你‘尾文办’主任和‘V・文经集团’总裁的职务！还要对你进行立案审查！”

他每句话都说得板上钉钉，听来毫无商量余地。

我讥诮地问：“审查我什么问题？审查我经济问题吗？那好啊！我一定如实交代。坦白从宽，抗拒从严嘛！”

他冷笑道：“放心，绝不审查你经济问题！你嫖娼、你吸毒贩毒、你制假、你逃税、你利用职权大搞色情文化和色情商业活动、你与各种黑社会组织都有暗中的勾结，你经常散布诽谤当局攻击社会的煽动性言论！以上等等诸罪，加起来够判你无期徒刑的！那你就在监狱里过完下半辈子吧！当君子不说假话，向你透个底，你以上诸罪的充实证据，都掌握在我们手中，我们什么时候想叫你完蛋，你就……”

他抬起一只脚，将我刚才为了威胁他们而攥扁了扔在地上那半盒烟，恶狠狠地踏在脚下。

列位，亲爱的列位读者诸君呀，他们多么的阴险歹毒啊！我是在与狼共舞与狼共舞哇！我虽然先富了起来，虽然积累下了一点儿个人财富，可我容易吗我？我整天都在提防着他们趁我不备对我下手啊！又须小心谨慎地提防着他们，又不得不与他们“合作”，其实我整天都在担惊受怕呀！

我佯装屈服地低声下气地说：“在你们眼里，我已经五毒俱全了，还算是什么君子呢？”

他微笑了：“两千五，这是个大前提。在此大前提下，只要你成功地营救出了花旗参枝子小姐，就不但是君子，而且可以是本市的英雄。我们甚至还可以用你的名字命名一条街道,或某广场,由你选择。"

"你们是谁?"

他朝市委书记瞟了一眼,笑而不答。

我明白了,在关键的时刻,关键的问题上,他们一向沆瀣一气,一向是一伙儿。刚才我还觉得他比市委书记对我仁义点儿。我真傻啊!此前我还一向认为我们是"同一战壕的战友"呢!我多天真烂漫啊!却原来只他们之间才"心有灵犀一点通"。他们甚至预先无须沟通、无须暗示,就能做到同仇敌忾,枪口对外起来。在许多次分钱之时,他们一个扮白脸,一个扮红脸,而我都稀里糊涂地成了他们一致地枪口对外的敌人!但此次钱还没真正到手哇!"生辰纲"还没劫成呢!晁盖哪里去了?公孙胜哪里去了?阮氏三兄弟哪里去了?刘唐哪里去了?难道时代再也不产生水浒里那种肝胆相照的义兄义弟了吗?难道中国现时代只剩下我这么唯一的一个"智多星"吴用式的人物了吗?豪杰归来兮!胡不归?我胸中顿时涌出一种大的悲怆和孤独……

"我知道你内心里究竟怎么打算的。营救出了花旗参枝子小姐,全世界任何国家随你去。我们不但放行,而且协助。那么这将是我们之间的最后一次合作了。你若是自作聪明要什么花招,那可就是聪明反被聪明误了。而你要是慷慨大方些,我们将会非常非常怀念你的。"

我困兽犹斗,呻吟般地说:"一千三!"

"两千五!"

"一千……一千四!……"

"两千五!"

"一千五!这是我最后的底线!你们等于在用刀剐我你们明白吗?再多一分我也不让!……"

我也忍不住叫嚷起来。

列位,看来我将他们估计得太低了。前边我说过他们贱,说过用敢于"犯上"的大无畏姿态,有时是可以将他们的贱"镇压"住的话。显然,这一招并不是永远很灵的一招。

“你叫嚷什么?!”

市长眼中投出两束锐利的目光,我身一缩,不敢吭气儿了。东风吹,战鼓擂,现在中国谁怕谁?明摆着,是我这号才干加骗术加贼性的人怕他们,而不是他们怕我。因为,道理是如此的简单,只有他们允许我这号人滋生和存在,我才能够滋生,我才能够存在。不管我自以为已经强大到什么程度了,只要他们想铲除我,都会轻而易举地将我铲除掉。正应了那句话——“魔高一尺,道高一丈。”而他们之所以还不想铲除我,只不过因为我和他们之间还有一种仅仅靠金钱粘在一起的关系。但这种关系体现在我这一方面是很脆弱的呀!他们铲除掉我是一点儿也不会心慈手软的呀!像我这号人正韭菜似的一茬一茬地滋生繁衍着。他们完全可以再物色另一个我嘛!

头仰靠在沙发上,闭着眼睛,双手叠放腹部,仿佛一直在小睡的市委书记,终于睁开了眼睛,终于坐直了身子,终于缓开尊口了。

他以不温不火的语调说:“都别小孩子似的了。现在,由我来郑重决定吧!两千四百五,谁再多争一个字,谁就等于无理取闹了。我不能容忍在讨论严肃又严峻的事情时无理取闹。”

“这……”

我口中刚轻轻吐出一个字,他斜眼朝我一瞪,威严地“嗯”了一声。

我只有忍气吞声的份儿。但我的心在抽搐,在淌血!半个亿的美元啊!就这么天经地义地归他们了呀!而我接着却将去赴汤蹈火出生入死去玩命!

“时间不早了,我看我们今天就谈到这儿吧!你回去,拟一份营救行动计划的周密报告,明天一早亲自送给我!从现在起,你的身份就是行动总指挥了。营救只许成功,不许失败!失败了唯你是问!……”

他说罢立即站起,看也不看我一眼,一位君王似的傲然从我面前踱过,径直朝会客室的对开门走去。

市长也随即站了起来,拍拍我肩,欲言又止。我明白他的意思——好好干,重任拜托了。

列位,你们看,他们就是这等样儿的伪公仆!抛头颅洒热血的事儿他们躲得远远的,火中取栗峭壁摘桃他们却很有一套。失败了,我将成为替罪羊;成功了,是他们部署英明。光荣大半儿归他们,归我的只能是一小半儿。

他们一前一后刚走至门前,门开了,高大美丽的史密斯小姐神秘兮兮地闪了进来。

"哈喽,你们的话我全都听到了。而且,全都录下来了!"她一手举着小小的录音机,笑得灿烂又无耻。

市长和市委书记都呆住了。他们愣愣地瞪了史密斯小姐片刻,几乎同时将头扭向我。仿佛史密斯小姐的出现,是一个与我有关的阴谋。

我不待他们有所吩咐,从沙发上一跃而起,豹子般迅猛地扑向史密斯小姐,一把从她手中夺过了那小小的录音机。由于没能及时收住冲力,我跌倒在地。

万万未料到,原来史密斯小姐竟会讲中国话,而且讲得贼溜儿!这洋婆子真他妈的善于装相儿,刚才将我们都骗了!

我虽然跌倒在地,但手里却紧紧握着录音机。录音内容一旦外泄,那就是丑闻大曝光哇!他们二位的仕途与我无关,他们身败名裂那是活该!但我和他们是拴在一起的蚂蚱啊。唇亡齿寒,他们完了,我的倒霉日子不是也紧接着就到了吗?

史密斯小姐拍起手来,低头瞧着我,欣赏地说:"OK,你的动作优美极了!你应该加入中国足球,那么你们中国足球队成为世界强队就大有希望了!"

我顾不上理睬她,将录音盒盖掰下,抠下录音带,挑出磁条,一阵乱扯乱拽。磁条堆了一地,我想我当时一定像一条大吐黑丝的蚕。

史密斯小姐又拍手笑道:"我们美国有一个杂耍节目叫小丑与绳子,

你是在为我表演这个节目吗?”

市委书记亲自将我从地上扶起,悄悄表扬了我一句:“急领导之所急,你做的完全正确!”

市长则凛言厉色地正告史密斯小姐:“不管您心里揣的是多么卑鄙的动机,看,它现在已经彻底破产了!”

高大美丽的美国女人一晃她那一头浓密的金发,嘴角浮现出了一抹俏皮的冷笑:“不见得吧?”

而我此时已将磁条拢起,塞入了摆在墙角的一只大瓷花瓶里,只露在瓶外一少部分。我按着打火机,点燃了那一少部分。像无数条小火蛇仓皇地纷纷地往瓶里爬似的。顷刻,瓶内腾起一股火苗。熏人的焦味儿顿时弥漫在会客室的空间。

市委书记的嘴角也浮现了一抹冷笑,也笑得相当俏皮,又俏皮又有些捉弄的意味儿。

他得意洋洋地说:“亲爱的史密斯小姐,您仍认为不见得吗?”

史密斯小姐说:“Yes!”

于是,不知怎么一来,她身上发出了我和二位伪公仆刚才的话语声:

“两千五!”

“一千……一千四!……”

“两千五!”

“一千五!这是我最后的底线!你们等于在用刀剐我你们明白吗?再多一分我也不让!……”

“你叫嚷什么?!”

“都别小孩子似的了。现在,由我来郑重决定吧!二千四百五,谁再多争一个字,谁就……”

市委书记目瞪口呆,结结巴巴地说:“这……这是我的声音,制止!制止这声音!……”

市长指着史密斯小姐说:“她身上还有录音机,快搜她身!”

史密斯小姐耸耸肩,向上举起双臂,做出很乖很顺从的可爱模样。

她表示欢迎,我还客气个什么劲儿呢?但我将她的衣裤上上下下仔细摸索了一遍,却并没搜出另一只录音机。

市委书记的声音还在从她身上发出着。

我茫然不知所措地嘟哝:“没有,没有哇!”

市委书记双手捂耳,跺着脚大叫:“制止!一定要制止!哎呀这声音使我的头疼死了!”

他由捂着耳朵而抱着头,弯着腰原地团团转,仿佛被唐僧吟紧箍咒的孙悟空那么痛苦。我心生恻隐,将他推向一只沙发。结果他一头扎向沙发,双膝跪在地上,一边不停止地用头撞沙发,一边哀哀地呻吟着说:“头疼!头疼!”

市长又指着史密斯小姐的双脚说:“录音机肯定在她高跟鞋跟儿里,微型的!”

史密斯小姐倒主动,自己脱下了高跟鞋,一只又一只扔给我。

我将她两只高跟鞋的跟在窗台上磕掉,用门夹了几次,夹扁了。可我们的话语声还在从她身上发出着,并且是从头播起:

“两千五!”

“一千……一千四!……”

“头疼,头疼,消灭……消灭我的声音……彻底消灭!……”

“我看见她刚才按她的衣扣来!她的衣扣都是微型录音机!……”

我冲到史密斯小姐跟前,将她的衣扣一颗接一颗全都拽下来,打开窗子,抛到窗外去了。窗外是一片小湖,我探身看时,扣子都沉下水底。

我们刚才的话语声终被“消灭”了。

我心里一块石头落地,长长地呼出一口气。紧张之中出了一脑门子汗。

我刚掏出手绢要擦汗,史密斯小姐开口了。

她说:“别以为那几颗扣子是什么微型录音机,它们根本不是的。我才是。我本人,我的身体,才是一台美国造的,世界上外形最美观的录音机。也是世界上最高级的录音机。我可以将一对儿蚊子做爱的声音录下来,再扩大到震耳欲聋的程度播放出来。这也就是说,只要我往马路上一站,只要我想那样,我的身体就好比一千只高音喇叭,那么全市每一个人都将听到你们分赃的密谈!……”

我和市长呆瞪着她,都将信将疑。

市委书记也扭头望向她,有点儿英雄气短地说:“你……你企图达到什么目的?”

她鲜廉寡耻地说:“我也没什么恶劣的目的。你们中国有句话,见面分一半儿!我要那一亿美元的五千万!”

“什么?!”

市长的眼白顿时充血,红了。他向她龇出牙齿,仿佛会变成一只狼,扑倒她,咬断她脖子。

我一步跨到她跟前,将嘴凑近她那张得意的脸大叫:“休想!休想!休想!……”

读者诸君,对于男人,无论多么漂亮的女人,只要她觊觎我们的钱达到了一半儿的程度,那么她再漂亮在我们眼里也变得丑陋了不是吗?

愤慨既生难消,我退后一步,不禁地举臂高呼:“打倒美帝国主义!打倒美帝国主义!……”

市委书记乱了方寸,原地旋转着身子不停地嘟哝:“这……这这这……这不反美行吗?这不反美行吗?……”

史密斯小姐却依旧盈盈地动人地笑着,仿佛我们是在和她演一场戏,而她是主角儿,是一位不管受到怎样的诅咒都不生气的天使。她竟不要脸地开始脱起衣服和裤子来,脱得只剩下乳罩和三角裤儿。于是她白皙的苗条又丰腴的胴体呈现在我们面前,如一尊裸得不彻底的雕像。她摆了个优美的姿势,仅以一根细长的手指的指尖儿轻轻触了一下自己的玉胸,结果从她的身体里又“播放”出了我们刚才的谈话声。

她自我炫耀地说:“看到了吧? 我不骗你们。我身体的任何一个部位都是播音按键。我们‘美国之音’引导世界新潮流! ……”

我见硬的不行,赶紧换软的,从地上抓起她的衣服裤子往她手里塞,一边以哄小孩儿般的语调说:“亲爱的,亲爱的史密斯小姐,快穿上,快穿上! 这要是闯进一个人多不雅,以为你这个美国女人企图靠色相诱惑我们三个中国男人呢! 我们可都是洁身自好珍惜名誉的中国男人呀! 我们经不起这等误会! ……”

史密斯接过衣服,一边不慌不忙地穿一边说:“我也经不起。你们‘改革开放’以来,一向都是你们中国的美女诱惑我们美国的男人,要是遭到了反过来的误会,我们全体美国人都会指责我丢尽了美国的脸。”

我说:“是啊是啊,亲爱的史密斯小姐,你明白这一点就好。我最亲爱的史密斯小姐啊,你要半个亿的美金干什么呢? 你们美国多富哇! 我们中国多穷哇! 你们是发达国家,我们是发展中国家。你敲诈我们太不仗义了啊! 于心何忍呢? 你这么漂亮,本身就是通用金卡,无限资产嘛! 你回国去傍一位‘大款’,不是很容易地就成亿万富婆了吗? 何必敲诈我们区区五千万美金呢? ……”

史密斯刚穿上衣服,还未穿上裤子。她将裤子一抡,裤腿儿缠在她手臂上了。她那只手往腰间一叉,将另一只手友善地搭在我肩上,郑重而又有几分嬉皮笑脸地说:“梁,你错了。我们美国女性,是世界上最主张经济独立的女性。傍‘大款’多让人瞧不起! 自己有机会挣五千万美元,为什么要坐失良机? ”

“你……你明明是敲诈我们,还厚着脸皮说挣? ”

“敲诈多难听! 还是说挣体面。非说敲诈,你们他妈的不也是敲诈行为吗? 我们美国人不喜欢日本人。你们中国人也不喜欢日本人。我们共同挣日本人的钱,你们应该欢迎我的入伙才对嘛! ”

我见这美国娘们儿软硬不吃,胸中又腾地冒起火来。

我从肩上拨去她的手,回头望着一点儿主见都没有了的市长和市委书记，眼中嗖嗖冒着阴森冷气，低声然而咬牙切齿地说："我看，把这美国娘们儿弄死算了。"

他们听了我的话，不禁地对视。我想，不经他们许可，我是不能擅自对史密斯小姐下手的。那么一来，一切罪责不就会全由我自己承担了吗？他们再堂而皇之地将我宣判了，处决了，一亿美金不是都成他们二人的了吗？我才不擅自下手呢！我才不那么傻呢！我一定要经他们点头同意再下手。他们点头同意了，我之杀人灭口，就等于是"落实指示"。其后的正当理由，他们也少不了须和我共同编造。而且由"官方"解释起来，一般总能解释得通。积我之宝贵经验，凡谋私利，凡做坏事恶事，最好拉上几个他们这样的伪"公仆"式的贪官。罪行与他们发生了关系，即使为了他们自己的"清白"，他们也不得不鼎力开脱于法网之外。有了他们的保护，我这号人才有安全可言。但我也清楚地知道，杀人灭口非同儿戏，要他们许可了。起码得给他们几分钟思考时间。为了防止史密斯小姐在这几分钟内夺门而逃，我退后数步，把守门旁，目光注视着史密斯小姐的一举一动。

史密斯小姐却丝毫也没显出惊慌的模样儿。她仍不穿上裤子，转而从容不迫地坐在沙发上了。她将手从裤子的缠绕中抽出，将变成了礼帽形的裤子轻轻往头上一放，表演平衡的裸腿美人儿似的，头不偏颈不转地吸起烟来。

我望着她那两条架成"二郎腿"的修长美腿，心中邪恶之念顿生，暗想先奸后杀先奸后杀不奸白不奸！

此际但听哧啦啦啪嗒嗒一阵响，市长和市委书记的臀后，分别有大尾剑尾破裤而出沉重落地。市长落地的尾巴是光溜溜粗且长的尾巴。市委书记原来的变色龙尾巴变成了剑尾恐龙那一种甲骨尾巴，也就是与鳄鱼尾相似但比鳄鱼尾多出些三角利刃那一种尾巴，以他们的身份，本该生有极品级的尾巴才体面。可命运似乎偏偏要与他们作对，偏偏使他们都生出了与他们身份相悖的丑陋而可怖的尾巴。为了不因尾巴而损害他们的“公仆”形象,我曾高薪聘任王教授专职从事“隐尾灵一号”的研制。王教授就是前几章写到的那位可敬的精神病院王院长。他已经彻底放弃“XF”元素的研制了。因为幸福之微粒虽然经由科学的方法证实是的确存在着的一种物质微粒,但是太稀少太稀少了!收集到足以作为批量生产的原料那么多,是太难太难了!且“XF”元素乃是从幸福之人的体内挥发出来的。如今真正称得上幸福的男女实在有限,所以王教授也就是王院长的伟大研制项目只能搁置。不过他研制“隐尾灵一号”的工作却卓有成就。目前此中国神药已在本市铺开销售网络,日销售额创本市各类商品销售之最。长尾巴有长尾巴的优越之处,某些场合下也有长尾巴的不便之处。尤其对于不幸长了丑尾凶尾的男女,某些场合很需将尾巴隐去。比如市长和市委书记接见史密斯小姐的场合,比如他们和妻子同床共枕时。接见之前,我亲眼见他们都是服了“隐尾灵一号”的。每粒隐尾灵功效一小时,他们各服了两粒。而此刻还不到一小时,他们的尾巴怎么竟不甘被隐而沉重落地了呢?!我一时目瞪口呆,不知所措。两条丑而凶的庞然大尾,乍一落地,散发着一股难闻腥气,狰狞扭动不止,腥液搞得地上一片湿漉漉黏糊糊的肮脏。拧动得它们的主人前仰后合站立不稳……

我缓缓转头,将目光望向史密斯小姐,以为她会被骇得面无人色浑身战栗瘫在沙发上动弹不得,岂料她镇定无比,红唇微启,吐出一串飘悬的烟圈圈,悠悠地说:“少跟我来这套。我才不怕你们的东方邪术。”她迎住我目光,又说,“想杀我灭口?还想先奸后杀?用你们中国话讲,你也只能过过这种卑鄙的念头瘾罢了。日本大银行家的女儿下落未明生死未卜,你们又谋杀美国之音的高级记者,将怎么向国际社会交代?又将怎么给你们本国当局一个解释?……”

我指着她厉喝:“住口!今天不管你说什么也必死无疑!除非你不再进行敲诈!”又冲市长和市委书记喊,“快用你们的尾巴缠她!快用你们的尾巴拍她!缠死她!拍死她!……”

他们却都跺着脚冲我嚷：

“药，药！……”

“隐尾灵一号！隐尾灵一号！……”

我下意识地一摸兜儿，摸到了一个小瓶儿。我总是随身带着“隐尾灵”。幸而今天也带着。我赶紧掏出小瓶，倏觉自己骶骨那儿一阵锥疼奇痒，明白自己的尾巴也要出来掺和掺和热闹了。赶紧拧开小瓶盖儿，先倒了两粒“隐尾灵”在自己手心，顾不得寻一杯水送，捂入口中，干吞了下去。感觉到两粒药顺着食管徐徐滑下，骶骨那儿的锥疼奇痒顿消。王教授万岁！“隐尾灵”就是灵！——列位，请记住我们的广告词：一小时无尾的感觉，只需小小一粒！

市长和市委书记却已在那儿大光其火。

一个指着我训骂：“混蛋！你怎么一事当先只顾自己，不顾领导?！”

另一个可怜兮兮地向我伸着一只手乞讨：“瓶里还有吧？还有吧？还有就快送过来呀！”

我大步奔过去，不待分药给他们，市委书记竟夺去了小瓶，仰起头便欲往口中倒。幸而我反应灵敏，复将小瓶夺在手里。

我提醒道：“您忘了您明天还要出席万人比尾游园活动呀？到时候尾巴被隐住了长不出来，您怎么在尾巴公众面前亮相？两粒就可以了！”

于是我倒了两粒药在他手心。

市长心急地说：“千万给我留一粒儿，千万给我留一粒儿！……”

他们也和我一样，顾不得寻杯水送，都迫不及待地将药捂入口中干吞强咽。片刻，两条丑而凶的庞然大尾在我和史密斯小姐的默默注视之下，迅速萎缩，直至消失在他们臀后。

史密斯小姐掐灭烟拍起手来。

“刚才怎么回事？”市委书记猛一转身怒视着我。

我懵懂地嘟哝：“什么怎么回事啊？”

“你不是让那位王教授为我们做过特别手术了吗？我们原先的尾巴不是被切除了吗？我们不是已经被移植过极品级的尾巴了吗？刚才我们原先的尾巴怎么又长出来了？隐尾灵怎么也不灵了？你亲眼看见我们都服过的，药效怎么维持不到一个小时了?！”市长从旁大声质问。

“这……这……”我更加懵懂，不知如何回答才好。

市长一手抓住我一只手，冷冷地近乎咬牙切齿地说：“你要搞清楚！限你二十四小时内给我们个解释！否则我将下令禁止继续生产‘隐尾灵一号’明白了吗？”

我急说：“市长，即使我二十四小时内不能给你们个解释，我相信您也不会真的做出那么不明智的决定！别忘了不久以后‘隐尾灵一号’的股份就要上市，广大尾巴公民炒股的热情被宣传鼓动扇得十分高涨！药厂也有你们各自百分之十五的股份！而且您外甥是全市销售总代理！还有您，市委书记，您有那么多三亲六戚在药厂任高级管理职务，药厂一旦倒闭，您那么多的三亲六戚不就失业了吗？药厂一旦倒闭，你们二位，不是也将由股东变为股债人了吗？……”

我忽然心生一计，将小药瓶举在眼前细看了几秒，以权威的口吻又说：“至于‘隐尾灵’为什么会失灵，现在我可以很负责任地回答你们，这一瓶是假的！”

其实我看出……不，其实根本无需看便可以断定它不是假的，而是真的。我早已下达过极开明也极英明的指示——一旦发现造假者，不打击，要“收编”。发现一个，“收编”一个。难道造假不也是一种“技长”吗？难道造假的水平很高不也是一种能耐吗？我们发现能人，收编能人，重用能人，充分发挥他们的一技之长，使他们的造假公开化，合法化。发给他们较稳定较优厚的工资，而我们坐收利润。合法化的造假难道还是造假吗？可以这么说，市面上销售的每一瓶“隐尾灵”都意味着是我们的利润的增加。既然如此，当然都是真的！

经我那么一回答，市长和市委书记的火气果然都消了些。但是也都仍有几分悻悻的。他们嘟哝说这像什么话？市委市政府的医务所居然开出假“隐尾灵”，是可忍，孰不可忍？“隐尾灵”是名牌嘛！创出一个名牌是多么的不容易？而毁掉一个名牌又是多么的简单啊！于是命我严查严办，坚决予以扫荡，不得心慈手软。

我自然喏喏连声。一时的，我和二位伪“公仆”，都将史密斯小姐的存在忘了。

“怎么，你们还不动手杀人灭口吗？”

直至她朗声说出这句话，才又提醒了我们应该快刀斩乱麻地对付她！当务之急已经不是营救花旗参枝子小姐了，而是如何对付这个美国娘们了！

市长和市委书记此刻却变得彬彬有礼起来。他们先后坐在史密斯小姐对面的沙发上，然后和颜悦色地请她穿上裤子，表示希望与她好好商量。

史密斯小姐穿裤子的时候，市委书记以非常之诚恳的语气说：“亲爱的史密斯小姐，我们三位嘛，都是坚定不移的共产主义的信徒……”

史密斯小姐立刻以郑重的口吻声明：“我不是。我拥护资本主义，反对共产主义！”

市委书记微微一愣，随即笑道：“您误会了。我说我们三位，并没包括您。我指的是我自己，还有他，再加上他，我们这三位中国人。据我理解，所谓共产主义，其实也就是一种主张有钱大家一块儿挣的主义。我想，我的理解，完全可以代表他们二位。”

于是我和市长点头不止。在谈主义方面，我对市委书记一向佩服得五体投地，想必市长内心里也是自叹弗如的。谈主义是市委书记的专业嘛，他是位挺称职的专业人才。在我看来甚至是位相当优秀的专业人才。

史密斯小姐穿上了裤子，身子前倾，目不转睛地注视着市委书记，作出洗耳恭听的样子。

市委书记接着说:“现在的情况是这样的,有一亿美金等待我们去挣。不挣白不挣。既然史密斯小姐也要参与,我们举双手欢迎。但是,我们有另一条原则,那就是多劳多得,按劳取酬。不知史密斯小姐,打算为营救花旗参枝子小姐尽些什么力?……”

史密斯小姐歪着头想了想,胸有成竹不慌不忙地说出一条计策来。我和市长和市委书记听了,不禁都道:“妙计妙计!”

于是我们达成一项君子协议,营救成功,一亿美元到手之后,四人均分,每人两千五百万。

# 第十七章

诸位,我坦率地承认,与他们达成协议之时,我内心里是一百二十个不情愿的。因为,史密斯小姐的加入,实际上并没减少二位伪“公仆”将从那一亿美元中的所得。减少了的是我!而且减少了一半儿!他们等于从我的所得中劈出了一半儿,拱手相送给史密斯小姐。什么君子协议,纯粹是小人协议!但,史密斯小姐的计策又确实高,确实是妙计。无她相助,我自思难以单枪匹马成功地营救出花旗参枝子小姐。倘不成功,凭什么理由瓜分一亿美元?我只有顾全大局。只有委曲求全。

我为金钱与“狼”共舞。

此“舞”翩翩,终生不悔……

从我的“劳斯莱斯”车内向外望,夜晚的街道似乎比白天更繁华。多彩的霓虹灯四处闪耀变幻,商场、饭店、歌舞厅的对开门或旋转门,将一批批男女吸引进去。那些门仿佛一处处洞穴,人仿佛是水。而水,不往洞穴里流淌,又能往哪儿去呢?

在所有的霓虹灯广告中,十之六七是尾巴服务和尾巴商品的广告。也顶数与尾巴相关的行业的广告,最为夺目,最为气派。“美尾歌舞厅”的霓虹灯广告,每字竟三层楼那么高。一般公民是没资格入内娱乐的。

入门要验看尾巴品级证书。门卫验看证书的认真态度,不亚于海关工作人员验看护照。只有尾巴够得上高级的男女人士,才有资格凭证书入内。每份证书上,都有我的亲笔签字。尾巴够得上高级的男女人士,每人每次可带入一名尾巴一般化的亲朋好友。只许带入一名。我们对于尾巴高级的男女人士实行这样的优待,乃是缘于如下考虑——让尾巴一般化的人们开开眼界,刺激起他们对于拥有一条高级的尾巴的追求心理。长有高级的尾巴固然幸运。没有也不必丧气。没有就多多地去挣钱嘛!钱多了,可以将丑尾劣尾凶尾动手术切除,移植一条够得上高级的漂亮的迷人的尾巴嘛!只要人人都将尾巴当成物质生活的质量和社会地位的标志来对待,那么人人便都将为一条高级的尾巴而奋斗而拼搏,那么尾巴经济不是就会一直地高速发展持续发展一直地繁荣昌盛下去了吗?“美尾歌舞厅”的高台阶下,不知为什么,这一个夜晚聚集的人比以往任何一个夜晚都多。我本以为经过白天的那一场骚乱,这一个夜晚此处会冷清些。看来我想错了。尾巴经济尾巴文化所带动起来的尾巴消费新潮流,原来比我想象的还要高涨。聚集者几乎全都是女性。以往的每一个夜晚也是如此。她们的年龄在十六七岁到三十五岁之间。每每也有十四五岁的少女混迹其间。三十五岁以上的女人,如果不是那种仍漂亮着仍有魅力的女人,一般都有自知之明,并不热血沸腾地到这儿来寻欢作乐。尾巴毕竟只不过是尾巴啊,尾巴再高级,也抵消不了女人本身的珠黄色衰啊!另有专为她们所提供的消遣之处。那种地方叫“夏娃之尾俱乐部”。其招待员皆四十岁以上外貌尚佳受过斯文训练的男士。他们的温情脉脉的周到细致的服务,使去过一次的“夏娃”们必定还想去第二次第三次第四次。至于那里都有些什么项目的服务我不便对诸位直说。我只能这样告诉诸位,女人从精神到肉体的一切享受需要快感需要,那里无不满足之。那里每月都向我“V·文经集团”上缴数额令我惊喜的利润。真他妈的邪门,我们这座城市也没有另外的什么支柱产业或具有强劲拉力的产业,仅仅由于大多数人都因说谎太多而长出了形形色色的尾巴，仅仅由于有我这么个天才人物抓住了机遇引导起了一场史无前例的尾巴经济运动，就变戏法似的，日渐产生了那么多那么多有钱的男人和女人。谁言泡沫经济可怕？谁说泡沫经济可忧？起码眼前的益处是明摆着的。

我命司机缓缓将我的“劳斯莱斯”停向路旁。今晚我倍感无聊。花旗参枝子小姐遭绑架的事件搅得我身心疲惫。史密斯小姐将分占去我二千五百万美元使我懊丧万分。在这一个夜晚，在这一个时刻，我需暂时忘掉白天的种种不愉快，需彻底放松一下我的神经和心理。但我也不想进“美尾歌舞厅”。在“美尾歌舞厅”里认识我的男女太多太多。我懒得应酬他们。再说我服了两粒“隐尾灵”后又服了两粒。药力尚未过去。我的尾巴尚被药力隐着长不出来。即使已经长出来了，未经我的美尾师梳编美饰，我也还是不便在那种娱乐场合亮相。人一有了较高的社会地位就不可以不注重自己的公开形象。可以这么说，如果此座城市是一个国家，如果进行全民公决，那么获选的国家元首必定是我无疑，根本没别人的份儿。因为这座城市的繁荣是我带来的。哪怕是一种假繁荣，也比毫无繁荣景象的大萧条强啊！在歌舞厅里，桑拿、按摩、餐饮、娱乐诸方面实行立体交叉式全方位服务。想跳舞的，有美尾男士和女士伴舞。想闲谈的，有美尾男士和女士陪聊。有尾巴语言学家举行讲座，传授如何充分发挥尾巴语言的秘诀。只“我爱你”三字，在尾巴语言学家的讲座中，就传授有二百余种尾巴语言的表达方式。不是比用笔和舌头所能表达的内容丰富得多吗？有尾巴心理学家解答一切关于尾巴的心理咨询——如丈夫爱妻子的美尾胜于爱妻子本人做妻子的该怎么办？如做妻子的竟然嫉妒丈夫的尾巴比自己的尾巴还具有魅力还性感做丈夫的该怎么办？如有夫之妇与情人幽会之后尾巴上沾染了情人尾巴的特殊气味而丈夫的嗅觉又分外灵敏她应预先采取些什么有效措施？如情绪激变将会对自己的美尾造成些什么样的影响甚至肉眼不易观察到的损伤？——哦对了，我猛地联想到，市长市委书记原先的丑尾凶尾之窘现，是不是也与他们当时的情绪冲动有关呢？当然，还有摄影师、画家、诗人，专为美尾男士和女士拍摄美尾艺术照、画美尾肖像、针对各位美尾男士和女士当场创作美尾颂诗配乐朗诵……

总之在那里人因尾贵，人因尾美，人因尾傲。作为尾巴文化和尾巴经济的先锋人物，我每日每时都领悟到，人类越现代离人性的纯真越远，越起劲儿地追求虚荣。而商业的全部奥秘，归根到底只不过是越来越功利地取悦于人们的虚荣心，同时经验丰富地调遣它向着商业的利润目的聚拢。

“劳斯莱斯”刚一停稳，立刻有许多婀娜的人影围了过来。一张张脸贴在车窗上大声问什么。不消说，那是些年轻的女性的脸。我懒得摇下车窗听她们问什么。因为即使听不清我也知道她们都是在问什么。问“先生能带我进去吗”或“先生您喜欢我吗”。她们不但年轻，而且漂亮。她们感到遗憾的是自己没有长出高级的尾巴。这一点分明地使她们的青春有了欠缺，使她们的漂亮大打折扣。如果她们的家庭经济状况富有，则她们的父母必会为她们花一大笔钱，动手术改造不够高级的尾巴或者干脆切割了去，移植能衬托得她们更漂亮更迷人的尾巴。这样做相当于一种先期投资。一旦有了够得上高级的尾巴，她们就会成为美女中的美女，成为家庭的摇钱树，就不难嫁给一位富有的男人，做人贵尾也贵的美尾妇。据我手下社会信息部的工作人员们调查了解，她们大抵是平民家庭甚至贫民家庭的女儿。她们中有人几乎天天泡在歌舞厅门外，巴望遇到一位喜欢她们的男人，寄命运的转折于他们。倘他们中的谁对她们中的谁有了感情，肯替她们出一大笔手术费，则她们命运的转折便可成为事实。她们为此不惜代价。而她们的肉体是她们改变自己命运的唯一可投之资。隔着车窗，我见她们形形色色的尾巴都纷纷竖起来。在她们的脸失去招徕力的情况之下，将尾巴竖起来是她们的惯技。那些尾巴闪闪发光，是涂了磷的缘故。

我从她们的脸中发现了一张似乎熟悉的脸。盯着望着片刻终于认出那是小悦的脸。自从我离开精神病院再就没见过她。她穿着一件绿色的紧身旗袍站在歌舞厅台阶上显眼的地方。不知为什么我没看见她身后有尾巴。她望着我的车脸上一派的失落和自卑。

我摇下车窗大喊:“小悦,过来!”

她竟将脸向别处望去,以为我的声音是从别处传入她耳中的。

我再喊一声,她又朝另一方向望去。

可怜的小悦,她又怎么敢奢想一位坐在“劳斯莱斯”里的男人会在这种以尾取人的地方喊她这个只人漂亮却无美尾可炫耀的姑娘呢?

“先生,请带我进去吧!”

“先生,请看我一眼吧!”

“先生,我的尾巴虽不高级,但是却很可爱!”

围住我车的些个小女子,争相往车内伸她们的头。

“滚开!”

我大吼一声,喝退她们,开车门钻出车,冲上台阶,拦腰抱起了小悦……

我的车重新行驶后,我才将抱在膝上的小悦轻轻放在车座上。

她低声问我:“你是谁?为什么把我抱到你的车上?”

语调中充满困惑。

“你仔细看看我是谁?”

我将脸凑近她的脸。

“是你?”她一认出我,立刻大叫:“停车!停车!让我下车!”

我的司机当然只听我的吩咐,连车速都没稍减。

“您想把我带到哪儿去?”她竟与我有仇似的怒视着我。

我微笑着说:“我想把你带到一个幽静又温馨的所在,想和你叙叙旧。”

她说:“你休想再从我身上占什么便宜!”

我说:“小悦啊,你这话就不对了吧?当初我俩之间是都有点儿尔虞我诈。但最终并不是我占了你什么便宜,而是你骗了我十几万元钱啊!已经过去的事了,咱们就不提了吧。都忘了吧。我把你抱到我的车上来,可不是为了要向你讨还当初那笔钱。我现在已经是什么身份了?区区十几万对我不过是九牛一毛!我是一眼发现了你,又见你没有尾巴,心生出一种大的同情和怜悯,打算帮助于你呀!”

听了我的由衷表白,她低下头去。良久,才以极细微的声音说:“我有尾巴。”

我说:“别嘴硬了。有就是有。没有就是没有。你明明没有尾巴嘛!”

她说:“我有。真有。不信你摸摸……”

于是她抓着我一只手轻轻往她身后拽。

我摸到了一种毛茸茸的短小的尾巴。

“这……这是什么尾巴?”

“兔子……”

“家兔的还是野兔的?”

“家兔。”

我心中不禁涌起怜香惜玉之情,将她往怀中一搂,叹息道:“唉,小悦啊小悦,如果你长的是野兔的尾巴,才勉强够得上是三级尾巴。可家兔的尾巴,按照新颁布的《尾巴等级大典》,连四级都够不上啦!像你这样一等容貌的漂亮姐儿,应该有极品级的尾巴方与容貌相配哇!现如今是一个什么时代?是一个尾巴时代嘛!从前的、传统的、以容貌、以身材、以气质欣赏女人漂亮不漂亮的时代已经过去了、成为历史了。在这个崇拜高级尾巴的美尾时代,你没有一条高级的尾你的一生将多么不幸,你自己难道还不清楚么?《尾巴等级大典》是由我主持制定的。我实话告诉你,明年尾巴的等级将分得越来越细,人的社会地位将越来越由尾巴的等级而决定。长家兔尾巴的女子,无论她本人的品貌如何出众,都将无可奈何地被归入贱民中去的!……”

小悦她忽然双手捂面,偎在我怀里嘤嘤哭泣。一边哭一边告诉我,她何尝不打算动一次手术,移植较高级的尾巴呢!身为待嫁之女,她何尝不因自己短小的家兔尾巴而自卑而心生危机之感呢?她也曾攒够了一笔动手术的钱,但偏巧那时她妹妹因自己染尾巴毛过敏导致严重败血症。那笔钱为救她妹妹花光了。结果她妹妹还是没有得救一命归阴……

“所以你就想在‘美尾歌舞厅’门外碰碰运气?”

“嗯……”

“希望遇到位贵人喜欢上你,能替你出一大笔钱动手术?”

“嗯……”

“你去那儿几次了?”

“三个多月以来,天天晚上去……”

“遇到喜欢你的人了吗?”

“没有。从没有一个长高级尾巴的男人正眼瞧我……我的家兔尾巴太短小了,大概他们和你刚才一样,都以为我根本就没长尾巴……”

她哭得更悲伤了。

我却从车内镜中,瞥见自己嘴角浮现了一抹笑意。那笑意很自得,也很冷。我便对自己相当困惑起来。因为我天性并非一个专从别人的悲伤之中获得快感的男人啊!因为那一时那一刻,我对偎在我怀里这个漂亮的却长着等级太低的尾巴的不幸姑娘,是非常乐于备加温爱的啊!一个阶段以来,我深觉自己面对现实的心理是严重分裂的。一方面,我满足于陶醉于我所开创的巨大成就。那成就使一座城市的商业变得空前繁荣。岂止是繁荣,简直是灼热疯狂。像一盘磨,一刻也不停隆隆转动。每转一圈儿,我的个人资产就翻一番。我所利用、同时也利用我的些个人物就喜笑颜开。因为我的成就也同时带给了他们暴发的机遇。而另一方面,我又常因尾巴经济的明显隐患而暗忧而良心受责而替自己的退路惴惴不安。在繁荣的表象下,我的目光能够敏锐地看透,城市的这里和那里,到处涌动着迷惘、不满,甚至绝望和仇恨。毕竟,长有高级尾巴的人,在这座城市里仅占百分之二三而已。我所见到的、接触的,几乎无一不是美尾男士和美尾女士。因为我只出现在他们和她们之间。我只去他们和她们云集的地方。在他们和她们之间,我感到无比安全。感到自己具有坚实的社会基础,和无人可匹敌的号召力拥戴力。而他们和她们云集一散,我则常常备感孤立和虚弱。觉得到处涌动着的迷惘、不满、绝望和仇恨,从四面八方包围着我。并且清楚,他们和她们,其实也都处在不安全之中。正因为他们和她们也常常感到着我所感到的不安全,所以才虚张声势地频频云集在一起,所以才企图在通宵达旦的享乐中暂时忘忧……

我双手捧起小悦的脸,俯下头在她额上轻轻吻了一下,用柔情蜜意的语调说:"别哭,别哭,小事儿一桩,我保你有一条称心如意的美尾就是了!"

一阵刺耳的摩擦声,车猛地刹住了。

我恼火地喝问司机:"你怎么回事儿?!"

"老板,看来我们遇到麻烦了……"司机的回答有些惶恐。

但见车前方火光熊熊,一幢十余层的高楼正在燃烧。原本横架楼顶的霓虹灯广告倾斜了。五颜六色的霓虹灯管一节节被火舌舔爆,冒着一股股青烟,散射一阵阵电火花。霓虹灯广告只剩下了一个完整的字是"乐"。那广告应是五个巨大的字——"天堂俱乐部"。它是我的一处私产。一二三层是尾巴高级商品专卖商场,四五六层是美尾会员之家,七八九层是会员客房,专为已婚美尾男女提供秘密幽会的地方,十层驻扎着一个连的保安,十一层是我的"行宫",十二层以上其实一直空着……

火光映红夜空。火光照耀下,无数人塞满前边的街。一张张脸上,幸灾乐祸的表情表现到了夸张的程度。

"老板,我看不像是失火……像是……人为的……"

不必司机多嘴,我也得出了正确的判断——我们是遭遇上暴乱了。只不过我一时还想不明白暴乱的起因是什么……

“你！……你怎么把车往这条街上开？！”

“老板，你每次不都是将女孩子往俱乐部带吗？”

偎在我怀里的小悦吓得浑身颤抖。别说是她了，车窗外那一张张脸也令我心里发毛。他们脸上的表情明明白白地告诉我，他们还想干一件或几件比放火烧楼更来劲儿更痛快的事。他们的脸被此冲动所扭曲，凶恶可怕。他们的形形色色的尾巴在他们身后甩来甩去。尾巴上的磷光烁烁刺眼。他们都是些长着低等尾巴劣等尾巴的公众，所以他们也只能买得起磷粉胡乱往尾巴上涂涂。他们也只有为各自的尾巴进行最简单也最便宜的消费的能力。在我眼里他们统统是贱民。有时我真想采取同样简单的方式将他们一股脑儿消灭了。不能参与到我推行的尾巴经济的消费，不能以高消费刺激尾巴经济的泡沫膨胀，这样的些个人有什么继续生存的资格和权利？

“倒车！快倒车！离开这条街！”

然而已经晚了。

车后也聚了一街人，仿佛从地里冒出来的。我的“劳斯莱斯”一尺也退不了啦。我们遭到了围困。一只只手中擎举着打火机。一张张面孔贴在车窗上，龇牙咧嘴朝我们做鬼脸。

小悦胆战心惊地问我：“他们会不会烧你这辆车啊？”

我刚要开口，司机替我回答：“只要有一个人产生这念头并且说出来，他们中许多人都会跟着干的。”

“那，你们这两个大男人倒是快想想办法呀！”

小悦尖声嚷了一句，又哭起来。

司机说：“他们的仇恨是专冲着有高级尾巴的人发泄的。”

“可是我没有高级的尾巴！我长出来的是兔子尾巴！还是家兔的！”小悦恐惧的嚷声拖着哭腔。

司机又说：“姑娘，你嚷也没用，哭也白哭。谁让你坐在长着高级尾巴的男人的车上呢。”

“是他像抱猫似的把我抱上车来的！你应该亲眼看见了！……”

小悦泣辩一句之后，双拳擂打我胸，一边怨恨地冲着我脸喊叫：“你害我！你害我！你成心害我！”

司机突然猛吼起来：“别他妈撒娇了！死到临头，让我安静点儿行不？……”

司机的话并不夸张——有人将一件毛衣扔在车头上，接着有更多的人开始脱下他们的衣服，绕到车后一会儿，再回到车前时，纷纷将衣服堆在车头上……

我问：“他们想干什么？”

司机小声说：“他们弄坏了油箱，那些衣服沾满了汽油……”

七八只按着打火机的手擎举在衣堆上方。有的打火机火苗蹿燃半尺余高。只要某一只手一松……

我仿佛闻到了自己的肉体被烧时发出的焦味儿。

我心里十分清楚他们早已对我仇恨到了何种地步。离开车必死无疑。总之是死，我索性选择坐以待毙。

列位，别以为我那一时刻心中忏悔。不！我没忏悔。我的所作所为，乃是时代允许的。时代选择了我成为尾巴枭雄，我替时代表演，也为我自己义无反顾。对于这么一天的来临，我早有心理准备。如果时代还预先决定了我当被活活烧死在一辆车里，那么就让我为时代从容就义！人生自古谁无死？我的尾巴业绩的功功过过，留待历史评说去吧！想我梁某人，原本不过三流作家（自诩三流也嫌高了），死有名车美女陪葬，有许许多多人围观，也算死得体面死得轰轰烈烈了！

但我天生是胆小鬼啊！我表现不出视死如归的大丈夫气概啊！我尽量在车座上蜷缩起身子，绝望地闭上了眼睛……

“我下车！我下车！我才不陪你们死呢！……”小悦叫喊着开她那一边的车门，不知为什么没开得成，随之扑向我这一边的车门……

我闭着眼将她拦腰抱住，抱得紧紧的。

“放开我！放开我！……”

她咬我手，撕扯我头发。

我一声不吭，将她抱得更紧更紧！恐惧使我需要陪死者的意念强烈无比。我暗想：小悦小悦，如果我今天活不成，那么你也死定了！没你这么个漂亮妹陪我死，我死得太委屈了！

一阵风将一股汽油味儿灌入车内。

我奇怪，怯怯地睁开双眼一看，司机的座位上不见了司机，他竟一声招呼都不打偷偷下车了。

“请多关照！请多关照！我和他们不是一路人。我不过是给他们开车的。我长的也是低级的尾巴！不信你们看……”

司机将一只手背到身后，抓住自己的尾巴往身前扯，并尽量举高，摇晃给他们看——那是一条修长的猎豹尾。猎豹尾虽算不上是一条多么高级的尾巴，但毕竟也是车外那些家伙心向往之梦寐以求却根本不可能一朝拥有的。没有而要动手术移植一条猎豹尾需数万元。相当于别的城市的平民阶层按房改政策买下公房的钱数。

“你说，你和我们一样？”

“是啊是啊！我这也是一条很普通的尾巴嘛！”

车门没关严，可以听到车外的话声。

“猎豹尾巴在你看来还很普通？”

“这……这……别误解我的话，千万别误解我的话！我起先长的不是猎豹尾巴，只不过是一条骡尾。老板他嫌我的骡尾丢他的人，是他出钱为我移植的这条猎豹尾！”

“你老板？也就是那个利用尾巴大发不义之财的家伙喽？他为你出钱移一条体面的尾巴，难道不证明你是他的心腹吗？”

当他们中的一个冷冷地这么问时，旁边的人都将手中燃着的打火机擎举向我的司机，照着他脸如同照着一个卑鄙地出卖了他们的叛徒。

他说的是实话，是我出钱为他移植了那条体面的猎豹尾巴。对方的话也没错,我的确一向待他不薄,视他为自己的一个心腹。他曾感激涕零地发誓不管在任何情况之下都对我忠心不二。真是知人知面不知心,没想到他在生死关头背叛我好像早就打算背叛一样!

我恨得咬牙切齿,暗骂:“叛徒!如果我侥幸不死看我以后怎么收拾你!”

“什么心腹,是走狗!”

“揍他!”

“拽掉他尾巴!”

“对,拽掉他尾巴!”

一片愤怒的喊声。

于是在他身前有四人,两两扯住他两支手臂;在他身后有二人,齐心协力扯他尾巴。

“别!……别!……求求你们别……”

他哀哀求饶。

但是他们哪里肯饶他呢?拽的蹬足仰身使劲儿拽,看的嘻嘻哈哈乐开怀。

随着一声惨叫,前后六人同时跌倒在地。他身前的四人终于放开他了,他双手捂臀蹦着高儿哀号。他身后的二人迅速爬起,其中一人手中挥舞着尾巴怪声怪调地大叫:“看!看!拽掉啦!拽掉啦!……”

于是一片亢奋的欢呼。

又有人从车头抓起一件沾了汽油的衣服包住了他的头,并用两条衣袖将衣服扎住。接着有第二个人也抓起一件衣服,扎在了他腰上。转眼所有那些沾了汽油的衣服全都被缠在他身上了……

有人狞笑着点燃了衣服……

他变成了火人,挥舞着双手,瞎了似的东奔西窜……

暴徒们一阵阵地狂笑。他冲到哪里,哪里狂笑顿起。

他毕竟曾是我的心腹,毕竟曾鞍前马后地为我效劳过。我骇得目瞪口呆,不禁心生恻隐。

后来他冲入了一服装店。隔着车窗和服装店的落地橱窗,可见一团熊火在店内东扑西扑。所扑之处,立刻也有一股烟火升腾起来。曾是我心腹的那个人,分明是被烧懵了。不扯扎住头的火衣,却以为只要扑抱住什么身上的火便会熄灭,便有效了似的。最后他扑抱住了一具黑色的,穿一袭白婚纱礼服的人模。那一袭白婚纱礼服眨眼间化为片片灰蝶,四处飘飞。而他就死死地搂住那一具裸光了的黑色的女人模倒下去了……

于是那服装店也成为一处火宫。

我低下头对小悦说:“看到了吧?如果你离开我这辆车,肯定和他一种下场!”

小悦老老实实偎在我怀里,不说话也不动。我细看她时,见她已不知何时被吓昏了。

由于“俱乐部”和服装店火势蔓延,半条街的楼厦渐渐开始燃烧。大火几乎都是通过窗与窗相互吞吐,从那些楼厦的高处凌空蔓延的。那些楼厦的底层却暂时还没被火势占领。街上的人们也暂时还没受火的直接威胁。夜空是被映得红彤彤的了,似有万台幻灯放映机,将红彤彤的背景光片齐刷刷地映在夜空,壮丽无比。满街长着不体面的尾巴和在白天的骚乱中失去了尾巴的人,就在壮丽无比的高空背景之下肆意对街两侧的一切店铺进行破坏,在破坏中趁机抢掠……

却仍有人团团围住我的车。我清楚他们绝不会轻易放过我的。只不过他们一时还没达成统一的意志究竟以怎样的方式“处理”我。看来他们并不打算烧死我。已经烧死一个人了。也许他们都觉得再观看一个人活活被烧死没多大意思了。而小悦却仍昏在我怀里。

一幢正在施工的六层楼的上空,伸展着一台塔吊的铁臂。我从车的左前镜中,发现塔吊的铁臂开始在空中缓缓移动。显然,有人操纵它了。铁臂移到我的“劳斯莱斯”的上空,静止了。接着巨大的吊钩连同一团钢缆徐徐垂下。再接着有人爬上车,有人钻入车底……

不一会儿,我的车被吊离了地面。越升越高,越升越高。铁臂横空一移,我的车在空中一阵晃荡,几分钟后渐渐稳定在一幢楼顶。那楼顶已烧塌了。火势已经漫过。但自上望下去,整个楼顶仍红得炭盆也似的。原来他们是运用塔吊烤我的车,连同烤车内的我和小悦。就像有些残忍的孩子捉了甲虫或肉虫封盖在铁盒里,再用叉竿将铁盒放在炭火堆上烤似的。油箱早已遭破坏,汽油早已流光,车当然不至于燃烧爆炸。而这正是他们所希望的。他们想使我渐死。想使我备受比烧死更大的痛苦。于是车下冒上浓烟和火苗来。那是四只轮胎烤着了。车窗开始噼啪地龟裂。车盖开始拱起变形。我的屁股感到灼烫,在车座上坐不住了。我只得将小悦推出怀抱,推在车座上。而自己蹲在前后两排车座之间。小悦很快就被烫醒过来了。坐起身懵懂不安地问这是怎么回事儿?我们究竟在哪里?我惨笑着回答,你往下瞅瞅就知道怎么回事儿我们究竟在哪里了!她小心翼翼地凑近车窗往下一瞅,发出一声恐怖的吟叫又吓昏过去了。此时我对她也动了几分恻隐,心想别让她陪着我被烤死了。干脆将她推下车摔死得了!摔死怎么也比被活活烤死命断得痛快些啊!但车门被烤变形了,我的手刚触到车门把手立刻就缩回来了。它已经被烤得烫手了……

车又在空中晃荡起来。塔吊又在空中横移,我和小悦的性命暂时脱离了死亡的边缘。

倏地,车自高空飞速坠落。我想难道他们是要摔死我们吗?那么真的必死无疑了。也好也好,对我们也算是一种人道主义的体现吧!

我从车座上抱起小悦,紧紧地紧紧地抱着。我的头脑中还来得及闪过我的司机是怎样紧紧地抱着一具黑色的人模被烧死的情形。难道是人皆本能地希望临死紧紧抱住什么,才减少一点点死到临头的恐惧吗?

我闭上了眼睛,但听耳畔风声嗖嗖。落速造成的疾风,擦过破碎的车窗时发出尖厉的哨音。

然而车并没有撞地。在距地面两尺高处猝然悬住。我从魂飞魄散之境半死不活地睁开眼,但见满街的丑尾人不知为何都已挤站到了人行道上,仿佛准备夹道欢迎什么大人物的经过似的。他们的神情肃然又加怵然。正前方,百米开外,有一人背对我,弯着腰,向我这边倒退着接近。他长的是一束马尾,却比一匹马的马尾要长许多。大约有两米左右。可能长出来后就一次也没修剪过。可能还超量地服过尾巴激素。否则不会长到那么长。他一边倒退着,一边用马尾左一下右一下扫马路。经他的马尾扫过的路面,比用扫帚扫过的路面更干净。他的马尾将一些马路上常见的垃圾扫到了人行道上,扫到了丑尾人们的身上,却无一丑尾人躲避。垃圾扫到了谁身上,谁的表情就既不但肃然怵然,甚而显得受宠若惊,仿佛是自己的荣幸似的。通过破碎的车前窗,见他原来是在弯腰倒退着铺展红地毯。地毯之上,一个高大魁梧的汉子信步走了过来。他西服革履,领带夹上的钻石闪闪发光。一批随从陪行于两侧,也都西服革履。除了他一人的西服和皮鞋是白色的,随从的西服和皮鞋皆黑色的。他和随从们头上全都戴礼帽。不知缘于何种考虑,那些随从们的礼帽反而是白色的。唯独他的礼帽竟是黑色的。这就使他在他们之中倍加突出了……

他走到距我几步远处,叉开双腿站定,举起一只手臂,在空中往下按了按,于是我那已变得破烂不堪的“劳斯莱斯”平稳地,几乎无声地落到了地面。

我立刻明白——他们是“凶尾帮”,而那汉子正是“凶尾帮”的首领。“凶尾帮”的成分不同于肃立人行道上那些丑尾人。丑尾人们的尾巴只不过丑陋,心理方面只不过由于尾巴的丑陋而自卑。只不过由于想有较体面的甚至高级的尾巴却不能够而时常陷于思想绝望。更进一步说,他们的绝望乃是由于穷,是钱的问题造成的。我想如果他们人人都有足够的钱移植一条上等的尾巴,肯定也就都会变为安分守法的良民了。丑尾人们的暴乱,说到底又只不过是城市贫民们的一时宣泄。其实并没有任何明确的统一的意志企图从根本上动摇什么瓦解什么摧毁什么。然而“凶尾帮”的存在却堪忧多了。他们凶恶且又危险。他们敌视由尾巴的高低尊卑的等级而划分的新阶层而建立的新秩序。他们的成分主要由两类人构成——或者原本就是些不法之徒,从前他们的谎言通行于很低的社会层面,谎言的质量也很差,其目的无非是为了诈骗钱财。所以他们长出很丑很凶的尾巴是自然而然的,也是符合尾巴现象一般规律的;或者原本是些身份较优越社会地位也较高的人士,从前他们的谎言通行于很高的社会领域,从政治到经济到学术到文化艺术领域,他们的谎言像水银一样几乎无孔不入,他们的谎言的质量很讲究,甚至可以说接近着考究,其目的是为了获得更高的身份和更高的社会地位。在近二十年的中国史页中,到处留下着这样两类或精致或粗鄙的谎言的污染。如果谎言也是具有物质属性的,而且具有肉眼可见的形状,那么任谁拿起那些史页一抖,必定都会抖下一堆垃圾似的东西。区别在于,仅仅在于——低级的粗鄙的谎言更像垃圾,而讲究的甚至考究的谎言仿佛镀铜充金的首饰。在我们这座城市里,收集在一起大约成百千吨计,高若山丘……

后一批长了丑尾凶尾的人,由于从前所有过的优越身份和地位的失落,对于以尾之高低划分的新阶层和新秩序,心理上是极其对抗极其仇恨的。所以他们也只有投靠“凶尾帮”。除此之外他们几乎别无选择。但在“凶尾帮”中,他们又常因从前的身份和地位而被视为异己分子。大多数并不能获得令自己感到慰藉的信任和尊重。只有少数的他们,在经过近乎效忠考验之后,才得以靠拢近“凶尾帮”的核心势力,才得以参与“凶尾帮”的核心决策。但也不过就是充当幕僚的角色而已。

主要由以上两种人组成的“凶尾帮”,据我的耳目们汇报,近半年多以来,也就是尾巴等级观念越来越趋于成形,据此为前提的社会新秩序越来越接近完善,服务于这二者的文化越来越被作为主流文化大力提倡和推广的这半年多以来,他们的潜在影响力反而相应地也越来越大了。他们与新观念的对抗,他们对新秩序的颠覆和破坏行径,不是受到谴责和声讨,反而越来越获得到意识支持和怂恿了。仿佛他们乃是一些民间好汉当代英雄了。然而,毕竟,那一天以前,确切地说,他们成功地绑架了花旗参枝子小姐以前,其活动一般是秘密的、小规模的、地下的。

这一天,他们的活动第一次由秘密而公开。如果这一条街上的火灾也是他们所为,那么他们的活动规模不但对我所建立的社会新秩序具有强烈的震荡性,而且在短短的同一天里,不,在短短的七八小时内也具有连续性！他们的首领,第一次在满街人的注视之下不可一世地抛头露面了。满街人那一种注视,简直像在被检阅！简直像在对他行注目礼！

是可忍,孰不可忍?

但是,敌强我弱的情况之下,我明智地告诫自己,一定要忍受一切方式的公开羞辱。识时务者为俊杰。只要能保住命,即使逼我当众叫爹,我也乖乖地叫。

那首领做了个手势,意思是让手下将我和小悦从车里弄出来。于是一个家伙上前开车门。变了形的车门,从外边也还是打不开。另一个家伙推开第一个家伙,绕着车走了一圈之后,转过身去,弯下了腰,耸起了臀。他长着一条尾巴末梢叉成钳形的怪尾。但那怪尾看去并不长,也就一米左右。我正狐疑着,不明白他究竟要干什么,但听一串异响,声音很大。接着闻到一股奇臭。同时,眼睁睁地见那怪尾变粗变长起来。变得极快。向马路两边瞟瞟,又见人人捂鼻,双目瞪圆,也都在望那粗长起来的怪尾。如同在忍闻着奇臭观看某项盛大的史无前例的表演。

我想,他们一定都在暗自巴望着我和小悦怎样被那怪尾一截截钳断。不观看到这样的结果不满足,观看到了将鼓掌将喝彩才肯散去。

那怪尾两边钳夹的间距转瞬大到了两米。尾巴根已经变得桶那么粗了。人小尾巨,这就使那人看去非常的可笑,仿佛尾巴是主体了,人是尾巴的赘生物,或被尾巴牢牢吸住了似的。他尾巴的末梢扬了起来,高翘到车盖顶上了。接着,尾巴的钩尖从两旁钩进了车窗。我据此清楚它是将车盖钳住了。我尽量缩成一团,一动也不敢动。但听一阵刺耳音响,车盖被完整地掀下去了。嗖的一声，车盖又被怪尾凌空甩出，掷向一幢楼的巨窗，撞碎玻璃，咣当落入里面。

我的“劳斯莱斯”此刻更加面目全非，变成一辆破烂不堪的敞篷车了。

幸而车窗镶的是钢化玻璃。坠下的非是锋利的碎玻璃，而是落了一阵水晶球儿似的钢化玻璃珠儿。

一阵掌声。

一阵喝彩。

许多人弯下腰，一把又一把从地上抓起钢化玻璃珠儿，并分给周围的人。显然，他们是要留作纪念。

我——尾巴等级的制定者，尾巴新秩序的建立者，本市尾巴经济和尾巴文化的杰出倡导者，此时此刻，斯文扫地，处境狼狈，凶多吉少，这对于他们来说，当然是重大事件。倘我因而死了，那么必是历史事件无疑。作为重大历史事件的目击者们，他们想要留些纪念品又是多么的可以理解啊！

那怪尾的钳钩探入车厢里了。它将七十多公斤的我轻轻钳住，“拎”了起来，“拎”出了车厢。我感觉到那如钢如铁的骨质的钩尖，从两侧夹住着我的腰。感觉到它夹起我，如同夹起一个只有二三两的布娃娃。只要它稍一用力，我必齐腰断为两截！我魂飞魄散，四肢垂软，半死不活，只剩思维还算清醒着。此时此刻我非常之嫌恶我的头脑。连该麻木的情况之下它仍清醒着，这是怎样的一种不幸啊！这个世界上有谁情愿死得很清醒呢？

“好！”

一阵叫好声后，立即有几条嗓子先后喊：

“夹死他！夹死他！”

“咔嚓！咔嚓来一下！”

“瞧他尿裤子了！尿裤子了！”

街两旁人们的情绪亢奋起来……

“凶尾帮”的首领正吸烟。他嘴角衔着烟摇摇头，用一只手掌又轻轻往下按了几按。于是那怪尾小心翼翼地，稳而又稳地将我摆在地上。如同巨大的机械手将一枚国际象棋的王棋摆落在棋盘上。由于首领的暗示，怪尾之动作甚至不无恭敬的意味儿。它摆落我，又以同样小心翼翼的动作从车内夹出小悦，如对待一位王后一般。小悦的旗袍已经烧得褴褛，仍昏厥着。我只得接抱住她，将她手臂搭在我肩上，揽其腰而立。

“我来迟一步，使二位受惊了。”

首领的语调出我意料地温文尔雅。

“她的确受惊了。我并没受惊。我什么场面都见过。”

我双腿在抖，话却尽量说得矜傲。首领的态度，使我预测到我们的命运可能已由凶转吉化险为夷，便近乎本能地开始往回找补点儿自尊。

“我们曾经见过一面。”

“是吗？”

难怪我觉他面熟。我迅速回忆，蓦地想起，他是那用蟒尾缠死了自己的妻儿又缠死了许多别人的凶恶之人！

我不禁问：“你并没死？”

他冷笑道：“我当时是死了。但后来又在一场大雨中复活了。火焰喷射器烧焦的只不过是我的人皮，却也使我增长了一种本领，那就是和尾巴一样可以蜕皮。现在要置我于死地，比置你于死地起码难一百倍。”

“这么说，我应当向你道贺了？”

“同贺同贺！”

他向我抱拳三揖。

“我有何可贺的？”

“第一贺你大难不死。第二嘛，贺你重任在肩，担当了营救行动总指挥！”

“你的情报真够准确的。”

“彼此彼此。”

“自愧弗如。否则我也不会落到此刻的下场。”

“你想错了。你刚才的一切遭遇,其实都不是我的弟兄们干的。而是他们干的!”他举起手臂,指指街左边,再指指街右边,又说,“是他们要置你于死地,而我们是赶来解救你的。因为你对我们还有用。其实我并不恨你。我的弟兄们也常受我的教导,早已不恨你了,甚至开始感激你了。时势造英雄嘛!你成了英雄,我也沾你的光成了豪杰嘛!……”

他不知受到什么刺激,突然张大嘴打了一个大喷嚏!那可真是一个惊天动地的大喷嚏!我的意思是,喷嚏本身也不过就是一个一般的很平凡的大喷嚏,但引起的后果是惊天动地的。随着他那喷嚏声起,他身后一条蟒尾陡然甩耸。他那蟒尾此前一直伏卧于红地毯上,又有他自己和他左右的几名弟兄的身体挡在前边,再加上天黑,所以我最初并未注意到。他那蟒尾之粗长,实在超出我的想象。估计其横切面的半径,往少了说也够二尺了。掀掉我汽车盖儿的他那兄弟的尾巴,与之相比简直该算秀气了。蟒尾甩到街左,扫倒了一排肃立观看的人;甩到街右,又扫倒了一排。死伤者至少百余名。顿时,号哭声惨叫声交织一片,没死没伤的皆作鸟兽散,四面八方夺路而逃。

十几分钟后,整条街寂静了下来。只剩下搀架着小悦的我,和我对面的他们一伙了。当然,还有几十具尸体。伤了的,趁乱爬到各个临街的门洞里,楼距间,屏息敛气地隐蔽着。

他说:“罪过罪过!”

而他手下的一些兄弟们,则不待吩咐,便纷纷去弄下那几十具尸体上的尾巴。或用刀割,或脚踩尸体,双手狠扯猛拽。

他瞟着他们那么干,又说:“别见怪。劣等的尾巴也是尾巴啊!我们也搞了一座尾巴加工厂。与你们的区别是,我们在地下进行加工。废物也可以利用嘛!”

我商量地问:“如果你同意,咱们今后再找机会聊怎么样?”

说罢,企图搀架着小悦转身便走。但发抖的双腿却不受支配,迈不出步去。想干脆抛弃了小悦不管她的死活,又恐他们耻笑我男子汉大丈夫不仗义,太缺乏与美人生死与共的英雄气概。

“慢走!”他喝住了我。

接下来的事,列位必已经猜到——“凶尾帮”首领向我提出和平解决问题的建议:他奉劝我根本不必真的部署什么营救行动,他的开价也很明智地降至一亿美元。(他妈的休想!如果用花旗参枝子小姐的性命作筹码敲诈来一亿美元都给了他们,那我们四个人瓜分什么?!)

他向我保证——只要我这位营救行动总指挥不要什么阴谋诡计,他则一定向我交一位完好如初的花旗参枝子小姐……

我故作虔诚地接受了他的建议。于是他派他的部下护送我离开那一条街。此后,那一条街以及附近的几条街,便成为公开地彻底地被“凶尾帮”所盘踞的市区了……

# 第十八章

在一幢只有我自己知道的别墅里，我和小悦共同度过了那一个夜晚剩下的时光。我又服了几粒“隐尾灵”，以避免自己的尾巴长出来。在那一个夜晚以前，我是一个多么爱惜多么崇拜自己尾巴的人啊！因为我的尾巴它是我的骄傲啊！坦率地说，我爱我的尾巴胜过爱任何一个女人！正如某些美女爱她们自己的美貌胜过爱任何一个男人一样。但是在那一个白天和那一个夜晚我所受到的严重的刺激、惊吓，又他妈的都与尾巴有关，都是由尾巴造成的。这竟使我对尾巴，包括对自己的和小悦的尾巴，一时地产生了列位可想而知的紧张心理。那种紧张心理起于对尾巴的难以言说的恐惧。服过“隐尾灵”，我隔十几分钟便不由自主地摸一次屁股。摸了几次之后，确信药未失效，屁股后没有什么异物，才渐渐地定下心来。别墅的卧室里到处都是与尾巴有关的东西。尾巴画刊、尾巴摄影、尾巴工艺品、尾巴按摩器、尾巴书籍，尾形台灯座、立灯架，尾形的笔筒以及笔筒里的尾形笔、尾形的拖鞋，印有尾形图案的睡衣、被罩、枕巾……我将那些东西一股脑儿全都扔到窗外去了。门把手也是尾形的。我费了半天劲儿也没拆卸下来，只好尽量不看它。

我竟也见不得小悦的家兔尾巴。那小小的，毛茸茸的，洁白的尾巴一点也不至于使人产生凶和恶的感觉,只不过按照尾巴等级观念来分属于劣次等,意识上不怎么体面罢了。如果从头脑中彻底排除了等级观念,像小悦那么一位温柔秀丽的姑娘而长着家兔的尾巴,其实蛮可爱的呢!我暗问自己,当初亲自主持公认制定尾巴等级时,为什么力排众议,相当权威甚至可以说相当霸道地将兔子尾巴的等级定得那么低呢?同是兔子尾巴,又为什么偏偏要将野兔尾巴比家兔尾巴定高一级呢?自问而又不能自答。从前我是比较喜爱兔子(无论家兔还是野兔)们和它们毛茸茸的小巧尾巴的呀!哦,对了,我想起来了,当时有人提议——兔子尾巴理应与耗子尾巴同列一级。理由是从外观上看,兔子尾巴比耗子尾巴视觉上舒服,比耗子尾巴有美感。当时正是因为这种“非主流”言论惹恼了我。我回想起来我当时拍了桌子。如果兔子尾巴的等级竟比耗子尾巴的等级还高,我他妈还当的什么“尾巴等级制定委员会”主席?我迁怒于众,环指诸人厉声责问,你们挨个儿给我表态,究竟是兔子的尾巴高贵,还是耗子的尾巴高贵?诸人慑于我的权威,更确切地说,是慑于我在本市似乎有限实则无限的权力,都怯怯地举手道,当然是耗子的尾巴高贵!我又大加训斥——郑重决议之际,举的什么手?!难道良好的文明的习惯,在有身份有地位的人之间也极难养成吗?于是诸人均面露愧色,纷纷放下手竖起了他们的尾巴。因对我心存惧怕,某些人的尾巴变了色,某些人的尾巴尖儿在发抖,某些人的尾巴由于急剧充血而涨粗了。权力真是伟大。拥有了权力,你才更容易拥有真理!才更容易将并不成其为真理的标准确定为一种绝对的真理化了的标准。我一一瞪视他们,几分钟内一言不发。我不开口,竟无一人敢擅自垂下他们的尾巴。互比暗劲儿似的尽量将各自的尾巴竖直。我看出有人竖尾竖得累了,快坚持不住了,才心生慈悲,发话允许他们垂下尾巴。接着我表情温和了点儿,口吻也温和了点儿,不失时机地对他们进行了一番尾巴思想教育。我说从现在开始,本市禁止“耗子”二字的语言和文字使用。“耗子”是对老鼠的蔑称。再也不允许将老鼠叫做“耗子”!而要叫“鼠儿”。官方语言和文字应该统称“智鼠”。民间语言和文字可以自由宽泛一些,叫“鼠儿”“阿鼠”“鼠哥”“鼠先生”或“鼠女士”“鼠小姐”等等。凡表示亲近敬意的叫法,都在鼓励之列。反之,便是反动,一经查实,严加惩办。日本不是有一部连续动画片《忍者神龟》在咱们中国播放过吗?那些身手不凡的神龟们的师傅是什么呢?是一只足智多谋的鼠老先生嘛!日本这个民族,即使有一千条不招人喜欢的地方,但有一点却是全世界不得不公认,也不得不钦佩的——那就是聪明和钻研的精神!所以我们要向他们学习,彻底改变我们中国人过去对智鼠的极端错误的看法!美国是世界上的头号强国吧?美国迷倒全世界大人孩子的动画片《米老鼠和唐老鸭》不是在咱们中国也几乎家喻户晓人人皆知吗?还有人家的动画片《猫和老鼠》,不是也塑造了可爱的智鼠形象吗?世界上很聪明很富有钻研精神的日本民族,和世界上的头号强国美国,都在如何看待如何评价鼠的态度问题上立场问题上为我们做了榜样,我们要虚心学习!又凭什么资本不虚心学习?这也是与世界接轨嘛!与世界上先进民族先进国家的先进思想观念接轨嘛!为什么先进的民族先进的国家是那么的喜欢鼠,我们要动动脑筋研究这个现象嘛!这一点,虽然首先是一种文化现象,但同时也应当成一种经济现象予以深入的研究嘛!再说咱们中国,为何将小小的鼠儿列为十二属相之首?这个问题也要研究嘛!我们这些自以为是精英的人士,也应虚心向人民讨教向人民学习嘛!与鼠儿比起来,兔子算种什么东西!猫狗乃至狮虎又有多少美点可言?而鼠儿的完美那是一种无懈可击的完美!是只有上帝才能创造得出来的完美!我至今无法理解,男人们为什么爱美女远胜于爱一只雌鼠?你们说,是一位美女美,还是一只雌鼠更美?

众人异口同声地回答:“雌鼠更美雌鼠更美!”

“什么尾巴最高贵?”

“鼠尾最高贵!鼠尾最高贵!”

“兔子的尾巴只能定在什么等级?”

"劣等！劣等！"

啊哈，列位，我心中那一时刻的快感，你们是根本无法体会的。

你有无上的权力，你才有资格指鹿为马，唯我独尊！

在批驳了兔子尾巴与鼠尾可列在同一等级的极端错误的观点之后，在捍卫了鼠尾也就是我的尾巴最高贵的地位之后，我指示由动物学家组成一个写作班子，以达尔文的进化论为理论基础，加紧将鼠尾最高贵的观点进行学术化的写作。不久，报上发了一篇大块文章是——《论智鼠的现当代文明地位》。在那一篇文章中，兔尾作为鼠尾的审美对立面，从学术上被宣判为不齿之尾……

我却没有料到，我所喜欢的姑娘小悦，竟也长着兔尾。是我亲自主持制定的尾巴等级法将她宣判为贱民了呀！

那一个夜晚我心中对她充满了负疚之感。

我移椅坐在床边，久久地瞧着她那毛茸茸的，小巧的，洁白的兔尾，不得不暗自承认，与鼠尾相比，哪怕与我的每美化一次需数小时需万元经费的独一无二的高级中最高级的尾巴相比，兔尾也是多么的可爱啊！

指鹿为马的人，自己心里最清楚鹿是鹿、马是马。所以，那份儿心虚也每每是无法形容的。画一个绝对的圆是多么简单的事！画一个标准的正方形也是多么简单的事！人类在几千年以前就会画方和画圆了，而且似乎并不需要非将方的说成是圆的，或非将圆的说成是方的。头脑简单的好处是真假分明，于是一切事一切道理的真相都无需歪曲和掩盖。但将方的说成圆的或将圆的说成方的，却是多么复杂多么不容易啊！而且往往需要调动许许多多智慧的人，需要一笔又一笔巨大的投资才能获得一时的成功！唉，唉唉，都是尾巴闹的！这一切是何时开始的呢？又是怎么开始怎么一步步深陷于眼前这一种局面使我无法自拔的呢？

我回想良久，竟什么也回想不起来了。仿佛眼前这一种局面，是从一片遥远的混沌之境开始的。在那混沌之境的内部，是一个又一个大大小小的疑团。它们相互重叠粘连，层层包住并逐渐腐蚀着某种真相，使真相变得越来越难以知晓。

如果这座城市里的人们,忽一日又都没了尾巴该多好呢?那么一来,我虽然也便同时没有了高贵的身份,但却将活得多么轻松哇?小悦这么漂亮的姑娘,又何至于因尾巴的等级而苦恼?

这种想法一经从我自己的头脑中产生,竟赖在我头脑里似的了,挥之不去。

于是我将几粒“隐尾灵”研碎,搅入一杯矿泉水,扶起小悦,使她靠在我怀里,灌水于她口中。

她终于苏醒了,睁开双眼困惑地问:“我们是在哪儿?”

我说:“是在一处极安全的、不会再受到任何人滋扰更不会受到任何人威胁的地方。”

她又问:“我们怎么脱险的?”

我就即兴地瞎编一套谎话,说自己如何的临危不惧,怎样的大智大勇,以一当十以一当百地战胜了“凶尾帮”和聚集街头的歹徒们,九死一生地将她救到了这儿。

她眼中便投注出无限感激的目光,低声问我她的尾巴是否受到了损伤?

我说丝毫也没受到损伤。

于是她微笑了,下意识地用一只手去摸她的尾巴……

“我……我的尾巴呢?我的尾巴怎么没了?”

她大惊失色。

我赶紧向她解释——她的尾巴不是没有了,而是暂时隐去了,因为她服过了“隐尾灵”。列位,“隐尾灵”是价格非常昂贵的,本市的一般尾巴公民不要说买不起,十之七八根本不知道有这一种药。

“你又害我!你还我尾巴还我尾巴!是你把我的尾巴弄没了,今天你不还我尾巴就不行!连兔子尾巴都没有了我还怎么做人?我还不如趁早死了的好!”

小悦歇斯底里大发作,一头向桌角撞去……

幸而我反应迅速,拦腰抱住了她。

“胡闹!”

我狠狠扇了她一耳光。她捂脸呆住之际,我又将她搂入怀中,出示“隐尾灵”药瓶给她看,并抓住她一只手放我骶骨那儿:“你摸摸,我也没有了尾巴是不?这也是暂时的嘛!我刚把你抱到我的车上以后不是向你保证了嘛!不就是尾巴问题吗?你想拥有一条多么高级的尾巴?包在我身上了!但是小悦呀,亲爱的呀,此时此刻,我最讨厌的就是尾巴!高级的尾巴平庸的尾巴劣等的尾巴自己的尾巴别人的尾巴我都讨厌,所以我也给你服了‘隐尾灵’!我现在多想是一个没有尾巴的男人!多想在一个没有尾巴的女人的陪伴之下度过这一个夜晚啊!我这种强烈的意愿你能理解么小悦?……”

她变乖了,温顺了,点点头表示理解。

她柔声细语地说,许多时候,其实她也希望自己是一个没有尾巴的女人,也希望一个没有尾巴的男人陪伴自己。

“没有尾巴也挺好的,是不?”

我叹了口气,说:“是啊,没有尾巴也挺好的。”

“在咱们这座城市里,还存在着没有尾巴的男人和女人吗?”

“不清楚。也许还存在着吧。”

“如果真的还存在着,他们和她们的感觉会怎样呢?”

“我想一定很糟。他们由于连一条劣等的尾巴都没有,因而不敢出家门,不敢见人。没有尾巴的人,在咱们这一座城市,那就好比是艾滋病患者一样啊!……”

“可这一切……我的意思是,我们的尾巴以及与尾巴有关的这一切,究竟是怎么开始的呢?”

我说:“我刚才就在回想啊!但是自己仿佛患了失忆症,什么也没回想起来啊!”

我鼓励她帮我回想。她回想了半天,不太有把握地说,如果她的记忆是可靠的,那么尾巴一定与谎话假话有某种关系。

"谎言和假话?!……"

我盯着她望了片刻,缓缓向窗外转过身——又有几处起火了。我从方位得出判断,那是尾巴国际托拉斯总部大厦——简称"巴际托大厦",以及下属的宾馆、饭店和商场!都有我的私人股份啊!将几亿几亿的人民币从银行里骗出来,将几亿几亿的人民币从尾巴体制内"流通"到尾巴体制外再转变成我的私人股份,我容易吗我!这过程中要与多少贪官污吏打交道啊!不使他们的种种欲望获得满足我能一帆风顺吗?可是那些该死的尾巴暴民,在这一个夜晚,他们所纵之火使我损失惨重!

我觉得,我记忆中那一片遥远的混沌之境似乎渐渐向我移近了,或者反过来说,是我自身向那一种混沌之境接近了。但我还是无法看清那些相互重叠粘连的疑团,还是无法破译使我深陷其中并成为始作俑者的尾巴之谜。

在这座异化了的城市里,谁的头脑中仍珍藏着真相?我该向谁去请教谜底呢?我还要继续扮演已经成为的角色多久?我和这一座城市的结局将会如何?如果我大声说"不",并坚决地告别我的角色,我的命运又将怎样?这一座城市会宽恕我这个始作俑者,还是会将我绑在耻辱柱上活活烧死?正像这一个夜晚某些人所打算干的!那些因我而受益的人会为我伤心哭泣吗?会视我的死是他们的以及她们的灾难和末日吗?那些仇恨我的人,也就是那些被我划入贱民之册的人,会围着火堆听着我的号叫声载歌载舞、喜气洋洋如同欢庆盛大节日吗?如果小悦的话千真万确,他们以及她们会否觉悟到,其实自己对自己的命运,也都应负着一份不可推卸的责任?毕竟,非是我运用什么法术使全城人都长出了尾巴啊!我只不过在全城人都长出了尾巴之后,做了政治、经济和文化势必要求有一个人来做的种种事啊!不是我,也会是另一个人啊!

火光依然熊熊。

夜空依然通红。

在这一座城市，在这一个窗口，在这一个夜晚，在这一个时刻，我感到着此生前所未有过的大的孤独。孤独而又无援。如果不是幸而有小悦在我身旁，我的孤独将会尤甚百倍。也许我会孩子似的咧嘴大哭！

啊，我的尾巴业绩，我的辉煌成就，我的光荣与梦想，我靠尾巴而获得到的伟大声名、利益和权力，如果这一切统统建立在谎言和假话的基础之上，不是太不可思议也太虚幻了吗？

我的出路在哪里？

这一座城市的出路在哪里？

我不愿再想下去也不敢再想下去，我轻轻走近小悦，主动而又温柔地搂抱住她，默默流下了眼泪……

"你怎么了……"

我说："让我们做爱！让我们做爱吧小悦！我已经很久很久，没在自己不长尾巴的情况下，和一个不长尾巴的女人做爱了！我只剩下一粒'隐尾灵'了！你看那火光，是'隐尾灵'药厂在熊熊燃烧啊！明天，一粒'隐尾灵'的价格，将比黄金宝石还要昂贵呀！趁我们都刚刚服过药，让我们在没有尾巴长出来的情况下赶快做爱吧！在我们这座城里，也许只剩下了一个无尾的男人和一个无尾的女人做爱这一件事本身，才接近着真实啊！……"

小悦被我感动了，深情地瞧着我，开始脱下她那被烧得褴褛不堪的旗袍……

当赤裸的我和赤裸的她紧紧拥抱在一起，我激动得心灵一阵阵战栗！

这才是真实的我自己呀！

这才是真实的一个女人呀！

没有尾巴，也抛开一切关于尾巴的等级观念，我们的意识那一时刻多么纯真！我们彼此爱抚着的肉体又显得多么的美好！

我们做爱……

天亮时分，我们醒了。

小悦先醒的。是她的尖叫惊醒了我。我猛睁开眼坐起，见她已赤身裸体离开了床，缩在墙角瑟瑟发抖……

我诧问："小悦你怎么了？"

她手指着我说不出话。

我这才发现，由于药力过去了，我的鼠尾在我熟睡中长出来了。曲曲弯弯盘盘绕绕长得满床都是！长得床上堆不下了，垂延于地。那真是极丑的鼠尾呀！其灰白色如同一条在药水里泡过的蛔虫。但是蛔虫没那么长呀！稀疏的黑毛使它看去比蛔虫更令人讨厌。由于我经常地迫于工作需要不得不服"隐尾灵"，而"隐尾灵"对尾巴又是有副作用的，所以它的表面到处呈现着癣……

我因自己鼠尾的原形毕露，而在这个叫小悦的、年轻又漂亮的、被我所制定的尾巴等级判为"贱民"的姑娘面前感到无地自容！在此城中，到那一天为止，仅六人见过我尾巴的"庐山真面目"。一个是我儿子，一个是我妻子。我前边写到过的，那是在我洗澡之时。那一天我的尾巴才长出来，不过一尺多长，没现在这么丑陋，也不是现在这种毛疏皮腐的样子。妻子和儿子已被我安排到外省市去了。我忽而想到，移居外省市也未必就是无忧无虑之事啊！万一这种荒诞的尾巴现象蔓延往外省市呢？看来还是移民国外的好。要赶快做！赶快做！第三个见过我尾巴真面目的人便是小悦了。此前，在我这位被全市公认的美尾男士面前，应感到无地自容的可是她呀！唉，唉，以后我还凭什么资本在她面前优越呢？第四个见过我尾巴真面目的人是我的美尾师。我的尾巴越长他越高兴。因为那样他便可以利用我的尾巴更充分地发挥他的创造想象力，好比美发师对秀发女郎情有独钟。我有时甚至觉得他热爱我的尾巴超过爱我。第五个见过我尾巴的是我的"尾巴阿姨"，她负责爱抚我的尾巴。第六个人嘛，当然就是我自己了。说心里话，我对自己的尾巴有时得意，有时沮丧。早晨醒来，一睁开眼睛，见自己的尾巴曲卷扭绕了一床，那时我的心情是很沮丧的。骗别人是容易的，骗自己难。但是每次经我的美尾师精心设计，美化定型以后，对镜照臀，我又是很得意的。

妻子和儿子是自己人。美尾师、“尾巴阿姨”也是自己人。我更是我的自己人。现在，不是自己人的小悦见到了她最不可以见到的情形，这使我对自己的尾巴也对她恼火透了。

我尽量掩饰着愠怒，轻描淡写地说：“你竟对我的尾巴怕成那个样子？至于吗？难道你对没装修过的房间没化妆过的脸也恐惧吗？难道你对一切朴素的本色的事物都心怀恐惧吗？”

我一边质问，一边收绳子似的，将自己的尾巴一圈一圈绕在臂肘上。我的美尾师不在场我真有点儿束手无策，不知该拿自己的尾巴怎么办才妥。

“没想到，你的尾巴原来这么丑！”

小悦她仍缩在墙角，满脸的厌恶。

我呵斥道：“胡说！你怎么可以如此放肆地评论我的尾巴？我的尾巴难道是你有资格进行评论的吗？你那兔子尾巴想长还长不了呢？兔子尾巴能进行编结吗？能有什么花样创新？又有什么前途可言？我昨天晚上还向你许诺，保证出资为你移植一条高级的尾巴，没想到你今天一早就敢贬低我的极品级尾巴了！你太过分了！我可不惯你这毛病！你给我牢牢记住，如果你以后还想受到我的抬举和关怀，那你就必须无限崇拜我的尾巴！替我把桌上的‘隐尾灵’药瓶拿来！”

“可……可药瓶空了……”

“空了？不对！怎么会空了呢？昨天夜里明明还剩有一粒药！”

“被……被我服了……”

“被你……服了？混蛋！岂有此理！”

“我……我以为你讨厌我的兔子尾巴。你昨天……和我做爱前亲口说的，愿意陪着你的女人是暂时一个什么尾巴都不长的女人……我，我纯粹是为讨你喜欢才服下那一粒药的……”

“住口！”

我一急，腾地从床上跃到地上，手臂一垂，一匝匝绕在臂肘的尾巴就滑脱了，重重叠叠堆于脚前脚后，像一个刚松了绑的人似的。

我向小悦冲过去，却被尾巴绊了一跤，结果是半跌半扑地掼到了她跟前。

我双手扼住她脖子，凶恶地威胁道：“听着，如果你胆敢对别人说你曾看见过我尾巴的真实面目，胆敢对别人妖魔化我的尾巴，我绝饶不了你！我将杀了你！……”

黑夜一过去，白天一来临，我的尾巴统帅意识又在头脑之中恢复了。仿佛我夜里根本就没嫌弃过自己的尾巴，更不曾强烈地渴望过没有尾巴的良好感觉。那感觉我夜里分明地是和小悦共同享受过的呀！人的思想，在夜里和白天，在否定了自己的社会角色和又开始自觉地进入角色的情况之下，内容是多么的不一样啊！

小悦被我扼得喘不过气，憋红了脸，从牙缝间勉强挤出几个字是：“别掐死……我……我才……二十二岁……”

一大滴眼泪从她的一只眼角缓缓淌下来。

我顿时手软心也软了。何况我只不过就是想警告她，威胁她，并不打算加害于她。

我松开手，歉意地说：“对不起，我……可我的美尾师不在，‘隐尾灵’没有了，而我又肩负着营救花旗参枝子小姐的使命……让我怎么拖带着这么一大堆尾巴出门呢？”

我急得不停地搓手，也流泪了。

“都怪我……我万万没想到你的尾巴会是……这种样子……也没想到那一粒‘隐尾灵’对你会是这么重要……”

小悦她不拭自己的眼泪，仅用一只纤纤玉手替我拭泪。

我推心置腹地说：“小悦啊，亲爱的姑娘啊，其实我活得很累很累呀,但又不得不在公众面前强装出信心万丈能力无限的假象,我好可怜呀我!”

小悦柔声细语地问:“那……为什么偏偏要由你来营救花旗参枝子小姐呢?你自己请命的?”

我点了点头。

“为钱?”

“有钱的诱惑。但也不单单是钱的问题。营救成功与否,关系到我的……”

“你的什么?说呀,让我多了解你一些啊!”

“还关系到我生前之功名,死后之定评。我是男人啊!男人差不多全都是这样的呀!”

我哭了。

“别哭别哭。亲爱的别哭……”

那一时刻,小悦这温柔的人儿,就将我的头搂入她怀中,一边喃喃地安慰我,一边用她的纤纤玉手爱抚我。如同爱抚一只被主人抛弃了的小狗儿,或小猫儿。

“可……可这一切,据我的回忆,都是建筑在谎言的基础上的呀!靠不住的啊,不定哪一天就会土崩瓦解,成为过眼烟云的呀!”

我说:“这我清楚。”

“那你深陷其中,陷到哪一天才是个头呢?”

我说:“这我就不知道了。也许只能深陷到一切土崩瓦解,成为过眼烟云那一天吧。”

“到了那一天,你的命运将会如何呢?”

“这我就更不知道了。”

“你怎么会成为现在的角色呢?是你自己的野心促成的,还是别人出于他们的目的将你设计成了现在的角色?”

我反省地说:“有我自己的野心在起作用,也有别人利用我的因素在起作用。人在江湖,我只有随波逐流了。”

“是谁在利用你?”

列位,听听,小悦她居然问出这等话!足见她是一个头脑多么单纯的姑娘哇!除了那些尾巴的既得利益者们,还会有谁在利用我呢?我是他们的利益代表啊!我的一切个人声名和利益,正是在这一前提之下才有资格获得到的啊!他们之拥戴我,不过像庄重地公开地要一只猴子罢了。但是我不愿将这些清醒又真实的想法告诉小悦。本市思想单纯的姑娘已经不多了,我不忍用丑陋的真实污染她单纯的头脑。尾巴现象固然虚假荒诞,但丑陋的真实也不比它强到哪儿去啊!

于是我说:“小悦啊,咱们不谈这些了。这些太没意思。越谈越沮丧。你看到桌上那只玻璃杯了吗?去,把它砸碎,快去呀!”

尽管她是那么的困惑,但在我的催促下,还是照我的吩咐做了。

“你捡一片儿杯碴过来。”

她又回到我身旁蹲下,手拿一大片杯碴,默默注视着我,期待我的进一步指示。她那种虔诚的模样,仿佛我命令她用杯碴割腕自杀,她也心甘情愿似的。

我说:“现在只有一个办法我才出得了门。那就是把我的尾巴割掉。反正不久以后还会长出来的。但是我自己可不敢割,你替我割!”

“我割……”

“快动手吧小悦!求求你啦!要割,就干脆齐尾巴根儿割。”

“我……我也不敢……”

“不敢也得敢。听话!别又惹我生气。”

我闭上了眼睛。

我感觉到了小悦的纤手攥住了我靠近尾巴根儿的一截尾巴,感觉到了锋利的杯碴压在我尾巴根儿那儿——当然,也感觉到了小悦的双手是何等剧烈地在颤抖。

“你的手别抖!”

“……”

“如果你怕见血,那么你自己也闭上眼睛!闭上了吗?”

“闭上了……”

“下手要狠!要用力!我数到三,你就割。准备好了吗?”

“准备好了。”

“一、二、三!……”

我蓦觉尾巴根儿一阵疼痛,失声大叫起来。但是并没睁开双眼,反而闭得更紧了。

小悦也伴随着我的叫声尖叫了几声。

“你还闭着眼睛吧?”

“嗯,嗯……”

“又不是疼在你身上,你叫什么?现在,我命令你睁开眼睛!”

“好,好,我睁开了……”

“我的尾巴被割掉了吧?”

“没……没……才割透尾巴皮……挺厚挺厚的皮……出了不少血……”

“蠢货!”

我失望地责骂一句,这才睁开自己的眼睛,见小悦一手捂面,慌乱的目光从指缝间泄出,正不知所措地瞧我的尾巴。一大片儿杯碴儿仍拿在她另一只手里,乌黑的而不是鲜红的血,我的尾巴出的血,既染上了杯碴儿,也染上了她的手。

我忍痛问:“我尾巴出的血就是这种颜色?”

她小声回答:“是的。”

我的自封为高级中之最高级的尾巴哦,为什么你出的血不是鲜红的而是乌黑的呢?你出的血应该更鲜红更鲜红才足以证明你是高级之中最高级的尾巴啊!或者,不出更鲜红更鲜红的血,那么出别种颜色的血,比如金黄,比如海蓝,比如紫色、粉色,也能显出你是多么的与众不同多么的高贵啊！你怎么偏偏出柏油一样的乌黑的血呢？

“真是我尾巴出的血？”

“真是真是！”

我仍不愿相信，用自己的一只手摸了摸尾巴根儿那儿，摸到了一手黏，举在眼前看时，果不其然地一手乌黑。

“哪儿来的一股腥臭味儿？”

“你尾巴上出的血的味儿……”

我将自己粘了乌黑血迹的手放在鼻子底下闻闻，那一股腥臭味儿熏得我猛往后仰头。

哦，我的高级中之高级的尾巴，为什么你出的血不但颜色乌黑而且气味儿腥臭？尾巴啊我一向引以为荣的尾巴，你使我今天早晨无地自容之后又一次无地自容！你使我头脑中发生了一次自我怀疑之后又发生了一次自我怀疑。难道你要逼我换一条尾巴吗？不换？可是我心中嫌恶了你一次之后又开始极端地嫌恶你了！但是如果换掉你，如果另外移植一条尾巴，能悄没声儿地不发表《告市民书》吗？广大尾巴市民们，对于我这样一位尾巴精英之中最精英的人物的尾巴，是有起码的知情权的呀！我将如何向他们解释？承认我自己的尾巴在没有经我的美尾师美化之前真面目是腐朽的丑陋的？承认我自己的尾巴所出的血是乌黑得像柏油一样黏糊糊的？甚至承认我因自己的尾巴的真面目而一次又一次无地自容而一次又一次心生嫌恶？我的尾巴它不仅是我的荣耀与骄傲，也还是我们这座尾巴城市的市徽啊！全市有多少种尾巴名牌商品尾巴拳头产品的广告中包装上，都有着由我的尾巴编的如意结标志啊！全市广大的青少年，曾多么崇拜我的尾巴啊！曾授予我“最敬爱的尾巴叔叔”之亲切称号啊！如今还有几人真的崇拜什么信仰什么？由我自己来承认以上种种丑陋的真实对我们这一座城市对我们的下一代那意味着什么不是不言而喻吗？

我在地毯上擦着我的手心里复杂极了。

小悦也开始反复在地毯上擦她的纤手，擦着擦着，猛地往起一站，捂着嘴冲入厕所。随即我听到她在厕所里哇哇呕吐。

我一时羞耻得巴望地上裂开一道缝自己可以躲进去。

当小悦从厕所里出来，我已从自己脸上彻底收敛了一切与我的特殊身份不相适应的表情，正襟危坐在沙发上了。由于尾巴被割伤了，坐住会疼，我只得将它从沙发靠背上搭过去。那么一来，我自己的身子也不敢往沙发靠背上靠了。我也就因而坐得更其地笔直了。

小悦看着我，惴惴不安地说："我……我不是因为您的尾巴才吐的……我……"

我一严肃起来，我们之间的关系就又摆正了，她对我也就由"你"而"您"起来了。我暗想，小悦啊，此时此刻，我不再是夜里和你癫狂做过爱的那个男人了。尽管我的尾巴的真面目实在丑陋，尽管我的尾巴出的血是乌黑色的，我毕竟仍是本市的尾巴之王啊！此时此刻你的确应该像本市的许多女人一样，自觉地对尾巴之王表示出几分敬畏啊！我需要你对我的敬畏。我需要从自己头脑扫除一切自卑！我需要恢复我的尊严！

我以宽恕的口吻低声说："算啦，你不必自辩了！你亲眼所见的这一切，都是不真实的。是你的眼睛出了毛病。还有你的心理和你的精神，也都出了毛病。你听懂我的话了吗？"

她连连点头道："听懂了，听懂了。"

我又说："那么，我将信守我对你许下的诺言，你仍将拥有一条高级的尾巴。只要你乖，我就永远关怀你，庇护你。"

"我乖，我一定乖。"

她显出诚惶诚恐的样子。

于是我对她放心了。如果没有这份儿放心，我暗想——她不但得不到一条高级的尾巴，而且必须死。我看出，她心里其实也是这么想的。

为了减少她内心里的忐忑不安，我极勉强地微笑了一下。

她也赶紧微笑了一下。我看出她纯粹是为了讨好我才微笑的。至于她究竟是为了获得一条高级的尾巴而讨好我，还是由于此时此刻对我的惧怕，我就没法儿知道了。也不想知道。于她，当然有区别。于我，反正是一样的。

“现在，你还是得帮我处理掉我的尾巴！”

“我……我没有办法……”

“办法我自己想好了。去把门打开，把我的尾巴扯出去……”

小悦照办了。她往外扯我的尾巴时，只小心翼翼地握着我的尾巴尖儿，而且用手绢儿垫着手。

我厉声问：“你对我的尾巴是不是内心里还存着腻歪呀？怕我的尾巴弄脏了你的手吗？”

“不……不是的不是的……”

“那么，是唯恐被我的尾巴传染上什么疾病喽？我告诉你，我的尾巴是非常健康的！它绝无疾病！绝无寄生虫！甚至，绝无一个细菌！这么高级这么好的尾巴，你看着它目光里没有半点儿发自内心的崇拜，握着它不感到幸福，还要用手绢儿垫着手，你你你，小悦，你刚才还保证你一定要学得乖一点儿，你这样对待我的尾巴叫我怎么能信你的话？把手绢儿扔了！”

“我……我……您别生气，您尾巴光溜溜的，不垫着手绢儿，我怕我攥不住它……”

“借口！撒谎！你气死我了气死我了！把手绢儿扔了！……”

小悦她岂敢违抗，表情慌乱地将手绢儿扔在地上，但是并未立刻就用双手握住我的尾巴。她十指叉开着，双手仅仅作出准备握牢的样子罢了。我感觉到了她的左手触及了我尾巴上的几根长毛。我的尾巴的真面目尽管丑陋，反应却异常敏感。而且在越接近末梢之处，反应越敏感。事实上，我的尾巴不仅需要美化，需要营养滋补，需要定期按摩，也还经常需要人手的爱抚。就像婴儿、女人、小猫或小狗需要爱抚一样。除了美尾师，我还雇佣着一个专职的“尾巴阿姨”。那是一位超龄的，名气已经落伍的女歌星。四十余岁，人是姿色不济了，但嗓音仍佳。最讨我喜欢的是她那一双手，白皙而柔软。我为她那双手上了一千万元的保险。我要求她为了工作每天至少用鲜牛奶洗五十次手，并在特配的中草药液内浸泡一小时。每晚我临睡着，她坐在我的床边，对我进行全尾爱抚。从尾巴梢儿开始，一直爱抚到尾巴根儿。再从根儿至梢儿，反复数遍。一边爱抚，一边轻声吟唱著名词曲家为我的尾巴专作的《尾巴颂》《尾巴摇篮曲》《尾巴联唱》等歌曲。其中尤以《尾巴颂》令我听了心旷神怡。歌曰：

啊，尾巴，尾巴，
你这举世无双的智鼠之尾，
你的光荣是我的崇拜，
你的梦想是我的精神之帆，
在这样的夜晚，在这样的时候，
我用我幸运的手爱抚你，
我心中充满了臣服者的卑微，
我幸运的手，
获得着幸福的卑微……

列位都知道的，我以前不是患有严重的失眠症来着吗？自从我雇佣了“尾巴阿姨”，就再也不受失眠之苦了，就从此与安眠药拜拜了。在“尾巴阿姨”的轻声吟唱和她那一双柔软的手反复爱抚之下，我每夜都能顺利地进入梦乡，一觉酣睡到天亮。

可是在我最需要的时候，却不知我的美尾师身在何处，也不知我的“尾巴阿姨”身在何处。想到昨夜我的司机的惨死，我不免为他们的安危担着份儿心。与他们相比，小悦对我的尾巴的态度，使我一阵阵地恼火极了。人和人为什么那么不一样呢？为什么我的美尾师我的“尾巴阿姨”

那么崇拜我的尾巴那么爱我的尾巴,而小悦却无论我怎么要求她甚至威逼她,她都做不到呢?倘说重赏之下必有忠者吧,我也明明地对小悦保证过了,我要为她出资移植一条高级的尾巴啊!一条高级的尾巴那也是几百万啊!仅仅冲着几百万,她也应该伪装出几分对我的尾巴的良好态度啊!这个小贱人!如果她在必要的时候连伪装都不会,那么即使移植了一条高级的尾巴,心智方面岂不还是属于贱民吗?我不是白白替她花几百万了吗?

瞧她那下贱样儿!两眼瞪着我,双手犹豫着,目光中向我流露过来默默的可怜兮兮的乞求,仿佛巴望我会改变主意似的。

"握住!要不我把你从窗口扔出去!"

她两眼一闭,双手终于握住了我的尾巴。同时,我的尾巴感到她的双手是在多么剧烈地发抖。那显然是由于恐惧和厌恶。

"睁开眼睛!不许闭上眼睛!"

她不得不睁开了眼睛。

"吻我的尾巴!"

我耳畔又响起了我的"尾巴阿姨"的轻声吟唱。我要看她显出"获得着幸福的卑微"的样子!几百万的高级尾巴的移植费加上我的权威,难道还不足以使她感到握住我的尾巴乃是她的双手的幸运,吻我的尾巴乃是她的幸福吗?

她疑惑地望着我,仿佛没听懂我的话。

"低下头!吻我尾巴!"

我吼了起来。此前,多少有身份的男人和女人吻过我的尾巴啊!她有什么了不起的?她怎么就不能屈尊吻我的尾巴一下?如果我的尾巴这会儿是美化后了的尾巴,喷了法国高级香水儿的尾巴,我还不赐给她吻我尾巴的殊荣呢!以她现在的身份,只配吻我没经美化造型的尾巴。

她明智地俯下头去,在我的尾巴上吻了一下。一种满足的快感,从我的尾巴传导到我内心里。她抬起头时,我见她腮上挂着一滴泪。

我以邪恶的语调问:“你为什么落泪?感到人格被侮辱了是吗?”

她连连摇头回答:“不是不是!我落泪是因为我内心太激动,我感到太幸福……”

我笑了。我想象得出自己笑得也是多么邪狞。被由衷地赞颂是愉悦的,被违心地不得已地赞颂同样是愉悦的。而且是双重的愉悦。因为此时你最能体会到你所具有的权威的意义,以及对方在你的权威的压迫之下无可奈何的屈服。

昨夜对我而言是一种“返祖体验”。我的意思是——没有尾巴的我似乎是很久很久以前,久得很古老很古老的一个我。没有尾巴似乎是我的“原始阶段”。而长出了尾巴以后的我才是进化了的我,文明起来了的我。我背对我的历史但又每每产生重温一下那“原始阶段”的自己的好奇。正如许多文明人在梦中变成了猿,并过着猿的生活,并从猿的生活中感受着“原始”一下的乐趣。是的,我常常陷入一种思考的迷惘——尾巴究竟意味着我的进化还是退化?我所接受过的知识告诉我当然是一种退化现象,但是尾巴带给我的实实在在的以前梦寐以求的名利却又使我宁肯得出这样的结论——人长出尾巴不是退化现象而是毫无疑问的进化现象。我长出尾巴不但是进化而且是飞跃式的进化。这样的结论与我以前所接受过的常识性知识相背离,于是我头脑中生出强烈的反知识的思想倾向,尤其讨厌达尔文的《进化论》。实际上我已经组织了一个精英荟萃的写作班子,要求他们在二〇〇〇年完成一篇重要的学术论文,从理论上推翻达尔文的《进化论》,从而奠定人类从无尾到有尾乃是进化现象的理论基础。金钱真是伟大的东西。只要你出得起高价,就会有人乐于按照你的意愿制造某种你所希望产生的理论,并使之成为真理。但是我又的确常常缅怀自己没长出尾巴时的日子,以及自己在那样的日子里种种没尾巴的快乐。相对而言,我在白天,在礼仪场合,在郑重而又庄重的情况下,是非常需要尾巴的。尾巴比我的姓还重要,比我自身还重要。它是我的社会地位、形象魅力和无边权力的综合象征。而在夜晚，在和我喜欢的女性单独幽处的时候，我却更愿服“隐尾灵”隐去自己的尾巴，也愿她服“隐尾灵”隐去她的尾巴。那时候的我和陪伴我的女性都会有种脱壳而出的自由自在的感觉，灵与肉获得彻底解放的感觉。这一感觉很美好。但是随着夜晚的度过、白天的来临，尾巴意识便会渐渐回归到我的头脑里。当尾巴意识又在我的头脑里成为主宰思想，我的喜怒哀乐只能由之任之。我就又变成了尾巴的尾巴、尾巴的奴仆，而且是忠实的奴仆。我的一切念头和一切行为又开始完完全全地受尾巴的暗示受尾巴的支配。正如此时此刻，我一心去掉尾巴是因为它未经美化，而不是因为别的。

我命小悦将我的尾巴从门缝塞出去，企图用门夹掉它。武则天、吕后、慈禧、俄国的女皇叶卡捷琳娜，晚年都是最不愿被人撞见她们的龙钟老态的。对于是女皇的她们，龙钟老态便是她们的丑陋真面目。她们甚至都找借口杀过撞见她们的丑陋真面目的人。我此时的心理和她们一样。倘小悦不是明智地发誓对我的尾巴的真面目将守口如瓶，那么我一定杀了她。倘她虽然发了重誓而我并不相信，我也一定杀了她，但我毕竟信了她，所以我颇不忍下手杀她。杀了她，我也还是要暂时处理掉我的尾巴。我自己处理掉我的尾巴，比我杀了她还难。没有她的帮助，我自己处理不掉尾巴。处理不掉尾巴，我的行动就太不便，我就不能到街上去。倒莫如留她一命，而命她帮我。何况，我不能不承认，她一直在尽量表现得万分顺从……

门缝太窄，我的尾巴太长太粗，刚穿过尾巴梢，就被门缝卡住，穿不过去了。我又焦躁地命她将我的尾巴从门缝拽出来……

忽然，小悦双眼一亮。她说她想出了一个好办法。如果我肯依她的办法，那么我不必受掉尾之苦，也可以体体面面地到街上去了。她的办法是——用一条床单扎成一个包袱系在我身上，就像日本女人穿的和服腰后那个古怪之物似的，而将我的尾巴塞入包袱里……

我觉得这是一个极高明的主意。于是夸奖了她几句，情不自禁地吻了她一下,接着命她快快那么去做。

小悦手真巧。不一会儿,便将床单扎在我腰后了。她牵着我一只手,引我至穿衣镜前,让我侧着身子欣赏她的“杰作”——那包袱长宽如同考克箱,床单上的一朵牡丹花,居中显现。

我连说:“好,好,好极啦!”

见我满意,她兴奋得面呈霞光,洋洋自得地收拢我的尾巴,甚至也不觉得我的尾巴丑陋可怕了。还撕下一条床单布,将我的尾巴被杯片割破处缠了起来。

我柔声问:“你怎么不怕我的尾巴了?”

她难为情地低下头说:“你得允许人家有个习惯过程嘛!”

# 第十九章

列位，这话说得何等的好！我们中国人，在短短的十几年内，习惯了多少新事物新现象啊！何况尾巴乎！

小悦她认认真真、仔仔细细地将我的尾巴一圈圈盘绕起来。眼见又长又粗令人不知怎么办的尾巴，经她的双手盘一阵绕一阵，就像绳子似的齐齐整整地收拢了，严严紧紧地塞入那包袱里去了。

她说："瞧，这样，你不是就可以到街上去了吗？"

我说："是啊是啊，小悦你真聪明。比我还聪明。这是一个美化尾巴的好方式，丰富了尾巴文化的内容，值得大力推广。"

我将她拥在怀中，又温柔地吻了她一阵，并以带有忏悔意味儿的语调问她，对我刚才的粗暴和凶恶是否会记恨在心？

她说："人家要是记恨你，人家还会这么诚心诚意地为你效劳吗？"

"一点儿都不记恨？"

她摇头说："一点儿都不记恨。"

"为什么？"

她仰起脸望着我，用极小极小的声音回答："我不是也因为自己的尾巴问题犯过愁吗？何况你是男人！"

一句话,使我这颗自从长出了尾巴以后渐渐变得冷酷无情的男人心顿时软化得一塌糊涂,仿佛稀释成了一汪血水在胸膛里乱逛荡。

理解万岁啊!

知我者,小悦也!

我紧紧地紧紧地将她拥抱住,连连说:“小悦小悦,你真是我的红颜知己红颜知己啊!等我解救出了花旗参枝子小姐,铲除了‘凶尾帮’,彻底平定了骚乱,重新恢复了尾巴秩序,将投资办一个‘尾包儿厂’,委任你当厂长!并且要一开始就实行股份制,让你这位女厂长拥有百分之三十的法定股份!几年后,你不就成了女富豪了吗?我这么替你安排你的前程,你高兴不高兴?”

小悦幸福地闭上了眼睛,脸儿贴在我胸口,喃喃地说:“我高兴,高兴,一切听你的安排就是了!你怎么安排都行。包括我究竟应该移植一条什么样的高级的尾巴,也听你的。你喜欢的尾巴就是我想要的尾巴……”

我嘱咐小悦留在那个较安全的地方千万不要到街上去,保证一完成了营救任务便会飞速回到她身边,推开一切公务,与她朝夕相处共度几日蜜月也似的美好时光……

街上非常混乱,这里那里,几乎到处都有愤怒而迷惘的人群——有的直接由于尾巴问题而愤怒,比如四处都买不到“隐尾灵”,尾巴所患的急症得不到及时治疗,交了尾巴移植手术预押金,低等级的尾巴割了去高级的尾巴却移植不上了——“名尾储存库”在昨夜的一场大火中夷为平地,价值数亿元的名尾和极品级尾巴珍品级尾巴变成灰烬。有的由于间接的尾巴问题而愤怒,比如在混乱中尾巴掉了尾巴受了严重损伤尾巴保险公司却不能兑现保险承诺。据传我亲自委任的尾巴保险公司总经理携款而逃。几种尾巴股票狂跌,本市的大小交易所被砸。尾巴债券的信誉受到巨大动摇,成千上万的人们涌往银行和储蓄所提前兑换现钞,不给利息也要求兑换。而银行和储蓄所根本没有能力兑换,因而先后遭抢。更有人混迹其间,趁火打劫。抢到了钱的眉开眼笑,没抢到的无处发泄,殴打甚至绑架银行和储蓄所职员。有些年轻的女职员惨遭公开凌辱、轮奸……

满城市到处是火,到处是烟,到处是骚乱,到处是愤怒,到处是暴行……

我避开骚乱,避开愤怒的人群,专走小街小巷,去找史密斯小姐。她与我约定上午在一起商讨营救方案的具体细节。昨天分手时她给我留下的印象是自有上上之策在胸。约见地点是“尾巴生物工程研究所”。那地点在郊区,显然比在城市里的任何地方都安全。我不得不暗自钦佩这美国娘们儿有点儿先见之明。

我正匆匆地左顾右盼地走着,忽听背后一声吼喝:“站住!”

惊回头看时,见身后不知何时已悄悄跟随了二三十条汉子,一个个都是那么的面目凶恶。

我心想不好,撒腿便跑。他们岂肯善罢甘休?发一阵喊穷追不舍。从一条胡同一直将我追到一条笔直的大马路上。我跑得上气儿不接下气儿,双腿发软,一步也跑不动了,只能站定了束手就擒。而他们一追上来便将我团团围住。

其中一个汉子横眉竖目地指着我的背后问:“那里边儿是什么?”

我说:“哪里边儿呀?”

他说:“你他妈的别装糊涂!”同时给了我一个大嘴巴子。扇得我脸上火辣辣的,身子晃了几晃才站稳。

“少跟他啰唆!准是钱!”

“要不就是金银珠宝!抢!”

“对!抢!空喊共产主义喊了半个世纪了,咱们平民百姓也没共到过什么产!现在仍是无产阶级不算,还成了下等尾巴贱民!不管是什么,先抢了再说!”

“该出手时就出手。”于是,几乎同时有七八条汉子如狼似虎地扑向我。这我哪里抵挡得了,转眼间尾巴包儿就又变成了床单儿,被他们扯着四角儿不放。仿佛那不是床单儿,而是能载着他们飞上天空,飞往极乐世界去成仙成神的阿拉伯童话中的飞毯似的。不消说,我的丑陋的尾巴在众目睽睽之下垂堆了一地。但那几条抢床单儿的汉子,眼睛只瞪着床单儿,或瞪着对方们的眼睛,都一心只想将床单抢到自己手里转身便跑。他们分明的是被一个“抢”字煽动得昏了头了,并没发现我身上坠落了一堆尾巴。正所谓当事者迷,旁观者清。

“都他妈别抢啦!”为首的汉子大喊一声。

抢床单儿的汉子们这才住了手,一时你看我,我看你,接着将目光望向那为首的汉子,望向众人,最后顺着众人以及那为首的汉子的目光望向我的尾巴……

于是他们先后松了手,床单儿归于一人之手。那一个人,也只不过手抓着床单儿一角。整条床单儿的大部分长裙似的落在地上。

“这……怎么会这样……”

他两眼直勾勾地瞪着我的尾巴,表情极度惊愕,也松了手。

为首的汉子,绕着床单儿踱了一圈儿,然后用一只脚轻踩床单儿,见床单儿并没什么可怕的反应,胆量大了些,两只脚都站上去踩。将床单儿上踩遍了肮脏的脚印,便训斥抢床单儿的汉子们:“妈的一条床单儿你们抢个什么劲儿?”

他们便都惶惶地不知所措起来。

我赶紧收我的尾巴,就像农村人从井内往上收井绳那样。收一段,绕在臂肘一段。一边收着,一边故作镇定地说:“就是就是,不过一条普普通通的床单儿嘛!除了尾巴,我身上再没什么其他的宝贵之物。嘿嘿,这年头,谁不爱惜自己的尾巴呢,所以才用床单包扎在身上嘛……”

一人高叫:“他害得咱们白追了他半天!揍他!”

“对!揍他!揍他!……”

群情激愤。仿佛我是骗子,卑鄙地骗了他们。

为首的汉子一步跨到我跟前,研究地盯着我的脸看我。他忽然冷笑起来,笑得我内心发毛。他戛然收了冷笑,以一种阴险歹毒的语调说:“难怪面熟。小民三生有幸,真是三生有幸啊!”退后数步,朝我一指,转脸对众人大声说:“你们也都三生有幸啊!他就是铜像立在广场中心那位大名鼎鼎的人呀!该向他膜拜顶礼还是该绞死他,随你们的便吧!我来烟瘾了,可要退一边儿吸支烟了……”

于是他就走开去,双手抱肘,优哉游哉地吸起烟来。他脸上浮现着一种残忍的幸灾乐祸。

无数目光一时默默地投注在我脸上。每一束目光都令我不寒而栗。

“我……我不是……我真的不是……”

我恐惧地嘟哝着,不停地旋转着身子,妄想寻找机会逃跑。然而他们一个紧挨一个地包围着我,里三层外三层,使我根本无隙可钻。

“不错,正是这家伙!”

“我以前虽然没见过他,可是几乎天天从广场经过,每次都想把他的铜像推倒!”

“都他妈什么时代了,这王八蛋还搞个人崇拜,当老百姓都是愚民!”

“那铜像不是我自己要立的,是……是……不是我愿搞个人崇拜,是他们……我冤枉啊我……”我语无伦次,胆战心惊地替自己进行辩护。

“冤枉?他们是谁?难道是我们这些小民吗?你以为我们那么抬举你呀!你以为我们非要弄出你这么个尾巴权威来压迫在我们头上啊?恬不知耻!”

“你颁布的尾巴等级制害得我们好苦!是你把我们逼得没尾巴不行,有尾巴也是贱民,人不人,兽不兽的!”

“你发行的尾巴股票把我们几辈子攒下的那点儿血汗钱全骗去了!你使我们倾家荡产,而你自己却大发尾巴横财!”

“你一阵子鼓吹美尾运动,我们小百姓就得响应号召,都把点儿血汗钱花到实际上是你和那些贪官污吏们当大老板的狗屁美尾商店里!你一阵子又提倡什么隐尾时尚，结果宣传得我们小百姓头脑发昏，争相着买‘隐尾灵’！你在尾巴上做的一切文章，翻过来调过去，总之是为了你们一本万利！”

手指纷纷指向我，唾沫纷纷啐向我，随着一番番声讨，包围圈越来越小。

“少跟他啰唆！”

“打！”

“绞死他！绞死他！

于是老拳雨点儿般落在我头上，身上；狠脚在下一次次踢我腿弯儿。我连声哀叫，抱着头跪将下去。昨日侥幸从与“凶尾帮”和尾巴暴民们的遭遇过程死里逃生，不成想今天刚刚离开我的一处温馨小窝走到外边，又被另一伙尾巴暴民痛打于街头！他们追我时包围我时，一个个还没有尾巴。他们的愤怒高涨之后，一个个就都长出尾巴来了！我跪着，他们站着，我从指缝间看见一条条低等的劣等的有毛的无毛的尾巴在眼前甩来甩去。他们还用他们的尾巴一记记抽我……

后来，他们将我拖到一根水泥电线杆下，打算吊死我。没绳子，有人跑回原处捡回了床单儿。于是他们一齐动手，将床单儿撕成缕，搓成绳。于是有个长猴子尾巴的家伙爬上电线杆，将床单儿搓成的绳子系在电线杆上，而下面有人麻利地将绳子另一端结成了勒扣儿。我从没见有几十人为了尽快地吊死一个人而那么各尽所能齐心协力。不幸将被吊死的竟是我自己！当我双脚离地被吊起来之后，我眼前迅速闪过了妻子、儿子和小悦的面容。也闪过了老苗、市长、市委书记、邵秘书、吴秘书等人的面容。我来不及对后者们发出一句诅咒，眼前便漆黑一片。然而我并没那么顺利地死去。床单儿搓成的绳子不够结实，断了，我从半空掉下来，重重地摔在水泥地上。我的身体砸在我自己的尾巴上，一阵疼痛直钻心窝。我不禁号叫一声，心想我的一节尾巴骨肯定断了……

为首的汉子嘴角叼着烟，从旁内行似的献计献策：“你们真笨，这么件事儿都干不好！用他自己的尾巴当绳子嘛！我看他的尾巴肯定比那床单儿搓成的绳子吃劲儿！用他自己的尾巴吊死他，这多让咱们开心哇！”

他们中不少的人连声称妙，都道是好主意好主意！

于是那长猴子尾巴的家伙将我的尾巴梢儿和他的尾巴梢儿系在一起，第二次爬上了水泥电线杆。爬上顶端，双手抓住悬灯横架，来了个轻盈而优美的倒上单杠，于是我的尾巴就搭在横架上了。之后，他头朝上脚朝下，抱着电线杆爬下来，于是我的尾巴又被他的尾巴扯到地上了。他将两条尾巴解开，在衣服上揩揩双手，大功告成地望着同伙们，那意思是——我的任务完成了，该看你们的了！

那为首的汉子呸的一口啐掉烟蒂，亲自上前将我的尾巴梢儿结成一个套儿，很亲昵地套在我脖子上，仿佛一位兄长替不会系领带的弟弟系上领带似的。他拍拍我脸颊，拥抱了我一下，亦庄亦谐地说：“古今中外，全世界只有你一个人是被自己的尾巴吊死的。这也挺值得自豪，所以你应该高兴点儿。可惜没相机，不能给你留下宝贵的人生最后一张照片！”

一阵开怀大笑。

几条汉子早已按捺不住吊死我的激情，他们摩拳擦掌走上前来，站在我背后齐手拽我尾巴。我感到颈部的尾巴套儿在渐渐收紧。我感到身体在上升，不由得脚跟离地，仅仅靠脚尖撑地……

忽然，一辆红色的敞篷“宝马”驶来，急刹在路旁。我认出车上坐的是史密斯小姐，高叫：“史密斯救我！”

史密斯小姐从车上站起，一手拎着一只拉开着链儿的皮包，另一只手伸入皮包内，抓出一把什么东西朝空中一扬。顿时，钞票满天飞。她连撒了几次，那些想吊死我的家伙们就顾不上摆布我了，乱作一团抢钞票……

我趁机从颈上摘下自己的尾巴套儿，奔到车旁，一跃而上。

史密斯也不敢迟疑，立即开车。我哀号一声，昏死于车内——我的尾巴由于缠住了电线杆的悬灯横架,齐根儿被扯掉了……

当我睁开眼睛,见史密斯小姐和“尾巴生物工程研究所”所长,也就是当初在精神病院里研制提炼“XF”微粒的王教授,一左一右守护地坐在我躺着的床两侧。

史密斯小姐在胸前画了个十字,微笑道:“谢天谢地,你可醒过来了!”

我问:“我在哪儿?”

王教授说:“是在研究所的地下室。你放心,这里绝对安全,你再也不会受到凌辱和伤害了。”

我问:“我的尾巴日后还能长出来吗?”

王教授遗憾地摇着头说:“你的尾巴再也长不出来了。我替你包扎时认真仔细地检查过,生长尾巴的细胞组织,以及那一部分肌肉,几乎彻底被你的尾巴根儿带下去了。日后服用多少尾巴催生素也无济于事了。”

“这么说,我只能移植一条义尾了?”

“是的。”他安慰我道,“这也没什么嘛!这座城市里不少生长过低等的劣等的尾巴的人,不是都花钱移植过较高级的甚至极品级珍品级的义尾吗?您还在乎花那点儿钱吗?”

我恼羞成怒,猛地坐起来吼道:“你怎么把我和那些人相提并论?这是钱的问题吗?!”

他便低下头,嘿然沉默了。

史密斯微笑道:“别发火儿,别发火儿。事已至此,发火没用啊!我知道你内心里是怎么想的。等营救出花旗参枝子小姐,让王教授亲自为你做条和原先的尾巴一模一样的尾巴就是了嘛!我和他替你保密,谁会知道你的尾巴不是真尾而是移植的义尾呀?”

义尾对于别人,倒也不能算件不光彩的事儿。某些本市的富人,动手术割掉原先低等的劣等的尾巴,移植了较高级的甚至极品级的珍品级的尾巴后,照常跻身于上流社会,并不曾发生过什么受到嘲笑受到歧视之事,反而充分显示了他们的富有。但是对于我,问题的性质毕竟有点儿不同。好比一般秃顶的人戴假发并不值得别人说三道四大惊小怪,但是被公认为美发王子的人如果一朝被戳穿原来戴假发,岂不成了新闻吗?

“我要报复!我要报复!不进行报复我难消心头之恨!……”我挥舞双臂大喊大叫。

王教授问我:“打算怎么报复?”

我想了想,说:“招募一支尾巴纠察队,围建一处集中营,将尾巴暴民们全部赶入集中营去!为首的,要枪毙!”

王教授笑了。他说:“何必那么大动干戈呢?为了本市的尾巴秩序和治安问题,我原则上也是赞同惩办的。但兴师动众不好。兴师动众,现实事件以后就会成为历史遗案,策划者就有可能成为历史罪人……”

他说完,按了一下我床头的小铃儿。片刻,门开了,一名身材高大的四十多岁的男人,被他的一名助手推入室内。

“你出去。”

待他的助手离开,他向那男人招手:“宝贝儿,过来。”

那男人看去有些痴傻,一小步一小步地,慢腾腾地走到他跟前。

他站起身,从仪器架上取下了一只杯子,哄一个小孩儿似的对那男人说:“喝下去,全喝光。喝光了,就会解除你的一切病痛了!”

那痴傻男人接过杯,仰起头,一饮而尽。

教授拍拍他肩,夸奖道:“宝贝儿,真乖!真招人爱!”

又将目光转向我,一脸的高深莫测。仿佛在用表情对我说——瞧着吧,奇迹就要发生了!

我呆呆地望着那男人,不知自己将会看到什么情形。在五六秒钟内,他并没什么变化。然而,五六秒钟后,极其突然地,他的身子倏地缩小了半截。这种缩小,对于他似乎一点儿痛苦也没有。甚至,似乎连一点儿不适的感觉也没有。因为他仰起头,望着王教授仍在痴笑。一眨眼间,他又缩小了半截。之后缩小的速度更快了。我坐在床上已经不可能望到他了。于是趴在床上，将头低俯于床沿下，万分惊愕地瞪大双眼盯住他瞧。不到一分钟内，他竟缩小到了蚕豆般大。但还是一个微小的人儿。

我抬头望史密斯小姐，她架着二郎腿，事不关己若有所思地吞云吐雾，如同眼前什么令人震愕之事也没发生。我再望教授，见他正从桌上的活页夹往下撕纸。他拿着撕下的一页纸，蹲下身，将纸铺于地，然后取下夹在耳际的红蓝铅笔，用红蓝铅笔小心翼翼地将那微小的人儿往纸上拨。尽管他很轻很轻地拨，我也可以想象得到，那微小的人儿，肯定被他手中的红蓝铅笔拨得连滚带爬，一个斤斗接着一个斤斗……

终于，他是将那微小的人儿拨到纸上了。他将纸抻平着放到了床头柜上，我则赶紧在床上调转身，将头俯向那页纸接着看。有雪白的纸衬着，那微小的人儿的存在十分明显。

教授问："看得清吗？"

我说："能看见。但看不清他哪儿是哪儿了。"

教授就从白大褂的上衣兜取出一柄放大镜塞在我手里："用这个看看。无论什么东西，变得巨大了，就恐怖了。而变得微小了，就奇妙了。"

在放大镜下，我能看清那微小的人儿的四肢乃至五官了。他既没变胖，也没变瘦，还是刚进门那种高大肥壮的样子。他似乎并没意识到自己变得多么微小了，只不过有点儿懵懂地低头望着他脚下的一片雪白，不明所以。他这走走，那走走，在纸上兜了一个圈子，然后坐在纸中央，脱下鞋，扯下袜子，开始搓他的脚趾缝儿。

我抬头问教授："他……他为什么会这样儿？"

教授自鸣得意地说："刚才我让他喝下去的，是我的最新科研成果。也是世界上史无前例的伟大科研成果——一种高浓度的微缩剂。我能获得此项科研成果，也得感激您啊！"

"感激我？"

"对。您不是指示我要抓紧研制出'隐尾灵'三号吗？在研制过程中，这种微缩剂就诞生了。一开始我也没想到，这种神速的微缩剂不但能在几秒钟内隐去人的尾巴，而且能在不到一分钟内，连人全都微缩到这么小的程度。”

我突然打了个喷嚏。气流将纸吹动。再细看时，纸上已没了那微小的人儿。

“得找到他。奇迹还没在他身上结束呢！”

教授从我手中夺过放大镜，床上、地上、我和他的衣服上，到处照着找。他寻找了半天也没发现在哪儿。史密斯小姐见他有些急，从他手中要过放大镜替他找。终于她在我身上发现了那微小的人儿。他被我的衣褶夹住了。教授用红蓝铅笔的笔尖将他从我的衣褶间挑出，挑在手心儿，重新放在纸上……

“快瞧快瞧！最后的奇迹正在他身上发生着！”

教授又将放大镜塞给了我。

放大镜下，那微小的人儿显得异常痛苦了。他的五官因痛苦而变形。他的身子一会儿痉挛，一会儿僵挺，一会儿又抽搐成一团。他在白纸上惊心动魄地折腾自己，搞得纸一阵阵沙响。

我不忍看下去，将目光望向史密斯小姐。而她在聚精会神地用精美的指甲钳挫她的指甲。

“看呀！看呀！你怎么不看了？”

教授竟动起手来，将我的头按向那页纸。似乎如果我看不到什么奇迹的高潮和终结，既是我之终生的遗憾，还是他自己的某种巨大损失了。

“那是很值得一看的。”史密斯小姐头也不抬地说。她的语调不但带有证实的意味儿，而且带有鼓励我继续看下去的意味儿。

我的头被按着，不得不看。放大镜下，那微小的痛苦异常的人儿，停止了抽搐和扭动，倦卧在纸上，奄奄待毙地喘息着。忽然，他变形了。头往颈子里缩进去，胳膊和腿也往躯干里缩进去。就像一只鳖和龟常做的那样。倏地，他化作一颗圆圆的，半透明的，橙色的丸。如同鱼肝油。那丸在纸上滚晃了几下,静止了……

教授说:“拿起来。”

我犹犹豫豫地用两根手指将那丸拿了起来。丸内,有什么更微小的东西搏动着。我看出那是一颗心脏。我感到那半透明的丸在我两指间随着搏动一缩一胀。

教授又说:“把它吞下去。”

我看了教授一眼,声音极小地吐出一个字:“不……”

“对你的身体大有好处!”

“不!”

我态度坚决,将那丸放在了纸上。我觉得,眼见一个高大肥壮之人最终在痛苦的挣扎过程中化作这么一颗小小的丸,是比看着一个人痛苦地死去还要触目惊心的事。在我想来,那不但仍是有生命的东西,也还是有意识能力的东西。甚至,正绝望地恐惧着。

教授自己用两根手指将那丸拿了起来。

“多么奇妙多么可爱的小东西啊!”

他说罢,将丸丢入口中,咽喉一蠕,吞咽了下去。

我不禁惊叫道:“你……你吃人?!……”

教授严肃之至地说:“你不吃,我也不吃,一个不小心滚到地上找不见,不就白白浪费了吗?它含有最高质量的人体所需的一切氨基酸,一切维生素,和最丰富的高蛋白以及活细胞营养成分。好东西是不能浪费的!”

我想到那微小的人儿在没化作一颗丸之前,曾怎么样地搓过他的脚趾缝儿,想到他那皮肤油腻体格肥壮的块头儿,如同看着一个人吞了一大片并未洗涮干净的、脏毛茬茬的肥肉。直觉得自己的胃被诱发得一阵恶心,张了几张嘴,险些呕吐起来。

教授看着我摇头批评道:“您不要这样。这样以后就没资格也没福气做一位上等人士了。以后的上等人,每天都要习惯于服这种‘生命导弹丸'，以保证上等人们健康长寿，时刻充满旺盛的生命力。它一咬一股水儿，味道并不坏。”

“你……你用活人制药……有……有多久了？……”

“不太久。才四个多月。刚刚积攒了一百几十颗，才一瓶多。”

“也就是说，已经把一百几十个活人当作了原料？”

“是啊是啊。我正在进一步研究，怎么样使一个人化成一百丸几百丸。基本原理已经攻克，我相信剩下的工艺问题解决起来并不难。一人一丸，原料投入率太高了，成本也就太昂贵了。”

我望着教授那张表情平静的瘦脸，顿觉他脸上的平静之下，隐藏着极其冷酷的残忍。

“你，每月拿着我的高额佣金，在我是法人的研究所里，用活人当原料制造药丸……这滔天的罪恶，将来岂不也有我的一份儿了吗？”

我的声音不禁地颤抖。不错，我是这尾巴时代的大投机分子。我早已变成了一个目的主义者。为了实现投机目的，我不择手段鲜廉寡耻，一切卑鄙的方式无所不用其极。但我毕竟还没彻底变成一个恶魔。间接的然而又是令人发指的罪恶感，以及我内心里那一点点尚存未泯的天良，使我联想到了“报应”二字。我接连打了几个冷战。

“罪恶？还是滔天的？他这是什么意思？”

教授耸耸肩，离开我，走到了史密斯小姐身旁。他在她身旁很缓慢地向我转过身来，使我非常怀疑在他背对着我向她走去时，与她交换过了某种意味儿的眼色。因为史密斯小姐将指甲钳放进小挎包里了，望着他也在意味儿深长地笑，并且表情暧昧不明地翻了一次白眼。在我看来暧昧不明，也许教授心领神会。他一向我转过身，就作出一副对我陌生了似的模样，一只手插在白大褂衣兜里，一只手擎着他的下巴，以一种对我感到难以理解甚至失望的目光专注地盯着我。

史密斯小姐终于开口说道：“梁先生，科学是必须付出代价的。为了一部分人的幸福，牺牲另一部分人的利益，包括他们的生命，用一句你们中国人的话讲,那是天经地义的事。这地球目前的生存现状太拥挤了,太不理想了。五十多亿人全都幸福是根本不可能的。只能保障一部分人的幸福……"

我气愤地打断了她的话:"住口!这是两个中国人在谈发生在一座中国城市里的事,你有什么资格大言不惭地进行评论?"

她并不尴尬,反而粲然一笑:"你以为,仅凭你靠行贿的勾当从本市银行骗出的那区区几千万无息贷款,就足以支持进行这么伟大的科学研究吗?区区几千万人民币,不过才几百万美元!何况,你贷款时,不是也打着促进科研的旗号吗?实话告诉你吧,我们美国QS公司,也暗中投入了巨大资金支持这一科研项目。没有我们QS公司的暗中支持,就没有今天的可喜成果!"

她转脸看了教授一眼,教授频频点头称是。我终于明白,我一向视为可敬的科学圣贤的教授,其实早已不是在为我的尾巴托拉斯梦想之实现服务,而是在为美国QS公司服务着了。

史密斯小姐对教授说:"他每月才给你多少佣金?你告诉他,我们美国QS公司每月给你多少佣金!"

教授嗫嗫嚅嚅地嘟哝:"这个……这个就不必告诉他了吧?这仅仅是咱们双方面之间的事啊!……"

史密斯小姐柳眉一挑:"告诉他!"

教授被史密斯小姐的高声吓了一跳,浑身一抖,只得实话实说:"三十万三十万,三十万美金……"

史密斯小姐嘴角浮现了一抹嘲笑,望着我挖苦地说:"你一定能算过这么一笔账来,三十万美金是三千元人民币的多少倍?我们美国人,对于科学天才是从来也不吝啬金钱的!我再告诉你两点——第一,我的身份,不仅是美国之音的高级记者,还是QS公司的高级科技雇员。第二,我们要实现的,是一项全球性科学研究。目的在于改变地球人的生存现状,实现我们美国人伟大的拯救地球的理想!为实现这一伟大理想,我们需要获得到全球资本家的投资支持！花旗参枝子小姐的父亲，是最真诚地暗中支持我们的投资者，也是最慷慨大方的投资者，所以营救他的女儿，也才是我义不容辞的使命！”

我在她的注视之下怔愣了许久后，反唇相讥："那你还要参与敲诈她父亲！”

她脸一红，分辩道："那不过是我做戏给你们中国人看罢了！”话锋陡然一转，满脸世界拯救者的崇高感，表情热烈其声朗朗地又道，"我们一部分对地球和人类未来的命运负有神圣责任的美国人对世界的理想是这样的——地球上应该仅存十亿人左右。而且十亿左右应该是一个相对不变的恒数。其中四分之一从事人类生存的必需劳动和创造；四分之二进行繁衍生育。他们将是些健康的男女。他们的后代成长到青壮年时期，将作为优等质量的原料加工成你刚才所亲眼看到的那种小丸。当他们自己一过中年，也将被变为那种小丸。从他们的部分后代中，优选出接替他们进行繁衍生育的人，以保障原料的源源不断。其余四分之一，乃是人类中的高贵分子。他们从小长期服用'生命导弹'，估计平均岁数可达到五百岁左右。他们在一百余岁时仍算孩子。他们在二百余岁时必像今天的小伙子和姑娘们一样年轻！一样朝气蓬勃。他们将终身不患任何疾病，不知药为何物。那时的世界根本不需要有医院、医生和医学！他们自己也不必从事任何劳动，有以上四分之一的人终日服侍他们。他们健康地活着，只要按自己的爱好从事某一种艺术就行了！他们将一概地是艺术家，起码一概地具有艺术天赋。他们终日唱歌、跳舞、绘画、演戏、写作、冒险、谈情说爱。结婚或不结婚都是无所谓的事。做爱和演戏也没必要分得很清。连对艺术都没兴趣的，可以随他们的愿终日慵懒闲适地享受生命。而且，那时他们不必一日三餐。三个月一餐就行了。因为'生命导弹'充分地提供了他们的身体所必需的一切营养。三个月一餐，仅仅是为了纪念他们曾有大快朵颐的习惯。那将是盛大的纪念活动。因而得为世界保留一批厨子。烹饪是地球上难得的一门学问。人类靠消化自身而生存,就像熊靠舔熊掌冬眠。什么人口爆炸、什么能源危机、什么自然保护问题、什么失业问题……一切都不再值得忧患,一切都不再是问题!啊,这无比美好的前景,连想一想都是多么令人振奋、令人欢欣鼓舞、令人陶醉呀!……"

这一大番听来无限美妙而又令人惊心动魄的语言,史密斯小姐说得并不得意忘形,更没有手舞足蹈。恰恰相反,她是那么神情收敛。与其说像在发表一篇宣言或演讲,毋宁说更像在背一首散文诗、一首颂诗。然而她的声调也并不高,娓娓的,抑扬顿挫的,丝毫也未显出表演的意味儿,仿佛只不过是在以一种格外好的心情背给两位朋友听。但是她脸上却充满了憧憬,充满了自信,内心激动得微微有些发红,眸子也被那一种大理想之光映耀得非常明亮。她说完之时,刚巧踱到我床边。于是她弯下腰俯视着我,低声问:"我亲爱的朋友,在未来的世界上,你是愿变成那么一颗丸呢?还是愿做一位起码活五百岁的上等人士呢?"

她的表情她的口吻,仅仅形容为严肃是不够的。那分明的是一种含蓄又冷峻的威胁。

我说:"我不愿变成那么一颗丸。"

我听出自己的话音颤抖。

"那么,你就必须与我们合作。在目前,更确切地说,必须与我合作。将你变成那么一颗丸是极其简单的事。无论你怎么防备都是毫无用处的。这一点你清楚吗?"

"清楚。"

"那么,合作还是不合作?"

"我……合作!我一定虔诚合作!……"

史密斯小姐直起腰,满意地笑了一下。她望着教授说:"下一个问题,该你解释给他听了。"

于是教授也走到我床边,故作姿态地说:"下一个问题,就是惹你非常生气的尾巴暴民们的处理问题,我们已经决定了,选择某一个日子,将他们统统变成一批丸。”

我指出他故作姿态，其意是——毕竟，他原本只不过是我的一名下属，原本曾对我无比崇拜过。即使那崇拜并不怎么由衷，也起码可以说是无不恭敬。而现在他却似乎觉得，他的身份比我高了。他想对我表现出以前的谦卑和恭敬，却不能够。企图掩饰起似乎身份已比我高的优越感，也同样地不能够。

我问："怎么变啊？"

我觉得，自己的语调反而变得谦卑和恭敬了，就像我反过来变成了他的下属。

"简单。好办。将我研制的药，秘密溶解在自来水公司的蓄水池里。人总是要用水饮水的嘛！"

"可是，所有的人都是要用水饮水的呀！"

"所以我们预先通知那些不希望他们变成丸的人们。只一天，不，确切地说，只需七八个小时不饮用自来水嘛！其实用了饮了也不要紧，我们会预先发给他们防变饮料。前三批保护名单已经开列出来了……"

"我……我怎么不知道？"

如此重大的举措，我竟蒙在鼓里，成了局外之人！我觉得一种悲哀涌上心头。

教授却说："有些事，我们认为你有必要知道，当然会告诉你。认为你没有必要知道，你当然也就不知道。"

教授这么说时，表情不但使我感到暧昧，而且简直使我感到可憎了。

也许是出于对我的失落心理抚慰一下的动机，史密斯小姐此时插言道："给他看看最后一批名单。"——以一种近乎信赖的目光望着我又说："最后一批名单上都是重点保护人士，你看看还有没有遗漏。"

教授便打开保险柜，取出文件夹，抽下几页纸给我看。名单是按姓氏笔画排列的。与我同姓的仅十几人。我匆匆扫了一眼，未见我的名字。再逐一细看至尾，我的名字真的不在其上！

我那一时刻的心理,不仅失落和悲哀,甚至是失魂与悲愤了。

我说:“有遗漏。”

声音极小。我的心理已被挫得完全没有了正色一争的勇气。

“是吗?什么人?”史密斯小姐和教授几乎同时问。

“我……我自己……”我不但声音极小,而且语调近乎可怜,还不禁地流露出乞求似的意味儿。

教授从我手中将那几页纸扯了过去,看了片刻,脸上没任何表情地双手呈给了史密斯小姐。他竟连点儿惊讶也不伪装出来!

史密斯小姐接过看了片刻,莞尔一笑,并不当回事儿地说:“的确是严重的疏忽。现在,我亲爱的朋友,你既然已表示愿意虔诚地与我们合作了,你的名字当然应该列在名单之中!”

她说罢,拉开她的小包,掏出笔,便在其中一页纸上写了几行字,复庄重之至地递给我。

我接过看时,见纸上既不但写了我的名字,还写上了她自己的中英文两种签名。

我顿感一阵释然,不由得笑了。抬头望史密斯小姐和教授,见他们也对视着心照不宣地微笑。

教授接着说:“我们决定将本市作为推行我们伟大理想的试点市。也可以认为是世界上的第一座样板城市。希望能模范遵守我们的纪律,严格保守秘密!”

我连连点头回答:“能!能!……”

不禁有几分受宠若惊,诚惶诚恐。

教授还说,当计划实施以后,这座城市的人口将减少到目前的百分之八左右。也就是说,百分之九十二的人,将在某一天里,变成为那一种丸。他们和她们,可能是在自己家里变的,也可能是在家以外的什么地方变的。比如公园里、电影院、剧场里、餐馆里、公共汽车出租汽车里,甚至,可能正在路上走着走着,就迅速缩小终于变成了一颗丸。那以后城市将显得清静无比。财富一下子极大地过剩了。原先积累的财富,仅供百分之八左右的人享用还不过剩吗?吃的穿的住的行的,各取所需就是了。在以后的十年乃至二十年中,根本不必再生产什么再造什么,只要将原有财富妥善储存就是了。受到保护的人士们,男女之间的比例是一比六。也就是说,每一位男士只要他高兴那样,则就起码可以同时与六位女士保持亲爱的关系,以缓解男士们的心里由于城市一下子变得空空荡荡了而觉得无聊。至于女士们,不消交代,将皆是年轻佳丽。那些宝贵的丸如何收集起来呢?也不必犯难,早已训养了一批嗅觉特别灵敏的犬,一颗也不会糟蹋。没变成丸的我们,每月都可领到一丸……

史密斯小姐接着教授的话说,营救花旗参枝子小姐,也要靠教授研制的药液出奇制胜。据她获得到的情报,今天是“凶尾帮”帮主的生日,晚上全体“凶尾帮”要在他们占领的市区举行庆祝活动。药液早已注入各种酒类的瓶子里……

我疑虑重重地问:“可……怎么才能保证,他们一定会集体地一齐都喝我们希望他们都喝的各类酒呢?”

史密斯小姐稳操胜券地说:“我们已经确定了百分之百忠诚可靠的内应人物。”

她望着我的那种目光意味深长,仿佛在她看来,我还不算百分之百地忠诚可靠似的。

我大不以为然而又难免有几分酸溜溜地问:“什么人?”话一出口后悔不及,如同一个不识趣儿的人多嘴问了一件自己根本没资格知道的事。

史密斯小姐略作沉吟,眼睛一眨,那一种意味儿深长的目光变成了君子不相欺的坦率目光,直言不讳地说:“你认识。”随后朝教授一摆下巴,“请他到这儿来。”

于是教授老奴仆似的躬身默默退出。不一会儿,我正在心中暗暗猜想着也许是哪一个我认识之人,门开处,教授彬彬有礼地以手势让进了一位风度翩翩的瘦高男子。不是别人，却是韩书记的秘书小吴。我早就觉得这家伙不是个好东西！

他看见我，不禁一愣，立即又江湖老大似的抱拳道："梁主任，久违久违。"

我不动声色地问："昨天，'凶尾帮' 的头子往市委打讹诈电话的时候，你是不是接过话筒在那边儿说了几句？"

他又一愣，反问："我故意变调，你怎么还听了出来？"

我冷着脸说："就算你变成一只鸟，我也能从你的叫声听出那是你！" 我下了床，趿着拖鞋走到他跟前，蔑视地问："韩书记对你一向很信任，他安插你到我身边做我的副主任，我也很识抬举地满足了你的野心。我自认为并不曾亏待过你，你为什么不辞而别，既背叛了我又背叛了韩书记，竟投靠 '凶尾帮' 呢？"

他也冷起脸瞪着我，也一脸的轻蔑，厚颜无耻地说："野心人人都有，彼此彼此。我的野心不像你和韩书记错误地估计得那么小。"

我说："那么 '凶尾帮' 又能给予你什么了不起的身份和前途呢？"

他说："起码尊重地请我参与重大的决策，而不是当抄抄写写的角色。"

我说："那么昨晚的事件你也参与策划喽？"

他说："不错。"

我回想起我当时遭遇的终生难忘的羞辱和种种凶险，挥手朝他那张白净无髯的脸上扇去。

史密斯小姐用她修长的胳膊架住了我的手，横身于我和他之间，调解地说："算了算了，从现在起就都是自己人了，同志关系了。过去的事就让它过去吧，今后谁也不要耿耿于怀！"

我只得退至床边坐下，悻悻地说："那么，现在是不能称他吴秘书了，也不能称他吴副主任了。叫他小吴，他更会觉得对他不敬。凡东西总得有个叫法，你们说我究竟该怎么称呼这位老相识新同志？"

教授说："史密斯小姐已经为他起了一个美国名字，是……是……"

他挠起他的秃头来。

而那自谓野心不小的家伙自己说："吴劳斯·莱斯。"

瞧着他那自命不凡的嘴脸，我心中嘲笑，这算什么鸟名字！"吴劳斯·莱斯"，那就意味着一辈子也甭想有"劳斯莱斯"！

史密斯小姐说："同志之间，叫他莱斯就行了。"

"莱斯"二字，由史密斯小姐这位美国娘们儿口中甜蜜蜜地叫出，在我听着尤其像"来死"。

她也斜着我对"来死"说："我们这位同志，内心里似乎对你百分之百的忠诚可靠持疑义，所以嘛，我就把你请来了。莱斯，跪下……"

"来死"双膝一屈，当即跪下。仰脸望着史密斯，像圣徒望着天父。

"莱斯，学儿声小狗叫。"

"汪汪！……汪汪！……"

"再学儿声小猫叫。"

"喵儿……喵儿……"

"莱斯，吻我鞋尖儿。"

于是这个完全地、甘愿地丧失了人的起码自尊的家伙，便将双手撑于地，身子匍匐将头低下去并且凑向史密斯小姐的鞋尖儿，经久不息地吻着。

"莱斯，把我鞋舔一遍。"

他就双手捧起她脚，如同捧件什么圣物，伸出舌头，从她鞋尖儿舔起，将她那只鞋仔仔细细舔一遍。仿佛她的鞋抹了一层厚厚的蜜，他是一头动物之中最馋蜜的狗熊崽子。而他以前给我的印象可是一个高傲的男子啊！

我掩饰不住自己对他的厌恶，皱着眉将目光转向别处。我忽而感到一种极大的庆幸和安慰。因此前我常不无羞惭地觉得，自己肯定是这座城市里顶厚颜无耻的人了，看来我未免自责过重了。眼前起码还有一个比我更加厚颜无耻的人！

教授却从旁深受感动似的赞叹道："这是信仰的伟力呀！这真是信仰的伟力呀！世界上除了信仰，还有什么其他的伟力能使人变得如此俯首贴耳呢！"

我看了教授一眼，略一思忖，认为他的话颇有道理。可不嘛，当今之中国人，除了对美国，另外还会信仰什么呢？在自己的国里，另外还能竖立起什么其他的信仰呢？又有什么值得当成为信仰呢？而史密斯不但是美国人，而且是美国女人，而且是年轻的美国女人，而且是又漂亮又性感又善于卖弄风情的美国女人！这么样的一位美国女人，在许多中国男人的心目中，大概最能代表美国吧？大概便意味着就是美国吧？

# 第二十章

我的前“尾文办”副主任，舔罢了史密斯小姐的鞋面儿还不过瘾，干脆扭着脖子，后脑勺枕于地，捧高她脚，竟要继续舔她鞋底儿。

史密斯小姐愉悦地笑了。我看出连她自己也感到被“崇拜”得怪不好意思怪不自在怪于心不忍。她从他双手中抽出那只脚，轻轻踏在地上之后说：“莱斯，你已经把我的鞋舔得够干净了！你使我心里非常高兴。起来吧起来吧！”

她说着，垂爱地伸出双手搀扶他。

我的前“尾文办”副主任终于站起来。他横了我一眼，一脸受到宠幸的矜傲。

教授不失时机地又卖弄口舌地说：“一个人一旦确立了信仰，那么不是战士也将像战士一样勇敢无畏了；一个人一旦被信仰，那么不是神也接近于神了。”

我不禁地再次对教授刮目相看，没想到这老古板居然也变得如此善于逢场作戏溜须拍马了！世界真精彩人也真进步得太快了！他的讨好之言说得不显山不露水，史密斯小姐和我的前“尾文办”副主任，却分明地都被他拍得颇为得意。

我故意大煞风景地哼了一声。我虽然暗自嫉妒我的前“尾文办”副主任的得宠,但若要我那么下贱地表忠,我想我还是做不到习惯成痴的。

不料史密斯小姐大为不快起来,她瞪着我质问:“你哼什么?”

我用更加酸溜溜的语调说:“卑贱并不一定就意味着是忠诚。”

史密斯小姐竟指着桌上的一把手术刀吩咐:“莱斯,用那把手术刀杀了这个仍对你的忠诚可靠持疑义的人!”

“来死”立刻抓起手术刀向我扑来。我吓得一滚,摔在床边地上,随即钻入床底下。

我在床底下听到史密斯小姐格格笑出了声,之后说:“莱斯,别当真,我不过开句玩笑罢了!”

被“来死”一手抬起的床,又重重落下。

我又听到教授说:“出来吧出来吧,史密斯小姐哪里会真让他杀死你呢!”

我惊魂未定地从床底下钻出,见“来死”手中仍紧紧握着手术刀。看得出来,他是那么想一刀结果我性命,而且自信着会干得相当利落。对于史密斯小姐的收回“指示”,又是那么悻悻然怏怏然大为遗憾。

教授以权威般的口吻评论道:“卑贱者最勇猛。卑贱者最勇猛。自古以来,卑贱者一旦觉悟了应该绝对服从于谁,那就能成为杀人不眨眼的勇士了!”

史密斯小姐问我:“现在,你还怀疑他的忠诚可靠吗?”

我连声怯怯地回答:“不了不了,不了不了……”

她又对“来死”说:“莱斯,那么你就把刀放下吧!”

“来死”很不情愿地服从了。

史密斯小姐抚摸了他的脸颊一下,一抬手臂,“来死”目光中的凶恶顿时一扫而光。他受宠若惊而又心花怒放地挽着她,双双离开。

待门关上,他们的脚步声走远,我才敢低三下四地问教授:“他们怎么走了?干什么去?”

教授说:“还能干什么去呢?就是一只小狗,讨主人喜欢地表演了一通,主人也得喂它点儿它馋的东西吧?史密斯小姐用她自己喂他。”

原来如此!我还当史密斯小姐靠什么美国的迷魂药控制了他的心智呢,却不过靠的色情。而据我了解,我的前“尾文办”主任是一名见色就变得弱智的男人。但他以前所迷的皆是咱们中国妹,还没机会沾过洋美人儿的腥味儿。吃过鱼的猫儿,一般总是觉得鱼儿比耗子,不,比“智鼠”更受用。别说他了,如果史密斯小姐肯经常与我做爱,我也会甘当她忠诚可靠的奴隶呀!

教授自言自语地又说:“信仰的伟力加上姿色和性爱调味儿,男人的灵魂就彻底被女人攥在手里了!”

我听出教授的话也酸溜溜的,暗想他的心里并不见得比我的心里平衡多少。可史密斯小姐使命感再强,也不至于垂爱于他这个身材瘦小的秃顶半老头哇!我的前“尾文办”副主任毕竟风度翩翩体格健美呀!

我问教授:“营救花旗参枝子小姐的行动史密斯小姐心中到底怎么打算的?”

教授说:“史密斯小姐也得靠‘来死’配合啊!‘来死’已经取得了‘凶尾帮’头子的绝对信任,是今晚生日庆祝活动的总司仪,相当于杨子荣在威虎山上部署庆祝座山雕生日的‘百鸡宴’的角色。酒类一概由他预备,任何别人不得过手。到时候,一切‘凶尾帮’的成员,必都前往。试想谁又敢不去呢?当‘来死’高喊为‘凶尾帮’头子的生日干杯时,他们又必皆举杯畅饮。那么他们岂不等于是统统的‘来死’了吗?”

“你说,不管男女,凡在场的,会有人只象征性地举一下杯,连嘴唇都不沾一下酒么?”

“我想不会的。咱们就化了妆,前去看一场大戏一场好戏吧!”

“咱们?都谁?”

“没别人,不需要别人,不需要任何武力营救方式。就你、我、史密斯小姐。”

“那,太冒险了吧?咱们仅仅三人,可是深入魔窟啊!”

我一想起昨日的种种凶险和今日上午的悲惨遭遇,仍胆战心惊毛骨悚然不寒而栗。

教授却笑道:“没那么可怕。预先掺入酒中的药作用极快极强,人嘴唇只要沾一下酒,三秒钟内就开始缩小,一分钟内就变为一颗颗丸!”

至夜,我与史密斯小姐和教授,伪装成“凶尾帮”帮徒,潜往“凶尾帮”占领的区域。我终于寻找到了我的美尾师,命他替我们都配上了小型凶尾。我配的是非洲蜥尾。史密斯小姐配的是响尾蛇尾,一步一响,使她觉得特别开心好玩儿。教授配的是幼狮尾。我的美尾师受我牵连,被列上了“凶尾帮”的必杀黑名单,提心吊胆东躲西藏。我是在一家下等黑店里寻找到他的。他见了我大动感情,抱住我失声痛哭。说我在自己四面楚歌生命时时受到严重威胁的情况之下居然还亲自寻找他,就是陪我而死也无憾了。这也使我的心里获得了极大满足。史密斯小姐有忠诚可靠的奴才,我也有啊。同时,我由此总结出了一条做一位好主子的经验——奴才的自我存在价值也是很需要受到关怀和重视的。主子施予他们滴水之恩,他们才更肯涌泉相报。

“来死”预先发给了我们通行证,使我们通过“凶尾帮”们设的路卡时一点儿也没受到怀疑。我们几乎是大摇大摆地混到了会场。

会场在一处广场。可容纳三万之众的广场,比肩接踵黑压压一片聚满了“凶尾帮”男女帮徒。香水预先将广场地面喷洒得湿漉漉的,仿佛刚下过雨。这样做显然是为了驱除他们的凶尾散发的异味儿。我们三人由“来死”引领到了贵宾席。从贵宾席既可近观台上的情形,也可放眼整个广场的局面。些个小“凶尾帮”帮童,推着酒水车在人群中穿来穿去,不亦乐乎地为每一名“凶尾帮”帮徒手中的高脚杯斟酒……

终于的,“凶尾帮”首领出场了,他的一干亲信尾随其后。他们显然预先都服了“隐尾灵”,不受尾巴拖累,比帮徒们行动自由多了举止潇洒多了。

“凶尾帮”帮徒们万众欢呼,整个广场气氛极端热烈极端沸腾。

“凶尾帮”首领缓缓在唯一的一把椅子上坐下,他的亲信们人数对等地侍立于他左右。

他举起一只手,欢呼声渐止。

“孩子们,我的生日,其实便是你们的生日。我从你们的欢呼声,感受到了你们因为拥戴我而意识到的巨大幸福!是我对你们的爱心要求我做你们至尊无上的父亲的。你们仅仅因为不幸长了丑的或凶的尾巴,便从此受到着尾巴等级制度的压迫。而我的神圣使命,就是要义无反顾地领导你们,将不公正的尾巴等级制度彻底砸个稀巴烂!将来的天下,必是我们‘凶尾帮’之天下!……”

扩音器将他嘶哑但无比威严的并且具有无比煽动力的话语,传遍广场每一角落。

他发表完演说,“来死”往台前一站,高举起杯,对着麦克风大声说:“各位,为我们至尊无上的父亲的健康长寿,干杯!”

“干杯……”

“干杯……”

“干杯……”

欢呼声浪又一阵高过一阵。

“来死”转身走至“凶尾帮”首领面前,恭恭敬敬地弯下腰,双手将杯捧送给他,以大孝子般的语调说:“我的至尊无上的父啊,我对您的绝对忠诚此刻是难以用语言表达的,请您畅饮了我亲自用七种名酒为您调制的这杯鸡尾酒吧!七种名酒,代表仁义礼智信威勇完美地集于您一身啊!”

那首领便面露微笑地接过了杯。我正目不转睛地望着他,恰在那一时刻,他的目光朝台下一扫,也不经意地望向了我。一望向我,便不再转移目光,将目光牢牢盯住在我脸上了。

我的心一下子悬到了喉咙,全身的每一根神经都为之高度紧张,赶紧低下头，声音小而发抖地对教授说："坏了，也许他认出我了，咱们快逃命吧！你二人不逃，我可要先逃了！"

教授却抓住了我的腕子："别动，慌什么！你看他不是正在饮那杯酒吗……"

我壮着胆子抬起头，见那首领朝后仰着头，将杯中酒饮了个一干二净。

我的心这才镇定了。

那首领的头恢复了常态，目光又望向我。他既已饮了酒，我不再感到他可怕了，挑衅地迎视他的目光。

"有奸细！"

他将酒杯朝地上猛地一摔，霍然起身，大步腾腾向我们走来。

刹那间，台上台下，如矛似剑之目光，从四面八方投射在我们三人身上。

教授也索性站起，扯下假尾，倒拎尾巴尖儿悠晃着说："不错，我们三人都是奸细，这条丑陋的尾巴是假的！而我本人乃是一位高级尾巴人士！我们到这里来就是要亲眼目睹你们的覆灭下场！"

教授说完，将假尾朝台上甩去。假尾落于那首领脚旁。他此时已走到台边，低头看了假尾一眼，飞起一脚将假尾踢到台下。

他指着我们吼："抓住他们！"

吼声刚落，倏然的，他缩矮下去半截，变得和一个孩子等高了。

"这……怎么回事？怎么回事？……"

他茫然四顾，而几乎同时，三万余他的帮徒，包括他那十几名亲信，身体都缩矮下去半截，都变得和孩子等高了。台上只有一人"鹤立鸡群"，便是"来死"，仿佛小人国里的巨人。他那十几名亲信面面相觑，接着一齐仰望"来死"。

"我们变矮了！我们变矮了！"

他向亲信们张皇失措地大叫。

一名亲信以重复他的话作为回答:“是的头儿,我们变矮了！……”

近乎哭腔的语调。

那首领冲向了“来死”,挥舞着双臂气急败坏地质问:“我们为什么变矮了？我们为什么变矮了？……”

这时他们又明显地缩矮下去,他挥舞着的双臂所能达到的高度,刚及“来死”的胯部。药力是那么强大,从他们身体里挥发出来,作用于他们的衣服。他们身上冒过一股股白烟之后,衣服变成了灰烬,无声无息地从他们身上纷纷飘落。他们转瞬间皆是赤身裸体的小人儿了。他们的双手也就全都本能地捂向各自的羞处。

“来死”毕恭毕敬地朝那首领深鞠一躬,故意用一种庄重的话剧台词般的语调说:“伟大的敬爱的父亲啊,这乃因为,你们饮的是一种药酒。你们不但变矮了,一会儿还将变成一颗颗小丸。我和他们……”他从台上朝我们一指,“是这一场魔术的共同创意者。”

“叛徒！卑鄙的叛徒！惩罚他！惩罚他！”

首领蹦着高向亲信们下达了命令。并且率先抱住了“来死”一条腿,企图将“来死”掀倒。但相比之下,他毕竟太小了。“来死”叉腿而立,岿然不动。一副撼山易撼自己难的架势。

于是那十几名亲信,也都如一群两足小兽,凶猛地冲向“来死”。

“妈的,死到临头了还张狂！”

“来死”用另一条腿一一将他们踢下台去。他们有的摔在桌子上,有的直接摔在地上。有的顿时摔晕,有的发出哀叫和呻吟……

同类相悲,悲极变狠,台下众帮徒,在一阵阵怒不可遏的怪叫声中,向我等三人发起了视死如归的进攻。好汉不吃眼前亏,我等三人立刻跃上桌子。此刻他们又缩矮了,矮得只有半尺多高了。矮得已不可能和我们一样毫不费劲地跃上桌子了。于是有的抱着桌腿往上爬,有的恨极发疯,啃桌腿。还有些在叠罗汉。他们虽然途穷路末地变小了,但嗓门依然够大,口中发出的声音竟一点儿也没变小。听着遍地小人儿咬牙切齿地咒骂我们,俯视着赤身裸体的他们表演的种种徒劳的把戏,令我们感到惊心动魄,刺激而又开心。一些“罗汉”已叠起在我们三人共同站立着的桌子周围。就在那一时刻,他们又一次命中注定地缩小下去,都变得只有两寸多高了。煞费苦心叠起的“罗汉”,一齐坍塌了。他们终于意识到伤害我们已是根本不可能之事,全都放声大哭。哭得绝望而又悲怆。许多可怜的小人儿开始抱头鼠窜,却又不知究竟窜到哪里去才算是安全之地……

那首领自然也变得只有两寸多高了,像一只刚脱离子宫的小猴崽子,手脚并用,攀爬在“来死”一条长跑运动员般的腿上。

“哎哟! 敢咬我!”

“来死”用两根手指捏着他一只脚,将他从裤子上扯拽下来。如同逮壁虎。被他二指悬空捏着的那首领,由两寸多高缩矮至一寸多高了。

“接住……”

“来死”将他抛向我们。

教授抻着衣襟兜住了他。在空中划了一道抛物线落下来的过程中,他缩小到只有半寸那么高了。可怜的,曾经凶恶,残暴,不可一世的首领,挣扎着企图在衣襟上站立起来,却没做到。

我和史密斯小姐都将头凑向教授的衣襟看。

史密斯小姐饶有兴趣地说:“教授,请把衣襟儿抻平些,让他站起来。我倒要看看,他站起来了还能干什么?”

教授内行地说:“不是衣襟儿抻得不够平,肯定是莱斯先生将他的腰骨捏断了!”

那一时刻,我内心里倒暗暗地对他大发起慈悲来。

接下去的情形,就如我已经在教授的实验室里见过的那样,经过了短暂的、痛苦的挣扎和扭动,他在教授的衣襟儿上变成了一颗丸。那丸来回滚了几下,静止不动了。教授将丸捏起,朝向灯光。灯光使那丸看去更透明。好大的一颗心脏,在丸中无声地跳动。说其大,是相比于丸而言。

“这一颗的营养，肯定顶两颗，您服了吧史密斯小姐！”

史密斯小姐微笑着婉拒地摇头。

“那么优待你吧！”

我也赶紧摇头。

于是教授仰起头，张大嘴，手指一分，将那颗丸丢入口中。他并不吞，而是咬。那丸自然非是坚硬之物，些许丸汁从他嘴角溢出。他伸舌舔舔嘴唇，咂吧了一阵嘴，一副尝过美味佳肴而且心安理得之相。

此时，偌大的广场归于平静。除了我等三人，再无第四人。月辉下，遍地宝丸，幽幽发光。

我问：“莱斯呢？”

史密斯小姐说：“他替我们去寻找花旗参枝子小姐了。”

于是我们跨涧似的依次从桌上跃到台上。我们不愿双脚落地，唯恐踩了遍地宝丸。那可都是我们的共同财富之一种啊！而且是唯一不可用金钱衡量价值的财富。

没多久，“来死”将花旗参枝子小姐拖来了。

史密斯小姐说：“莱斯，你放开她。让我好好欣赏这位全日本最大的银行家女儿的花容月貌。”

“不行！一放开她，她就跑，还想撞头寻死！”

“来死”仍牢牢攥住她手腕。

“为什么？”

“她说，她已经是帮主的人了！她发誓非他不嫁。”

史密斯小姐无动于衷地说：“那不可能。她要嫁的男人已经在教授腹中了。”

教授证实地拍了拍自己肚子。

花旗参枝子小姐闻言哇的一声哭了。

“来死”心烦地呵斥她：“不许哭！”

教授也劝道："小姐，别不识好歹嘛！就是我们成全了你，你父亲也不会同意的啊！跟一个男人睡过了几觉是一回事儿，做不做他妻子是另一回事儿嘛！"

史密斯用手卡住花旗参枝子下巴，迫使她抬起头。

"小姐，老实说，你容貌平平。在日本到处可见像你这样的小女子，头脑简单枉自多情而又自以为是！"

史密斯小姐说着，用另一只手解开她衣扣，扒下了她乳罩——酥胸乍露，双乳丰白。

史密斯小姐一看之下，嗯了一声。

花旗参枝子小姐急用自己另一只手掩上衣襟儿。

"据我掌握的情报，花旗参枝子小姐左乳有一颗痣。而你没有！这情报是她父母直接向我们提供的，所以你肯定是冒牌货！说，你究竟什么人?！"

"我……"

史密斯小姐狠狠扇了她一耳光。

"我是……西洋参芳子……"

"西洋参芳子?！日本奥姆教的漏网之鱼？你还在日本秘密组织了后奥姆教，多次企图制造更大惨案却一次也没得逞，对不对？说，你冒充花旗参枝子小姐到中国来打算干什么?！"

"……"

史密斯小姐又狠狠扇了她一耳光。

"发展我们后奥姆教的中国支部！我们将在全世界各国成立支部！总有一天，我们有能力按照我们的理想重新改造世界！"

冒牌的花旗参枝子小姐嘴角流血，大义凛然宁死不屈地瞪着史密斯。

"真的花旗参枝子小姐呢？说！说！……"

史密斯小姐凶恶得像一头母狼。

冒牌的花旗参枝子小姐冷笑道："她早被我们抛进镪水池了，已经彻底从这个世界上消失了！"

史密斯叫嚷："拿药酒来！拿药酒来！……"

"来死"一言不发，只朝摆在台左侧的一张桌子使眼色。那时他脸上的表情，如一名盖世太保军官，英俊，傲慢，冷酷而又残忍。

史密斯小姐转身冲我和教授大发脾气："蠢货，你们没听到我的命令吗？"

我困惑地耸耸肩，嘟哝："您看，那桌上什么也没有。"

教授反应比我快，领悟了"来死"的眼色，奔过去，掀开红绒桌布，从桌子底下的酒箱里拎出了一瓶药酒，一边走回来一边扭瓶盖儿。走回到史密斯小姐身旁，瓶盖儿也扭开了……

史密斯小姐一把从教授手中夺过药酒瓶，以恶狠狠的口吻对我说："先生，你也应该做点儿什么！"

我明白了她的意思，抓住冒牌儿的花旗参枝子小姐的另一条手臂，使劲儿朝她背后拧。于是她被我和"来死"一左一右制服得挣动不得。

史密斯小姐另一只手卡住冒牌儿的花旗参枝子小姐的脖子，迫使她再次仰起头，张大了嘴……

整整一瓶药酒向她口中灌下去！

眨眼间，随着一股白烟，后奥姆教女头目不见了。其消失的速度，比一滴水滴在烧红的锅底上而蒸发的速度快得多。区别是一滴水消失得彻底，而她凝缩成了一颗丸。

教授弯腰捡起那颗丸，放在手心，瞧着自言自语："浪费，极大的浪费。真不值得为她浪费一整瓶药酒！"

史密斯小姐用两根手指捏起丸，丢进自己嘴里。她也和教授一样，不是吞，而是用牙咬。仿佛不咬不足以消心头之恨……

"来死"用手机召来了一架直升机，直接将我们从台上载走了。从飞机上俯瞰，整个广场被散兵线封锁了，为的是确保遍地宝丸无一丢失……

在飞机上，教授说："也许还是保留冒牌儿的花旗参枝子小姐为好。将她乳房上点一颗痣，真假难辨。不是也对日本大银行家夫妇有个交代吗？现在，真的没了，假的也没了，不是竹篮打水一场空吗？"

看得出，史密斯小姐因自己的不理智很后悔。她一声不吭，变得心事重重了。

"来死"说："事已至此，后悔是没用的。莫如通知花旗参枝子小姐的父母，谎告他们的女儿安全营救出来了。先将资助款骗到手，以后再解释。"

教授说："也只有这么办了。"

史密斯小姐同意地点点头，问我有何高见。

我冷淡地回答："我能有什么高见呢？我的营救行动总指挥的身份已毫无意义。以后他们想怎么办，是他们的事，与我无关了。我不想再参加他们的伟大计划了……"

"来死"刚欲冲我发火，被史密斯小姐用手势制止了。

她眯起眼睛凝视着我说："先生，我感激你的一切配合，也尊重你现在的态度。"

……

跟随着他们回到预先选定的休息之地，我一觉睡到第二天中午。

醒来后，穿着睡衣走到阳台上，见七十来岁的教授正绕着草坪跑步。他跑得那么快，步子那么轻盈。

他跑至阳台前，抬头发现了我，举起一只手亲热地和我打招呼。

我对他的亲热大犯疑惑。

当他又跑过来，我搭讪着问："跑几圈了？"

他停滞不前，但却没有驻足，继续原地踏步着说："没数。跑了一个多小时了，至少有一百圈了吧！不跑难受呀，浑身的劲儿不知往哪儿去用。以我现在的体质，同时对付得了十个性欲旺盛的女人！"

“服那种丸服的？”

“当然喽！老弟，我看你的脸色，似乎有点儿肾亏。从今天起也开始服吧！应该以精力充沛的面貌参加晚上的舞会哟！像你现在这种萎靡不振的样子多煞风景！”

“舞会？为什么举行舞会？”

“因为伟大的样板城市计划，已经从夜里零点提前实施了！”

这一句话不是从教授口中说出的，是从我背后传来的。我回转身，见是“来死”。他一套雪白西服，扎紫领结，俨然一位风流倜傥的白马王子。

“提前实施了？为什么没通知我？”

“因为你已经声明过，不再参加我们的伟大计划了。”

“可……可我……”

我想到自己泡了一杯茶还没来得及喝，庆幸而又后怕。

“别那么紧张。这里的一切用水都是安全的。我们是不忍将你也变成一颗丸的。”

我镇定了之后，立刻就想到了小悦。

“混蛋！”

我朝“来死”脸上狠揍一拳，顾不得换下睡衣，拔腿便往楼下跑……

跑到马路上，拖鞋已跑丢了。马路上到处横七竖八地停着车，但皆是出租车或低档私车。我想，它们的不在保护者名单上的主人，肯定都变成了 ·颗颗丸。

我见一辆“桑塔纳”车门开着，赤足飞跑过去——车内果有四颗丸。驾驶座和前座上各一颗，后座上两颗。那是一辆私车。那么四颗丸是一家四口变的呢，还是车的主人和三位朋友或三位同事变的呢？

我哪里还有心思多想！将驾驶座上那颗丸抚落，一屁股坐了下去……

“小悦！小悦！……”

我闯入叮嘱小悦一定要留在那里等我的那套房子，几个房间里不见小悦。除了我和她颠鸾倒凤过的那间大卧室,客厅和另外几个房间都收拾得干干净净。唯那间大卧室的情形有异——床单收束着,一半垂在地上,显然是被扯拽成那样的。枕头也落在地上。而床头柜上,一只杯子倒在一本翻开的书上。书页被水浸湿了,变皱了,变厚了,却不见一叶茶。而小悦正是喜欢饮白开水的……

那么小悦确曾半躺半卧在此床上看过书无疑了!

可怜的小悦,她是多么信守于我叮嘱她的话啊!她将所有房间都收拾了一遍,为的是使我归来后看着整齐,心里愉快。然后她就躺在床上,一边看书,一边耐心地期待我的脚步声。再然后,她拿起了杯……

我强忍悲痛,弯下腰低下头仔仔细细遍地寻找,哪儿哪儿都没有一颗丸。

最后,我将床移开了。床底下,绿地毯上,一颗橙黄的丸终于映入我眼。

"小悦……"

我泣不成声,轻轻捏起那颗丸,泪如雨下。

丸正中,一颗心脏已不跳动,却仍鲜红。

在这一座荒诞的,人人都变得极其虚伪、极其自私,互相之间诡计多端地暗算着并公开地疯狂地仇视着的城市里,只有小悦这个长出了低等级的家兔尾巴的姑娘,身上仍保持着几分人味儿没彻底异化。这也是为什么我只有对她才心怀几分善良的原因。

可她已变成了一颗丸。

我本是可以救她的。救她对于我并非难事。如果我郑重地提出将她列在保护名单,即使史密斯小姐,谅也不至于不肯给我面子。我是打算为她去请求史密斯小姐的,却万万料不到样板城市计划提前了……

与其让她延长别人的寿数滋补别人的生命,莫如让她延长我的寿数滋补我的生命,这也算是变相的以身相许吧!

我回天乏术,别无他法,一闭眼,将"她"放入口吞了下去。丸的表面仿佛裹了一层杏仁巧克力糖衣,味道极佳。

我抹去泪转身离开。心里有点儿嗒然若丧,也有点无所谓。毕竟,只不过是一个仅仅和我做过两次爱的女人变成了丸。史密斯小姐不是说过,这座城市成了样板城市以后,男女人口的比例是1:6吗?在今后美女如云的新社会生活中,我想,痛失红颜的遗憾,很快就会被她们的情爱从我心头抹去的吧?

其实我又来到马路上时,心中就不怎么悲痛了。我对自己满意地想,你能这样刚强,不错。很棒。男儿有泪不轻弹嘛!倒是嘴里那股杏仁巧克力味儿,几咂不去,令我舌馋。我一坐到车里,立刻从前座捏起那颗丸丢入嘴里,也学教授和史密斯小姐,咬破了咽。好滋味儿。真是说不出的好滋味儿!从驾驶座上一反身,索性将后座上的两颗丸也抓起来塞入口中。三丸入腹,顿觉心旷神怡,耳聪目明,精力倍增!

接着我开车去到了老苗家里。我也想救老苗一家性命。尽管他做了些对不起我的事,但该关照一下的时候,还是得关照嘛。宁人负我,我不负人啊!人总得为自己交下几个朋友哇!

但我白去了。老苗家空无一人。当然不可能全家外出。肯定我迟一步,他们都变成了丸。于是逐个房间找,结果只找到两颗。看那丸的大小,估计是老苗两口子。我也想把他们吃了——肥水莫流外人田啊!但一想到老苗两口子没变成丸时不讨人喜欢的模样,已含入嘴里又吐出在一张纸上了。我将那张纸摆在显眼处,用老苗练书法的毛笔,饱蘸墨汁,往墙上写了一行醒目大字——“丸在此处,两颗!”

离开老苗家返回“山姆大叔山庄”的路上我时时停车,收集到了百余颗丸。服下去四颗丸后,我的视力变得像鹰一样。即使一颗丸远在一千米以外的草地上,只要我的目光望过去了,也能立刻就发现到。真是不服不知道,一服真奇妙。当然,我并不需要到处刻意寻找。见了一辆无人的车,或一家小饭馆,只管前去收集就是。少则能收集到一两颗,多则能收集到十几颗。在一辆公共汽车里,我很容易地就收集到了三十儿颗。以后不是就要实行“供给制”了吗？趁实行之前，我何不为自己多多地占有呢？据我想来，这也是财富之一种啊！我已经完全不同情那许许多多变成了丸的“下里巴人”们了。谁叫他们生来是“下里巴人”呢？优胜劣汰嘛！

在街心公园的喷水池旁，我望见树下铺着一块塑料布，同时清楚地望见其上有两颗丸，彼此离得很近很近。我出于好奇，停车走了过去。至近一看，并非两颗丸，而是比两颗丸大不了多少的两个小人儿——赤身裸体如胶似漆地拥抱一起。仿佛两条古怪的虫子相互纠缠。这太有趣儿了！我趴地上，双手撑下巴，饶有兴味儿地看他们。我看出他们都很年轻。那小小的男人儿体格相当健壮，也许没变之前是名运动员。那小小的女人儿身段苗条，脸儿也算得漂亮。我觉得她面熟，猛地想起，她是“美尾舞蹈队”里跳“尾巴独舞”的女演员——在某一夜晚，在某宾馆她包房，她曾讨好取悦地为我一个人表演过。后来，听说她与一名足球运动员交上了朋友。那么，此小小的男人儿想便是了！不知他们为什么只变微小了，却不能变成丸？也许药力因人而异？但教授不是说只要嘴唇沾一点就在劫难逃吗？看来那妄自尊大的老头儿也有言过其实的时候……

她在哭泣，而他在爱抚她。这使我联想到偷尝了禁果的亚当和夏娃。这世界对于他们以后将时时处处充满凶险啊！一场大雨，一只鸟儿，甚至一条毛虫，都可能使他们死得很悲惨啊！

我不禁又大动恻隐之心。

我问：“喂，你们还会说话吗？”

尽管我的声音极小极小，他们还是被吓坏了。他保护地将她挡在自己身后。

我又说：“你们别怕，我不会伤害你们的。我只是想帮你们做些事情……”

当他们相信我不会加害于他们，才一人说几句地告诉我——他们这一天刚刚领取了结婚证，而她已经怀孕了。他们是坐在这块塑料布上含情脉脉地彼此注视着的时刻一下子变小了的。即使在这种不幸的情况之下，他们依然不失羞耻感共同扯了一茎草叶遮掩他们的裸体……

他们绝望而困惑地问我这世界到底发生了什么事？为什么他们会变得这么小？

我只得撒谎说不知道。

他们又问那你为什么没变小？我当然不愿告诉他们我是这一场大阴谋的间接的参与者。我说我自己肯定也不能幸免，最多几小时后我也会变得和他们一样小。也许上帝是存在的，这一切都是上帝的意旨。

他们就乞求我，趁我还没变小，快为他们造一处可以藏身的“家”。

我答应了。对于他们，有无一处可以藏身的“家”区别太大太重要了。对于我，却非一件难事，也是最应该帮他们做的事。

我离开他们，走到小树林去，选择了一处向阳的理想地形，用双手在松软的地上扒了一个坑。之后我又回到喷水池那儿。因为我刚才看见他们的背包放在那儿。我将背包拎到小树林里，倒空东西，垫在坑里。接着用树枝、树叶、他们的结婚证书，以及一切可以用的东西，为他们将家布置得更好些更舒适些。我甚至考虑周到地为他们隔开“起居室”“卧室”“储藏室”“育婴室”“健身房”——不管那对于他们有无意义，起码我当时充满仁慈的心里是那么想那么做的。我打算用那块塑料布罩在坑上，再严严实实地培上土。一袋儿饼干两个面包，几块巧克力——大约够他们食用很长一个时期的了……

周围传来犬吠声。我起身四望，看见许多牵着狼犬的人。我立刻明白，他们是史密斯小姐派出收集“生命导弹”的。他们身后跟随着许多操纵收集器的人。一种类似吸尘器的发明，教授的专利。狼犬发现了丸，他们就闻吠而至，将丸易如反掌地吸走。马路上，一辆车厢封闭的卡车缓缓行驶，不时有人攀梯登上车厢顶部，将收集多了的丸从圆口倒入……

一条犬挣脱犬缰,狂吠不止地扑向喷水池那儿。我暗想坏了,拔腿也向那儿跑。但我还是迟了一步。塑料布上什么也没有了,戴着笼口防止吃丸的狗嘴在咀嚼,我一时瞪着那犬呆住,想不明白它戴着笼口怎么还能把那一对儿可怜的小人儿吃掉?

我引起了怀疑,被围住。

他们逼问我:"到这儿干什么?"

我说:"不干什么,散散步。"

他们把我扯到那坑边儿,问:"是不是你弄的?"

我老老实实地承认是我弄的。

"什么用意?"

"没什么用意。闲得慌,弄着玩儿。"

"你怎么没变成丸?"

"我?放你妈的狗屁!你们知道我是谁吗?我的名字在重点保护名单上!在我的名字下面有史密斯小姐的签名!这座城市只要还有十个人受到重点保护,其中也必有我!"

我环指他们,愤恨地又说:"你们都他妈的变成丸了,老子也不会落那种下场!"

"你叫什么名字?"

我告诉了他们,他们中一人,便用手机与谁联系。只见他一边对着手机嗯嗯连声,一边不怀好意地瞟着我笑。我觉他笑得极阴。

他关了手机,走到我跟前,倒背双手站定,眯眼瞧着我油腔滑调地说:"那么,真是有眼不识金镶玉了。不过,我们还是得奉命办理你。"

我自恃是受重点保护的人物,傲慢地问:"打算怎么办理我?"

"立刻你就会明白。"

"什么罪名?"

这时,另一个人走来,将一只大可乐瓶子交给他。满满一瓶子丸,是从我驾驶过的那辆车里搜到的。当然,那些丸,也是我收集了一心想占为己有的。

他说:“这就是罪名。”

我狡辩道:“栽赃！陷害！是那辆车里原来就有的！……”

他说:“就算这一条罪名不成立,我们还可以往你身上胡乱安其他罪名。甚至,不需要任何罪名。总之,必须办理你！”

我怒道:“岂有此理！你们简直太放肆了！给我手机,我要和史密斯小姐通话！她会亲自告诉你们应该怎样正确地对待我的……”

“刚才我就是在与史密斯小姐通话。她表扬了我们,证明我们对待你的态度是非常正确的。”

他朝两边一使眼色,于是有两只有力的手将我胳膊拧向后去,同时有两只手朝后揪我头发。我不得不仰起了头……

“拿来。”

于是有人将一瓶药水递在他手里。

我联想到了冒牌儿的花旗参枝子小姐的下场,心里开始恐怖了。

“我们往日无冤,近日无仇,求求你们手下留情,放了我吧！……”我双膝一软,欲跪下去。无奈被朝后揪住着头发,跪不下去。

我不禁流泪了。

“放你不得。违背史密斯小姐的命令,我们自己就会遭殃的！实话告诉你吧,刚才史密斯小姐说,你已经没有什么利用价值了。你最后的一丁点儿利用价值,就是为这座样板城市变成一颗丸……”他刚欲往我口中倾倒药水,手机响了。

“正要执行小姐的命令……正要,还没执行……是……是……绝对服从……”

他再次关了手机,冲我一笑。

“差点儿对不住您。现在恭喜您。因为您的命运有所改变。史密斯小姐刚才已亲自交代,不许将您变成一颗丸了……”

我已吓得全身冷汗淋漓,庆幸得几乎晕过去。

他拧上药瓶盖儿，将药瓶给一名手下拿着，并且嘱咐：“千万别掉在地上摔碎了。一会儿逮住别的漏网之鱼还要派用场！”

我觉得拧我胳膊扯我头发的四只手放松了。

他瞪着我身后二人呵斥：“怎么，你们累了？”

四只手立刻又加力，我的头又仰了起来。

“史密斯小姐认为，对您应该有所优待。所以呢，不将您变成一颗丸，只将您变小就行了……”

我联想到两个被狼犬吃掉的小人儿，恐怖陡增，朝天大叫：“干脆将我变成丸！干脆将我变成丸！……”

“那不可以。对于我们，史密斯小姐是至高权威，说一是一，说二是二……”

他从兜里掏出一个小药盒，倒在手心一粒红色药粒，将手捂在我嘴上。

药粒入我口中，我的舌感到了一丝甜。嘴被严捂着，想吐不能。我绝望的叫喊只不过成为闷窒的哈呀之声。

有人用一块胶布取代了他的手。我的嘴被封上了。

药粒在我口中溶化着，淡淡的甜变成了微微的苦，苦而又涩。

倏地，我体验到一种从万米高空往下坠落的感觉。肉体并无痛苦，意识却充满悸惧。

坠落感过后，我已变小了，我看不到自己究竟变得多么小了。但是我看到几秒钟前脚下的矮草如原始森林，一头巨大的狰狞可怕的怪兽迎我而来。我依稀看出那是一只蚂蚁……

蚂蚁扑住我，拖我走。我挣扎，但是却无力战胜它……

一股天外神力将我和蚂蚁分开了。我被什么亮晶晶的器械夹住腰部从“原始森林”中擎举起来。我想那是镊子。接着我被塞入到什么东西里。我想那是一个小盒子。再接着一片漆黑……

漫长的一年以后（实际上是七八个小时），我重见光明。那非是阳光，但其耀亮的程度远远强过阳光。我猜那是聚光灯的光。

我被从小盒子里倒出在一片广阔的红色大地上。红色大地绵软无比。我猜那大约是红毡。我举目四望,但见周围是一张张鬼脸。我想起了教授的话,明白已经到了那一天的晚上,史密斯小姐举行的化装舞会已经开始。戴假面的人,当然皆是本市被保留下来的幸运者高贵者。我本也是他们中的一位,本也应活五百多岁,本也应从此过神仙般的日子。可这种资格已成痴心妄想,仅仅因为史密斯小姐不再有可利用我之处了。也许还因为她一直怀疑我对她不够忠诚,以及我在直升机上说的话……

我当时为什么要那么说呢?

我为什么偏偏不以"来死"、教授为榜样呢?

悔之晚矣,悔之晚矣!

对于渺小的我,周围戴着假面的男女如一幢幢大厦一般!无论我将头仰起到何种程度,也只不过能看到离我最近的男女的局部。男人按在红毯上的手如同火山岩浆冷却而成的流脉状山体。手指上的汗毛像杂乱的灌木丛。女人的腰胸如同一面面绝壁。高耸的乳房像绝壁上突出着的半圆巨石……

"先生们,女士们,瞧这一位往日的风云人物,请用放大镜瞧他的表情。多么悲伤的表情哦!真让人怜悯啊!……"

我听出是史密斯小姐的声音。一面翠绿的"绝壁"向我倾倒。翠绿下半圆巨石颤荡着,仿佛会化掉直泻而下将我淹没……

"哈姆莱特式的表情,多可爱的小人儿呀!"

是陌生女人的声音。又一面荷色的"绝壁"向我倾倒,同时,有一根长长的亮闪闪的金属棍拨玩我的羞处。那显然是一只手中的一枚细签子。

我急用一只手捂住羞处。

"瞧他还不好意思呢,先生们,帮帮忙儿!"

于是又有两枚签子伸向我，一左一右压住我双臂……

我踢蹬两腿。

两腿也被签子压住了。

笑声……

男人的笑声如滚雷，女人的笑声如飓风……

“先生们，女士们，为诸位的快乐干杯！”

教授的声音。

“教授，我代表诸位向您表示感谢！是您天才的发明，既使我们拥有了取之不尽用之不完的延寿之丸，还使我们能玩到这种小人儿！……”

“对于我来说，这一切都相当简单。只需在原药中再加入不同的成分，便会获得种种不同的出乎意料的科研成果。以后，我会向诸位提供各种肤色的小人儿，和各种美妙滋味的生命丸。这是我的义务……”

“干杯！干杯！”

“祝教授返老还童！”

“还祝您长命一千岁！”

片刻，有什么东西被抛落于我身旁。我定睛看时是教授。他也变得和我一样小了。

“老家伙，这叫以其人之道，还治其人之身。万没料到我会在你的杯中也滴了药吧？史密斯小姐早已讨厌你的居功自傲夸夸其谈了！”

是“来死”的声音。

男人的笑声和女人的笑声……

“雷”过“风”停，我又听到了史密斯小姐的话：“尊敬的教授，现在您有何感想？”

我扑向教授，骑在他身上，狠狠揍他，咬他，恨不得将他撕成碎片。

他哀号不止。

又是一阵“雷”，又是一阵“风”。

“雷”声“风”声之中，史密斯小姐笑得最开心响亮……

我将教授打得半死才住手。

“莱斯,现在,你再也不必嫉妒他了吧?”

“是的,亲爱的史密斯小姐。”

“那么,唯一对我无比忠诚又唯一不使我讨厌的先生,让我们二人也彼此干一杯!”

“亲爱的史密斯小姐,您对我的信任一直使我深为感动。我将永远忠于您,永远崇拜您,永远服从您,永远爱您……”

“你的话也同样令我感动,请!”

“请……”

突然,又有什么东西落下来——是“来死”。

“雷”又炸,“风”又起……

一幢幢“大厦”摇晃着——是男人和女人们笑得前仰后合……

不待“来死”明白过来自己是怎么回事儿,教授已扑向了他,如一头老狮子扑向一头强壮的野牛,他们立刻厮打作一团……

尽管我也恨“来死”,但却没情绪也没力气向他报复了。我爬开去,冷漠地观望着……

“诸位,快制止,快制止,别让我的心腹小人儿受到伤害呀!……”

于是几根签子同时伸下来,将“来死”和教授拨开。“来死”已被教授咬得浑身血肉模糊。教授是那么的狂怒,仍一次次向“来死”扑过去。直至被一根签子压住,才气喘吁吁地老实了。

“哟,我的小心肝儿,你怎么毫无保护自己的能力呢?别哭,亲爱的别哭,在放大镜下,你看去是更性感了。我也亲自在你的杯里滴了药。但这并不意味着我也讨厌你了。只不过是因为,我不能长久地喜欢某一个男人。我想换换口味儿……”

仿佛自天空探下来的签子,轻轻拨弄着“来死”那比例匀称的小小裸体,拨弄得他翻过来翻过去的……

突然,那根签子倒下来,砸在“来死”腿上。我听到了一种骨头折断的声响,听到了“来死”的一阵哀号……

我不解地向四周望去——戴假面的巨大的男人和女人全都不见了。红毡上同时多了一个渺小的人儿。一个赤身裸体的漂亮的女人。是史密斯小姐。

她仰脸望着天空,一副懵懂的模样儿。仿佛她是一开门,直接从天堂的家里失足掉下来的。

“我要吃了你!”

教授用一股不可思议的蛮劲从身上掀去了镇压之物,凶恶地向她扑去。她向我躲过来,可怜兮兮地乞求:“保护我吧,保护我吧!”

我一脚将她踢开。

“来死”也挣出了腿。他拖着断腿向她爬,一边狞笑着说:“亲爱的,这有多么公平,这有多么公平。我不会让他吃了你的。我要亲自吃了你!要先用手挖出你的双眼吃!”

他们一人拽住她一条裸腿。他们都血红着眼,野兽般大张着他们的嘴,龇着牙齿……

此刻狂风大作,万雷轰鸣,闪电裂空。骤地,下起暴雨来。暴雨夹着冰雹,飞瀑一般没在红毡上……

我和他们都被狂洪巨澜也似的大水冲下,落在汪洋一片的地面上。斯时地面如海面。一米多高的落差对于我仿佛千万米。对于他们肯定也是那样。幸而我水性尚好,拼命游向一片叶子,爬上去权作我的诺亚方舟……

黑漆漆的夜空裂开一道闪电,闪电的光亮照耀出一男一女两副面孔。他们从夜空向我轻蔑冷笑……

我虽被呛得昏头昏脑但仍保持着较清醒的意识,认出正是那两个外星人的面孔。

我高叫:“饶恕我!我要为我说过的一切谎话而忏悔!”

显然,他们听不到我的叫声。

“啊啦吧啦哇啦嗡……哇哩哇哩哼,哇哩哇哩呜呢哼,呜呢哇哩哼,呜呢哇哩吧啦哼!”

他们口念某种咒语,于是一阵阵的倒海翻江波涛奔涌……

看来他们并不想饶恕,专执一念毁灭地球。

我的诺亚方舟突然开始往下沉——从叶下钻出怪物的狰狞可怕的头。原来是一条手指般粗手指般长的“贴树皮”。就是俗称“洋拉子”的那一种多毛的食叶肉虫。它约大于我几十倍。转眼它的一半躯体已经爬到叶子上面来了。它分明要独自占有这救命的诺亚方舟。我对它的企图心惊胆战而又束手无策。它的怪眼死盯着我朝我爬过来。我缩到了叶子的边缘再也无处可躲。它一口叼住我,将我拖至叶子中间。接着用它那多毛的肉身盘住我,如同巨蟒盘住小动物……

它分明打算细细地消受了我。

我魂飞魄散地大叫:“周萍救我!……”

蓦地黑夜消散,眼前骤亮——我发现我躺在自家床上。

妻问:“做噩梦了吧?”

我惊魂甫定,惴惴反问:“我怎么会在家里?”

妻说:“深更半夜的,你不想在家里,想在何处?”

又问:“老实交代,周萍是谁?”

我想了良久,回答是我小学的一名女同学。

“吓,小学的一名女同学,至今还记在心里,梦中还喊她救你!哎,你怎么不喊我的名字?”

我无言窘对……

第二天上午,老苗来到了我家。

他心神恍惚,眼皮浮肿。似有机密的话要对我说,又似因我妻的在场不便说。

妻很明智,看出了这一点,借由退去。

“哎,我夜里做了一场噩梦,梦见我长了一条鳄鱼尾巴!……”

于是急切地讲。所讲与我梦中的经历大体符合。

我承认我也做了同样的噩梦。

“你也长出了尾巴?”

“对。”

“什么尾巴?”

“耗子尾巴。”

“也因为说假话?”

“对。”

“可,可咱们不说假话怎么活呀?一套假话还不够呢!起码得预备三套假话吧?靠三套以上的假话,运用得好,不是才能勉强活出个人样儿来吗?”

我说:“是啊是啊!”

又说:“别自己吓自己。不过就是噩梦嘛。什么事情都有个习惯的过程。假话也是这样。渐渐习惯了就好了。”

“你已经习惯了?”

“你呢?”

“我本来是习惯了的。可那噩梦搅得我心里不安……”

“何必。没什么可不安的。在咱们中国,若人人都说真话,想想看,那情形将会多么糟糕?肯定不比我们的梦境强到哪儿去。”

“那倒也是。那倒也是。正因为经常考虑到这一点,所以才要求自己懂事儿。这也应该算是一种觉悟是不?”

“是的。你这么认为,就相当懂事儿。”

老苗终于释然地笑了。

他以表扬的口吻说:“你这几年也懂事多了。”

我也笑了。

我说:“我的觉悟也在不断提高嘛。”

我们一时无话。

妻走入客厅,开了电视机,提醒道:“今天有重要新闻。”

新闻天天总是有的。这一天不算特别重要,更不算“新”——无非某省某市,几十名大小官员因腐败而丢官伏法。

另一条是日本银行倒闭,日元贬值,股市狂跌……

最后一条是东南亚经济危机。

老苗自言自语:“教训,教训,尾巴经济的后果啊!”

于是我一只手条件反射地摸向自己臀部。

他见我那样,自己也那样……

图书在版编目（CIP）数据

尾巴 / 梁晓声著 . — 青岛 : 青岛出版社 , 2014.12
（梁晓声文集 . 长篇小说 ; 7）
ISBN 978-7-5552-1319-2

Ⅰ . ①尾… Ⅱ . ①梁… Ⅲ . ①长篇小说－中国－当代
Ⅳ . ① I247.5

中国版本图书馆 CIP 数据核字（2014）第 283741 号

责任编辑　　刘　迅